U0485076

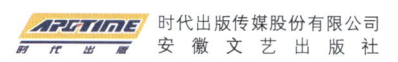

上海·恋
Shàng hǎi Liàn

时代出版传媒股份有限公司
安徽文艺出版社

S H A N G   H A I

叶辛 著

上海·恋
Shàng hǎi Liàn

时代出版传媒股份有限公司
安徽文艺出版社

一

金力永远忘不了于玲芬第一眼瞅他时的眼神。

女人的眼神。

于玲芬是妈乔琳朗的姐妹,妈带着金力去见于玲芬之前,叮嘱他见了面要叫"于阿姨"或"玲芬阿姨"。可真见了面,于玲芬的时髦和年轻让金力心中暗自愕然。他叫不出口,两片嘴唇机械地动了动,他叫了一声"阿姨"。

就在这当儿,于玲芬凝神瞅了金力一眼。金力内心有点慌张,有点不自然,有点紧张和不安,怕她相不中自己,不要他了。于是他佯装镇定,露出了谦恭的、讨好的、畏怯的微笑。毕竟他是来求工作的,到于玲芬的房地产大公司来当保安的。如果于玲芬面试不满意,相不中他,那他还得闲逛在社会上,吃母亲的"老米饭"。那多没面子啊!他都过了二十五岁,还得靠母亲辛辛苦苦赚钱养活。

也是从于玲芬瞅他的眼神里,金力陡地读出了他的一些自信。下意识里,他感觉得到,于玲芬是会要他的。她那眼神里有好感。

果然,第二天当母亲怯生生地给于玲芬打去电话询问时,于玲芬回话,让金力去保安部报到,听从保安部的安排。

母亲把这喜讯告诉金力时,露出了难得一见的笑容,既像是对儿子,又像是自言自语般说了一句:

"玲芬总算没忘记,我们是同一集体户的知青,一起吃过苦。"

话语中充满了对于玲芬的感激。

金力是懂得母亲的这种感激心理的。毕竟,他不是一个小孩了。

尽管母亲曾经和于玲芬一起插队落户在安徽当知青,但是今天,于玲芬已是堂堂的环宇房地产公司的董事长,而母亲,只不过是在长乐路上租了间单开门面的铺子,卖点工艺小商品的单身女人罢了。靠母亲每月挣来的几千块钱,金力和妈相依为命。金力从妈憔悴的脸庞和她无望的眼神中,经常读出母亲内心的无助和身心的疲惫。

也正是因为如此,眼高手低、心气自傲的金力,才会答应妈要他去当保安的请求。

青少年时,他怎么也不可能想象,自己的职业会是给人家当门卫。

无奈的是,在这求职必须讲文凭的时代,金力的中学学历,加上啥特长也没有,他除了去应聘保安,还能干什么?

说真的,干上这份保安的活儿,还是人家看在妈的分上,由董事长发了话,金力才能仅仅面试一次,就过了关的。

领第一个月的工资时,保安部的经理就不无妒忌地对金力道:

"小子,你祖上什么时候烧了高香,于董亲自为你发了话……"

金力不无惶惑地抬起头来望着经理,微张着嘴,不知于玲芬董事长为他发了什么话。

经理咽了一口唾沫道:"于董亲自安排,让你每天在她董事长办公室门口值班,小子,好好干!于董看中你了。"

哦,金力有意识地说了一句:"于董和我妈曾经一起当过知青。"

他的意思是,于董念旧,照顾他。谁不知道,在董事长办公室门口值班,就不用像其他保安一样,整天站在那里——那可以坐,桌子上还搁着一架电话,任何客人要见于董,都得通过他给于董打个电话,通报一声。

保安部经理哼了一声:"这我们都知道,于董和肖总夫妇当过知青,经他俩发话招进公司的知青子女,不止你一个,哪怕是在销售部、企划部干的,都没你这福气呢!"

"谢谢!"金力只得向保安部经理表示感谢。内心深处,他不由得又想起了于玲芬第一眼瞅自己的眼神。

女人的眼神。

志得意满的女人除了打量人、判断人之外含情脉脉的眼神。这种眼神只可意会不可言传。

金力帮妈一起在单开间门面的工艺品小店里招呼生意时,购买商品的客人有时也会张扬地瞪大双眼说:

"你这么年轻,已经有这么大的儿子了?看不出,看不出,你真是好福气!"

和妈的真实年龄相比,妈的相貌可以算是年轻的。但是与事业成功,已有上亿身家,打扮入时的于董于玲芬相比,一眼就看得出,由于辛劳,由于命运多蹇,单身的母亲总有一种疲惫和没有睡够的感觉。

而于玲芬真的看上去年轻又时尚,好多怀着各种目的来拜访她的人,都以为她才三十出头。金力在大门口站着当保安的一个月里,就从他面前过去的客人的议论中,听到过好几次,夸她年轻,夸她风情万种:

"哎,你说于董多大年纪?这么年轻就干出如此大的动静,啧啧!"

"身家过亿哩!"

"听说她当过知青,那至少也有四十了。"

"看不出,真看不出。走进她那夸张的董事长办公室,乍一见到她,我估摸她就三十左右。"

"哈哈,你小子……怪不得于董几句话,你就乖乖地让步了。"

"你们若见过于董丈夫、环宇的总经理肖总,就不会用这种语气说话了!"

"我见过肖总,那真是一表人才,帅气!"

"当知青时,人家都叫他美国佬!"

"什么意思？"

"说他仪表堂堂，活脱是美国好莱坞电影里的男一号。"

"这一对儿，活得真值了！"

……

类似的议论，类似的背后信口开河般的胡诌，在大堂里，在大门口，金力听得多了。保安们凑一块儿喝啤酒，闹着无聊说三道四，只要说到于董于玲芬，那都是夸赞的、羡慕的、妒忌的、高山仰止般的语气。天地良心，有些人带点儿猜测，带点儿不解，甚至是眼红，说起她来，清一色的都是仰慕，是佩服，是自叹不如。

金力从来没听到过一句对于玲芬大不恭的话。

也正是在这些琐琐碎碎、三言两语、你说一句我吐几声的随便议论中，金力逐渐逐渐梳理出了于玲芬的发迹史。

1978年冬，1979年早春，在中国知青大返城的潮流中，于玲芬、肖宏勋也像金力的妈乔琳朗一样，回到了上海，回到了他们从小生活的熟悉而又有了几分陌生的永加路上。

所有的知青都在钻头觅缝地寻找出路，寻找就业门路。首选的当然是国营大中企业，但是几乎全部大中企业都将年近三十的知识青年拒之门外。于是知青们凭着各自的条件、社会资源和门路，施展出各自的能耐，寻找安身立命之地。

一部分不甘心的男女，埋首于课本，温习丢弃了许久的功课，恶补英语，想拼命一搏，挤进大学里去，挣得那张文凭。大量的对读书已经绝望的知青，面对现实，及时降低门槛，市属大中企业进不了，区属工厂、街道工厂、里弄生产组，都愿意进去。条件再差，待遇再不济，收入再低，总比插队落户的乡下好啊！还有些知青，连街道工厂、里弄生产组也挤不进去，咬咬牙只能做一些小生意，有的人甚至执照也不办一张，就摆开了摊头，卖点心，贩水果，修洋伞，补皮鞋。什么都干。

于玲芬和肖宏勋哩，什么都没干。他俩干出的是一件让回沪知青们震惊的事:把他们最后一年在安徽乡下偷食禁果怀上的孩子小杰克生下来。

真是惊世骇俗之举。

没有正当工作,没有任何收入,没有住房,躲在肖宏勋家硬搭出来让他俩栖身的阁楼上,把儿子生下来了。男女知青们纷纷借着贺喜的由头,前去一睹究竟。

"看到那床上的小孩,我愣住了,这两个人以后凭什么把他养大成人?我真正替他俩担心。"

从肖宏勋家退出来,一位知青不由得发出感慨。

"可以算永加路上一条大新闻吧!"另一位女知青道,"婚还没有结,先把孩子生下来了。"

之所以叫婴儿小杰克,是这孩子和长相洋气的肖宏勋十分相似,除去继承于玲芬的一双灵动秀气的大眼睛,脸相、端正的五官,甚至天生卷曲的头发,都活脱肖宏勋幼时那张照片。

虽是非婚生儿,可小杰克的长相实在可爱,好几位知青忍不住,探望他们时还把他抱了抱,逗逗他。

还有的知青私下说,于玲芬和肖宏勋先把结婚生小孩的人生大事完成了,回过头来再落实工作和就业。

这当然是有着很大的调侃和讥诮成分了。

于玲芬和肖宏勋真的是从一无所有干起来的。肖宏勋选择的是贩水果。他到十六铺码头去抢得批发赶季节运到上海来的时令新鲜水果,早一天运进上海来的苹果、生梨、橘子、橙子、葡萄、荔枝、柚子、石榴……往往能抢得先机,赚上一票。于玲芬呢,找不着门路,只得拼苦力,到小菜场刮鱼鳞、代客杀鱼、宰杀活鸡、活鸭,赚一点可怜的小钱。由鱼市、海鲜,受到启发,她也批发过生猛海鲜,买进卖出。有一度服装箱包在上海滩好销,她还贩过抢季节的服装。赚上一笔就沾沾自喜,赚不到大钱她就力争保本不亏。从铜川路海鲜批发市场,到华亭路服装小商品市场,于玲芬和形形色色的小商贩、小摊贩、小市民、掮客、服装加工商、小店铺经理、推销员、小作坊主打过交道,赚的始终是仅够维持她和肖宏勋、小杰克三口之家的一点辛苦铜钿。

弄堂里的人们看到她打扮得漂漂亮亮、乐乐呵呵地早出晚归,风里来雨里去仍然穿着时髦,都以为她和肖宏勋每年总有相当可观的一笔钱赚进腰包,家中的积蓄逐年在增加。只有于玲芬自己心里清楚,肖宏勋只是在弄堂里、回沪的知青伙伴们和生意人群中咋呼得凶,其实他们两口子真没赚到什么钱。有时运气来了赚上一笔,也急急忙忙为小杰克买吃的,买喝的,买穿的、用的,花光了。况且她每个月还有价格不菲的化妆品开销,质地讲究的服装、鞋袜、名牌包开销,肖宏勋的高档烟、高档酒、高档服装开销,有时候这家伙一双进口的高档皮鞋,就要花去上千块。用钱他们从来都是潇洒的。哪里存得下钱啊!

于玲芬真正发起来,是全上海发疯似的兴起了马海毛热,刮起了马海毛风时。

而于玲芬成了风头上的人物,她抓住了这一机遇,赚到了人生至关重要的第一桶金。

马海毛是个噱头的名字,其实它就是一种腈纶和少量拉出纤维的羊毛混织品。但是它初次在市场上出现时,便以它的轻盈、色彩鲜艳、毛茸茸犹如蒲公英一般能飞起来的质感,赢得了市场的青睐,特别受到中青年女性们的欢迎。那一两年里,所有的上海女性都以拥有一件马海毛编织的毛衣为傲,身上套一件艳丽的马海毛衫走在弄堂里、人行道上时,一下就能吸引所有人的目光,很风光的。

上海这座城市历来就有对新鲜事物一拥而上的传统。随着马海毛编织品风行一时,成为时尚的标志,很多男性也都选择淡灰色、湖白色的马海毛招摇过市。

于玲芬瞅准了商机,她大量地购进本色的廉价的马海毛,简单地漂染出艳丽的色彩,不失时机地加价发包出去,让弄堂里的小姐妹,和她一样回归上海的女知青,都来编织马海毛衫,再由她集中发货卖出去。

马海毛编织品不仅在上海成为时尚商品,由于上海服饰、上海打扮对江浙两省乃至全国各地都有辐射效应和影响,一时间漂亮、新颖、鲜活、轻盈的马海毛衫的订货量大增。

订单如同雪片般地飞来。

于玲芬又在这关键当口上,从江浙两省的乡镇企业引进了编织横机,大大提高了马海毛衫的编织速度。有了货,她又和肖宏勋把精力全部放在销售上,利用他们这些年来在小商品、海鲜、水果、服装市场上锤炼出来的买进卖出的人脉资源关系,海量地抛售马海毛编织品,赚了一个盆满钵满。

当马海毛旋风从疯狂的上海滩市场上退潮时,于玲芬已经出清了她手头所有的货物,连买进以后租给人家的几百台横机,也都处理给了熟练操作的用户。这些用户赚到的,只是一些加工费和这台后来被淘汰的编织横机。

直到这个时候,人们才如梦初醒恍然大悟,真正在刮遍上海滩的马海毛热浪中赚到大头的,是于玲芬夫妇,而为首的,是于玲芬。肖宏勋是在看到于玲芬赚到两三百万的时候,这才下决心丢掉他经营多年的贩水果生意,全身心投入经营马海毛生意的。

事后,有人猜测,于玲芬在这一场旋风中,净赚了一千万;也有人说,看于玲芬那趾高气扬的派头,看她那出手阔绰的气度,远不止一千万,少说也有两千万。

对于永加路上的小民百姓来说,一千万已经是天文数字了。两千万,那该如何形容啊?要晓得,前几年,还刚刚在宣传万元户啊!

正当人们在私底下热烈地探讨于玲芬到底赚了多少钱的时候,于玲芬一个回马枪,注册成立了房地产公司,要下海造房子了。

这个女人真是昏了头,她以为造房子也像买进卖出一样方便吗?

这是人们最初的议论和猜测。

但是于玲芬真的干起来了,而且刚刚干起来就一炮打响了。人们说她有魄力,把赚到的一两千万全投了进去。

　　只有于玲芬知道,她一分钱都没投。她凭的是叱咤马海毛市场赚到一大笔钱的身家和名声。刚刚起步,她选择的是在市郊开发房产地,一个不大不小的楼盘,八万平方米,一大块茭白地,瞻前顾后的房地产商是不看好这块烂泥地的。

　　于玲芬一眼看上,而且拍板要下了。

　　那年头上海市民不知从哪儿风闻茭白遭严重污染,都不敢吃、不敢买,没有销路。而新一代的市郊菜农,又嫌种茭白苦,特别到了收茭白的季节,双脚踩在烂泥地里去摸、去拔,一天干下来,浑身都是臭的。而茭白地轮作其他农作物,收成又很低。故而在政府提倡、鼓励开发房地产时,这块茭白地首先被推了出来。

　　于玲芬以很低的价格要下了地,又从农业银行低息贷款付清了地价,再由政府做媒介,引来建筑公司举资进场盖楼。

　　于玲芬眼界高,从小在曾经是法租界的永加路上长大,她虽没住过那些有档次的房子,但是到过她那些小学、中学同学、知青伙伴的家,看到过花园洋房里面的陈设布局。故而她对设计师提出的要求,竟让那些专业的设计人员,都认为其无师自通,是既实用而又有品位的。

　　房子竣工验收之后,由于房型新颖实惠,房价适中,最主要的是渴望改善住房的上海人从来不曾想到一夜之间就能住进这种厨卫齐全的两室一厅、三室一厅的房子,满足了住房拥塞的普通上海人的愿望。开盘一两个月,推向市场的房子被一抢而空。

　　于玲芬的名字就在上海滩叫响了,报纸来采访她,为她写了专访;杂志来邀她打广告,把她环宇房地产的楼盘登在封三、封四的彩色版面上;广播电台称她是女中英杰;电视台给她做专题报道。各种各样的活动来盛邀她作为嘉宾出席。她红了!

　　那是政府极力引导房地产走向市场化的初期,于玲芬作为先行者中的成功人士,出尽了风头。

她的房子卖到两千八百元至三千元一个平方米,只有她和环宇公司的核心管理人士才知道,房子所有的成本全都算进去,才摊到一千五百元一个平方米。八万平方米的房子,就算一个平方米只赚一千多元,她净赚了一个多亿。

一个亿啊,这些钱拿在手上来数,正应了社会上一句话:数钱数到手抽筋。只怕永远也数不清楚。

于玲芬一下子成为整个社会众星捧月般的人物。

区里、市里各部门的领导亲切地接见她,和她握手,邀她去投资,说要推选她为"三八"红旗手,当什么代表、委员。民主党派邀她参加他们的组织,说只要她一加入,就让她当常委。方方面面的人士找到她,希望她尽一点社会责任,赞助文化活动,支持书籍、刊物的出版发行,为慈善机构捐款,献上一份爱心。曾经的老同学、老朋友、小姐妹,一起在安徽插队落户的男女知青伙伴,请她安排工作,求她在房价上多打点折。了解她和肖宏勋在插队时期恋爱经历的文人,主动找上门来,要为他们夫妇传奇的人生写报告文学,配上照片,登在杂志上;尤其是人见人爱的小杰克,只要报道出去,小小年纪就能成为名人。苦难爱情的结晶,亿万富翁的儿子,这是多么吸引人的题目。

还有人说,一篇报告文学远远不够,该写一部书。不但把于玲芬作为成功人士的玉照放进书里,还把她丈夫肖宏勋英俊帅气的形象,把小杰克从生下来婴儿时期到现在的照片也全都放进去,一岁一张照片,记录下小杰克每一步的成长足迹。

于玲芬醉了。

她生活在云里雾里,愈来愈美丽迷人,各种媒体让她报刊上见名、广播里有声、电视荧屏上有形象,她来者不拒,她大把撒钱,她见熟人就承诺。公司规模大了,她把直系亲属和亲戚朋友安排进公司的各个部门。她出入豪车,那辆红色的福特小轿车成了环宇公司的标志,成了于玲芬出现的信号。为她当司机的是一个车技娴熟的秀气小伙子,人都说他的长相酷似香港影星张国荣。据说红色福特小车,那年在上海只进口了24辆,于玲芬是想方设法才搞到手的。她把比自己小五岁的妹妹于玲芳任命为环宇公司的副总经理,她的哥哥、弟弟原本都是机修工、营业员,也被她任命为部门经理。她的想法很简单,肥水不流外人田,任用和自己有血缘关系的直系亲属,他们不会随意地糟蹋她的钱,只会为她着想,守好这笔雄厚的家业。

在郊区小试牛刀取得巨大成功之后,上海好几个区县都邀她前去开发房地产。她已然没有兴趣,而是把进军的目标,盯住了市中心。

不知道是哪一位成功人士在波特曼的宴席上说,在上海开发房地产,只有一个原则,那就是地段、地段、地段。市中心区域的地段,有排他性和绝无仅有性,用去一块,就永远不会有第二块了。外滩还能腾得出地来吗?南京路还能腾得出地来吗?淮海路还能有地吗?

同样盖一幢房子,在郊区能赚几千万、一个亿,在市中心区域,一赚就是几个亿。

于玲芬牢牢记住了这几句话,睁大了双眼盯着市中心地段的地块。

当一个分管房地产的副区长,怀着对富有传奇色彩的于玲芬的敬佩之情,邀请她参与本区的动拆迁和房地产开发时,于玲芬的眼神都放光了。那是位于十字路口的一块寸土寸金之地,虽然不属于市中心最好的地段,但发展前景绝对可观。况且这里面的动拆迁已经进入了扫尾阶段。

于玲芬经过考察、精细计算、实地调查,还想尽办法了解到了区和市两级规划部门对这一地段的发展愿景,断然拍板要下了这块宝地。

按她和副区长商定的,如能在这一地块上建起两幢双子星座般的28层至32层的豪华商品房,宽宽地算总投入是5个亿。如若按上海房价的上涨速度,环宇房地产公司可以收入16个亿。就算16亿,她的总投入算上6亿,完成这一项目那天,她也能稳稳地赚上10亿!

10亿啊,是她现在财力的10倍。那该是一个什么局面?她于玲芬该是何等风光八面的人物!

金力进入环宇公司当董事长室的值班保安时,于玲芬的事业正处于前所未有的鼎盛时期。

穿戴得珠光宝气,从早到晚神采飞扬的于玲芬整日里处于马不停蹄的忙碌之中。

于玲芬一呼百应。

于玲芬一言九鼎。

即使是她的丈夫肖宏勋,那个英俊得让其他所有男人羡慕和妒忌的总经理,在于玲芬面前都唯唯诺诺,不会说一个"不"字的。

即使是她的亲妹妹于玲芳,相貌身材酷似于玲芬,只不过比姐姐稍稍胖一点的副总经理,在姐姐的跟前都是毕恭毕敬的。

金力能够离于玲芬董事长这么近地为她当值班保安,不知不觉地,自己也觉得比起其他那些保安,地位要显赫一些。不是吗?头一个月,他领到的工资是1500元,和大多数保安相似。第二个月,领工资时,他几乎不相信自己的眼睛,他拿到了1800元。

他愈加忠于职守地做值班保安了。凡有来访,他必把电话打进去,老老实实地向于董事长报告来者叫啥名字,是男是女,是贸然来访的,还是预先有过约定的。直到于玲芬说声"让他进来吧",他才允许来访者走进董事长办公室。

有时候,于董也会按铃招呼他进去,让他取一份文件,通知某一部门来门口取;或者头也不抬地对他说:"给我倒一杯咖啡来。"

每当这时候,金力就会小心翼翼地斟一杯咖啡送到于玲芬宽大的红木办公桌上。他曾经在咖啡馆打过几个月工,懂得如何冲泡好一杯咖啡,加多少奶。于玲芬第一次吩咐他的时候,他问过:

"是清咖还是奶咖?"

当于玲芬说要加奶以后,他又问:

"要不要放糖?"

"要。"

金力明白了,他懂得加多少奶、放多少糖才能使一杯咖啡喝上去口味最佳。他还在咖啡中添上几滴百利甜酒,受到了于玲芬的称道:

"你冲的咖啡,味道不错。"

"谢谢!"金力只是谦恭地道谢,不做解释,不自我炫耀。

其实他自己喝咖啡,一点也不讲究,清咖奶咖,糖放多放少,或者特浓咖啡,他都喝。他只是在咖啡馆打工时,看到那些服饰讲究、谈吐有品位的中年女士,在要咖啡时,会具体点出来,加多少奶,放几小勺糖,稍微斟上几滴百利甜酒。他就让公司配置咖啡的人员,准备酒就是。

没想到这一细微之处,顿时讨得了于玲芬的欢心。

金力在董事长办公室门前当值班保安,当得更尽心,他更加细致入微地观察于玲芬的谈吐和嗜好了。内心深处,他想保住自己这个既轻松又舒适,还不要动多少脑筋的工作岗位。只有他最清楚自己有几斤几两,他啥特长也没有,啥本事也施展不出来。作为一个二十六岁的男子,他貌不惊人,站在环宇公司一堆保安之间,他很容易和所有的保安混为一体。

他再清楚不过了,能得到目前这个工作岗位,全凭母亲和于玲芬、肖宏勋夫妇曾经有过一段共同的知青经历。

不料就是和于玲芬共同当过知青的妈妈乔琳朗,这天晚上问金力:

"公司里有什么异样吗?"

"没有啊。"

天天在于玲芬董事长门口值班,金力和其他保安说闲话的机会也少多了。连最有机会放松说闲话"开大道"、谈"山海经"的午饭时间,他的饭也是人家给送到董事长室门口来的。

妈妈的眼睛睁得大大的,定睛瞅了金力一眼,这一眼让金力觉得妈有话要说,好像有什么和他相关的事发生了。

果然,妈沉吟了片刻问:

"你没听说吗?"

"听说啥?"金力直觉妈的问话莫名其妙。

"你们公司里也没人说?"

"说什么?"

金力的神情一定让妈觉得他真的是啥都不晓得,妈的双眼黯淡下来,深深地叹了一口气道:

"是个不好的消息,玲芬的儿子小杰克死了……"

"不是真的吧,妈?!"金力叫起来了,这怎么可能呢？对于公司上下人人都知道的小杰克,金力当保安半年多的时间里,也曾看见过两次,都是于玲芬的驾驶员符向安带来的。杰克十几岁了,长得和他父亲肖宏勋十分相似,唯独一双大眼睛像他母亲于玲芬,看见他的人都说这小家伙是含着金钥匙长大的,比他父亲还要英俊,成了大小伙子后不知要引得多少姑娘跟着他跑呢！他随着符向安走进公司大堂,上自管理层的经理们,下至普通保安、清洁工,都会围着他啧啧称道,用夸赞的语气逗他说话,奉承他、讨好他,仿佛他是一位王子。

这么健康阳光、活泼可爱的男孩,怎么会说没就没了呢?

金力两眼盯着母亲,母亲哀叹道:"是从学校走廊上翻出来,摔下楼死的。头撞着水泥地,听说现场惨不忍睹。"

金力的眼前不时地掠过这几天于玲芬进出董事长办公室的情形。

若说没有异样,现在细细想来还是有的。于玲芬戴了一副大框的变色眼镜,头上还多了一顶宽檐的帽子,让所有人看不见她的神情。第一次见她这副打扮,金力疑惑了一下,他记得自己叫了一声:

"董事长好!"

于玲芬脸朝他这边转过来,点了点头,宽大的帽檐抖动了一下,算是回应了他的招呼。当时金力觉得自己是少见多怪,于玲芬身上他没见过的世界级名牌多着呢！果然在下班时分走出公司时,金力听到有人在嘀咕,董事长这两天上下班戴的那顶帽子式样,是英国女王某次出巡时戴过的。

听了妈的话，金力回过头去想，戴变色眼镜和宽檐帽，并不是啥追求时髦、卖弄风情、显摆名牌，而是为了掩饰她脸上的神情，掩饰她内心深处巨大的失子之痛。

想想吧，无甚关系的各色人等都这么喜欢小杰克，身为母亲，于玲芬该是如何地疼爱她的宝贝儿子。

大约是金力显得过于震惊，妈反过来叮嘱他：

"你没听说，知道了就算了，只当跟原先没听说一样。"

"妈，我真的一句也没听到。"金力的话似在申明啥。

妈点着头："这就是玲芬的厉害之处。我们一个集体户的，天天从早到晚生活在同一间寝室里，她的性格我太清楚了。"

"啥性格？"

"非同常人的性格，"乔琳朗不假思索地对金力道，"非同一般女人的性格。要不，她一个穷人家的女孩，凭啥能干到今天这个份上？"

妈说得很多，金力仍没听明白妈讲的于玲芬的性格是个啥性格。在金力这个年龄，理解人的性格，要么说这人温柔，要么说那人粗犷、阴险。他不能理解妈说的话。金力扬起了眉毛：

"她是穷人家出身？"

"你听她的名字呀，玲芬、玲芳、于国祥、于国安……都是俗透了的名字。她妈是菜场里摆摊头的，她爸是河鲜海鲜摊上卖黄鳝的，兄弟姐妹一大堆，50年代仍住在棚户区里，后来硬挤进永加路嘉善路边上自搭的砖头木头房子里。"妈不屑地撇了一下嘴，"她从小就有一股不甘示弱的劲头。要不凭她那个形象，至多只能在女知青群中算中上的，怎么会把肖宏勋这个人见人爱的男知青抢到手？"

"还是她倒过来追的肖总啊？"在金力心目中，恋爱嘛，都是男孩追女孩。比如他自己，自身条件差，出身低微，干的又是最底层的活，没有资本去追求姑娘，至今也没个女朋友，周围的长辈同事，也不会主动来给他介绍对象。

妈笑了一下,双眼旁边的皱纹闪现出来:"她追的力度大呢!追得敲锣打鼓,追得堂而皇之,唯恐人家不知道。插队最后那年,干脆住到一处去了,要不怎么会怀上小杰克?"

金力骇然盯着母亲,像在听一幕大戏,妈的话虽然不多,可话中的信息量大呢!全是他们上一辈的故事,他不知道的故事。从妈说话的语气中,金力还听出,妈骨子里透出来一种看不起于董事长的心理,这可是他想不到的。妈今天的地位,可不能与于董比啊!金力深吸了一口气道:

"这样啊!"

"就是这样,以后你会懂的,人生不可测,三十年河东,三十年河西。于玲芬这个人,是不会消停的。"妈叹了口气,"见他们睡到一处去了,有些对肖宏勋迷得如痴如醉的女知青,也就退避三舍,回上海之后就另择高枝嫁人了。不过,话得说回来,至今为止,我们这拨人中,做得最成功的,还是她于玲芬。那些干部家庭出身的,旧社会当老板的,做高级职员的,自以为父母是高级知识分子,零用钱花起来眉头都不皱的小业主家庭的,都曾经以为要高出于玲芬几个档次,但现在没一个可以和她相比。"

"那么你呢,妈?"金力突然问出一句,"外公外婆家是做什么的?"

妈明显地一怔,她大约没想到,金力会问出这一句话。

金力很少和母亲交流,年龄渐长,稍稍懂事以后,关于母亲乔琳朗的青春,关于妈的插队经历,关于她的婚姻状况,金力都是零零星星地从别人的口中隐隐约约听来的。有一回他帮妈守着长乐路上那家卖工艺品的小商铺时,没啥顾客,他到后弄堂上卫生间回来,听到商铺里来了客人,站在妈改良过的几件蜡染衣裳后面,正在边端详衣衫边议论妈:

"……这名字怪怪的女人,嫁过几个男人了,娶了她的男人,一个个都死了!"

"真的吗?"

"人们背后讲她是克夫星……"

"那为啥有几个男人会要她?"

"她年轻时长得美啊!百里挑一的大美人,迷得男人们神魂颠倒,当年的安徽知青们都说她花容月貌,没一个男知青不想搭讪着和她说上几句话的……"

"你这么一说,我都想见见她了。"

"这容易,她时常在这里的。不过今天她不在,好像是她雇的小伙计在。"

"真不巧。哎,你看这件连衫裙,真的很别致哪!"

"这都是她凭自己的手艺买来布料设计裁剪的,有点特色吧!"

"真的有点独创风格。"

这是两个和母亲年龄相仿的女子,她俩后来各选了一件母亲设计的连衫裙离去了,没有讨价还价,也没打听母亲为啥没在店里。金力感觉得到,她们对母亲并无恶意。再说,他也不是第一次听到人家背后议论母亲的往事了。凭直觉他相信这些人说的话。故而他从来不曾直接问过母亲,她的青春岁月是怎么走过来的,她的知青时代是怎么熬的。说母亲嫁过几个男人,到底是几个?都是些怎样的男人?尤其是他金力,是妈和哪个男人生下来的?金力可是从记事时起,就没见过自己的父亲,不知他是干啥的。如今金力二十六岁了,那么母亲和父亲是70年代生下他来的,除此之外,金力就啥都不知道了。

今天妈既然主动讲起了往事,讲起了他们的青年时代,金力忍不住脱口而出打听起来。

妈瞅了瞅他,然后垂下了眼睑,暗自吁了口气。

金力不安地望着母亲,他清楚地看到,妈的眼皮在蝉翼一般颤动。金力的心陡然骤跳起来,他想自己的问话是不是有些唐突,一下子触碰到了妈的痛处。这么近地端详着母亲的脸,金力感到妈在姑娘时代一定是美丽的。他看见过妈妈当知青时的照片,虽然穿得和那个时代的所有男女一样有点"土",但照片上的妈还是有一种令人惊讶的美。

妈的嘴唇嚅动了一下,说:"外公外婆倒是好人家。你听呀,妈的名字就是他们取的,没一定的层次,怎么会给妈取这么一个名字?"

这倒也是,妈的名字比起于玲芬、于玲芳来,高雅得多了!但是,外公外婆当年是干啥的,妈仍然没说。乔琳朗这名字虽然别致、好记,喊起来却有些怪怪的。当姑娘、当女知青时倒不要紧,到了如今,人到中年,就有些不好意思叫出口。

妈知道他还在等着下文,坦然道:"你也老大不小了,金力,妈拉扯大你,真是不容易。有些事,你也该晓得了;有些话,确实也该对你说了。"

金力连忙点头道:"妈,社会上十八岁举行成人仪式;我都二十六了,懂事了。"

妈在朝金力点头,承认他说的是事实,不过还是说:

"今天我没这心情,改天吧,改天我们母子俩好好地聊一下。"

金力觉得妈今天能向自己敞开心扉,已经很不易了,便顺水推舟,诚恳地答道:

"好的,妈。"

感觉和反应都比别人迟一拍的金力,在第二天上班又坐在董事长办公室门前的值班椅上时,才意识到妈昨晚仿佛不经意之间和他的谈话,有着如何重大的意义。

至少是他的眼光不一样了。

至少是他对环宇公司的感觉不一样了。

走廊上、办公室里,窃窃私语的人多了。以往见到这情形,金力会熟视无睹,觉得与己无关。这会儿他自然而然浮起一个念头,这些人是在议论小杰克的死。

小杰克的死,公司上下肯定全知道了,但是没有一个人公开议论这件事。小杰克的后事是如何处理的,他是怎么安葬的,没有一个人知道,也无一个人议论。按照他的身份,他是于玲芬和肖宏勋的儿子,总该隆重地举办一场后事吧。

但是没有,什么动静也没有,什么信息也没传出来。

这使得金力直犯疑惑和不解。

还有一个变化,也是金力显而易见感觉到的。

于玲芬于董在办公室的时间比以往少多了。以往她常常从早晨到傍晚甚至夜深人静,都待在办公室里处理环宇公司的业务,所以金力的事也多一些,于董一会儿按铃吩咐他给客人倒杯茶,一会儿让他通知哪个部门经理来,一会儿有人来请示让他进去给董事长签字,或者报表,或商议选用的石材、木料、门窗,或临时要求拜访。即使没有这些琐事,于董也会让他斟一杯咖啡,或泡一杯菊花茶清清火,或是叮嘱他晚上的饭局别忘了添一道鲍鱼,必须是产自大连海外獐子岛的。现在于玲芬董事长时常在外面,不是应酬就是拜访什么要人,不是飞往北京就是飞往香港。哪怕就在上海,她也忙得团团转,一会儿金融界的饭局,一会儿媒体见面会,一会儿见街道党工委的,一会儿见市里面有关领导,一会儿见书画名家,一会儿拍卖,一会儿艺术收藏……

在金力有限的人生经历中,他实在想象不出,造两幢大楼,和这些事儿有什么关系。总而言之,于玲芬在办公室的时间少多了。金力坐在值班电话前,一次次客气而委婉地答复打进来的电话:

"对不起,于董不在,你打她手机吧!什么?手机关机?那请你明天再打来。明天在不在,我真吃不准,你打来试试吧。"

不厌其烦地答复一个又一个打进来询问于董行踪的电话。金力以他的耐心,不急不缓地答复着,反正有的是时间。他还掌握一个原则:不透露于董的行踪。事实上他也不知道于玲芬去哪了。

于玲芬有时候进入办公室没一会儿就让金力通知符向安备车,有时候在办公室待了半天,吃过午饭休息了一阵再出门,有时候干脆一整天都不在办公室。金力就把电话上说有要事的那些人记下来,然后在于董来时交到她办公桌上,让她过目。

直到有一天,出了那桩后来的事实证明影响他人生、影响他命运、影响他一辈子感情生活的事情。

事儿来得一点预兆也没有,来得太突然太意想不到了。

二

　　金力记得,那天于玲芬董事长是来上班的,不过她在办公室只坐了半个小时左右,就拎着包匆匆忙忙下楼去了。只是她走了没多久,好像只有六七分钟吧,她又回来了,嘴里喃喃自语着:"下雨了,又下雨了!"

　　金力估计董是回来穿雨衣的,就离开座椅站起来,迎候在门口。他预料于董若是穿雨衣,是会很快再出来的。果然,没两三分钟,于董又像来时一样,披着雨衣急急走下楼去。

　　金力在于董的身影走向楼梯口时,朝着宽大的被公司内外的人们称为陈设十分夸张的董事长办公室里面瞄了一眼。

　　这一眼,让他的心急剧地跳动起来。他看到于玲芬董事长办公室内那存放现金的保险箱门半开着,而且钥匙还在保险箱上挂着。让他的心怦怦跳个不已的,是保险箱内堆得满满的一沓一沓现金,一览无余地看得清清楚楚。天哪,这么多钱!

　　金力惊呆了!

　　于玲芬董事长太粗心大意了,怎么可以让存有这么多现金的保险箱门大开地敞着呢?她就不怕人走进去顺手牵羊地拿走一捆?哇,一捆少说也有几万块钱吧。

　　我的妈呀,除了在银行里见到过大捆大捆的钞票,金力还没有如此近距离地看见过这么多的现金呢!

　　就在金力呆若木鸡地站在董事长高敞的大门前的几十秒时间里,自动弹簧门缓缓地在他跟前关上了,门搭扣还发出啪嗒一声转响。

但是金力知道,这扇大门没有锁上,任何人只要抵住门把,一扭金光锃亮的把手,就能把门打开,就能进屋从保险箱内取钱。

于玲芬不会这么漫不经心地对待她辛辛苦苦赚来的钱吧。钱再多,多得数也数不清,也不至于如此糊涂吧。想想,加了薪,加了两次,金力现在才2500块钱一个月!这保险箱里随便一捆钱,也足有好几万吧,抵他几年的工资哩!

也可能,于玲芬这是故意在试探他,考验他这个天天为她值班的保安吧。一定是这么回事,看他金力是不是贪心,会不会见财起意。保险箱内有多少钱,她肯定点得一清二楚,少了一张她都会明白。说不定,她那宽敞夸张堪称豪华的办公室里,还装有探头呢……

金力退回到自己的值班椅子上坐定,他决心守着这扇随时可以一拧把手就进去的大门,一直等到于董回来。她会回来的,即使她一时想不起保险箱门关没关上,保险箱上那大大的一串钥匙,她想起要用了,找不着,也会赶回来取钥匙。

金力的心仍然跳个不停,紧张的猜测、判断使他的脸涨得通红,眼睛也瞪直了,呆痴痴地坐着。是的,无论是于董忙昏了头,一时疏忽,忘关保险箱门,还是她有意要试探、考验他这个小保安,金力都拿定了主意,不离开大门一步。吃饭不离开,尽量少喝水,憋住了不上卫生间。他是保安,得为于董守好钱财。

不停地在他眼前乱晃的满满一保险箱的现金,像被风吹起来般始终在他眼前掠来掠去。

就在他情绪亢奋地胡思乱想时,一个人朝着于董的办公室匆匆走来。没待金力缓过神来,他灵巧地一拧把手,闪身走进门去。

"你干什么,符向安?"金力看清要进办公室的是于董的红色福特小轿车驾驶员,于董的亲信、专职司机。他那张白净细腻的脸在公司里一出现,人们就知道,于董没出门。

"于董让我上来取点东西。"符向安丢下一句话,身子已经进入于董的办公室。

金力急忙起身,一个箭步跳到大门跟前,伸出一只手,指尖顶住了即将合拢的大门。

大门没关上,还留有一条缝,金力往办公室里望去。

血轰地一下涌上了金力的脸,他看见了什么呀?

进入于董办公室的符向安,直扑到那半开着的保险箱跟前,一条腿膝盖着地,蹲在那里,从保险箱内取出一沓一沓百元面额的钞票,朝他身子跟前的一只黑色尼龙包里塞,顷刻工夫,尼龙包就塞满了。金力的眼睛瞪直了,符向安闯进办公室之前,他看得清清楚楚,这貌似港星张国荣的小白脸,手上啥东西也没拿。这只尼龙包,一定是他从随身口袋里摸出来的。他说进办公室,是于董让他取点东西,金力当下想到的,就是于董让他上楼来取钥匙。这也是金力要朝办公室内张望的原因。现在这一望,他不由得倒吸了一口凉气。

符向安根本没去拔保险箱门上插着的钥匙,反而把保险箱门开得大大的,在迅疾地往尼龙包内塞钱。

金力认准了符向安是在盗钱。

于董会让符向安进办公室拿钥匙,拿其他任何忘了的东西,唯独不可能叫司机代她来取钱,而且是点也不点取这么多的钱。

符向安塞满了尼龙包,最后一个动作愈加证明了金力的判断。他关上了保险箱门,却并没拔下保险箱门上的钥匙,支身而起,把尼龙包带子一抽紧,埋头就往门口走来。

金力迎面站在符向安跟前:"于董让你上来取什么东西?"

金力的声音虽低,符向安却像被迎面击了一掌般收住脚步,白皙的脸上闪过一丝惊惶之色,双眼使劲地眨了眨,遂即吐出一句:

"你少管闲事!只当没看见,这是给你的。"

说话的同时,打开尼龙包,从中取出两沓钞票,往金力胸前重重地一塞,绕过金力,大步流星地往楼梯口走去。

金力猝不及防,一只手去接他塞过来的钱,却只接住一沓,另一沓掉落在他的值班桌子脚边。

等他捡起钱来,逃遁般的符向安已经一阵风般往楼下走去。

金力张了张嘴,想要叫住符向安,却没喊出声来。

这一切来得快去得也快,太突然了。但是金力愈加认定了符向安在明目张胆地偷于董的钱,大捆的钱。

这小子怎么可以如此大胆啊!他这简直是在光天化日之下抢钱哪!

他丢给自己这两沓两万块钱,显然是要封自己的嘴嘛!

金力把小白纸封住的两万块钱放在值班桌子上,顺手拿一张报纸盖住,然后一屁股坐在椅子上,愣怔地瞪大了双眼,沉思默想。

他的心跳得比以往任何时候都凶,怦怦怦怦的,他静坐着自己都能听得十分清晰。

他做梦也没想到,当个保安也会碰到这么大难题。他以为只要守住自己的岗位,平时不要瞎三话四,保安部经理和董事长让他干什么他就干什么,就能做好本职工作了。他绝没想到,当个值班保安,竟然会遇到今天这样的事情!

他该怎么办?

像符向安说的,只当啥也没看见,把这两万块钱揣进自己的腰包?两万块啊!抵得上他大半年的工资哩!既然符向安说得这么肯定,既然他敢于大把地偷,金力拿个两万块算啥呢?

金力揭起报纸,朝着两沓子钱瞅了一眼,又往董事长办公室门口扫了一眼,再把钱盖上。

不行,不管符向安胆子有多大,金力觉得自己不能拿这两万块钱。一万块钱也不能拿。一张也不能拿!

他的胆子如此之小,符向安凭啥胆子如此之大呢!

一种可能是,他如此堂而皇之上来取这么多钱,确实是于董派他来的。

上海·恋　23

但这种可能性很小,小得几乎让人不能相信。

还有一种可能是,符向安蓄谋已久,趁着环宇公司混乱,没有头绪,浑水摸鱼,瞅准于董忙得晕头转向,来偷环宇公司的钱。他取走的钱真不少哩,那么一只黑色的尼龙包,金力虽然没亲手摸过这么多的现金,光凭眼睛看,少说也该有几十万吧!当符向安看清金力挡住他的去路时,他似乎也早有准备和预料,顺手就从尼龙袋中抽出两万来丢给金力。金力从他的这一举动,也看出这钱不是于董让他上来取的。于董绝不会让符向安丢给金力两万巨款。

刚过去的那一幕反复地闪现在金力的眼前,符向安的身姿,符向安的眼神,符向安抽搐的脸颊,一次次地浮现出来。

对了,金力在进公司至今的一年多时间里,和符向安打照面少说也有几十次了,从未见过这小子白皙粉嫩的脸上的肌肉会抽搐和抖动。

他这分明是因为慌张而下意识地露出来的面相嘛!

察觉了符向安是在偷盗环宇公司的钱,也打定了主意不收符向安丢给他的两万块钱封口费,金力现在的难题是,面对这么一件事,他该怎么办?

他浑身燥热、如坐针毡般地待在值班椅子上。正是上海年年六月里逃不掉的黄梅天,温度虽然不像酷暑天里那么高,可一动就会出汗,黏糊糊的,让人十分难受。这会儿金力就更觉皮肤上一阵一阵湿潮潮的,心绪烦乱,头发根都出汗了。有一件事他也没想明白,看于董第二次回来穿上雨衣,肯定是要出门。而她每次出门不是事先跟专职司机符向安说好,让他把红色福特开到大门前等着,就是叫金力电话通知他,把车从地下车库开出来。今天她明明出去了,符向安作为司机,怎么会没送她,反而闯进她办公室取钱呢?

由此金力认定,于董今天出门,没有用符向安的车。

符向安呢,也掐准了此时此刻于董没在办公室,才敢进去偷钱。

那么,于董去了哪儿呢?

只有两种可能,一种是有人来车,接她去了什么地方,这种情况也时有发生的。往常发生这种情形时,符向安还会钻进办公室,脚跷得高高的,和保安们抽烟、喝茶、吹牛,十分轻松自在。

还有一种是于董去的地方,离环宇公司很近,比如附近公司的大楼啊,高档的酒吧咖啡厅啊,不需要用车。如果是这种情形,那么于董肯定会在不很长的时间里回到董事长办公室。

金力觉得今天这种可能性最大。

故而他拿定了主意,时间再难熬,他今天也得在办公室值班椅上坐着,等候于董回来,当面把两万块钱交给于董,并且把他惊心动魄经历的符向安拿钱的情况,告诉于董。

他没想过把这情形去向保安部经理报告,他觉得这件事非同小可,一报告就会传遍整个环宇公司,引得议论纷纷。

符向安在环宇公司可不是一般人,他是于董的专职司机,平时和人接触时,开口闭口都是于董于董,一点也不掩饰他和于董之间的密切关系。环宇公司几乎所有的人,都知道他是于董喜欢的亲信。个别保安看不惯他平时在众人面前那趾高气扬的派头,嗤之以鼻地说他不过是个"小白脸"。还有人私底下咒他是于董的"面首""玩物"。

"玩物"的意思金力多少理解一点,类似于男人娶小老婆。"面首"金力初听时还不懂,经向人打听,才知道是唐代武则天当女皇时,玩弄的年轻男子,和妃子差不多的。

不同的是,人们不仇恨和歧视妃子。听说"面首",则是十分鄙视的。

但这只不过是个别保安私密地损他罢了,谁都不曾见过。再说了,于董的丈夫肖宏勋是仪表堂堂的美男子,又是环宇公司总经理,两人一块在公司出现时,给人的印象是恩爱而又默契的,哪怕匆匆一瞥交换个眼神,人们看来都情意深长。于董怎么可能在肖总之外,再要一个"娘娘腔"十足的小白脸男人呢!

金力从来不信这一类飞短流长。

这会儿坐在值班椅子上,奇奇怪怪、七七八八的念头一个个浮上脑际,搅得金力心乱如麻。

如此呆痴痴地坐下去,内急了憋不住,怎么办呢?金力想好了,实在要上卫生间去,就用桌上的胶带,在董事长大门上封一条,动作麻利地赶回来,只要见胶带还在,就说明没人进去过。而胶带撕开了呢,那就赶紧推门瞅一眼,是谁进去了。

这么忖度着,他焦急烦乱的心绪稍安下来,幸好他的判断是准确的。于玲芬董事长离去没多久,最多一个半小时吧,又捏着她的爱马仕包回来了。身上仍穿着那件裁剪得十分贴身的雨衣,看来外面的雨不大,雨衣上淋的雨星子不多。

于董走到门前时,金力恭恭敬敬站起身来,迎上前一步,笑着打招呼:"于董回来了。"

"嗯,"于玲芬朝他一点头,"有访客吗?"

金力摇头:"没有客人来访。"这是最近几星期里的常态,很少有客人来,刚才匆匆来的符向安,不能算客人。金力比平时多了一句话:

"于董今天外出没用车?"

"呵,"于玲芬淡淡一笑,"我是去附近建行拜访行长,很近的,没坐车。怎么了?"

金力放低一点声音:"我有一点情况向于董报告。"

"行,你进来吧。"于董心情比出门那一阵好多了,答应一声,先拧开门把手,走进她那宽敞舒适、金碧辉煌的办公室。

金力转身来到自己的值班桌前,掀开报纸,拿起那两沓钞票,他没点过,认定是两万块钱,随即走进于董办公室。

于玲芬的爱马仕包放在会客的奶白色皮质三人座沙发上,正在往墙角的衣柜里挂她那件雨衣。回过头来,一眼看到金力手捧着两万块钱,站在那里,问:

"什么事儿?怎么回事?"

"是这样,"金力举了举手中的两万块钱,目光又扫了已经被符向安关上的保险箱一眼,舔了舔嘴唇说,"你离开办公室七八分钟,符向安……"

金力一五一十对于董讲了起来,他一边讲一边目不转睛并坦然地望着于董,他觉得于董是信任自己的,毕竟于董和妈年轻时一道吃过苦,是同一知青点集体户的知青,她们知根知底,她才会在他进公司一个月就调他在董事长门口值班。两万块钱虽然不少,但他不要,他不贪这个便宜。在叙述时,他没说符向安在盗钱,他讲的时候都说成是看到符向安在拿钱,拿钱装进尼龙包,拿着尼龙包捂在衣襟下离开了,拿这两沓钱丢给他,叫他装作啥也没看见……

于董在听他说的时候,脸部表情是耐人寻味的。她既没表现出吃惊,又不显得知道这件事后怒不可遏,她只是少有地眯缝起了眼睛,眼角朝已关上的保险箱瞄了一眼。随着金力的讲述,她一步一步走近金力,一直走到他跟前,平静地听着金力把这一过程讲完。

金力见她这般神情,越讲到最后,越觉慌乱不安。当他说到符向安消失在楼梯口时,他把手里的两沓钱又捧了起来,递到于董面前。

于玲芬一眼也没看他手中的钱,而是抡起巴掌,给了金力一个响亮的耳光。

金力脸上挨了于董一巴掌,捧着钱的双手一抖,两万块钱跌落在地上。

金力手捂住被打的脸颊,委屈而又痛苦地叫出一声:

"于董……"

说实话,这记耳光并不重。但金力感觉到很痛,一直痛到心里。他是忠实于她的,他没想拿她的钱!

于玲芬咬牙切齿地问:"你为什么要向我报告?"

"呃……"金力没想到她会问这话,他的手还捂着自己的脸,嗫嚅地道,"我……不知道,是不是你叫他上来的……"

于玲芬瞪了他一眼。

金力惶惶然望着于董,只见她眼里闪出不可揣摩的目光,但这目光不是凶狠,不是气恼,金力委屈得直想掉泪。

上海·恋　27

于董又朝他逼近一步,他连忙慌张地后退,几乎哀求地低唤一声:

"于董……"

于玲芬不再理他,而是一个转身,以少有的敏捷走到保险箱面前,蹲下身子,拧开保险箱门,侧转脸仔细地端详着保险箱内的钱。

金力的目光随之望过去,保险箱里仍堆放着大半箱的钞票,仍显得很多,码放得整整齐齐。

于玲芬砰的一声关上保险箱门,抽出挂在箱门上的钥匙,遂而一拧密码锁,然后站起身子,把钥匙丢进长沙发上的爱马仕包里,转身走过来,俯下身子捡起落在地上的那两沓百元钞票,拍打了一下,朝着金力递过来:

"拿着,这是给你的……"

金力一边往后退一边伸出一只手连连晃动着:

"不要,于董,我不要!"

他的泪夺眶而出。

于玲芬嘴角露出两缕笑纹,晃了一下手中的钱,低沉却又是固执地说:

"这不是偷的,是我给你的,奖你的。"

"于董……"金力实在猜不清楚于董是个什么意思:试探,考验,还是……

于玲芬把两沓钱相对一拍,左手拿着,右手伸过来,在金力挨了打的脸颊上轻柔地抚摸了两下,悄声问:

"痛吗?"

金力点了点头,他真的感觉委屈和不解。

于玲芬的一双眼睛又瞪大了,问:

"你听说过符向安在环宇公司的一些什么话吗?"

"没,我啥也没听说,"金力申辩一般摇头,"我只知道他是你司机,今天这事……"

他想解释,却觉得无从解释起。

"我明白,我什么都明白。"于董朝金力点着头说,继而语气一变问,

"今天这事儿,除了我,对其他人讲过吗?"

"没……我待在门口,一步也不敢离开,想到保险箱门上的钥匙,我……"金力语无伦次地道,"连保安部经理,顶头上司,我都……"

于玲芬笑了,这会儿金力看出,于董此刻的笑,是善意的。直到这时候,金力惶惑的、忐忑不宁的心,才安定下来。起先那般委屈的,唯恐惹上祸的心理,渐渐消散了。

于董伸手过来,抓起他的左手,把两万块钱再次放在他的手里,对他说:

"你做得很好,这两万块钱我奖励给你,你放心收下。不过条件是,今天这件事,就是符向安走进我办公室拿钱这件事,你不要再对任何人讲了,对你妈也不要讲,你明白吗?"

金力不明白,但他还是惊惧地望着于董,点头说:

"明白。"

"明白就好。你走吧!"见金力迟疑着不动,她又补充了一句,"你可以走了。"

金力朝于董鞠了一躬,退出了董事长办公室。

黄梅天之后,就是上海滩年年都让人闻之色变的酷暑炎夏。熬过了夏季,进入秋高气爽的季节,天天在公园早锻炼的老人们会用喘过一口气的语调说:又可以多活一岁了。

金力还是天天在董事长办公室门前值班,当他的保安。环宇公司仍然在照常运转,被称作环宇双子星座的楼盘,在一层楼一层楼地往上建,超过二十层了,不但公司各部门的人员和经理喜形于色地奔走相告,连最底层的保安们吃饭时都在互相通报,超过二十层,离结构封顶就不远了,过大半了呀!于玲芬董事长从奠基那天就宣布,大楼结构封顶,给环宇公司所有员工加薪。

谁不想加薪啊,环宇公司员工们关心着大楼的建造速度,几天时间建一层,还剩十多层,离结构封顶得有多少天,心中一算,就算出来了。上下班路过环宇大楼的员工们会停下来,自下往上地数一数,楼建到第几层了。

没等环宇大楼结构封顶,一条消息在环宇公司不胫而走,传得沸沸扬扬。符向安死了!他的死和环宇公司无关,是在下班以后,去酒吧娱乐,喝醉了酒,和人打了起来。冲突的对方人多势众,借着酒性把气焰嚣张的符向安一顿暴打,没等送进医院,就一命呜呼了!据说警方已经介入调查,只因酗酒斗殴发生在半夜三更,参与殴打符向安的酒徒有六七个人,谁都说自己在一旁围观起哄,没动手,谁都讲自己没有动刀子。

不过符向安显然吃了暗亏,他的身上被捅了好几刀,致死的原因是被捅到了胸口心尖部位。身上、头部也有血痕,却不是致命的。

难办的是现场没有发现凶器。

警方赶到现场,当下拘捕的六七个人,手里身上都无凶器。他们众口一词地说,只听一声呼哨,行凶打人的暴徒一哄而散,他们都是看热闹的,要是参与毒打了符向安,早溜之大吉了,谁还这么傻等着警察来抓?

在案发二十四小时之内,现场拘押的六七个人一个一个留下讯问笔录之后都被释放了,真正的凶手没啥线索。现场监控里只见黑压压人堆拱动。至少消息传遍公司的时候,一点有组织的破案线索都没有。据说监控里那些拱动的人影都辨不清楚。

金力从环宇员工嘴里听到这条消息的时候,几乎所有人都已知道了这件事。人们已经从最初听到这一消息的吃惊、不解、骇然中缓过神来,不再大惊小怪了。而他内心深处感觉到的震惊,却许久平息不下来。

他的眼前不断地掠过符向安在那个雨天里闯进于董办公室盗钱的情形,他匆匆进出的身影,他蹲在保险箱前慌慌张张取钱的动作,他被拦住去路时的惶然和失惊的眼神,他从尼龙包中掏两万块丢给自己的局促,他跑下楼梯时的背影……自从金力向于董报告了这件事,莫名其妙挨了不重不轻的一记耳光,得到于董的两万块奖励,并答应她不再给任何人讲起这件事之后,金力真的没给任何人讲过这件事情。

虽然这件事对他影响深刻,其情其景他一辈子都难以忘记,有时候他也真想对人一吐为快,尤其是想对妈乔琳朗讲一讲,但他克制住了。只因他收了于董给的钱,答应了她,不对妈说。

他不晓得于董是如何对待偷钱的符向安的,他更不知道于董是如何处理这件事的。他只晓得从那以后很少见到符向安来于董的办公室,有时候于董会吩咐他,给司机打个电话,让他十分钟后把车开到公司门前来,他就给符向安打去一个电话,符向安每次接电话,都会职业性地问一句:

"于董有何吩咐?"

或者干脆把一切省略了,只询问般哼一声:"哎——"

金力把于董的命令传达给他,他总会简短地吐出两个字:

"明白。"

金力从来没跟符向安再提符向安往尼龙包里装钱的事。

符向安呢,也一次都没有向他讲起过这件事儿。

仿佛那惊心动魄的一幕从来没有发生过。

也正是因此,让金力愈加觉得于玲芬董事长这个人深不可测。她这个人,经营环宇公司这样一个巨大的工程项目,没点儿神秘感,没点儿让人惧怕之处,能行吗?

金力更加小心翼翼地应付着自己这份工作。他现在再不认为这是一份轻松自如的活儿了。而是眼观六路,耳听八方,随时注意观察发生在自己身边的一切人和事,留神人们说到的公司内外的情况。

符向安死了,是被素不相识的酒徒们喝醉了打死的。和环宇公司的员工们一点不相干。有的人甚至都不同情他,谁叫他这么舒服啊,下班后还去那种场所喝高档酒。打死了也活该!那种地方是能去的吗?高消费不说,什么三教九流的人都有。符向安一个小车司机,真不知天高地厚。前不久,一个有名的电视台主持人,算得有头有脸了,不也被打了嘛!

虽然说这类事儿稀松平常,在环宇公司也算得一个大新闻了。议论过一阵子,案情和环宇公司的员工没甚关系,也无人多提了。于董的红色福特小车，重新雇用了一个中年女司机，脸黑黑的，五短身材，很敦实，显眼的是嘴角有一颗赤豆大小的痣。一笑起来，黑色的痣就随着她嘴角颤动，增加了她脸部表情的丰富感。听说她是于董的妹妹于玲芳中学里的伙伴，两人很要好的，曾经开过一阵出租车，毕竟是女性，嫌累，怕流里流气的男性骚扰，托过于玲芳。这会儿符向安死得突然，姐姐要找司机，于玲芳副总经理就把她找来了。

金力见过她一面，留下了她的BP机、手机号。于董要用车，就由金力通知她。她干得很卖力，有时候于董出去拜访客人，参加活动，客人或活动举办方送了啥东西，衬衫啊，水果啊，礼品啊，都由她给于董送到办公室来。

只有金力知道，毕竟符向安是于董的专职小车司机，而且一度环宇公司的人都说他是于董的亲信，调侃他是于董的"小蜜"。调查符向安斗殴致死案时，公安来找过于董一次，不过他们是穿着便衣来的，不是事前于董在门口叮嘱金力，说一会儿有三个客人来找，两男一女，是公安局的，你对他们客气点，别盘问人家，直接放他们进来，金力还真看不出来。三个人都很年轻，英姿勃勃的，金力乍一眼见到他们，还以为他们是高科技公司开发软件的呢。他们出示证件以后，金力不由得暗暗吃惊，于董关照了的，他当然不会问什么。但是他们站在金力的值班桌前，却不忙进去，反而问了金力几句话，是女民警先和蔼地开了口：

"你是于玲芬董事长的秘书吗？"

金力连忙否认："我不是秘书，我是董事长的值班保安。"

女民警笑了："值班保安，那你坐在门口干些啥？"说着她向两位民警征询地望了一眼。

金力机械地答："有客人来访，我通报一声。董事长不在，我就把客人的名字留下，如果他们愿意留下联系方式，我就记一下他们的手机或BP机号，有时候客人留言，我也记下来。于董要用车了，我就打电话通知司机。还有，还有比如你们来了，于董吩咐泡茶，我会让办公室送茶进去。"

说着金力手指了一下办公室的方向。

一位男民警问:"你认识于董的司机符向安吧?"

金力的头皮有些发麻,他点头:"认识。"

"平时你们打交道多吗?"

金力摇头:"就是于董用车时,我通知他。我坐在这里,没人敢在上班时间过来和我聊天,我也不好随便离开。"

"谈谈你对这个专职小车司机的看法,"另一个男民警手点了金力一下,说,"平时交往中的点滴感觉,都可以。"

"这个嘛!"金力搔搔头皮,笑了,"他很灵活,听于董说,他的驾驶技术很好,我听到保安说,他攒下钱,想买一辆高级跑车。保安们都羡慕他。"

三位民警相互交换了一下眼神,不约而同地说声谢谢,就往于董办公室走去。

三位民警在于董办公室内逗留的时间也不长,不过就是二十来分钟吧。看起来他们就是例行公事,到死者符向安就职的单位来询问一下,走一个过场。

符向安是在社会上娱乐场所斗殴致死的,和环宇公司没啥瓜葛。

但是在金力的内心深处,总存有一个疑团。而且这个疑团,随着符向安的死,得不出任何答案了。

金力的疑问是,符向安作为一个小司机,即使他是于董的亲信,受到于董的信赖甚至喜欢,他如何竟敢当着自己的面闯进于董办公室从忘了关上的保险箱内取钱? 取这么多的钱? 他怎么会知道保险箱里有这么多现金? 更不可理解的是,当金力把他擅自取走巨款的情形告诉于董以后,于董赏了自己一记耳光,紧接着又不可思议地赏了自己两万块钱,还让自己闷在肚子里,别对任何人说。这么多的钱哪,她问符向安追回来了吗? 符向安道歉了忏悔了,还是……还是继续给于董开车,当司机,似乎一切都没发生过似的。

金力想不明白,但是不知道为啥,金力的潜意识里,却觉得符向安突如其来的死,是和他心中存有的这一疑团多少存在关联的。

什么关联呢？

金力找不着啥依据，也不敢往下想。只是，天天坐在于玲芬董事长办公室门口当值班保安，看见于董出来进去，有时候前后左右簇拥着一大帮人，有时候一个人急急忙忙地进出，金力看得出，这个妈当年插队落户时同一知青点的伙伴，这个众目睽睽的风流女性，这个号称环宇双子星座建成之后就是十亿富翁的人物，这个上海滩赫赫有名的女中豪杰，活得并不快活。她心中存有不可告人的秘密，她在风光八面的时候还有抑郁。之所以是这样，唯有一个解释，那就是她无限钟爱视如掌上明珠的儿子小杰克无缘无故地死了，把她的精气神打掉了。

保安们在茶余饭后讲到她时，在金力面前不也这么说嘛。

三

　　这天晚上有雨,是秋末上海时断时续的雨。金力下班之后,在他妈乔琳朗开的工艺品小店守着铺子。

　　改革开放多年了,附近的锦江饭店、花园饭店、新锦江大饭店,住满了来自全国各地和世界各国的客人,也带动了周围的小饭店、小酒馆、特色咖啡厅、娱乐性酒吧和旅游小商品铺子、服饰鞋帽店的繁荣。妈的工艺品小店,也是趁着这股逐渐蔓延的经商之风开出来的。

　　金力没细问过母亲,这铺子每月能赚到多少钱,但他感觉得到,扣除租金,妈赚得并不多。若钱赚得多,妈早到近郊为金力购婚房了。妈总说,金力二十六岁过去,已二十七了,至今找不到一个女朋友,是和他们家住房逼仄有关系。

　　是啊,从安徽回归上海之后,金力跟着妈住在才 11 平方米的亭子间里。这亭子间,既没卫生设备,又不带厨房,仅够他们母子相依为命地勉强住着。说出去都有些难为情。条件太差了。上海的小姑娘,谁肯和金力这样条件的小伙子恋爱啊!怪只怪金力学习成绩太差,又没文凭,连眼前这一份值班保安的工作还是于董看在妈的面子上给他安排的。妈常说,就这小小的一间 11 平方米的亭子间,螺蛳壳一般的房子,还是现在已患老年痴呆的外公,在没痴呆之前,坚持为她这个去插队落户的苦命的女儿留下的。外公外婆原先有的永加路上那套包括前楼、厢房、客厅的房子,除了留下一间前厢房外公、外婆住着,其他的房子,全给舅舅舅妈和阿姨们一抢而光,置换的置换,卖的卖,已经都住进了漠不相关的一帮邻居。是现在已坐在轮椅上的外婆和痴呆的外公,一定要把亭子间留给宝贝女儿乔琳朗,金力才随着妈能在大上海有一处栖身之所。

也正因这样,妈和她的兄弟姐妹,同样承担着一份照料外公外婆的责任。而因舅舅、阿姨们已经全都搬出去了,仍旧和前厢房外公外婆住在一起的乔琳朗和金力母子,就多承担了一份日夜照顾生活不能自理的外公外婆的琐细家务。这成了他们义不容辞的责任和义务。

今天晚上也是这样,妈在金力下班时分打来一个电话,让金力下了班直接到长乐路的小店来,妈给他留了饭,让他吃过晚饭,在小店里坐到九十点钟打烊。

这是常事,金力来了之后,妈告诉他,外婆想吃菜粥,她得赶回去,专门为外婆做。

金力吃了妈给他留下的一份晚饭,就在工艺品商店里坐着发呆。

这活儿不累,客人也不多。每件工艺小商品,妈都有明码标价,而且用中、英、日三种文字醒目地写着:恕不打折。

住在高档宾馆里的客人走进店来,看中了啥,自会付款,金力只要点清钱款发货就行了。上海的居民和青年男女,也时有进来的,但大多是看的多,买的少。

妈把店堂收拾得十分洁净,地板是用讲究的进口地砖铺设的,一尘不染。门口设有存放雨具的伞架,最有特色的是贴墙设计的货架,高低上下错落有致,既井然有序又给人以琳琅满目、色彩多姿之感。不多的手工裁制的服饰,带有浓郁的江南风情又不同于人们司空见惯的蓝印花布,经常吸引着不同年龄层次的外国女性。

金力的内心深处,对妈坚持的艺术品位和独特追求,还是颇为佩服的。在他没当保安闲逛在社会上时,他知道他们母子的所有花销,包括妈承担的孝敬外公外婆的那一份赡养费,金力的零花钱,全是妈从这个小商品店里赚出来的。

尽管这个活儿有时候十分枯燥,特别乏味,他还是不愿违拗妈的吩咐,故而只要妈开口,让他代守商店,他总是尽力而为,老老实实坐在店堂里。

今晚上又是这种情形,长乐路上的行人寥落,淅淅沥沥的秋雨声,一会儿听来响亮而又清晰,一会儿又淹没在市井的喧嚣声里。唯有电车、公共汽车急促地驶过时,嘈杂的车轮碾压过潮湿的水花声,有点刺耳。

这种带有凉意的雨夜,还有谁会来逛马路啊!透过橱窗玻璃望出去,雨似乎下得小些了。

金力打了一个哈欠,看看表,才八点十分,唷,离妈吩咐的,到九十点钟打烊,还有整整一个小时呢!

恰在这当儿,金力接到了于董的一个电话,于董在电话里声气直冲地说:

"金力,你现在空着吗?"金力连忙答:"空的。"

"空着就好,你给我加个班,出门叫上一辆出租车,到静安寺附近的贵都大酒店门口来。到了就打我电话。听清了吗?"

"听清了,我马上过来。"金力答应着。进环宇公司快两年了,类似的情形他遇到过两次,一次是于董让他打车到海仑宾馆接她,一次是到离今天的贵都很近的希尔顿大酒店大堂门前接她。两次都是于董喝高了,醉醺醺的,一次醉得不停地前言不搭后语地说话,说些啥金力都听不明白;还有一次她醉得更凶,一上出租车啥话也没有,靠在车座上就沉沉地昏睡着了,直到把她送回虹桥的家中。

今天想必又是这种情景。不过听她手机里说话的语气,还没醉到一塌糊涂的地步。

金力不明白的是,为什么于董觉得自己醉了,不喊自己的专职司机,前两次是不叫已经死去的符向安;今天这一次,她不喊新雇的嘴角上有一颗显眼黑痣的女司机,这个叫毕菲莉的司机不是于董妹妹的闺密吗?应该也是靠得住的呀!

金力凡事不愿细究,他当即熄灯关门,拉下母亲设计的花式窗帘布,带

上海·恋 37

上一把伞,走到马路对面去打车。

雨夜里的出租车不好打,难得的是金力仅仅在阶沿上站了两三分钟,就看到连续几辆打着空车标识的出租车驶来了。

金力向一辆"强生"招手,车子停在他身前,他拉开了车门,坐在司机身边。

"去哪儿?"司机按下了计价器。

"贵都。"

"这么近啊!"司机语气里的不满是显而易见的。他还转过脸来斜了金力一眼。

金力明白,这么点点路,他个人是绝不会打车的。他连忙说:"到了贵都,你稍等一会儿,接了人我们还要到西面的虹桥去。"

车在雨声中驶进了常熟路口,金力给于董打去一个电话:

"于董,车子很快就到大堂门口,你可以准备下来了。"

他这也是汲取了前两次到海仑宾馆、希尔顿接于董的经验。两次他和出租车都等了好久,尤其是海仑宾馆那一次,司机已经不耐烦了,对金力表现出极大的不悦。金力早一点打电话,可以让于董在饭局上有充分的时间告辞。

出租车拐上常熟路,在华山路口和延安路口遇到了两次红灯,趁这机会,金力给母亲发去一条短信:

> 妈,我已打烊,于董让我今晚赶去公司加个班。力

妈叮嘱过他,值班保安这个活是于董给安排的,平时于董有吩咐,一定要照着她说的办,一定尊重她。

金力想,于董招呼了,他早一点打烊,妈是会理解的。

出租车在华东医院大门口拐弯时,又吃了一次红灯。当强生出租车开到贵都大酒店大堂门前时,坐在副驾驶位置上的金力,一眼看到于董已经

站在大堂的旋转门前面。一位穿戴时髦的女士扶着她。出租车刚一停稳，金力赶紧打开车门，跳下车去，跑到于董面前，恭恭敬敬地叫一声：

"于董，车来了！"

于董的脸绯红绯红，显然又喝多了。金力刚想转身去拉开车门，于董的身子晃动了一下。金力连忙伸出双手扶住她，向出租车走去。

于董身旁的女士叮嘱道："你得扶着她上车，刚才她险些在大堂里跌倒了。"这人说话声很甜。

"明白！"金力头也没回地答应一声，来到车门前，拉开车门，用了点力，扶着于董上车。

于董一只手提着她的 GUCCI（古驰）包，一只手摸索着紧抓住金力的手臂。

金力拉住于董的腰肢，用了点力让她坐进了车。于董歪在出租车的后座上，一只手抓着金力不放。

金力关上了车前门，随着于董坐了进去，并关上了车后门。

"现在到哪去？"司机询问。

"松露别墅。"于董清晰地回答司机。

金力第一次听到这个名字，不由得问司机："你知道这地方吗？"

"怎么会不知道？上海最早开发的高档别墅。"司机的语气仿佛在嫌金力说他孤陋寡闻。

透过车窗，金力看到刚才于董身旁的女士在挥手。天哪，她的美令金力目眩。

出租车驶出贵都大酒店，掉头往西，在不时闪烁的霓虹灯光影里往西疾驰而去。

于董的两只手抓住了金力的臂膀，头靠在金力年轻的肩头上，喘息般呼吸着，嘴里吐出阵阵酒气，身子顿时放松了。

金力神经绷紧了，有些紧张地坐在疾驰的车上。他没谈过女朋友，成年之后，就是和相依为命的母亲乔琳朗，也没如此亲昵地挨坐在一起过。

随着车子的前行,他的心作怪般跳得剧烈起来。

他坐着不敢挪动身子,不敢提醒般扳开于董的手,任凭于董的身子像抽去了骨架似的半瘫在他的身上。

他快二十八岁了,除了零零星星打过一些工,从来没在一个单位、一个部门、一家公司有相对稳定的工作。妈托了于董,他这辈子第一次有了一份相对稳定的工作,有了一个职业。虽说是在社会上讲出去不甚体面的保安,但他是坐在环宇公司董事长门口的值班保安,是上海滩近年来谁都知道的女企业家、女劳模、女中豪杰、身家上亿的于玲芬的贴身保安。他多少还是觉得有点光彩、有些面子的,故而他非常珍惜这份工作,他不认为自己的这份职业是低下的、伺候人的。是在环宇公司上班以后,他才有了人生的第一份存款,有了三四万块钱的储蓄。妈说他在上海滩属于低收入阶层,他在环宇公司上班之后,主动要给妈交生活费。妈说,这点钱你还是自己留着花吧,吃饭穿衣我还是供得起你的。金力为此从心底深处由衷地感激母亲。他懂得母亲的心思,是鼓励他交朋友,尤其是交女朋友。在小小的 11 平方米的亭子间里朝夕相处时,母亲有意无意地谈及,他们知青一代人,在那被称为广阔天地的贫穷农村,吃没好的吃,穿没好的穿,人生的未来也一片迷茫时,男男女女还都谈起了恋爱,不少人甚至爱得死去活来哩!金力这么大了,都还没和姑娘交往过,这是很不正常的。家里的条件虽然差,但再穷的人,也得遵循男大当婚、女大当嫁的规律,成家立业啊!

但金力就是没机会接触女孩,从未有过和上海姑娘逛马路、喝咖啡、相约旅游这种正规恋爱的经历。

这会儿和于董几乎是相偎相依地挨坐在幽暗的、一会儿疾行、一会儿停下等红灯的出租车里,他的整个身心都起了一种不自然感。他的坐姿十分僵硬,他敏感地觉察到于董的发梢不时撩拨着他的下巴、脸颊。于董身上的体温和他的体温融为一体,于董嘴里、鼻孔里呼出的气息,一阵一阵弥漫在他的身子周围。于董的双手十指,时不时神经质地抓一抓他的手臂、扯一扯他的衣襟让他不由得伸出手去搭在于董细腻的纤手上。触碰到于董的手背时,他那么强烈地感觉到这是一双异性的皮肤柔滑的手。

开出城区之后,出租车越驰越快,车轮飞速前行的沙沙声,在寂静的车厢里听得分外清晰。于董身上洒的名贵香水味儿浓浓地拂来。

路灯的光间隔得远了,出租车厢内愈加暗了,车子箭一般朝前疾驰时,金力分明感觉到了于董的双手在他的身上抚摸,于董的脸也挨近了他的脸,于董满是酒气的嘴几乎贴在了他的下巴上。

金力紧张得浑身上下的神经都绷紧了,心几乎要从嘴里蹦出来。

他感觉到了,于董于玲芬的两片嘴唇在无声地蠕动,在亲吻着他的下巴,痒痒的。

金力拼命地昂起自己的头颅,双眼眨巴着看车子顶篷,想要避开于董的亲吻。

于董的双手抓紧了他的肩膀,仍在顽强地亲吻着他。金力真怕开车的司机回头看见。他恐惧。金力的全身上下仿佛被一团火燃烧起来,他不敢动弹,也不敢有所动作,双手却不由自主搂住了几乎全身贴住了他的于董。

出租车停了,司机转了一下脸,问了一声:"到几号别墅?松露别墅到了。"

金力吁了一口气,于董的身子在金力怀里颤动一下,坐稳了身子,说:"22号。"

司机打开车窗,对松露别墅亮着灯的门卫喊了一声:

"22号别墅的。"

门卫升起了拉杆,出租车驶入了别墅小区,金力看到,于董在用手捋顺她有些蓬乱的头发。她的这一动作,让金力觉得,于董已从微醉状态中恢复了过来。他轻吁了一口气。

司机显然原先来过松露别墅,他将车开进弧形车道,熟练地先左拐,遂而右拐,没一会儿工夫,驶到了一幢黑黝黝的小别墅跟前,停下了车道:

"到了。"

金力打开车门的同时,问司机:"多少钱?"

"68元。"司机的手指点了一下计价器。

金力正要掏钱,于董从包里取出一张百元钞,丢给前座的司机,说:"不要找了。"

司机受宠若惊地道了声谢。

于董推了一下金力,金力如释重负地下了车,借着路灯的光,寻找着这幢22号别墅的门。

雨下得小了。雨丝在路灯昏黄的光影里似无数的小飞虫般闪烁着。

于董下了车,关上了车门。出租车动起来,往前头驶去。车轮溅起阵阵水沫。

于董在金力的肩膀上轻拍了一下:"门在这里,你随我来。"

脚下还是有些暗,看不分明。金力随着于董,小心翼翼地移动着脚步。

啪嗒一声,头顶上的一盏门灯亮了。

于董揿亮了门灯开关,从古驰包里掏出一把钥匙,就着亮光,塞进锁孔,转动了两圈,关闭得严丝合缝的铁门打开了。

于董一步踏进门去,开亮了里面的灯,又随手把门灯关上,对呆站在门口的金力道:

"进来呀!"

金力迟疑地迈进门去。

嚄,一进门就是个宽敞的客厅,金力扫了一眼,这个厅很大,厅里摆放着一组西式沙发,凹进去的地方好像就是厨房,沿窗一溜颇为豪华的橱柜。一扇扇整齐的柜门上都雕有欧式的花纹,给人以上海人所说的"弹眼落睛"的感觉。

身后的门砰的一声关上了,随即刚刚开亮的灯嗒一声熄了,金力正在惶惑是怎么回事,只听于董手里的古驰包随意地丢在地板上,于董双臂一展,扑了上来,搂住了金力的脖子,热辣辣地在他耳畔道:

"谢谢你送我回来!谢谢你没在车上叫出声来!"

没待金力回过神来,她就双手紧紧地抱住了金力的后脑勺,凑到金力脸前,贪婪地全然不顾地吻起他来。

金力接受着于董的吻。

他骇然,他恐惧,他紧张慌乱,他也渴望。跟着于董下车来,他就预感要发生些什么,从于董在出租车上的小动作和表现,他就意识到有些事儿要发生了,他的心跳得急促而又杂乱,整个头脑热烘烘的。他不知所以地呆站着。

于董仍在亲他,两片嘴唇不管不顾地亲着他的嘴角,顽强地要掀开他闭着的双唇,呼唤着他,渴念着他,急切地要他回应。

金力感觉到了于董亲吻的热烈和迫切,感觉到了从未有过的美妙。他微张开了嘴,接受着于董的吻。哦,热烈狂放的吻。

于董瞬间捕捉到了他的这一变化,亲得更执拗、更顽固了。

金力在惶恐中试着回吻她,他的嘴唇和于董柔软的两片唇融化在了一起。除了酒气、香气,还有令人迷醉的快感。他的嘴也变得有力度了,那是异性带给他的快感。

于董的舌头探进了他的嘴里。金力的舌头似被她搅住了。他的双手由轻柔地搂抱变成强而有力地拥抱,整个儿把于董柔软的身躯紧紧地拥进怀里。

他从勉强地应付一变而为强硬地进攻,燃烧起来的身子朝着她顶去。

"哦,真好!"

于董趁着雨点般狂吻的间隙鼓励般地哼出一声。

这轻轻的一声哼使得金力愈加放肆起来,毕竟他从未碰过女人,毕竟他从来没有和女性如此贴在一起亲昵过。他的吻笨拙却贪婪。他的整个身子不可遏制地朝着于玲芬顶过去,贴住了她酥软的身体。

他快活得不由得一口咬住了她的两片唇,愉悦地噢了一声。

"撑得真高!"于玲芬的语气里带着股惊喜,"怒冲冲的都硬成木头了。我还以为你是个呆瓜,没点儿男人的反应呢!"

说着她把整张脸贴在他的脸颊上,使劲地磨蹭了两下,在他耳边悄声

上海·恋　　43

密语地说:"想要了吗? 不要瞎顶乱撞了,来。"

晦暗黝黑的大客厅令金力的胆子大起来,他手忙脚乱地脱去了自己的衣裳,躺倒在沙发上。

金力迫切地哀求般呻吟起来,情不自禁地朝她伸出双臂,他触摸到了于玲芬光滑细腻的皮肤,他拉着她,双手摸着了她的乳房,柔软的、饱满的、有些下垂了的乳房,他急切地紧抓着,真想把嘴凑上去。

于玲芬轻笑着,朝着他俯下身去,耳语般对他道:

"想要了吗,金力?"

"嗯,要。"金力只觉血涌上了脸。双手紧紧地搂住她的腰肢,还没闹清是怎么回事,于玲芬已经扑到了他的身上,他已经一点儿不费力地进入了于玲芬的身子。噢,从未有过的欢悦。

金力人生第一次的性就在这样毫无准备、毫无预兆的情况下到来了。他的心狂跳着,他的力量汇聚在一起,不住地挺起自己的身子。

这是狂喜的时刻,这是甜蜜无比的时刻,他不由得陶醉地闭上了眼睛,舒服极了!

金力觉得腾云驾雾般美妙,随着于玲芬的跃动,他只感到自己越来越壮实,越来越有力量,越来越有一种不满足感,故而还想挺立的欲望。

蓝天上的白云翻腾着朝他涌来,山谷里的急流汇聚到一个旋转的河湾里,温馨的轻风柔柔地拂面而来。在体验着从未有过的欢愉时,他仍在勃发,仍在膨胀。

"金力,太美了!"于玲芬的声音似从遥远的地方传来,"你让我忘记了一切,享受到了从来没有的欢乐!"

金力心中说,他也不曾这样地和女人亲密过。只是,这……这就是他向往的、憧憬的、冥冥中总想追求的爱情吗? 他怎么没感觉到,怎么还觉得没有那种淋漓尽致之感?

正困惑间,于玲芬整个身子朝着金力趴下来,发自肺腑地从胸腔里嘶吼一声,遂而柔软的身躯在金力身上发抖般颤动着,惊吓得金力不由得张开了双眼,两臂搂住了她。

金力恰在这当儿,感觉到了她紧紧地包裹着他,似在轻柔地抚摸他的灵魂,她的嘴舔着他一般吻了吻他的脸颊。

他的双手从她的肩头滑过时,惊愕地察觉她竟出了一身透汗。

她离开了他的身子,走了几步,开亮了客厅里的灯。

金力受惊地闭了闭眼,他的眼睛适应了黑暗,这会儿忽然开灯,他觉得吊灯太刺眼了。当他眯缝着眼望去,只见赤身裸体的于玲芬乌发蓬乱地站在自己面前,正大睁着一对惊愕的双眼,盯着他的身子,脸上的表情既有愕然,又有几分惊喜,还有更多的难以理解。她胸前的一对乳房,鼓鼓地挺立着,好诱人!

她朝着他俯下身来,眼前的一对胀鼓鼓的乳房摇晃着,猩红的乳头颤动着,几乎要贴到金力的胸前。

金力畏怯地望着。

"舒服吗?"她逼视着金力的两眼,低声问。

金力点头,他迷离般陶醉,真的舒服。

她又上下柔柔地抚摸了他一遍,他的两眼闪烁着迷乱醉态的光。

"是我让你这么享受的,是吗?"她的语气又变得温存体贴。一对乳房由于俯身更显得丰满。

"是的,从没有过。"

"怎么会是这样?"于玲芬喃喃自语着,"我都达到了高潮,获得了前所未有的满足,你却还胀得这么凶……你、你真是个奇男子,我没看错你。"

听她这么说,金力不由得想起第一次和于玲芬见面时,她瞅他的那一眼。是从她的眼神里,金力下意识地读出了她对自己的信任。

于玲芬又握了握它,凑近他的耳朵,亲切地说:

"起来吧,起来洗洗,我们再睡。"

花洒的水均匀地冲刷着他们的身子,金力的身上抹满了沐浴露,空气中弥漫着典雅而温馨的香味儿,于玲芬以女性少有的耐性抹拭着金力健硕结实的背脊、双肩、腰肢和两条长腿,她不要金力自己洗,只要金力的双手托住她一对沉甸甸的清爽的乳房。金力从她轻柔的抚摸和细致的抹拭自己全身的每一个部位,感觉得到她对他的喜欢,她对他的悉心照料,她对他的爱。

不知什么人对他说的,人的相貌主要体现在脸庞上,不看脸盘子,光是看人的裸体,是很难分辨人的年龄的。

原来他将信将疑,现在他信了,你看于玲芬根本看不出是已到中年的女性。金力这辈子没有使用过今天于玲芬为他抹拭的沐浴露,光闻一下香味,也同他平时使用的沐浴露大不一样。

温热的水把他们身上的沐浴露冲洗干净以后,于玲芬用一块大大的浴巾先抹干了金力,遂而又把自己抹拭完毕,以命令的语气对金力道:

"把我抱起来,我们到卧室去。"

金力张开双臂,抱起了于玲芬。她不重,身材保养得很好,身上没一处臃肿的赘肉。金力紧抱着她刚走出几步,她就双手托起自己胸前的左乳,对他道:

"亲着它。"

他把嘴凑上去,亲住了她的乳头,用舌头轻舔着。

她的双手插进金力还没干透的头发中间,来回地摩挲着。

"我喜欢!"于玲芬嘶声叫着,身子蜷缩起来,对金力道,"抱紧我呀!"

金力张开双臂,最大幅度地把她抱进自己怀里。

于玲芬问他:"你还想要我吗?"

金力点头。

她的手指点住他的嘴唇:"说话。"

"要。"

于玲芬搂住他说:"好好睡一觉,睡醒了再给你,好吗?"

"好。"金力顺从地道。

雨过天晴,松露别墅小区有一股难得的清静。窗外有小鸟啁啾叽喳,

又一次享受了性爱之后,于玲芬一手抵着腮帮,一手拍着金力的肩膀说:

"金力,你是个情种。"

金力大张着双眼,不解地望着她。她的脸上呈现着一股少见的满足之情,说:

"真的。我从来没遇见过你这样的男人。"

金力想问,他是什么样男人呢?但他没问出口,只是张了张嘴,睁大一双眼睛凝视着这个既熟悉又陌生的女人。他连自己是个啥样的男人都搞不清楚哩。昨天夜里和于玲芬亲热了又亲热,折腾得有些累了,他睡得特别沉。一觉醒来,愣怔了片刻,他才意识到自己是和于玲芬在一张床上像夫妻般睡了一整夜。真没想到,离上海市区这么近的别墅小区的早晨,会如此宁静、安然,耳朵里听得见小鸟儿叽叽喳喳的鸣叫。在他和妈挤住的那间11平方米的亭子间里,天没亮,楼梯上就开始有脚步声了,楼下的灶披间也有了响动。哪有这么安宁静谧的早晨啊!

见于玲芬眨着眼,似笑非笑地瞅着他,想到她对自己连说了两句话,他都没答一句,有点不礼貌了,金力辩解般道:

"我连女朋友也没谈过。"

于玲芬的两条弯眉扬了起来,双眼辉亮辉亮的,惊讶地说:

"不可能吧!你多大了?"

"二十八岁了。"

"虚岁二十八了呀?那你太亏了。什么原因?"于玲芬的身子轻轻一拱,又贴近了金力,一只手伸进被窝里,在他光裸健实的身体上轻轻滑动了一下说,"瞧你,多雄啊!怎么会没女朋友?"

"真没和任何人谈过。"金力正色道,"你想,我和妈挤住在那么个小窝里,有哪个小姑娘愿和我交朋友?"

于玲芬蹙了一下眉,遂而脸色一阵开朗,笑眯眯道:

"这么说,你昨晚上,和我是第一次?"

金力的脸涨红了,点点头。遂而不知是羞涩,还是不知所以地道:"连

上海·恋　　47

和你亲嘴,都是头一次。"

于玲芬脸上掠过惊喜之色:"真的?"

"我骗你干啥?"金力觉得好没面子的。

于玲芬的脸挨了上来,重重地啧啧有声地在他脸上扎扎实实亲了两下:"你真是童男子!我晓得了,晓得了!我讲你是情种,说的不是你现在,是说你妈和你爸。她和你讲过吗?"

金力摇头,答的声音很低:"没有。"

"这个乔琳朗,自己儿子,有啥不可以讲的?"于玲芬咕噜道,"她一定是因为自己婚姻的不断失败,不好意思对你讲。没关系,我讲给你听,你要听吗?"

"要。"金力求之不得,随着年龄的增长,他迫切地强烈地想要晓得自己的父亲是哪个,以及妈和爸的往事。哪怕只是一个大概。

"我给你讲,不过你不要对你妈说,"于玲芬道,"免得她生疑心。"

于玲芬整个身子往金力怀里一靠,随手又捋了一下她蓬散的乌发,信赖地道:"你的嘴严,信得过。"

于是她偎依着金力,给他讲了起来。

金力仔细听着,生怕有一句话没听清,生怕有一个词没听懂。和于玲芬躺在她别墅里的一张床上,他总是有一种不安,有一种隐隐的恐惧。一个他俩谁也没提起的人影,总是浮现在金力的脑子里。难道于玲芬不在乎吗?难道于玲芬没想到他会随时随地出现吗?这幢别墅既然属于于玲芬,也该属于他啊!他不是于玲芬的丈夫吗?环宇公司的总经理肖宏勋,可以说是男人中的佼佼者,仪表堂堂的帅哥,她怎么一点儿也不在乎他呢?莫非有了钱的女人真的……

金力更没想到的是,妈的青春时代是那么度过的,妈这一辈子的感情经历,会比于玲芬还要丰富,还要复杂,妈竟然和三个男人有过婚姻,而且是明媒正娶的婚姻。更令金力想不到的是,妈嫁过的三个男人,全死了!现在全都不在人世了!怪不得弄堂里会有那些传言。

在保安们私底下的议论中,于玲芬于董算得上叱咤风云的女人了,算得是风流女子的代表了。瞧她的化妆啊,瞧她和年龄不相称的相貌啊,瞧她身上的那些名牌啊!

万万没想到,妈比于玲芬更风流,妈的情史比于董事长更令人咋舌!妈的恋爱婚姻史听来简直让人目瞪口呆。

"说我和小杰克他爸肖宏勋结婚早,你妈比我们早多了!"于玲芬蜷缩着身子偎依在金力的怀抱里,直通通地道,"说我当知青时按捺不住,太骚;你妈比我骚多了,她是闷骚,骚劲儿更大,嘀嘀!"

说着,于玲芬亲昵地抚摸了一下金力的下巴。

金力近乎无动于衷地听着于玲芬这番惊世骇俗的粗话,他几乎不相信自己的耳朵,难道这些如同泼妇骂街般的话,竟然出自平时言谈举止力求雅致和彬彬有礼的于董于玲芬之口?听着她的话,金力心怦怦直跳,怎么也平静不下来。

及至意识到自己和她赤裸裸地搂抱在一起,躺在薄薄的暖融融的被窝里,不是夫妻胜似夫妻般的亲热,这样让世人看到会认为不伦不类的事儿都发生了,于玲芬还有什么话不能对他讲呢!

这么思忖着,金力便也坦然起来,大睁着双眼,凝神倾听着于玲芬微带亢奋的语调告诉他的有关他妈的往事和情史。

挨得这么近,亲昵得几乎不分彼此,金力能感受到于玲芬的体温,感受到她说话时自觉不自觉喷射过来的气息,甚至她气息中的漱口水味道。昨晚临睡之前,使用盥洗间时,金力已经注意到了,在松露别墅双号的盥洗间里,所有的日常用品都齐全地配备着,就连小瓶的漱口水,都印着英文。一定是在自己醒来之前,于玲芬已经进过盥洗间了。

清晨的阳光从不是那么严丝合缝的窗帘间隙中透进卧室。于玲芬终究和妈是一辈人,贴得这么近地望着她,金力看到了她脸上比年轻姑娘粗糙的毛孔。平时,金力从不敢对着于董事长的脸仔细端详,又加上她使用高级化妆品精心描画过的妆容,他总觉得于玲芬年轻得让人惊讶。这会儿,金力才看得一清二楚。

瞧,她语速快的时候额头上隐现的细细的皱纹。

她白皙的脖颈里比少女粗长得多的颈纹。

还有她说到眉飞色舞痛快淋漓时呵呵笑起来时眼角边的褶皱,都让金力觉得她是他的长一辈。

年岁不饶人,这句话放在于玲芬身上,同样适用。

不过金力顾不得细细地体味他的这一感觉了,随着于董于玲芬的讲述,他完全沉浸到了和他血脉相连、休戚相关的母亲身上。天哪,妈这一辈子,经历的是怎样的感情岁月啊!

四

　　自从听于玲芬给他讲过妈从插队落户到在安徽石台当知青时有过的恋爱史、婚姻史以及他自个儿是如何来到人世间的,金力看妈乔琳朗的目光和以往不同了。

　　以往他只是把她视作自己的母亲,一个人到中年的女性,她照顾着作为儿子的他,她管着他的吃、他的穿戴、他的就业、他的对象。

　　金力从未想过妈的感情世界,对他来说,她就是母亲。和所有他的同学、他的同时代伙伴、他的保安同事们的母亲一样。

　　听于玲芬给他细讲了妈的往事,他觉得和妈在家中相处时,和妈在她开的工艺品商店里交接时,甚至相对而坐在桌前吃饭时,他眼里的妈和往常不一样了。

　　单独待着时,一个人上卫生间时,金力喜欢照镜子了。

　　于玲芬讲起妈的青年时代,说妈绝对是个大美人,那语气不但羡慕,而且还有点儿嫉妒呢。

　　金力明白,自己只是个相貌平平的小伙子。他想不通的是,社会上常有人说儿子的相貌是最像母亲的,为什么他的相貌就没有继承母亲的美貌?

　　于玲芬说了,自己像父亲,那个金力在记忆里怎么搜索也没有任何印象的父亲金航。于玲芬说金力今天的模样,就像当年的金航。

　　既然父亲当年同样相貌平平,那么妈为啥会发疯似的爱上他呢?

于玲芬说了,那个时代的女知青,把爱情看得十分神圣。在她们的心目中,爱情,首先第一位的,讲的是动心的感情,而不是像今天这样,讲的是条件,是赚钱多少,是有没有婚房、小车。那个年头也讲"条件",但这条件,社会上普遍的说法是政治条件,就是你们家的家庭出身是啥。但在有思想、有追求、有独立思考能力的女孩心目中,看中的往往是这个小伙子有没有学识、有没有真本领、有没有才华,一句话,有没有男性的魅力。

金航就是这么一个有魅力的男人。他属于1968届的高中生,照理在1966、1967、1968年毕业的高中生中,去安徽石台插队落户的是不多的,主席那一条著名的"知识青年到农村去,接受贫下中农再教育,很有必要"的最新最高指示,是在1968年12月21日的晚上8点钟通过中央人民广播电台向全国人民播送的,在此之前,起始于1968年下半年的"老三届"毕业分配工作,实行的是四个面向,即"面向工矿、面向基层、面向农村、面向边疆"。同样是中学毕业生,读书更多的1966、1967届高中毕业生,就被招进了上海的工矿和基层,照理,1968届高中生也有此优势,但是1968届毕业生的分配,按顺序得到年终才开始。毛主席的指示一发表,"四个面向"变成了"落实毛主席的指示不过夜",一夜之间改成"一片红"。于是乎,1968届的高中生和所有尚未分配的各届学生一样,也纷纷奔向祖国广阔的天地,有到军垦农场、国有农场的,有插队落户的。

金航是第一批到石台的知青,比于玲芬、乔琳朗她们这些1970年10月抵达的小知青,早来了一年多。他们往往倚老卖老地说:我们比你们早来了两年。因为他们是1969年早春时节来的,在乡下已经种过了两季的庄稼,遇到两次春种、夏耕、秋收了。

金航早已在知青中名声在外,他博学广记,他学识惊人,他啥都懂,知青到农村,绝大多数带的都是生活用品,唯独他,偏偏多带了两大木板箱子的书。老乡为他把书抬进村庄的时候,纷纷传说小伙子的家里一定是那种大老板,带来了很多好重好重的财宝。哪晓得打开一看,两大箱子全是书,围观的老乡们先是一怔,继而面面相觑,爆发出一阵哄堂大笑,一个中年女子说了声：

"原来是个书虫子！"

一哄而散。

男女知青们对金航则是佩服有加，及至和他一交谈、一接触，更是崇拜得五体投地。他带来的书不仅有哲学、心理学、历史、地理和文学，还有评论、美术画册和名人传记，一遇雨天不出工就闲得发愁的男女知青们把他的两大箱子书当成了阅览处，纷纷问他借书看，尤其是年轻人着迷的那几本名著：《安娜·卡列尼娜》《沉船》《罗密欧与朱丽叶》《红与黑》《茶花女》，全都是讴歌爱情的，知青们看了还有话说，还聚在他那儿探讨。

金航的知青屋成了众人心目中的精神家园。尤其是他还能写一手漂亮的毛笔字，画梅花。过春节时，老乡们家家户户到他这儿来讨要春联，索取他画的梅花，回到家中，装点堂屋，增加过节的喜庆气氛。

乔琳朗一往情深地爱上了他。别人只知道是金航的才华征服了乔琳朗的心，只有于玲芬明白，是金航对乔琳朗情有独钟。

那个年头的乔琳朗，清纯秀雅，是所有上海姑娘中姿色最为出众的。农民们见了她，会当着她的面羡慕地说："你咋这么白啊！白得透明，白得让人流口水！"说得她的脸当场绯红一片。

连农家老汉都点着头说："这姑娘，怎么看怎么中眼。就是一眼能看出，她干不得农活。"

村里流里流气的汉子说："和她能睡三个晚上，一辈子算没白活。"

妒忌她的女人们私底下说："中看不中用的妖女子，上了她的床，必然遭克。"

这话不幸言中。

那是秋冬之交的赶集天，乔琳朗穿着一身清丽的秋装去赶集玩。农民们赶集，是出售农家和山里的土特产，买回盐、酱油和醋及针头线脑。男女知青纯是去看热闹，去交流信息，顺便买点豆腐、肉回来换口味。不承想午饭时分变了天，眼看着秋高气爽暖融融的气候，平地刮起了西北风，气温骤降了十几度,天阴沉下来,顷刻工夫仿佛进入了冬天。仅穿一身单衣的乔琳朗走出集镇,疾风裹紧了她醒目的衣衫,就似一根风中的芦苇。

刚走出街口,只见金航身穿雨衣,手捧着一条大围巾站在那儿。一见乔琳朗抱紧膀子跑出来,他就迎了上去,先抖开大红围巾围住了乔琳朗的脖子,乔琳朗惊觉地一瞪他:

"你……"

金航不由分说脱下了身上的雨衣,披在乔琳朗的身上,说:"长是长一点,正好给你一路回去御寒。"

乔琳朗穿上了雨衣,裹紧了大红围巾,又瞅了金航一眼。只见金航穿着毛衣,向她点头道:

"出来赶集时,我听老乡说,午后要变天,不下雨也会刮大风,就带上了雨衣和围巾。"

解释了他等她的原因。

乔琳朗和他一起走回插队的村庄,一路风大,赶得急,他们没怎么说话。到了交叉路口分手的时候,乔琳朗连句道谢的话也没说,只说了一句:

"改天我来还雨衣和围巾。"

他们不在一个村庄插队,但相距不远,走二十来分钟就到了。一入冬,农闲时间多,乔琳朗约了要去还金航的《普希金抒情诗选》。约于玲芬一道去金航当知青的村庄。

于玲芬只是向金航借书看,她心仪的男子不是金航这种人,她虽然同样佩服金航,但认为他有点迂腐,书生气太重。她心目中的男人要高大、帅气,还得敢作敢为,敢担当,这就是她和肖宏勋好上的原因。

还雨衣和红围巾的时候,乔琳朗向他道了谢,也和还书的于玲芬一样,向他借了一本书:《贵族之家》。

当着于玲芬的面,她既没问金航为何会有一条这么长、这么厚实的大红围巾,也没问他怎么会专程在街口等她。金航当然啥也没讲,只是在她借阅《贵族之家》时,说了一句:

"这是一个动人的爱情故事。"

"是吗？那我们多借几天，琳朗看完以后我也看看。"于玲芬说。她又续借了一本泰戈尔的诗选，是那种薄薄的小书。

金航拿书给她俩的时候，说："'文革'以后，这些名著都成了禁书。你们看过之后，就不要多传了。插队落户知青，在这点上比农场知青强，农民们只看我们出工的劳动表现，其他啥都不管。"

"农场里管吗？"于玲芬问。

"管，谁敢在宿舍里看这种书啊！"

乔琳朗不解："你怎么知道？"

"嗨，我不是有同学在崇明岛农场里嘛！"金航拿起了自己三抽桌上一封拆开的信，说，"他在信上说，就是半个月前，贫宣队在半夜三更突击抽查男女生宿舍。所谓突击检查，就是不由分说当场把男女知青都从被窝里叫起来，离开床铺，贫宣队员当着他们的面把枕头、被子、垫褥翻了个底朝天，说是专查'封、资、修'反动书籍，黄色小说，手抄本……"

乔琳朗伸了伸舌头。

于玲芬重复一句："手抄本？"

"没书看嘛，就流传手抄本。"金航收回了话头，"插队落户没工资、没粮票，就一点比农场知青强，自由自在，你听听男女知青们唱的那些歌，'文革'前的沪剧、越剧，全是批过的'封、资、修'啊！哪个农民管？"

借书看，是接触的一个理由，也是男女知青之间正当的交往。读了书就要交流，坐下来以书为媒，有了话题，话匣子一打开，就什么都谈，借书还书之间，书中可以夹书信。

乔琳朗和金航之间，没在书里夹过书信，他们感情的升温，出乎很多知青的意料。

事情发生在雨夜，其实雨下得不大，淅淅沥沥的，撑一把伞走回乔琳朗插队的村庄，比平时多走个十多分钟，也就半小时能回到知青点。

金航诚挚地邀请乔琳朗住下。他说机会难得，同队的男知青们都搭货车去被称为梦里桃源的县城玩了,不会回来,女知青有跟着去的,也有不愿扒货车的没去,可以到女知青屋里借宿一晚。

留宿,在知青群体中本是常事,乔琳朗也想和金航在一起多待会儿,听他多讲讲。在物质生活匮乏,更没啥精神和文娱生活的知青生涯中,能遇到一个谈得拢又倾心的朋友,是多么不易啊!况且,金航的肚子里确实有货,他懂得那么多,交谈间随口还能进出一句又一句带着深情的诗句,雪莱的、拜伦的、泰戈尔的、海涅的,还有乔琳朗不曾读到的陌生的名诗人的警句。他们越谈越投机,越谈话越多。

不知不觉地,夜深沉了。他们的声调渐渐低沉下去、低沉下去。及至在两人会心地一笑之后,四目相对,都从对方的眸子里看到,双方的目光是那么晶亮、那么炽热,两个人情不自禁地沉默下来。

乔琳朗耳语般道:"都快半夜了,你陪我去女生那边吧!"

金航一愣,离座起身,一屁股坐到了乔琳朗坐着的床沿上,伸出他的手,紧搂住她的肩膀,答非所问地道:

"那边肯定熄灯睡下了,去敲门会讨人嫌的。你……留下吧!"

最后三个字,是他把脸凑近她,在她耳畔说的。

没等乔琳朗回答,他已扳过了她的脸,在她的脸上试探地重重地吻了一下。

乔琳朗浑身颤抖了一下,没有反抗,没有推开他,而是叹了口气,仰起了脸,接受了他热辣辣的、莽撞的吻。

就在这样一个静谧的雨夜,乔琳朗把一个美貌少女的贞操,献给了她深爱的金航。

一旦偷尝了禁果,就一发不可收拾。很快,他们相爱的消息就在知青群体中传开了。

这也没啥稀奇和令人惊讶的,让人震惊的是,大半年之后,他俩竟然要正式结婚了。

在插队的知青群体中,相恋相爱是普遍的现象,人们都司空见惯了,不过就是私底下议论几句。而两个人要在乡间正式结婚,消息传开就炸了窝。

男知青中有羡慕的,有嫉妒的,有说金航交上桃花运的。女知青们则直截了当去劝乔琳朗:这哪是结婚啊!这是热昏①!

快三十年了,金力听于玲芬追述往事,他相信当年她们就是用这种语气劝母亲的。不过于玲芬说:"我们劝是劝,我已看得出,这件事无可挽回了!"

金力问:"为什么一眼看得出呢?"

"琳朗太投入了呀!我也是大姑娘,我能看不出吗?"于玲芬振振有词地道,"人家恋爱,都是悄悄的、不露声色,你妈她呀,幸福得满脸放光,眼睛里都是那种神采,性情爽得令人惊讶。我就明白,她是沉浸在蜜罐里了,劝不回。女人爱到这一地步,是劝不回的呀!用九头牛,不,用火车头拉也拉不回。"

于玲芬于董即便是在叙述当知青的往事时,都有她的说话方式,个性鲜明。

在乔琳朗的父母书信、电报的劝阻都无效之后,乔琳朗搬到了金航的知青屋里,成了一对远近闻名的知青夫妻,名副其实的"扎根派"。

结了婚,就一辈子要在这皖南的村落里生活下去了。

是金航的才华照顾了他,他会写春联,会画梅花,老乡们特意给他一个人安排了一间知青屋。这间堆满了书籍、笔墨、纸张的小屋,就成了他俩的婚房,是他们赖以栖身的幸福港湾。零乱、忙碌却也温馨。

七个月之后,金力出生了。

女知青们背后说:我就猜到嘛,那是生米煮成熟饭了,不结不行了。

金力不到一岁,金航就死了。对所有人来说,那都是个噩耗啊!带警示性的噩耗。

---

① 热昏:沪语,昏了头的意思。

一场夏雨下得痛快淋漓,雨后清晨的皖南山水,美得如同一幅山水画卷。空气清新得令人神情振奋,忍不住会深深地多呼吸几口。

金航一早就上山去了,他要去赶个早工,割草来垫圈,顺便捡点晚春初夏的鲜蘑菇,琳朗爱吃这种鲜美无比的小蘑菇啊!这都是道地的农家活,一般知青不干的,他们都还赖在床上睡懒觉呢!昨晚上的雨下得太大了,电闪雷鸣,风刮得凶,呼呼地吼啸着,知青们半夜里醒过来好一阵,没睡踏实,这会儿正好趁着清晨的静谧,好好睡一觉。

金航不能偷懒,他成家了,有了妻子、幼儿,有了家,他得担负起责任。他们的小家也像农户们一样,喂养了生产队的牛,喂了两头猪,喂了一群鸡鸭,这是唯一被允许的家庭副业,猪圈牛圈的垫圈草得时常替换,割来新草垫上去,和着牛粪和猪粪一起,沤成农家肥,无论是施到生产队集体的田上,还是留来自家用,都是一份收入。

哦,雨后的山野美得令人神往,乳白色的雾纱缭绕在远远近近的山岭上,青山绿水显得比往常更为秀丽、澄碧,村落上空飘散着缕缕炊烟,流水迂回着淌向峡谷深处。充满诗情画意的景色看得金航入神了吧,一股强大的电流猝然直击到他的身上,他哼都没来得及哼出一声,就被击倒了。

随着山坡上一个牧牛娃的惨叫,消息传遍了周围的村村寨寨,知青群体更是纷纷拥向乔琳朗栖身的小屋。

小屋里,新婚张贴的大红喜字,还在墙上醒目地黏着。

昨夜的大风把电线杆吹倒了,乡村里贫穷,野外的电线都是用赤裸裸的粗铁丝替代的。金航只顾着赏景,没留神脚下踩到了通电流的铁丝,一句话没留下,就撒手而去。

听到这一消息,乔琳朗没有哭没有号,但所有的人都看得出来她的痛苦和绝望。走出她的小屋时,知青和老乡们都在为她担心,怕她会疯,怕她会自寻短见。

老乡们还在说,她要哭出来,哪怕是呼天抢地地痛哭都比这样子强。

为此,生产队、公社还专门开会研究这个问题,说已经无缘无故死了一个决心在农村扎根一辈子的知青,不能再出意外了。乔琳朗那样子,太怕人了。

她的眼睛瞪得出奇地大,可什么人在她面前,她都视而不见。她的目光熠熠发亮,却是失神的,时不时俏丽得让人顿生怜悯的脸颊会不由自主地抽搐一下。

公社安排所有和她相识的知青轮流去探望她,陪她坐上一会儿,人不要去太多,但也不能断人。晚上,还让和她相好的女知青陪夜,为她倒水,伴她上厕所,总之,身旁不能没有人。另一方面,公社又赶紧向县里汇报这一情况。

那正是毛主席给福建小学教员李庆霖的复信,以中央文件形式向全国人民传达的1973年下半年啊![1] 总的精神是各级政府要关心知青。

县委常委当即为此开了专题会,做出了部署。嗬唷,那之后,乔琳朗带着还是婴儿的金力,从早到晚接待和应付县属各部门来慰问他们母子的干部。

他们带来了水果、点心、糖果、糕点和土特产,他们带来了那个年代县城里能买到的母婴护理用品,让乔琳朗母子生活无忧,安心生活下去。县知青办和工业局的负责同志还表示,一旦有了招工指标,可以考虑给乔琳朗一个合适的工作岗位。

来慰问的人流络绎不绝,来看她的人那么多,还有一个人们没有说出口的原因,那就是疯传乔琳朗莫名其妙丧夫的同时,人们都会顺便带一句,说到她的花容月貌,说到她身上那股令人神往的美,说到她是上海女知青中的绝色女子。

所有听说的人都想亲眼看一看,她究竟长什么样。

县里面商业局的革委会宋主任在乔琳朗的命运中出场了。

宋主任也是蜂拥而来慰问的官员中的一位,不同的是,他带来的慰问

---

[1] 中发(1973)21号文件:《中共中央通知》。

品最多,吃的、用的、穿的都有,女知青们说,比乔琳朗结婚时他们两口子添置的东西还要多。当陪伴乔琳朗的女知青代她表示感谢时,宋主任呵呵一笑道:"商业局嘛,啥都有,还缺啥,尽管说。"更不同的是,这位宋主任比所有来的县科级干部都年轻,他还不到三十岁,未婚呢!以往来的那些干部,再年轻,也都人到中年了。

一起来的商业局领导介绍说,我们主任是造反派,政治前途不可限量,正准备提他当副县长级的副主任呢!

没多久,来了一位相貌姣好的中年妇女,能说会道,说是商业局管人事的干部,恰好在陪乔琳朗的于玲芬敏锐地猜她的到来会解决乔琳朗的工作问题,调乔琳朗去当个营业员什么的。

果然,人事干部走了以后,于玲芬问乔琳朗,是不是因祸得福,摊上好事儿了。乔琳朗点了点头,吐出两个字:

"年底。"

于玲芬从心底里为乔琳朗高兴。

于玲芬用郑重其事的语气对金力说:"我算聪明的了,只猜对了一半。"

"一半?"金力甚为不解。

"真的只有一半。"于玲芬脸上的表情,似乎仍在印证她当年的诧异和不解,"琳朗去县商业局上班只半年,又给全县的上海知青群体扔了一颗炸弹。"

金力翻了一个身,让自己躺得更舒服一点。但他不敢挪离于玲芬的身子,尽管在一刻不停地说话,于玲芬却始终伸长一条手臂亲昵爱怜地搂着他。他的身躯稍一动弹,她的手臂便警觉地搂紧了。他怕给她造成一种想要离她远一点的感觉。他听不懂于董与众不同的说话方式,扬起了眉毛:

"我妈扔炸弹?"

"是啊!比扔炸弹的震动还大,"于玲芬的身子也动了一下,蜷缩得更自在一些道,"乔琳朗嫁给了县商业局革命委员会的宋主任,结了第二次婚。而且,那个宋主任还未婚!"

金力晓得妈妈有过三次婚姻,但他一点不知道母亲嫁人的详情。他连自己的亲生父亲金航的情况都不甚了了,别讲妈另外嫁的两个男人究竟是怎么回事了。他只依稀有点儿印象。

于玲芬吁了一口气,在金力的额头上吻了一下,接着放缓了语调道:

"细想想,我们女知青也理解。首先,乔琳朗带着你,住在商业局的单身宿舍小房间里,又要当爹又要当妈,一把屎,一把尿的,还要上班,实在也不容易。噢,对了,琳朗没当营业员,给安排在商业局办公室干点文秘的活,当然这是宋主任的照顾,他也能天天见着琳朗,便于他关心体贴琳朗。促使她匆匆完婚的,还是这么件事。"于玲芬补充说。

毛主席给李庆霖的回信在全国人民中间传达以后,作为"容当统筹解决"的具体措施,各个地区、各省在招收"工农兵学员"作为新型大学生的同时,"文化大革命"开始后停办的各类中等专业学校也恢复了招生,财校、卫校、农校、林校、商校、师范学校向所有年轻人,尤其是有过知青经历的年轻人敞开了大门,县商业局分到了几个名额。宋主任给乔琳朗摊牌,推荐她去地区商校读书,但去上学之前,得和他办婚礼。办了婚礼,宋主任可以设法在县城城关找一户人家照顾金力。乔琳朗不可能带着一岁多点的孩子去上学。

对于普通知青来说,这就像是天上掉馅饼样的喜事。而对于乔琳朗来说,至少不是一件坏事。

她就这样结了第二次婚。在1974年到1976年的两年商校学生生涯里,节假日、寒暑假,乔琳朗得空就往县城跑,她思念孩子,像每一个母亲那样,她把所有的爱都倾注在金力身上。当然她也尽了一个妻子的义务,和宋主任有正常的夫妻生活。宋主任作为县商业局一把手,经常有机会到地区开会,只要一到,他就会让乔琳朗到下榻的饭店和招待所去。乔琳朗也会欣然前往。商校的同学们都知道,清纯得犹如出水芙蓉的乔琳朗,已经是堂堂的局长夫人。那年头自下而上虽然都改称革命委员会,但是在民间

上海·恋

口语中,人们仍清楚那是哪一级的官。

说真的,在知青群体中,乔琳朗虽然早婚早育,但生育不久,尤其是调去县商业局工作之后,她的体态很快恢复成未婚女子一般,但因有过婚姻,其神情气质,更显楚楚动人。她对偷偷相约着同去地区城市游玩的于玲芬和肖宏勋说,她已经认命了,再不想像其他上海知青向往的那样,做梦也在想回上海去。商校毕业,回到县城,她会一心一意和宋主任过太太平平的日子,把金力抚养成人。

记得于玲芬当时不无羡慕地说:你算是找到了归宿。我们还不知哪年哪月脱离这修地球的生活呢!

谁知命运又会给渴望平静生活的乔琳朗重重的一击呢!

商校毕业没过上几天享福生活,"四人帮"被粉碎了。小小的县城里同样要清查"四人帮"的余党和爪牙。谁不知道宋主任曾经是闻名石台的响当当的造反派啊!他造反时的所作所为被揭发出来了,批斗老干部时他是多么凶狠,"打、砸、抢"时他是多么无情,武斗也有他的份儿。清查"三种人"他是逃不脱的,全县商业系统的革命群众,正在酝酿着召开大会一条一条地清算他的罪行。

乔琳朗哪知道"文革"初期县城里造反派的事儿啊!她只是从人们对她的态度、眼神和脸色上感觉到了前所未有的压力。

眼看这宋主任给她描绘过的美好前景肥皂泡似的幻灭了。宋主任让她耐心在文秘岗位上干几个月,之后就把她派到城关镇最大的商店里任经理,那虽然是个基层岗位,却也是个实权单位啊!

没等商业系统的职工把宋主任揪出来,惶惶不可终日的宋主任,在自己的办公室里悬梁自尽了。

消息传来,商业局的群众还愤愤不平地说:"便宜了这个人面兽心的家伙!"

乔琳朗从愤怒的老职工们的议论中,听出了宋主任在运动高潮时逼死过受审查的人。

宽敞的两室两厅的住房没资格住了,那是宋主任利用职权占有的。乔琳朗母子俩被赶到了后街上一个小院的平房里。

平心而论,这间矮平房连乡下给金航住的那间木质的小屋还不如。平房门前小院的地面都是坑坑洼洼的,不小心就要摔跤。

比生活环境的一落千丈更让乔琳朗难以忍受的,是商业局职工们的冷言冷语和爱理不理的态度,还有街坊邻居们的讥诮和嘲笑。

犯有血债的"三种人"的老婆,未婚先孕的女知青,你们看看她的长相啊!活脱脱一个"克夫星"。

乔琳朗从早到晚垂下了眼睑,不敢朝相对走过的任何人瞅一眼。

金航死去以后,虽然在乡下,她还受到知青们的关心和社会各界、方方面面的照顾、慰问。

而宋主任一死,乔琳朗这下子算是尝到了世态的炎凉。

她被降到了当柜台营业员。站在柜台后面,不买商品的人都会走近前来睁大眼盯着她俏丽的脸蛋儿肆无忌惮地凝视,有的挤眉弄眼,有的凑近柜台,做手势让她往前站,悄悄地对着她说下流话。

上下班路上,乔琳朗穿着最为朴素陈旧的衣裳,还有人朝着她吹口哨、喊一语双关的脏话。入夜之后,总有城关镇上的流氓来拍门,惊得她用一根粗杠子紧紧地顶住门闩。

除了于玲芬回上海之前专程来看望过她一次,再没有知青想到她。那年月,正是上山下乡知青们掀起大返城高潮的时候,男女知青们纷纷在想着病退、困退回归大上海。谁还顾及她呀!

她不止一次地冒出过死的念头。

但是只要一看到金力,她自寻短见的念头就打消了。孩子是无辜的呀!望着金力越长越像金航的模样,乔琳朗所有的希望都寄托在他的身上。她企盼着金力长大之后,也能像金航一样富有才华和魅力。为了金力,再大的苦难,她也得忍受,也得活下去。

度日如年地熬过了几个月,乔琳朗人生中嫁的第三个丈夫姜承兴出现了。

小姜是和她同一批于1970年10月从十六铺码头离开上海的知青,年龄与她相仿,但他的长相显得特别年轻。圆圆的娃娃脸,一对明亮的眼睛,七八年的插队落户生活,他一点也不显老,肤色一如既往地白皙,惹得好多知青都羡慕他,怎么岁月在他身上仿佛没有留下啥痕迹。和乔琳朗前两任丈夫相比,他的容貌是最好的。金航相貌平平,落拓不羁;宋主任宋向彪是石台当地人;而姜承兴则是和乔琳朗命运共同的一批插队知青。

只是之前他们互不相识,姜承兴找到县城后街小院里乔琳朗和金力栖身的那间小屋的前几天,曾经几次在店堂里出现过。他不是来买东西的,更不像街上不三不四的一些流氓、混混,手臂搭在柜台上骚扰乔琳朗,而是在店堂里转悠着,眼光时不时向乔琳朗扫过来。

为避免那些找借口和她搭讪的男人,没顾客的时候,乔琳朗喜欢坐在柜台紧贴货架的角落里,她已经注意到了姜承兴颇有深意的目光,从他的衣着上,她瞅得出来,他是个上海知青。

在小县城里,哪怕插队落户在当地乡下劳动了多年,上海知青的穿着打扮,还是一眼就能看得出来。

只是乔琳朗并不认识他,她猜测他是同来的那一千多名上海知青中的一个。他不可能像金航那样是1969年第一批来的,他看上去太年轻了。

当他敲开了她矮平房小屋的门时,她一眼就认出了他,眉梢一扬,问:

"你找谁?"

"找你。"

"我不认识你啊!"

"我认识你的。我叫姜承兴,也是知青,和你一条船来的。只不过不在同一公社,无缘相识。"

"有什么事吗?"

"你的遭遇我都听说了。"姜承兴一字一顿地轻声道。他已经从眼角察觉到,小院里其他人家的门口,有人在探头探脑,有人故意干咳着,寡妇门前是非多啊！更别说乔琳朗是个相貌撩人的孤身女子了。他有点局促地说："走吧,你不能在这个地方待下去。"

乔琳朗的眼睑垂落下来,耳语般说："走？我能到哪里去？"

"回上海啊！"

乔琳朗吓了一跳："我能回上海吗？我是已婚知青,还有工作,带着个孩子……"

她早听说了中央 30 号文件关于知青返城的具体政策,已婚知青不能回城,有了一份拿工资的工作的,也不能回城。

姜承兴接过了话头："事在人为嘛！有什么不能回的？"

他说得那么肯定,仿佛他胸有成竹,有百分之百的把握。

"呃……"乔琳朗让开了身子,说,"有事,你进屋说吧！"

她也注意到了小院邻居们往这边瞄过来的目光。

姜承兴一步走进矮平房,屋里晦暗一片。金力大睁着一双眼睛,站在屋中央好奇地瞪着这个陌生人。

"告诉你,在茶林场、农推站、下伸店分配了工作的上海知青,纷纷辞去了工作,恢复原来的知青身份,抢搭最后一班车,回上海去了。"进了屋,姜承兴也不坐,直截了当地对乔琳朗道,"你再不走,就永远没机会了！这种卑微的工作,这样的环境,你有啥留恋的？"

哪里是留恋啊！眼泪涌满了乔琳朗的眼眶,当一个小营业员,毕竟有一份工资,可以养活她娘俩啊！她孤家寡人一个,一点消息不知道。真没想到,那些分配了工作的知青,竟会毅然决然辞掉铁饭碗,一无所有地赤条条地回上海去。她迟疑地问：

"上海……会收吗？"

"哎呀！你真的是吓惨了,人家都已经办好了上海户口！"姜承兴道,"你还两眼一抹黑,蒙在鼓里。大返城,这是大返城,全国知青一次难得的机会。像当年呼啦啦一窝蜂下农村那样,这是返城潮啊！"

眼泪夺眶而出,乔琳朗结了婚,有了金力,她和未婚的男女知青不一

上海·恋

样,为了和金航结婚,没有理睬上海父母的劝告,对他们写来的信,发来的电报置之脑后,她已经多年没和家庭联系了呀!她任凭眼泪在脸颊上淌着,摊开双手道:

"回了上海,我们住哪儿去啊?我的爸妈、我……"

姜承兴一挥手说:"我都听说了!你不要有顾虑,回到上海,没地方住,就住到我家去。"

乔琳朗几乎不相信自己的耳朵,她睁大泪眼,望着姜承兴:"你爸妈会……"

"因为复杂的海外关系,'文革'初期,我爸爸被斗死了!妈妈被扫地出门,也在几年前病逝了。现在海外有身份、有地位的伯伯、叔叔回来了,向有关部门提出,给我父母恢复名誉之外,当务之急是把我调回上海,把原先我们家的房子还给我。"

"你是说……"乔琳朗像在听一个编出来的故事。

姜承兴诚恳地点着头说:"我已经办妥了所有返城手续,回到了上海。好笑哦!扫地出门时的那些家具、陈设都还在,只不过用旧、用破了。"

乔琳朗不解地问:"那你还来干啥?上海到石台,多远啊!"

乔琳朗知道,即使是为赶时间,坐长途客车,从石台到上海,或是像姜承兴这样,从上海来石台,也得坐整整一天的长途客车,朝发夕至。

姜承兴一脸真诚地凝望着她道:"为你来的。"

"为我?"

"为你。原先我见过你,苦于不认识。这些年你的故事在全县上海知青中传播得太广了,比电影还精彩。"

"精彩?"乔琳朗苦笑了一下。她只想哭啊。

"真的,回到上海办好一切手续的知青们,坐下来说到你,无不长吁短叹,我思来想去,决心跑这一趟。"

乔琳朗的心怦怦跳:"做啥?"姜承兴讲的一口弄堂里的上海话,唤醒了她的乡音,她也情不自禁讲起了上海腔。

"劝你辞去工作,回去。"姜承兴的双眼含情脉脉地盯着她的脸庞,坚定地说,"我是经过深思熟虑的,虽然只见过你几次,我忘不了你!到石台几天了,我天天到你的店堂间来,到你住的这地方转悠,你过的是什么日子啊!"

姜承兴的话,句句说到她心里。她极力想忍住,想朝着他吼:你疯了!你会后悔的。但面对着他热辣辣的眼神,她张了张嘴,说不出话来。只是任凭眼泪往下淌。

这度日如年的日子,她实在过不下去了。自小在上海弄堂里长大的一代人,无论时光如何流逝,离开上海有多久,自己个人遭遇是好还是坏,上海的魅力在心中是永存的,这样的烙印印在每一个上海儿女的身上,印在他们的心目中,甚至体现在他们自小养成的生活细节里。

乔琳朗啜泣着,挣扎着说出一句话:"对你,我、我太陌生了……我……你……"

她想说,我和你才刚刚相识啊!我怎么能仅仅凭你的一句话、一声表态,就随你回去,住进你的家里?

但她太激动、太惶惑不安了,一句完整的话都说不清楚。

姜承兴仿佛洞悉她的心思,说:"你不用担心,回去之后,慢慢改善父母和你之间的关系。"

乔琳朗被他的这句话打动、击中了,他连她和父母的关系都清清楚楚,说明他确实是费了一番功夫的。

见她仍是抹着泪不吭气儿,他又表决心般说:

"我不是心血来潮。相处起来你看嘛!"

乔琳朗还有什么话可说呢!对于她来说,这是飞来的福音,先回上海再说啊!像他说的,回上海之后抓紧改善和父母的关系,即使在和他相处的过程中,感觉到了不合适,住回到娘家去,也不是不可能。

毕竟他们是亲生父母啊!

她一点头,姜承兴就以一个能干的上海男人的干练果断指挥开了,他让乔琳朗不要煮晚饭,跟着他到县城街上的小饭馆吃,当晚就带着金力随他住在招待所里,并且给她起草了辞职书,让她抄写一遍第二天就交上去。

乔琳朗的命运在这个关头陡然转了一个急弯。

知识青年上山下乡的形势进入了退潮一般的"大返城"阶段。在县城各种各样的单位暂时得到栖息的上海知青们都递了辞职书,上海的诱惑力在这一代出生在都市里的男女青年中是那么大。

而县里面,又仿佛巴不得这么一帮从来到这块土地就没安生过的小祖宗快点离去。来的时候他们号称是毛主席的"红卫兵",可真正一深入了解,才晓得他们中不少人是地、富、反、坏、右、职员、资本家、"包打听"、"伪警察"、"五类十八种"各色人等的家庭出身,真正革命干部、革命家庭、革命军人、工人阶级出身的人并不多。就是这些人,同样想着回到上海去,他们对山乡没有一丁点儿的留恋。

而更实际的考虑是,上海知青们辞职腾出的岗位,全部都可以安排自己县里面的人来顶上去。

在那个年头,一个工作岗位,就是一份工资,一只铁饭碗啊!

乔琳朗就这样跟着姜承兴办妥辞职手续,恢复了知青身份,回到了上海,住进了姜承兴家那套厨卫齐全的公寓楼三套间住房里,比乔琳朗家原先的档次还高一点哩!

真像姜承兴说的那样,"扫地出门"时无法搬动的那些笨重耐用的柚木家具,又以"落实政策"的名义还给他了。只不过用旧了,有的地方还破损了。抽屉拉动时不滑爽了。

姜承兴把这些老家具集中搬在两间房里,腾出一间最大的,据他说是当年父母的卧室,重新粉刷一新,买回来一套改革开放初期最为时兴的家具,作为他和乔琳朗的新房。

乔琳朗能不嫁给他吗,一切似乎都发生得顺理成章,一切都因大局和形势的变化而变化,一切对于乔琳朗来说像一场梦。

她无比地感激姜承兴给自己和金力带来的一切,她无比珍惜回到上海之后的夫妻生活。姜承兴对她呵护有加,让她不要急着去找工作,不要像其他大龄女知青那样,想方设法挤进里弄生产组、街道工厂,和那些婆婆妈妈混在一起,有啥意思。当务之急,她得去给金力的外公外婆赔礼道歉,取得他们的谅解,恢复和娘家的关系。

姜承兴是个实在人,也是个花钱如流水的"少爷",乔琳朗低调地嫁给他不到半年,就看出来了。他陪着乔琳朗母子去拜访金力的外公外婆时,大包小包买了一大堆东西,香烟、老酒、蛋糕、点心,三个人六只手都提不过来,他喊了一辆改革开放初期刚恢复的出租车,车子鸣着喇叭开进永加路上的弄堂里,吸引得不少邻居跑出来围拢上来看,纷纷奔走相告:乔家插队落户多年的琳朗带着女婿、外孙来看外公外婆了!乔琳朗出嫁,当年老两口是不同意的,现在看看,乔琳朗嫁得还可以啊,有眼光。

乔琳朗取得了父母双亲的谅解,乔琳朗对姜承兴言听计从,任凭他在外头做生意赚钱,自己在家里过着相夫教子的安定生活。她不晓得姜承兴手上的那么多钱是怎么来的,他说"抄家"还的,她信;他说贩服装、贩电子手表赚了一大笔,她也信。她只叮嘱他赚钱不要太辛苦,钱嘛,够花就行了。她做梦也没想到,姜承兴竟然赚的是刀口上舔血的钱。

这一天晚上,乔琳朗正守着日本进口的索尼20英寸电视机看节目,金力睡着了。永加路上阒寂无声,突然户籍警陪着两个身穿便衣的男女来访,乔琳朗连忙让座,关了电视机,说姜承兴在外头忙,没回家来。

三个警察眼睛望着乔琳朗端上桌来的三杯茶水,并不喝,只是望着杯子里冒出来的热气,轻声细语告诉她:姜承兴是个贩卖海洛因发大财的毒贩,他犯的是死罪,已被逮捕!现在要抄家,看看他在家中是否藏有毒品和不义之财,考虑到她和孩子在场,对孩子的成长不利,现给她一点时间,带着孩子到外头去回避一阵,暂时住进旅馆,或回娘家去都可以。放心好了,家中生活用品我们是不会动的。

这真的是晴天霹雳。

乔琳朗的头顿时大了,她强自镇静,在警察的注视下,叫醒了金力,只带了一点换洗的衣裳,离开了她和姜承兴的家,住回到了娘家父母留给她的亭子间里。

从那个深秋的夜晚开始,她和金力再也没住回这个家里,只是取走了一些属于她和金力的衣物及日常用具。三个多月之后,她收到了一张判决书,上面历数了姜承兴贩毒的数量和所获的巨额利润,姜承兴已被执行枪决,并被没收了全部的不义之财。

照理,作为妻子,姜承兴死去之后,姜家留下的公寓房该有乔琳朗的份额,但在姜承兴被执行枪决之后,姜承兴的姐姐姜承欢冒出来了。"文革"中姜承欢把名字改成姜承红,在技校毕业时坚决和有特务嫌疑的反动家庭划清界限,断绝父女关系,断绝来往,故而房子被插队落户回来的姜承兴独占了,听说弟弟犯了罪已亡故,她把名字改回来了,还四处放风说姜承兴走到这一步,全是为了养活"拖油瓶"老婆。这个弟媳妇嫁给姜承兴,就是仗着她的花容月貌,"狐狸精"功夫深,把弟弟迷得神魂颠倒走上了绝路,她之前已经嫁过两个男人了,一个是走"白专道路"的知青,还有一个是"打、砸、抢"的造反派,两个男人都死了,现在她又把姜承兴拖累死了,这女人是个地道的"白骨精""克夫星"啊!她闪电一般嫁给姜承兴,就是看中了我们家这套高级公寓房子。这套房子是姜家的,没有她的份儿。

姜承欢和她"文革"中嫁的根正苗红的丈夫及一对子女,堂而皇之住回了家中,把乔琳朗和金力赶走了。

乔琳朗第三次成为寡妇。关于她是"克夫星""妖孽"的传言经知青们添油加醋的传播,甚嚣尘上。两个罪犯曾经是她的丈夫,一个是大毒枭,一个是畏罪自杀的"打、砸、抢分子",身边还有一个"拖油瓶",人们对她已到了闻之色变的地步。

她又一次落到了底层,和金力栖身在父母可怜她而留给她的亭子间里,过起了自食其力的生活。连她自己都相信,她不能和任何男人再发生啥纠葛了,她只能孤零零地带着金力过勤俭的生活。她享过福,但那都是短暂的,是两个罪犯给她提供的。她享受不起,她就是苦命人。她和所有的知青断绝了联系,除了日渐衰老的父母,连她的家人也不待见她,不和她来往。除了于玲芬之外。于玲芬不信这个邪。于玲芬是同情她的,说她是世上"红颜薄命"的典型,是标准的"红颜薄命";于玲芬虽然羡慕甚至妒忌她的美貌,却不像其他女知青那样嫉恨她。于玲芬给她派发马海毛的活儿,让她加工的同时,还让她分包出去,也多赚一点儿钱。她就是靠着派发分包马海毛,赚下了一点积蓄,租下了长乐路上单开间门面的店,卖起了工艺小商品,和金力相依为命地过着勉强维持生计的日子。

同样是仗着和于玲芬那点儿交情,金力才得进于玲芬在上海滩赫赫有名的环宇房地产开发公司当上了一名保安。

五

都在说上海的变化大,到了临近20世纪末,上海的变化似乎更大了。

但是在金力随着妈妈居住的永加路老弄堂里,老上海的一些观念,仍然存在。所有的人都分得清自己是几斤几两,什么地方该去,什么地方不该出入,弄堂里的人的心里都清清楚楚。尽管灯红酒绿的舞厅、红色标记十分明显的机关、弦歌不绝的夜总会、东方明珠新锦江的旋转餐厅都同时存在着,但没有人会随随便便地进出。住在城中村、城乡接合部的新棚户区里的打工群体,绝不会轻易走进大剧院、小剧场和波特曼这样的地方。

安分守己的上海人,不管是老上海人还是新上海人,都有着自己的那一份生活。

随着时光的流逝、岁月的淘洗,有些曾经是一成不变的东西,还是在不知不觉地淡出、消失。

比如老上海人司空见惯、熟视无睹的马桶,曾经遍布上海的大街小巷和一条一条长长短短、宽宽窄窄的弄堂,随着世纪末的到来,终于在上海街头消失了。至少通常见不着了。

有一位北方的电视人,带上了录音机、摄像机兴致勃勃地来到上海,想要拍摄放置在弄堂口各式各样的马桶,想要录下涮马桶的声音,问及当时站在街头打零工看自行车的金力,金力愤愤地瞪了他一眼,双手一摊,没好气地说:

"没有了,早没有了!前几年来还差不多。你想干什么?出上海洋相啊!"

怕出洋相,也是上海人一种普遍的心理。

还有天天早上吃泡饭的习惯,也在不知不觉中淡出了每一个道道地地的上海人家庭。比金力年纪大的保安,问金力,你吃过泡饭吗?金力像望外星人一样瞪着对方。妈妈从来不让他把泡饭当早点,连上海人视为"四大金刚"中的大饼、油条,妈妈也很少买给他吃。

妈妈的早饭每天会翻花样,今天的早点是牛奶咖啡加两片面包,一片面包上涂满花生酱,一片面包上涂的是芝麻酱,外加一只荷包蛋,妈说,金力年轻力壮当保安,要吃得好一点,有营养一点,不能随便对付。

金力就是从这些点点滴滴的生活小事上感受妈妈对他的爱,即使于玲芬告诉了他,妈妈有过三个丈夫,即使外面有人传妈妈是"克夫星""丧门星",即使妈妈骗过他,他问及童年时期有过模糊记忆的"姜叔叔"到哪里去了,妈妈骗他说姜叔叔出车祸死了,他还是能体谅妈妈、原谅妈妈。妈妈是他在世上唯一的亲人。

妈妈这一辈子太苦、太不容易了。他不嫌弃妈妈乔琳朗,就像外公外婆不嫌弃这个曾美若天仙的女儿一样。连于董于玲芬这么个大人物都不嫌弃妈妈呢!

金力有滋有味地咀嚼着面包,妈妈抬起眼瞅了他一眼,问了他一句:

"在玲芬董事长门口值班,听到公司里什么消息吗?"

金力咀嚼着面包摇头,他睁大了双眼,盯着妈妈的脸。近来,妈脸上的气色比过去好多了,面颊上有了光泽。上次,妈也是像今天这样,仿佛不经意间问出一句,结果告诉了他小杰克死了这样一个骇人听闻的消息。今天,妈难道……

金力把面包吞咽下去,忍不住问了一声:"你听说了啥?"

妈妈垂下了眼睑,用筷子尖尖的一头挑开油浸浸的荷包蛋,夹起一小块,像在思考要不要把这么油腻的蛋白送进嘴里,她声音低低地说:

"不是好事,肖宏勋和于玲芳搞上了……"

"你是说,"金力把筷子往桌面上一放,吃惊地瞪着妈,"于玲芬的妹妹,副总经理于玲芳?"

"都在这么传。"妈的声音低得几乎听不分明,略显疑惑地问,"你没听说吗?"

"没、没听说。"金力摇头,他的神情和语调证明他说的是大实话,怕妈妈说他信息不灵通,他像辩解又似解释般把手一摊说,"主要是我现在的岗位,不能在上班时间和人谈'山海经',胡天野地瞎吹牛。"

妈点头:"还因为你的岗位就在玲芬办公室门口,人家也不敢放肆地来找你聊天,"妈在帮他找理由,谅解他的信息不灵,"在背后说玲芬。"

金力愣怔地望着母亲,讷讷地说:"反正,董事长涵养功夫好,平时一点也看不出来的。"

"是啊!她城府深,敢作敢为,但终究是刮鱼鳞出身的呀,管理这么一个资金雄厚的环宇房地产公司,用的都是自己的直系亲属,七大姑八大姨都钻进公司揩她的油,到头来是要吃大亏的呀!"妈妈感慨一般地发着议论,金力听得出,妈没有幸灾乐祸的意思,她是真为于玲芬担心。倒是他的内心深处,听到这一消息,一阵阵翻江倒海,震惊不已。

怎么会是这样?

怎么会出这样的丑闻?

事实是消息已经传开了,没有人会去调查核实事情的真相,人们都会相信这是真的。金力自己不也是一听妈妈告诉他,就相信了这件事吗?肖宏勋和于玲芳,一个是环宇公司总经理,一个是副总经理,一个是于玲芬的丈夫,一个是于玲芬的亲妹妹。他们双双出现在公众场合,不管有无于玲芬在场,人们都会认为很正常,不会传出啥闲言碎语。现在社会上流传开这样的"豁边"新闻,连妈妈都在说,证明绝非捕风捉影,总归是有啥"马脚"露出来了。

妈妈仍在叮嘱他,到公司里去上班,不要主动给人提这件事儿,即使有人背后议论,只能竖起耳朵听,千万不要插嘴,不要说三道四。

金力知道妈妈这是为他好,他郑重地朝着妈点头,表示会听妈妈的话,谨言慎行。

但是妈妈不晓得啊!金力和于玲芬已经有了肌肤之亲,两个人的关系起了质的变化。排除双方年龄上的悬殊不论,他俩之间是通常意义上的情人关系。准确地说,他是于玲芬的小情人。

现在社会开放了,女大男小的情人关系同样时有所闻。和他一起在当保安的伙伴们聊天时不是兴味浓郁地讲起过嘛,一个四十出头的女律师,和一个不足三十岁的男子同居着,男人是一无所长的营业员,收入仅够个人开销,正规在上海滩"轧女朋友""谈恋爱",连"资格"都没有,但他唯独有一个长处,五官还端正,谈不上是"俊男",却还中眼。女律师呢,收入颇丰,有房有车,见过世面,欠缺的是相貌,也不是说她有多难看,脸庞只能算中下水平,外加多年的职业生涯使她脸上增添了一股不怒自威的神情,经济条件好,眼界高,又挑剔,阴差阳错的,就成了"高不成低不就"的"剩女"。她和营业员小男人同居在一起,双方各有所需,倒也相安无事地过了几年。女律师明知这种关系不会像夫妻般久长,开明地与小男人提出了条件:陪她到四十五岁,等她正式收养了一个小孩,她就放他走。在这期间,她每月贴他一笔费用,足够他离开之后能够达到购房首付的条件。

小男人竟然同意维持这么一层关系。

金力记得,几个保安讲起这一"倒贴户头"的故事时,有人嗤之以鼻,竟然也有没有谈上朋友的保安羡慕,说若碰上这种事,他也愿意!

金力同样是没有正儿八经谈过女朋友的,他当时听到有保安表示愿意尝试,倒也在心里觉得可以理解。上海滩,真是什么人都有啊!

他年纪不小了,有性要求了,正像妈说过的,他们那一代知青,插队落户那么苦,有啥条件?还不是照样恋爱、偷尝禁果,甚至结婚?

他现今也是对异性有着浓烈兴趣的年纪啊!可他的客观条件、经济收入、住房状况、职业,都将他归入了没有资格堂而皇之交女朋友、谈恋爱的行列。他"不达标"。

可他确实对女性充满渴望啊,他有强烈的欲望啊!这股欲望在夜深人静、舒舒服服睡了一大觉醒过来时,有时几乎会燃烧起来,引得他涨红了脸,瞪大了双眼想入非非。

他只有克制自己,在情感上压抑自己,才能把日子一天一天地打发过去。

说他不想女人,那是假话。

他想不到的是,妈让他喊阿姨的于玲芬于董会看上自己,而且那不伦之爱的关系像两人从山地草坡滚落下来似的,一下子坠落到了山脚。

他晓得这是赤裸裸的性关系。

这层关系没有纯真的恋爱,花前月下的甜蜜。

这层关系更非庄重的婚姻,丝毫谈不上家庭的责任和义务。

那又怎么会发生呢?

就是需要。欲望的需要、肉体的需要、发泄的需要,或者亦可以说成是一种感情的需要。

于玲芬每次在和他云雨之欢时,金力看得出她需要他、她渴求他,她甚至一点儿也不掩饰对他的满足、满意,对他的喜欢。从她的眉眼之间,从她赞叹不绝的语气,从她抚慰他的手势,从她拥抱他时的热烈,从她贪婪地亲吻他时的持久激动神情,金力都能感觉得到她对自己是有几分爱的。

而他呢,从最初的惶恐、不安、应付,到快活以至于偷情的窃喜,到后来的欢悦、发泄的痛快和对她异性肢体的贪恋,他的内心深处升起一股迷醉之情。她的体香激起了他雄性的力量,她的性技巧更使他感到一次一次的满足。他知道自己不是她的一切,每次幽会做爱之后,她脸上的表情,她的肢体语言,她的姿态眼神,瞬间又变回了环宇公司的董事长,身家上亿的女强人。说话的语气、声调,和她赤身裸体、一丝不挂躺在他身旁时如同换了个人。

刚开始他对她神色的变化之快暗自吃惊,极为不习惯。

但几次之后他就坦然地接受了,好在他俩几乎天天见面,只是她坐在董事长办公室的沙发椅子上,他坐在门口值班岗位的木椅上。他就是董事长办公室门口的一位保安。小保安。

她的欲望不是强烈的,每隔三个星期才约他幽会一次。有几次的时间似乎更长一些,长得他都有些盼望、有点迫切了:她怎么不约他了?是不是她看上了其他男人?毕竟他不是男人中的佼佼者啊!他只是一个打工的保安啊。在他和她的关系中,他完全是被动的,是她"招之即来、挥之即去"的一个小情人而已。

一次一次地相好偷欢,唯一令他心里惶惶不安、令他恐惧的,是金力怕总有一回,他们的关系会被她的丈夫肖宏勋撞破。人们不是说,"第三者""婚外情"从来都是纸包不住火,早晚是会"穿帮"的吗?故而,每一次的偷情,每一次和于玲芬做爱,每一次双双消失之后过夜,结束幽会各自分手之时,金力都会长长地吁出一口气,对自己说,总算没出意外。

肖宏勋作为一个男人,太优秀了!

方方面面优秀得几乎是无可挑剔,他相貌堂堂,一表人才,人到中年之后,浑身上下透出的是一股成熟男人的魅力。况且他的英气之中,还有着天然的派头。年轻时代和他一同插队的伙伴们给他起绰号"外国佬",不是没有道理的。他举手投足之间,都显示着洋老板的派头。上海人说,装出来的派头令人讨厌,而肖宏勋身上与生俱来的气派,则有着让人敬畏的钦佩。公司里的女人们私底下说,是于玲芬太强了,强大的气势把肖总的气焰压住了,他若寻花问柳,像社会上那些通常见到的老板们一样,只怕愿意和他相好的女人可以排一个长队。

在初成为于董小情人的日子里,金力百思不得其解的,就是这一点。于玲芬有一个如此出色的丈夫,况且他俩还是当知青时的恋人,患难之交,这是尽人皆知的事实。于玲芬为啥找上他金力?

这成了他心中的一个谜。

如今这个谜终于解开了,妈妈无意中听来的绯闻解开了金力曾经百思不得其解的谜团。于玲芬于董是何等精明之人,连妈妈都听说了的事情她不会不知道。她肯定是碍于偌大的公司利益,不想把事情闹成满城风雨的局面。她能怎么办？一边是丈夫,一边是亲妹子。她只能打掉了牙齿吞进肚子里。但是对丈夫肖宏勋的感情,对他的绝望,那是深入骨髓的。这就是于董转而从金力身上寻求安慰、寻求满足、寻求她需要的原因。

而金力呢,虽然相貌并不出众,但他的年轻,他的公牛般的雄性的能力,恰恰迎合了她的肆意发泄的需求,满足了她那种旺盛的如狼似虎般的欲望。

从她每次和他做爱都会淋漓尽致地微微出汗,从她剧烈运动之后粗重却又显满足的喘息,从她情不自禁披散着蓬乱的乌发露出的笑容,金力看得出她是欢乐和尽兴的。

金力同样从和她一次又一次的云雨中,感受到从未体验过的快活和窃喜。毕竟他也有男子汉的渴求啊！是的,他是未婚男子,他没谈过恋爱,可他从于玲芬这么个女人身上,获得了最初的性体验、性欢乐、性满足。虽然是偷得的,说不出口的,不光彩的,他心中仍会时时浮起窃喜之感,有暗自偷得意外之财的喜悦。

下了班,休息天,妈妈也不让他到工艺品小店里去守着,金力会独自一人关在小小的亭子间里,偷偷地看色情的录像。在他们这拨保安群体中,几乎所有的人都看过那种黄色录像。起先是 VCD,后来是 DVD,听说外国人讲 VCD 和 DVD 都是过渡性产品,很快会被更先进的东西淘汰。但是上海的弄堂和小区里,到处都有播放音像的碟片店。这些店堂有大有小,什么样的碟都能买到。

以前金力跟着伙伴们躲在小屋里观看时,会边看边发议论,说一点只有男孩聚在一块儿才讲的下流话。

如今他躲在自己家里偷偷地看,不由自主地会从中模仿和细观那些性的动作和技巧。这些不知从什么渠道流传进来的欧美、东南亚、日本的色情影片和黄色录像,看得他惊心动魄、茅塞顿开,有时候甚至忘了时间。

在又一次和于玲芬欢愉时,他不知不觉地学着那些技巧、模仿着那些动作和姿势,把于玲芬一次一次地送上了高潮,送上至欢极乐之境。于玲芬则对此毫无感觉,当亲昵地搂抱着他说悄悄话时,她会不无得意地用嘲笑的口气道:

"想想,开头几次,你真像个啥都不懂的小弟弟,又笨拙又莽撞,对吗?"

"是的。"

"现在呢,嘻嘻,越来越有经验了,进步很大哩!对不对?"

"对。"

"是我唤醒你的,你要记住,是我教会你的。"每当这时候,她不是揪揪他的耳朵根,就是点点他的鼻尖提醒道,"千万别忘了,是我于玲芬给你上了这人生第一课。"

"嗯。"他承认,他情愿装作啥都不懂的傻小子。他对她恭敬忠诚、殷勤体贴。

于玲芬说着说着就认真起来:"我给你说真心话,我们的关系是不能公开的,传出去要成为上海滩大笑话的,要贻笑大方的。我们之间只能这么偷偷摸摸的。"

"我明白。"

"别明白明白地净说傻话呀!真的,要是让你妈琳朗知道,我怎么见她呀!"

"她不会知道。"这一点金力有把握。

"所以呀,"于玲芬支起身子,光裸的胳膊竖起来支着下巴,双眼凝视着金力,放慢了语调道,"你该找女朋友、找对象,就找起来。找一个和你年龄相当的,相貌过得去的,该恋爱恋爱,该结婚结婚,我可不想因为我这个老太婆而误了你的终身大事。"

金力的眼睛惊惧地瞪大了,他一动不动地盯着于玲芬。于玲芬一脸的

严肃和真诚,绝不像是在试探他,他的心里一阵感动,一阵惊讶,一阵酸楚,不由得哭丧着脸道:

"我没本钱恋爱啊!上海滩哪个姑娘愿同我这么个当着保安、工资不高又没住房的男人谈朋友?妈总说,攒钱的首要目标,是到靠近松江、闵行的城乡接合部,买上一套两室一厅的房子,我才有资格谈婚姻大事。"

"那你去买啊!"于玲芬轻描淡写地道,"那种地段,一套两室一厅,也就是二十来万吧!你赶快去看房子,订一套,首付的钱,我给你。"

于玲芬说到做到,她真是个雷厉风行的女人。金力也不晓得她对妈妈是怎么说的,妈妈高高兴兴地拿到了一张五万元的现金支票,回到亭子间喜滋滋地对金力说:

"你在环宇公司一定干得不错,玲芬对你很满意哩!看,说起你至今没交上女朋友,玲芬主动借给我们五万块钱,说是让我们趁着上海目前房地产业刚刚起步,尽快去买上一套房子,好让你有条件谈朋友啊!"

"真的吗?"金力接过妈妈手中的支票细看,这一辈子,他还是头一回看清现金支票是什么样的呢。他心里当然知道这是怎么回事。

"玲芬说了,"妈妈的语气里透着感激,"上海的房价,肯定会涨。她在这方面是有眼光的,你休息那天,我们就去选房子。"

有了这五万块,加上家里以往的积蓄,两室一厅房子的首付是肯定够了。金力起先只以为于玲芬是在床笫之间说说而已,没想到她还真的兑现了,而且速度是如此之快。

妈妈嘴里在念叨,这钱以后是要还的,慢慢还。金力心里却明白,于玲芬是送给他的。只是她怕妈妈生疑,故意说成是借钱给他们买房子。

不知为什么,看着手中这张轻薄如鸿毛一般的支票,金力的眼前不时地掠过符向安从保险柜里拿钱那一幕,这个家伙,一拿就是满满的一尼龙包,足够买上大大的一套近郊房子。他还记得把这事儿报告给于玲芬的情形,被偷这么多的钱,于玲芬听了都不动声色呢,反而赏了他一记耳光。

钱,对于玲芬来讲,真不算什么呢!那天她凑近他耳朵边,还亲亲切切地说了,其实,一套房的钱全拿给他,她都愿意,只是怕琳朗生出疑心,她才拿出五万块说借给他们。你心里明白就行了,这钱是不要你们还的。

想到于玲芬对他出手那么大方,金力的心里油然涌起一股对于玲芬的感激之情。

闵行区挨着莘庄地铁一号线终点站,步行只需十多分钟的那套房子,金力就是这么完成首付的。两室一厅,83.6平方米,朝南,按挂牌价算,得二十五六万元,于玲芬给开发商打了招呼,优惠到23万元。办了按揭,这套房子就算办清了一切购房手续,到了他们娘俩的名下了。房产证上写着乔琳朗和金力母子的名字,妈妈说了,这套房子就是金力的,她是不会去住的,她住惯了亭子间,又要经营长乐路上的工艺品小店,怎么可能住到那么远的地方去,天天挤地铁来回赶啊!

妈妈还说了,暂时不要装修,等金力谈定了女朋友,怎么装修,装修成什么风格,听听她的。当务之急是先还贷款,还清了贷款,再还玲芬的钱。

其实妈妈的担心都是多余的。随着他俩买下了莘庄的房子,金力的个人问题都顺利地解决了,而且还都是于玲芬的鼎力相助。

金力的女朋友不是上海姑娘,而是妈妈和于玲芬插队落户的石台县到上海来打工的一个女孩,名字好记,贾兰兰。

一般的传统上海家庭,不太愿意接纳一个打工妹,户籍啊,打工妹老家的亲戚朋友同村人啊,以后都是麻烦和累赘。但在乔琳朗和于玲芬眼里,那是她们插队落户的第二故乡,况且寻根究底,金力本人也是在石台乡下出生的,上海人固有的对打工妹的那种看法,也就自然而然减弱了。更主要的是,贾兰兰是于玲芬一眼相中的,她看中了以后又约乔琳朗和贾兰兰见面。她俩瞅着都觉得顺眼,乔琳朗才让两个年轻人正式相见。

乔琳朗给金力挑明了,这是石台县老乡找着了大名鼎鼎的于玲芬董事长,求她出面给介绍个门当户对的小伙子,不要大富大贵,只要对方人不错,是个过日子的青年就成。乔琳朗见过贾兰兰,觉得她倒也老老实实、朴朴素素的,人也长得端正。她没意见,但给玲芬言明了,这份姻缘,关键是金力自己。我们当长辈的,不能给他们包办代替。

金力和贾兰兰首次见面,就看对眼了。贾兰兰在上海打工几年,相貌打扮完全脱尽了上海人世俗眼光中的所谓"乡气",她的脸庞白净细嫩,服饰和上海弄堂、小区里走出的姑娘无甚二样,五官端正,一对眼睛虽不大,亮晶晶的,看上去十分纯朴顺眼,带几分秀气,就是略显瘦弱。

见过面之后,金力心里已经愿意。

他这一愿意啊,后面的事情就顺理成章地办起来了。事后想起来,金力都觉得像是在做梦。以前对他来说比登天还难的事情,妈妈一提起就要唉声叹气地发愁的事儿,都在半年多的时间里如愿以偿地办成了。

莘庄那套新房子是于玲芬派出的施工人员装修的,只象征性地收了点费。

简朴热闹的婚礼举行得令乔琳朗和贾兰兰父母双方都十分满意。

金力和贾兰兰婚后的日子,过得温馨而又甜蜜,至少表面上让外人看来是这样。

贾兰兰仍像婚前一样在上班,她是电器厂流水线上的一名装配工,活儿不重,一天八小时,就在一块电路板的同一部位安装个小配件,她早熟练和习惯了。只不过老板说了,车间里正在研制更新的自动化设备,要不了两三年,这一类手工操作的活儿,都将由电脑控制,实现智能化。贾兰兰有紧迫感,还有上进心。除了上班,她每周都要根据老板的推荐,去大学里进修,除了双休日抽出半天安排学习,周一和周四的晚上,也得去上课。

金力还是过着天天如此的值班保安生活,轻松、自在、舒适,他的精力应付起来绰绰有余。不同的是,婚前他和妈妈挤住在永加路弄堂里的亭子间里,虽然逼仄,但是离公司近,帮妈妈去守长乐路上的小店抬脚就到,冬天里还能睡个懒觉,到点了再起床。婚后他必须像准时上班的兰兰一样,提早起床,赶着点儿挤上莘庄地铁一号线,到市中心地段的环宇公司上班。

婚后他和贾兰兰的性生活是美满和谐的。纯情的兰兰对他迷恋得如痴如醉,由衷地感到婚后生活的幸福和欢悦。她瘦削的脸庞显得充实饱满了,额头和双颊泛出青春的光泽,同事朋友小姐妹们都说她胖了、美了、更漂亮了,话语间满是羡慕,说她一个安徽乡下来的姑娘,嫁给了一个标标准准的上海小伙儿,真是福气。她呢,手脚还勤快,只要在家里,总在干家务,把个两室一厅的屋子收拾得井井有条,一尘不染。乔琳朗抽空冷不防会来他们的家看看,每次都表示满意。当面和通电话,她不止一次对金力说,你办完了终身大事,我也放心了,对得起你早逝的父亲了。金力,你要知道,妈活一辈子,梦里想过的,也就是你现在和兰兰这样安定祥和的日子。可惜呀,妈的命运不济,没摊上这个命。你现在过上了,妈总算称心了,也可以定心地安度晚年了。

金力是珍惜他的这份日子的。心灵深处,他明白,他今天能得到所有的这一切,都是因为于玲芬对他的照应,故而他对于玲芬充满了感激,他愈加忠心地当好于董的值班保安,谦恭地照着她说的每一句话做。于玲芬关照啥,他就干啥。于玲芬忽视了的细节,他也替她想到了,刮风下雨,于董出门时他会提醒她带好雨具,带上随身雨衣;出大太阳,他会给于董备好阳伞和墨镜。只要于董走出办公室,他都会笑嘻嘻地问一声:钥匙带了吗?让于董心里明白,再不能出符向安拿钱那种事了。

你别说,他的话还真管用,有几次于董听了他的话,会噢一声,回转身进办公室,把忘了带的钥匙或皮夹什么的小东西带上。

看得出,环宇公司家大业大,除了主业房产,还兼营各种业务。于董大手大脚惯了,别看她给脸庞化妆、穿衣戴帽那么细致,她其实是个粗枝大叶的人。很多事儿,下面的人来一请示她,她不是手一挥说"行,你就照此办吧",就是颇有气派地一抬手,接过递上来的笔唰唰唰地把"于玲芬"三个字龙飞凤舞地签上。就说这种签字笔吧,金力听说清一色都是"派克"进口笔,一支得一千多呢!她签完也不往兜里揣,不放进她挽着的名牌包里,而是随手递给了来者。

金力时常暗自惊愕,这是一笔多么大的开销啊!

上海·恋　83

享受二人世界的床笫之欢时,金力拐弯抹角地提示过,钱再多,家业再大,也得防着不怀好意的人钻她的"空隙"、偷她盗她啊。

她根本没当一回事儿,只是眯眯含笑地俯身瞅着他,用滑爽细嫩的巴掌轻轻地拍着他的脸颊,亲昵地道:

"也就是你,从心眼里在替我着想。就冲你这一点,我都喜欢你。别说你每一次还都能给我带来难得的欢乐哩! 怎么样,兰兰怀上孩子了吗?"

话锋一转,说得金力的脸都涨红了。还真给她说准了,婚后刚刚四个月,贾兰兰已经有身孕了,没想到于玲芬会给他提这件事。

他只得移开目光,避开她紧追不舍的凝视目光,淡淡一笑道:

"怀……刚怀上不久……"

"好事啊!"她一点也不生气,没半点儿嫉妒,相反满脸喜气地拍了一下巴掌,"我就晓得,像你这样雄性十足、金枪不倒的男人,很快就会有孩子的。孩子出生时,我会给宝宝送上一笔礼金的。这是我对你的一点儿心意。"

说着,她整个身子偎依着他,引得他忍不住凑近了她的脸,和她热辣辣地亲吻起来。激情中怀着柔情。

金力心头真的震惊,她怎么连他和贾兰兰之间的情事都猜得着、猜得准?

贾兰兰是处女,新婚之夜金力就知道了。当夜他们的婚床染红了一片,贾兰兰羞涩地把床单抽了下来,将预先准备好的另外一床新垫单铺了上去。

站在床沿边看着贾兰兰慌乱地换床单,金力又感动又惭愧又有点儿自责。妻子贾兰兰是个纯洁的处女,新婚之夜她把一个少女的贞洁献给了他。而他呢,他已不是童男,他和一个比自己大得多的女人有过好多次的性关系、性体验了。他愧疚,他不安,他隐隐地烦乱。当贾兰兰感觉到疼痛,感觉到渴望和忍受着他的进入时,他在那一瞬间就察觉妻子和于玲芬的不同了,兰兰发出的哼哼既像是欢悦又像是在哭泣,兰兰浑身瘫软地舒展开四肢时,他获得了前所未有的高潮和满足。

他趴倒在兰兰的身上时,明显地感觉到了兰兰的心跳和颤抖般的勃动。意外的是,他还感觉到了自己心脏的剧烈跳动,一下又一下,虽然急促却格外分明。

他感到从未有过的舒适、喜悦和一种全身心的释放。

他从内心涌起一股对新婚妻子兰兰的感激之情和浓烈的爱意。

是的,他爱贾兰兰,比从初识到结婚阶段的任何时候都爱她。

他要对她好。

他和于玲芬的性爱不知有过多少次了,但他从来没有体会到和兰兰之间的这种感觉。

事后金力不止一次地细想过这该如何解释,上下班路上,坐在地铁上,值班没有访客时,他一次次地想着,逐渐逐渐地,像剥茧抽丝般,他把这件事想出了点儿头绪。

他和贾兰兰之间,是夫妻之爱,是恩爱、情爱,是有责任心的婚姻。

而他和于玲芬之间的,则是一种需要,一种发泄,一种通常说的肉欲。于玲芬是在对她曾经托付一辈子的肖宏勋绝望之后,是在肖宏勋和于玲芳发生了那种丑闻之后,诱惑了他,转移了她与生俱来的一种需要,就像她说的甜言蜜语一般,她喜欢他,她需要他,她离不开他,因为她有情欲的需求,因为她的情感需要宣泄和释放,而且她确实也从他的身上获得了满足。不是吗?她几乎养成了惯例,三个星期,每隔二十天左右,她会约会他一次,有时候是数小时,有时候共度良宵。只在他俩之间的二人世界里,他们才是情侣,才是无话不谈的男女,才是男欢女爱情话绵绵的一对儿。其他时间,他仍是值班保安,她还是众星捧月的环宇公司董事长,风光八面的女中豪杰,受人尊敬的于董。

他呢,在没有女朋友、没有对象的时候,从和她的亲热中,同样获得了性的满足,同样感觉到了发泄的快感,同样收获了性的经验,同样享受了肉欲之乐。只不过从世俗的意义上来说,他是被动的,于玲芬是主动的;一切

上海·恋　　85

都是以她的意志为主,他完完全全处于从属的地位。可他从她那儿,还得到了男女关系之外的东西,一套住房,买下的这套住房随着上海的房价飞涨,已经增值了一倍还多。一位和他同时购房的邻居转手把两室一厅卖出去,实际到手现金五十五万多点。由于有了住房,他还收获了婚姻,和贾兰兰结了婚,成了家,完成了原来看上去遥不可及的终身大事。

为此,他和妈妈都对于玲芬感激涕零。故而尽管他已婚,尽管他很快就会有小孩,他仍得把和于玲芬的这层关系保持下去,随时随地听从吩咐和安排,忠心耿耿地为她提供服务。

于玲芬呢,对他也越来越好,越来越信任和随便。这是金力看得出并感觉得到的。

以往她出席饭局,从来不让他露面,如今她经常一个电话,让他到她那儿去,送一份要件,拿点儿礼品,甚至帮助驾驶员毕菲莉一起拿啥土特产的。好几次,人家送的购物卡、交通卡,她随手就给了他,连卡里有多少钱都不闻不问。还有他的工资,已经涨到了所有保安之上,除了保安部经理,就数他最高了。要知道,充足的购物卡、交通卡,数目大的都有一千元一张呢。

还有一回,于玲芬在石台老知青联谊会一个又一个电话催促之下,参加了回沪老知青们的一次聚会,她也一个电话把金力召去了,还丝毫不避嫌地把他推到众人面前,介绍说:

"知道这是谁吗?乔琳朗的儿子,在我的环宇公司当保安,干得很不赖的。"

这样还不算,她大包大揽地说:"今晚这顿饭,一共几桌啊?我请了,你们不要'劈硬柴'了。"

"劈硬柴"是知青一代人的切口,亦即各吃各的饭,所有的参加者每人交一百元,多退少补,谁也不请谁,谁也不欠谁,大家都没意见。于玲芬这一表态,全场响起一片欢呼声,一阵喧哗,男女老知青们纷纷扯直了嗓门吼着、叫着:

"是'码子'①于玲芬。"

"我们感谢你!"

"有酒吗?上好酒啊!反正有大老板'埋单'。"

"真正的大老板,女老板啊!"

"啥老板,是女中豪杰!"

"你们没听说嘛!她的身家上亿呢。这点酒水钱算个啥?毛毛雨!"

……

有叫好的,有表示感谢的,有趁机敲她竹杠的,哇啦哇啦叫着的群体中,什么人都有。

于玲芬笑吟吟地面对着当年的男女知青伙伴们,把所有的话都当成了恭维,高高举起手中的啤酒杯说:

"难得见面,我也没啥送给大家的,环宇公司给每个职工送一只过年的礼包,我也给每人送一份!"

说完,她满面红光地转脸对金力说:"你点一下人数,叫上毕菲莉跑一趟,马上把礼包送到这儿来。"

满场喧哗,热气腾腾,男女老知青们端着酒杯,川流不息地走上前来,纷纷向于玲芬敬酒,表示久别重逢的欢乐,表示谢意,把她团团围在中间,簇拥着她,众星捧月般地说着真心的、有的不是那么真心的感激的话。

金力根本无法清点人数,灵机一动问了组织者,才弄清参加者一共143人。他心里在替于玲芬心疼,15桌酒,就算便宜一点,连菜肴加酒水饮料,2000元一桌,3万块钱;每人一份礼包,那礼包虽不贵重,金力听毕菲莉说过,一只配送价300元。两项相加,好几万元花销,就让于玲芬一高兴,表个态就出去了。

于玲芬这人,真是花钱如流水,几万块钱花出去,眉头也不皱一下。

在又一次幽会亲热时,金力吞吞吐吐、含蓄地举了这么个例子,劝她省

---

① 码子:上海切口,是个人物的意思。

着点儿,那些吃了她、拿了她的老知青,真从心里感谢她吗?他表示怀疑。

没想到于玲芬听完,扑哧一笑,转脸瞅着他,在他额头上抹拭了两下,双眼一眨一眨地问:

"是因为你妈妈没参加那次聚会,没收到礼包,你才这么说吧?"

这真是冤枉金力了,且别说他得到了礼包,他一点也没想到妈妈。他这纯粹是从环宇公司的立场出发,为于玲芬着想。他顿时急得憋红了脸,表白道:

"不,我不是这个意思,我是说,那些人,平时基本上不跟你交往,和你的事业,和环宇公司,八竿子都打不着,你堂堂董事长,抽出时间赶过去参加,敬个酒,已经很给他们面子了。何必……我、我哪里小肚鸡肠,想到妈妈该拿了……"

"好了好了,我明白了!"于玲芬看他急得结结巴巴,话也说不成气的模样,莞尔一笑,又在他结实的胸膛上轻轻抚慰般摩挲着,说:"我知道你是心疼我的钱,为我着想,我有那么糊涂吗?谁对我好,谁对我不好,我会不知道?看得出,你是爱我的,对不对?"

她陡地一个翻身,骑在他身上,双眼灼灼放光地逼视着他,两只手分别轻轻揪住了他的两只耳朵。

他们之间虽然已经有了那么多次的性关系,直截了当地提到爱,探讨两人之间的爱情,不知是有意识地回避,还是碍于年龄、辈分,从来没有深究过。

真的,他们之间有爱情吗?

金力望着她睁得大大的一对眼睛,想回避也回避不了。他只得朝着她,点了点头。

她似乎还不满足,右手移开他的耳朵,点住了他的嘴,用命令的语调道:

"说。"

"爱。"

"说响亮一点!"

"爱,我是爱你的。"他放大了嗓门,响亮地道。

她俯下赤裸光滑的身子,趴倒在他的身躯上,感受着他的体温;一对垂荡的乳房,紧紧压住他的胸膛,使劲地扭动了一下身子。撮起两片嘴唇,啧啧有声地在他的左右面颊上吻了两下,笑眯眯地说:

"你爱的是贾兰兰,你的妻子,这我知道,她是我给你相中的嘛。"

金力的双眼瞪得大大的,无言以对,只是抬起手臂,搂抱住了她的腰肢,在她细嫩但已并不紧绷的皮肤上来回抚摸着,他知道,她喜欢他这样。

"不过我晓得,你每一次都能给我雄性十足的满足,也是爱我的。"她接着说,又忍不住亲吻了他两下,"毕竟你的第一个女人是我,是我唤醒了你的性意识,给了你最初的性体验和性满足,对吗?"

"是这样。"他爽快地承认。

她的手又不安分地抚摸他身上的敏感部位了,边优雅地抚弄着,边接着在他耳畔亲热地说:"男人,唯独这件事是瞒不了女人的,没有感情,没有爱,绝不会挺得那么持久,绝不会每一次都那么好。察觉肖宏勋出轨,发现他做出那种不知廉耻之事,我就是从这件事情上感觉到的。"

什么预兆也没有,她突然就跟金力讲起了丈夫,讲起了令她伤心欲绝不堪入目的事。她的眼睛里闪烁着泪光,身子都在颤抖,说一句话停顿一下,嘴唇在嚅动,不时地舔着发干的嘴唇,支起身子揭开床头柜上的保温杯,喝一口水润嗓子。喝过之后,她又笑了一下,转脸问金力:

"你渴吗?"

金力不置可否。

"你喝。"她不由分说地又喝了一口水,把脸埋下来,披散的头发全垂落在金力的脸庞上,她把嘴凑近金力的嘴,把嘴里的水喂给了他。

然后她舒舒服服躺倒在金力身旁,伸出白皙的手臂,搂住了金力的脖子,让金力挨近他,热切切地说:

"真的,我和你妈那一代人,和你们这一代,完全是不一样的。你要

上海·恋　89

听吗?"

眼角瞥见金力目光游移,她的语气陡地一下严厉起来。

金力连忙说:"要听要听!我的耳朵根全神贯注地听着呢!你的话,我能不要听吗?"

说着,他温存轻柔地搂住了她,不由得抚弄着她的乳头。她的乳头有点大,中间凹陷。

"要听,"她放缓了语调,兴致甚高地说,"你就集中注意力,不要给我走神,不准敷衍我。"

"我敢吗?"金力申辩般轻叫一声,忍不住吻了吻她的嘴角。

她笑了,拍了一下他手背:"那你就乖乖躺在我身边,听我说。"

"好的、好的。"他恭顺地说着,手还是轻抚着她的乳房。

六

　　于玲芬的话零乱而又没有头绪,想到哪儿说到哪儿。听得出她的思绪十分活跃,一会儿讲知青那一代人,她们那一代姑娘从小的向往和憧憬,一会儿说她的感情演变史,一会儿又是她对恋爱、婚姻、家庭的看法,一会儿讲她的动机以及读了哪些和男女性别有关的书……她随着兴致喋喋不休地讲来,金力不时地哼哼啊啊地应着,表示他在听着,他插不上嘴,他也不需要插嘴,于玲芬好像也不要他插嘴。

　　事后,静下心来,金力把她滔滔不绝、东一榔头西一锤子的话梳理了一下,她双眼放光、神采飞扬、不时挥动手臂说的一番话,包含了这么几层意思。

　　其一,她之所以要在难得见面的知青群体前摆阔气,就是要让这些从小一块长大的男女伙伴看看,她于玲芬今天混成了一个什么局面,有多富裕,有多神气,有多了不起。金力你年龄小不知道啊,这些和她一块儿度过童年、少年时代,一块儿上小学、进中学,一起去上山下乡的男女同时代人,从小是看不起她于玲芬的呀,说她家穷,说她妈在小菜场刮过鱼鳞,赚的是几个可怜的辛苦钱,说她身上没件像样的衣裳,说她们家人身上有股鱼腥气,哎呀,受的那种窝囊气,那种委屈,比你金力现在当保安,那可是差得太远了。她就是要借助联谊会的机会,出出心头憋了一辈子的这股气。你是不晓得的,金力,这帮人的家庭,有的是干部,有的是资本家,有的是高级职员,有的不算啥,不过就是职员,老板的跟班,厂里的工人,父母是老师、营业员,要不就是开个小店的,有的就是马路转角处、弄堂口的烟酒店,嗨,连这种人都看不起我啊!插队落户当知青时,我为啥非要把肖宏勋抢到手?你不要像听"天方夜谭"一样睁大眼,肖宏勋那时候吃香啊,这小子相貌堂堂、一表人才,举手投足都讨姑娘们喜欢。他公开说,女孩子们一大把,我随随便便挑挑拣拣,谁都愿上钩。除了本人像极了电影明星,他的家庭也诱人啊!他爸是海员,那年头海员不但工资高,有出海补贴、津贴,还能带回世界各国的各式各样的小礼品、食品,特别是那些罐头食品,印着外国字,这小子拿到弄堂里来炫耀,男孩子们围着看,吸引得女孩们也跟上去一看稀奇。那是什么年代,物资缺乏,样样东西要凭票之外,国家实行的还是封闭政策,男孩、女孩们都没见过这些洋玩意儿啊!他妈呢,还是个管着点人的支部书记,科级干部,他在同学中,特别是下乡以后在知青中,是个人见人爱的抢手货啊!什么样的女知青不想和他好?有的女知青赶集的时候和他说上几句话,回到知青点上到处传,到处向其他姑娘炫耀,肖宏勋怎么炫怎么对我讲的,他说的话没错,一点没错,哎呀,听听都兴奋。好像肖宏勋真瞅上了她一样。哼,你们不是都想和他好吗?我要让你们看看,我非把他追到手,把他牢牢地套紧,有什么办法把这样的男人抓到我的手里?我费尽心机想啊,想得头都疼了。和他谈恋爱,让他偷偷摸摸地亲个嘴,摸一摸身子,摸一摸乳房,这是不够的呀!你能和他恋爱,其他漂亮姑娘也可以和他谈啊,你让他随便亲、随便摸,其他姑娘同样巴不得他亲,和他躲进树林和小屋里摸呢!套不住他啊!思来想去,这小子心花呀,这山望着那山高呀,赚了这一个的便宜,又去揩那一个的油。而且,到了插队落户后期,无论是男是女,都有一种浮萍感,人心浮动,都觉得农村不是久留之地,随时随地准备着离开乡下,钻头觅缝地想着攀高枝,开后门走的,搞"病退"走的,最好的去处就是生我们、养我们的上海啊!真回到上海,肖宏勋家条件那么好,我家那种状况更配不上他了,况且上海滩还有那么多更年轻更白净更漂亮的小姑娘,我哪里还会有份儿?想到最后,我心里说,要把肖宏勋抓到手,让他成为我未来的丈夫,只有一条路,为他献身,和他发生实质性的肉体关系，做只有结了婚才能干的事。

　　金力，你们这一代人开放了，觉得这种事社会上多得很，没啥可大惊小怪的。可在我们这一代的青春年月里，这可是个大胆和疯狂的想法啊。随着年龄的增长，发育再晚的女孩都思春，都愿意谈个恋爱、有个心上人了。但所有的姑娘，有头脑有理智的姑娘，都懂得要守住自己的底线，要守住自己的贞操，不能和热恋的情人发生性关系。一旦察觉男方感情冲动有这方面的意图和欲望，女孩这一方会百倍警惕，轻则劝阻，重则会认为他图谋不轨，愤而和对方分手。双方都控制不住情感和欲望，偷吃了禁果的男女也会提心吊胆，像做了啥亏心事儿一般，惶惶不安。个别偷尝禁果，致使女方怀孕的男女，会像闯了大祸一般，费尽心机、想尽办法都要掩饰，都要把怀上的胎儿处理掉，否则仿佛犯下了弥天大罪，人前人后、乡下和上海都抬不起头来，连上海家人都不会原谅你、饶恕你。这是见不得人的事！

　　我想出的主意是冒天下之大不韪的呀！我和肖宏勋不仅偷尝了禁果，并且如我所想怀上了小杰克，步了你妈乔琳朗和金航的后尘。金力你是想象不到你妈当年遭受的冷嘲热讽和白眼的，她为啥不参加老知青们的聚会和联谊活动，就是你妈心里清楚得很，当年一起插队落户的男女知青，背后对她的嫁人、对她的三个丈夫，说尽了人世间所有的奚落、谩骂和诅咒的话。她从心底里看透了这一批人，不想见他们，不想引起他们的又一波话题。我为啥要把你推到这帮人面前，特地介绍你是琳朗的儿子。是要让他们看看啊，你现在同样长成了一个堂堂男子汉，一个帅哥猛男，一个混得还可以的小伙子。我于玲芬照样和乔琳朗保持着联系，保持着一份友谊。让他们间接地猜得出，你妈妈琳朗同样活得好好的。就像离开农村回到上海初期时一样，我是要震一震这批人，尽管我是在没有一份固定工作，没有住处时结了婚，生下了小杰克，我还是胜利了，人见人爱的肖宏勋成了我的丈夫，我还混出世了，腰缠万贯，成了富婆，经营着响当当的环宇公司。

　　我是把肖宏勋当一回事的呀！我像做小姑娘时一样爱着他，虽然他后来不如我了，我仍然爱着他，让他当环宇公司总经理，仅次于我的二把手。

我哪里晓得飞来横祸会落到我的头上？我做梦也不会想到小杰克会莫名其妙地离开人世，哪里想到肖宏勋恶习不改，花花肠子花到了于玲芳头上，她是我的亲妹子啊！当我得悉这一龌龊的关系时，我崩溃了，我眼前美好的世界破灭了。有几天几夜时间，我吃不下，我睡不着。眼前总是掠过这一对男女的面相和身影啊，那就像一把尖刀一刀一刀地在捅我的心啊！

我曾经信奉的一切都破灭了，啥美好的初恋，啥美满的婚姻，啥幸福的家庭，啥永恒的爱情，全像肥皂泡似的破灭了。如果说符向安这小子利用我的信任，反而来偷盗我的金钱给我打了一记闷棍的话，肖宏勋和于玲芳干出的这一手，是把我视为美好的一切全部都撕碎、摧残了。

要钱干什么？要家干什么？一切的一切全变成了肮脏和虚幻。可怕的是我内心还有欲望，我的身心仍旧渴望爱欲。爱情，我已经不相信了，欲望却还存在。真像是一场梦，金力，你在我命运里出现了。我抓住了你，我和你有了这不伦不类、说不出口又摆脱不了的关系。说句心里话，我真有点离不开你了！两三个礼拜不和你亲热、忘乎所以地享受一次，我的心就烦躁，就觉得不踏实。而你呢，恰恰是个称职的男人，我们相好时你还是个童男子，这一点一下子打动了我，我不愿意放弃你，你对我越来越重要了。不过，金力，你放心！我不是占有你，在中国，我们这种关系一旦走漏出去一丁点儿的风声，都是不可想象的。你和我都会觉得无地自容的。这也是为啥每次我们到松露别墅里来，我都不用司机，而是让你马路上随便叫上一辆出租车过来的原因。太太俱乐部里那些受到富豪丈夫冷落的人说，大多数女人不敢仅仅只是为交欢、为满足自己的欲望而养男人，这是有一点道理的，也是符合女人心理和虚荣心的。所以我也不是包养你，不让你当一个人们鄙视的"牛郎"，我让你当一个保安，董事长门口的值班保安，出色的保安。

你很聪明，你妈把你带到上海来是对的，你身上具有上海人与生俱来的机灵和明智。你知道什么该说，什么不该说，你懂得模仿和学习各种场面的规矩和礼仪，一套保安服你能穿出品位来，结婚的时候一身西服穿在你的身上,功架、仪表和任何一个风度翩翩的男人无甚两样。

这也是你的本事呀!

一个上海男人的本事。

我会对你好的,于公司于你妈的面子于我个人利益,我都会对你好的。我要让你像有正当工作的所有男人一样,结婚,组成一个小家庭,生个小孩,像上海的许许多多家庭一样,过一份小日子。这就是为啥我约了琳朗为你选定了贾兰兰的原因。我要你好好当个"经济适用男"。

我都给你说了,在太太俱乐部和最亲密的闺密凌真都不说的话,也给你说了。

你明白了吗?

金力还能不明白吗?她说得太直白、太坦率、太赤裸裸了。他从于玲芬毫无顾忌、眉飞色舞的话中,听出的第二点强烈的感受,就是觉得,于玲芬和他妈妈乔琳朗那一代人,对待感情,对待爱,对待人生的价值和追求,确确实实是不一样的。就是她习惯地说到的上海人,他们这一代年轻人,和于玲芬及妈妈那一代的上海人,也已经完全变了,变得更为实际,更为实惠,更为实在。

她兴之所至,说到的太太俱乐部,他一无所知。他心里猜,她经常去吃饭、去赴宴、去聚会,有时喝得醉意蒙眬,有时喝得兴高采烈,让他叫上出租车去接她到松露别墅的那些饭局,就是她和一帮富婆、一帮女企业家、一帮闺密欢聚的活动,大概就是她所说的太太俱乐部组织的。金力心目中,那是她的"太太圈"。

她随口提到的最亲密的闺密,那个叫凌真的女人,金力也是第一次听说。他猜测,这个叫凌真的,可能就是每次金力坐出租车,开到大堂门口,陪着于玲芬或者从楼梯走下来,或者从电梯里搀扶着走进大堂,或者就像有一回在贵都大酒店门口等着的那个女人,她看上去比于玲芬年轻个十来岁,长得十分秀气娴静,脸色白净细腻,眼神似有股穿透力。头一回金力没怎么注意她,后来每次都是她陪着于玲芬,见到过好几次,金力猜测她可能就是张罗她们聚会的人。他再没见过其他女子如此亲热地陪伴于玲芬,和于玲芬亲密无间了。

不过金力只是猜,并不问,从不过问于玲芬的隐私。她不主动说,他一概不开口打听,表现出好奇。她给他讲多少,他就听多少;她讲到哪儿,他听到哪儿。在他心目中,在他心眼里,只有于玲芬。他太明白了,今天所有的一切,他的住房,他的婚姻,他每天的工作,全是因为于玲芬才有的。他没必要去关注其他的什么人。凌真这名字好记,听一遍就忘不了,他内心里猜,可能就是这女子。也就是仅此而已。凌真是干啥的,从事什么职业,开的啥公司,做的什么生意,丈夫是大公司总裁还是银行家,金力一概不感兴趣。他也不想去打听,全心全意地做好值班保安的工作之外,他还得顾着他和贾兰兰的小家。于玲芬所说的"经济适用男"究竟是个啥意思,金力也没闹明白。他猜测就是指他这种工资不高,每天必须上班养家糊口的男人呗!有空时,还真得向其他保安打听打听,啥叫"经济适用男"?这也是于玲芬说他乖巧、识相的原因,不该问、不该打听的,他一律不问。

后来,一件小事证实了金力的猜测,于玲芬让金力坐司机毕菲莉的车,给凌真女士送一份要件。

所谓要件,好像就是一封信,只不过略大些的牛皮纸信封。金力真的开眼界了,他根本想不到,离市中心淮海路这么近的地段,会有如此高档的公寓楼。

毕菲莉显然已经不止一次来过这里了,她把于玲芬的福特小红车开进一个不起眼的停车场,在地下停车场慢悠悠地兜着圈子,头也不回地对金力说:

"小金,我故意开得慢点,让你看得清一点。"

"看什么?"金力只觉得莫名其妙,光线不甚明亮的停车场,又在地底下,有什么好看的。

"你睁大眼看呀!"毕菲莉按下了小红车的车窗,"这个停车场,号称是上海滩世界豪车的展览会。世界上有什么名牌车,世界上有多贵的车,这个停车场里就有什么车。报纸上说什么去参加巴黎的名车展销会,根本不需要,这里什么样的豪车都应有尽有。"

金力往车窗外的停车场望去,嗨,奇迹出现了,毕菲莉手里像掌握了遥控器般,她转一下方向盘,红色的小福特开过的这片区域的灯光瞬间雪亮一片。

金力真大开了眼界。满眼里尽是明光锃亮各种各样的轿车,有加长型的,有色彩明丽的,有乌亮一片的,有造型别致的……简直把他看得眼花缭乱,目不暇接。毕菲莉知道他是头一回看到,一边慢悠悠开车,一边给他讲了个故事,说是提供给他,以后和保安小伙子们吹牛聊天时当素材。

有个刚被楼上住户聘用的司机,第一天来这里上班,开着自己的桑塔纳轿车到入口处,门口的保安不愿把拉杆升起来让他进去,司机下了车去跟车库保安商量,保安把他视为小偷盘问了半天,说我们这车库,是不会让开桑塔纳的"瘪三"进去的,讲得司机双眼冒火,恨不得挥拳揍他,但他又不敢。因为对他有怀疑,从门房里走出三位保安,虎视眈眈地瞪着他,真打起来,司机非吃亏不可。迫于无奈,司机只能把桑塔纳停在车库外头的路边上,给老板打电话,由老板打电话给保安,才允许他走进车库去开老板的劳斯莱斯。

这幢外表看上去并不奢华的名邸公寓,一百零八家住户,全是名字一说出来人们耳熟能详的富豪。是哪些具体的人,由于都签订了保密协议,是不对外讲的,稍稍透露都不行。人们只知道一个人,这个人就是全中国几乎所有人都听说过的康师傅方便面的老板,只因有人认识他,看到他从公寓里进出,人们才知道他住在这里。

毕菲莉娓娓道来,听得金力目瞪口呆。当他从车库地下一层坐电梯上楼,按开了23楼A室的门时,应声开门的凌真朗声答应着,打开门的同时,她望了金力一眼,显然也认出了他,笑盈盈地说了一句:

"是你呀!"

金力眼见为实,证明了自己心中猜测的,这个女子就是凌真,也彬彬有礼地微微一笑,递上于玲芬让他送的"要件"。

凌真并不打开,只是客气地问了一句:"进来坐坐吗?"

金力摇摇头,说了声谢谢:"我还得回去上班呢!"他觉得,她的身上有股令他眩晕的美。

告辞了。不过他心里很受用,从电梯内部的红木装饰,公寓走廊的洁净的墙面,能猜出住在这里的主人有多么富足和安逸,就是这样的一位女主人,让他这么个送信的保安去坐坐,他自尊心得到极大的满足,故而也便记住了她。

送一份像信一样的"要件",就让他见识了上海另一层次的富豪阶级的环境,尽管看到的只是从地下车库到红木内装饰电梯、楼道这些表面的皮毛,金力心里仿佛也随之升华了一般,想想,只有给于玲芬这样的人当值班保安,他才有幸目睹啊!一般的保安,能走进如此高档优雅的公寓吗?能和如此性感的女人说上话吗?

于玲芬对他说的话乍一听来语无伦次,给金力的第三个强烈的印象和感觉,则是于玲芬是个性格鲜明的女人。

这么说似乎还不够。

她的个性分外突出,爱憎分明。爱就要爱得彻底,做事要做到"煞根"。一旦唾弃了你,认清了你的面目,她的言语中,她的眼神里,她的肢体语言,都会显示出来。就如同她觉察了符向安的卑鄙,就连这小子的意外之死,她都没丝毫的同情心。

金力不敢想象,她曾经悉心关照和提携的亲妹妹于玲芳,她倾一生的感情钟爱的丈夫肖宏勋,背叛她之后,她现在是如何面对这样两个人的。

她是放肆的,她是任性的,她是斩钉截铁的。离开了任何一个男人,她都能活得潇洒自在。

金力认定跟着她,一定会有好日子过;忠心耿耿地待她,她会用她于玲芬特有的方式报答你,不会吃亏的。

瞧啊！环宇大楼结构封顶了,她承诺给每个员工的奖金比所有人期望的还要丰厚的发下来了。

几种不同样式的样板房装修得美轮美奂,参观样板房的人们像潮水一般涌进来,又似电影院散场流连忘返地退出去。人们对卧室、客厅、饭堂、卫生间的装修,无不啧啧称道。不少客户异口同声地询问,样板房卖不卖,卖的话我先预订一套,预订的同时就付现金。

售楼处更是挤得水泄不通,看中了房型想要购房的人们排起了长队。

想要改善住房的上海人太多了,上海在房子上的欠债太多了,带着订金,拿着支票,揣着各种身份证件来购房的人如潮水般涌来。售楼经理只能用发牌子的方式,让每一位购房者按号进场办购房手续。

环宇公司几乎每个人都接到了电话,要求帮忙订购一套环宇双子星座的房子。两室一厅的最为抢手,三室一厅是热门房源,四室一厅成了紧缺房源。连顶层可以眺望半个上海的类似五星级宾馆的总统套房,一共才四套,都订光了！

上海人哪来的这么多的钱？

几十万、上百万、几百万的人民币怎么像雪花般在飘洒？

人家的房子都要大张旗鼓地做宣传,广而告之。于玲芬卖房子怎么像"文革"刚结束新华书店销售世界名著一般排长队？书几个钱一本啊！房子是什么价格啊！

样板房参观者川流不息,售楼处热闹非凡,唯独金力的董事长办公室门口,出奇地平静。

这种近乎冷清的平静是渐渐来的。

环宇公司刚刚挂出预售牌子时,金力桌上的值班电话同样像售楼处那边一样,从早到晚响个不停。每个部门的电话更是此起彼伏,弄得所有人的工作都变成了应付售楼咨询,任何事情也干不成。

于玲芬一声令下,所有部门充实到售楼处去,接待每一位有购房意愿的客户。凡是带着现金、支票优先付款的业主,尤其是全额付清房款的业主,一律先把钱收进来。

环宇公司执行了于玲芬这一道命令之后,一天一天安静下来。

人们纷纷在说,于玲芬要大发了,于玲芬如愿以偿了,专家们预测的,于玲芬要从亿万富豪跨入十亿富豪的行列。嗨呀,她头顶上的光环,又不知要闪耀成什么样了。

这个女人啊,真是上海滩屈指可数的人物了。

金力听得心里美滋滋的,他和这样一个女人相好,他追随这么一个光彩照人的老板,他全身心地服务于她,虽然说不出口,可还是有一股自豪感的。只要跟着她好好干,这一辈子还需为生计发愁吗?

值班电话渐次少下来,金力喘过一口气来似的暗自乐了,忙中偷闲,总算没有接不完的电话了,总算讨得一份清静了。让售楼处的那帮人去忙吧,让他们数钱数得手抽筋吧。十亿元,这是一个多么大的天文数字,别说手数了,就是用上点钞机,只怕也得点上大半天吧。

金力也需要清闲,需要照着钟点下班啊!贾兰兰为他生下了一个女儿,六斤一两,相貌有几分像金力,也有几分像贾兰兰,他让妈妈当上了奶奶,妈妈高兴得眼角都闪烁泪花了。在马路上遇见妈妈的石台老知青羡慕地说:

"还是你好啊!乔琳朗,你早婚早生下了金力,都升级当上奶奶了。看看我们,晚婚晚育的,儿子女朋友都没找到呢!"

虽是祝福和恭贺的话,话里多少含着骨头,带着刺,金力看到,妈妈仍把这些话都当成补药吃,笑着点头说谢谢。金力知道,妈妈和这一拨人心里有芥蒂,有疙瘩,添了孙女儿,还是高兴的。况且这个孙女儿跟她也像。

有妈妈照顾贾兰兰,金力是放心的。不过金力身为父亲,仍然平添出了许许多多家务事,妈妈专程赶到莘庄去协助兰兰做育儿的活,他也得为妈妈多去长乐路的工艺品小店值值班吧。

环宇公司的房产销售得如此火爆,看样板房的客人络绎不绝,售楼处天天挤得热火朝天,董事长于玲芬却不怎么来上班了。起先是她隔天来一次,以后是两三天才来一次,发展到后来,于玲芬一周才进董事长办公室一次,而且她来的时间不固定,不像环宇的双子星楼盘在建造期间那样,她是天天准时来的。有时候金力上午九点准时到了,发现于玲芬已经坐在里面了。有时候临近下班了,她会步履匆匆走进办公室,漠然地应着金力恭恭敬敬的问候。

金力内心深处的狐疑,就是从这一时期开始的。

环宇公司发生了什么事儿?从她的脸色和眼神,是看不出来的。

她还是化着淡雅端庄的妆容,全身上下都是名牌,连那一头乌发的发型,都纹丝不乱。走过门口时,飘过一阵名贵香水雅致而好闻的女人味。

可金力凭和她的交往,和她肌肤相亲无话不谈的那层关系,预感到一定是出了啥事儿。

什么事呢?

他猜不出来,也不敢问。在公司里,他在她的面前,只是一个小保安,值班保安,他懂得这点儿分寸。

小杰克死了,是妈妈告诉他的。

肖宏勋和于玲芳借着总经理办公室和副总经理办公室不和董事长办公室在一块儿,暗中勾搭上了的消息,同样是妈妈对他说的。

于玲芬有了什么意外的事儿,妈妈有她自己的渠道,金力指望妈妈能告诉他,可他把自己产生的疑惑对妈妈讲了以后,一门心思放在小孙女身上的妈妈抿了抿嘴,皱了一下眉头,好看的双眼闪烁出熠熠的光,愣怔了一下,摇头道:

"哦,我倒不晓得,没关系,我问一下吧。"

妈妈听来的都是令人振奋的好消息,于玲芬要成为十亿的大款富豪啦,于玲芬这下真正做大了,报纸杂志上有她的最新报道和彩照,广播里有她激动的清脆的录音,电视上掠过她风采得体的形象,讲的话让人听来十分低调和谦逊,老知青们都说,这女人现在学乖了。环宇公司的楼盘销售势头好极了,那么贵的价格,如今是一房难求,没现金和支票当场付清的,根本别想买到。有的女知青想仗着和她几十年的交情购买一套,都挤不进购房者的行列。想想看,一个人一个家庭,有了十亿,那该有多风光!

看来没什么事情。她现在动静这么大,有点儿事情,哪怕是风吹草动,还能瞒得了人吗?

想想也是,金力略微安心了。他在嘲笑自己,是不是和于玲芬有了那么一种关系,也格外地把她放在心上,关心起她来了。

她肯定忙,从相好以来,从那个难忘的雨夜第一次伴她在松露别墅过夜至今,差不多总是在二十天左右,她就会和他亲亲密密地幽会一次,这一回间隔的时间太长了,超过一个月了,她都没有招呼他。

他们在世外桃源般的松露别墅22号享受云雨之欢时,尽情尽性,双方都能获得满足和快乐。但金力心头清楚,虽然每一次于玲芬都有股不知餍足,放肆地带有几分野性地和他亲热,但她不是一个性欲强烈的女子,在有些方面甚至还不如他年轻的妻子贾兰兰哩!贾兰兰虽然是从石台山乡走出来的,可当她嫁给金力之后,享受到了性的欢愉,把他迷醉得如圣人一般。新婚以后的好几个月里,她逢人就说,下了班我就想着回家,我好不容易在上海有了一个家,家里的一切对我都是美好的。只有金力听得懂她这话里的潜台词。只要听说金力要在环宇公司值班,不回家过夜,那个晚上她必然睡不好。刚开始几次,还把两只眼睛都哭红肿了,像水泡眼一般,弄得金力心里十分过意不去,直感歉疚。只有他明白,他是在欺骗对自己一往情深的纯朴妻子。但他又有啥办法呢?于玲芬招呼了他,他是不敢不去的。况且,就连贾兰兰,还是于玲芬一眼相中后介绍给他的呢!只能委屈兰兰了。

故而于玲芬超过一个月都没再约他时,金力开始并无啥不习惯,也不觉得自己年轻的身体欲火难耐,他有青春活力四射的妻子贾兰兰,有了宝贝女儿金琳之后,兰兰采取了避孕的措施,他们夫妇之间的性生活健康而又满足,尤其是兰兰,新婚时的羞涩消失了,小两口过得美满极了。兰兰明显地胖了,脸色红润,不再给人以瘦削感了。她还担忧会一味地胖下去,都开始注意节制饮食了。

金力感觉不踏实的是,环宇公司如此红火,于玲芬为啥忙得连董事长办公室都不常来了呢?难道说,财富积累得越多,就该忙碌得连进办公室都没时间吗?

说到底,金力还是隐隐约约地觉得,环宇公司有一种要出事儿的预兆。

这种感觉在他孤单地坐在董事长门前值班,冷清、孤寂、无人问津,连电话和手机都很少响起来时,尤其强烈。

你想,小杰克死了,这种事儿让于玲芬摊上了。

丈夫和自己亲妹子勾搭成奸,这类闻所未闻的怪事,于玲芬碰到了。

环宇公司如此之大,摊子铺得如此之广,真的会没一丁点儿烦心事?

越无所事事地坐着,这类怪念头越多,怪念头多了,金力浑身上下会沉浸在一种不安的氛围里,惶惑、狐疑、忐忑,空气也会因为心上的这种担忧显得紧张起来。他瞅人的眼神茫然不知所措。

又是一天快过去了,是上海冬日里的干燥天。金力的手机响了,是一个座机打进来的,金力按了接听键,竟然是于玲芬打来的。

"金力,下班了吗?"

金力抬头看了一眼走廊里的挂钟,说:"于董,4点55分,离下班还有一个多小时,我仍在你办公室门口。"

"好,你下班吧。叫一辆出租⋯⋯"于玲芬语气平静地吩咐着。

一切还是老规矩。

金力去了一趟洗手间,然后锁上董事长办公室的门,走出环宇公司时,对门口的保安说,家里有点事儿,早走一个小时。大门口的保安理解地点头,还笑着说了一句:

"你倒是从来不早退的,出去总是有事儿。"

这是真话。金力的口碑很好,自小出生卑微,妈妈又总叮咛他,在外头不要同人发生争执,让着人家点儿,"吃亏就是占便宜",养成了他温顺的性格,妈妈的命运更使他在成长的道路上不知不觉间形成逆来顺受的脾气。回到上海之后又遭逢"姜叔叔"姜承兴被逮捕,他随妈妈被赶出姜家,寄人篱下地栖身在外公外婆留给妈的亭子间里。舅舅、舅妈、阿姨、姨父们从来没给过他好脸色,眼角也不瞥他一下,把他忽略不计,他能安静地待在角落里,已经满足了。他从不跟其他小伙子发生争执,就是和保安们一起聊天,也是听得多、说得少,话往往顺着人家的意思讲,不在琐事、话头上争强好胜,非要辩出个是非来。那些为点儿小事争个脸红耳赤啊,为一句话生气啊,讥诮嘲弄同事的可笑行为啊,和人争风吃醋啊,更和他不沾边。相反,他处处让着人家,认真干好每一件朋友、同事托付的小事儿,服饰整洁,彬彬有礼,和他打过交道的人都讲他好说话,"他呀,行。"人们往往会这样称赞他。至于抽烟、喝酒、津津乐道地背后议论女人这些陋习,在他身上一概找不着。人家硬塞给他一支烟,他也抽一下,年轻的保安们凑在一块儿讲女人,尤其是兴味浓郁地讲那些风尘女子的种种表现和细节,他也在一块儿听听,跟着笑笑,但从不插嘴。

总之,他随和,没有男人的棱角,上海小伙子该懂的待人接物之道,他全懂。这几年在于玲芬董事长办公室门前当值班保安,他从不会依仗这一身份在环宇公司里趾高气扬、盛气凌人。相反,下面各个部门托他向于董汇报的各种事情,他都一口答应,滴水不漏地转达到;同样,于玲芬让他传达下去的指令,他都用客客气气的口吻转告各部门经理和办事人员。

环宇公司里上上下下都反映,和自以为是开口闭口"董事长怎么怎么""于董长、于董短"的驾驶员符向安相比,金力的态度好多了。

金力完全知道自己几斤几两,他什么特长也没有,没啥本事能放到台面上去说,他今天的一切,都是进了环宇公司得到的,都是于玲芬给他的。

正是上海冬日里的大晴天,气温很低,白天太阳大,照得四处都亮堂堂的,不觉得怎么冷。到了这下午5点钟的时辰,夕阳西斜了,风又大起来,走出环宇公司的空调间,金力顿觉冷飕飕的。

他走出环宇公司二三百米,招手拦下一辆出租车,坐了进去。驾驶员问他去哪儿,他说:

"衡山宾馆。"

"吃晚饭吗?"驾驶员回了一下头,似用眼角瞥了他一眼。

"接人。"

"接了人又去哪儿?"

"松露别墅。"

"那个小区我去过。"司机的语气顿时兴奋起来,"高档。"

金力理解司机心理,从环宇公司到衡山宾馆,不过是笔小生意,起步费就到了。到松露别墅,少说也有五六十元的生意了。

出租车开到衡山宾馆门前的环形车道上,金力打开车门,恭恭敬敬一躬身子,招呼穿得亭亭玉立的于玲芬:

"于董你好,请上车吧。"

于玲芬站着身子没动,左手一挥,旋转门里走出一位小姐,双手托着一只四四方方的比萨饼盒,盒顶上有两杯插着吸管的咖啡,走到金力跟前,温婉地问:

"是交给你吗?"

于玲芬截住话头:"是的。"

金力从小姐手里接过比萨,哈,比萨还是热的,两杯咖啡飘散出浓浓的香味。

于玲芬走前一步,扶住车门,对金力道:"你先上车。"

金力笑道:"于董,你请。"

于玲芬坚持道:"你拿着吃的,你先上吧!"

金力这才小心翼翼地钻进出租车内,好在他已摸透了于董喜欢讲排场的心理,招呼的是一辆强生,座位还算宽敞。

上海·恋　　105

于玲芬关上车门,绕到另一扇门前,打开车门,坐进了出租车。

金力又闻到了于董身上飘逸过来的雅致的香水味。

他有一股久违了的感觉。是啊,不知不觉,他真的有一个多月没和于董挨得近了。

车子开出衡山宾馆,沿着衡山路,朝徐家汇方向开去。

于玲芬指了一下比萨盒子上的咖啡,说:"还是热的,喝点吧。"

说着,取过一杯,低头就着粗粗的吸管,啜饮了一口。

金力道了声谢,也端起了杯子,司机回头道:

"可以把比萨放到我前面座位上来,这样舒服些。"

"好的好的。"金力一迭声应着,把比萨放到了副驾驶位置上,遂而喝了一口咖啡。

这咖啡味道浓郁,带着股奶香,既好闻又好喝。他知道,于董亲自点的,价格不会便宜。

身旁的于玲芬只喝了两小口咖啡,双手捧着咖啡杯,闭上眼假寐起来。

车子在徐家汇道口停下等候绿灯时,金力专注地瞅了她一眼,从她捧着咖啡杯的模样,他知道她并没睡着,她只是因为忙碌,太累了。

金力不敢打扰她,低下头去,有滋有味地品尝起咖啡来,但在啜饮的时候,他尽量做到不发出杂音来,让她好好地歇一会儿。

进入松露别墅22号,于玲芬把手中的提包往沙发上一扔,对金力道:

"我开空调,你进卫生间给我把浴缸洗洗,放半缸热水,我想舒舒服服地泡个澡,消除一下疲劳。"

金力一头钻进卫生间,细致地清洗一遍浴缸,打开热水龙头冲了一下,再放水。他先放热水,再适量地放一点凉水,将水温调控到比自己体温略高一点的温度,守在浴缸边,放了大半浴缸的水,这才走出卫生间来。

于玲芬脱去了剪裁合体的大衣,迎着他走来,捧起他的脑袋,接着一个吻。

她的脸被冷风吹得冰凉冰凉的,还没缓过来。清冷、空寂的别墅太大了,虽开了一阵空调,室温还没上来。她轻声问:

"想我了吗?"

金力点点头:"好久没在一起了。"

于玲芬又把脸颊贴了贴他的脸,说:"今天我们简单点儿,晚饭就吃比萨,我刚才看了,还有点儿余温的。你在微波炉里再热热,烧点开水,煮点咖啡,把这点事儿干完,你也在淋浴间冲一下,我们再亲热,唵?"

"好的。"像每一次那样,到了这儿,金力一切都听从她的,把她像女皇一样尊崇着。

别墅外的天空,晦暗下来。冬季日短,夜来得早。别墅里面,一不说话,静寂无声,安宁极了。

按照她的吩咐,金力把一切都井井有条地做完了以后,于玲芬的澡还没泡完。

她把空调一下子调高到 28 度,22 号别墅内关紧了门窗,很快地暖若阳春。金力又把温度往下调了 3 度,屋里才舒服了一些。

闲着没事儿干,金力又走进卧室,把被子抖开,把双人床铺好。自小和妈妈相依为命地长大,金力在这点上,和上海很多男人相像,能把琐细乏味的家务事儿做得十分精致到位。

妈妈总给他说,你读书成绩一般,又没啥特长,只能当个普通人,一定得把这些事情学会、做好。上海有很多很多女孩儿,她们讲究的就是实实惠惠的生活,不指望自己的男人干啥惊天动地的事情,做出啥成就,她们只图自己的男人温顺、体贴,把这些事情做到位了,她们也就满足了。

事实证明妈妈是对的,兰兰迷醉他的,除了男女情事上的满足,就是说她的丈夫,比她家乡的男人们都强,没大男子主义,会做家务,对待她体贴入微,双方有商有量的,相敬如宾。

没想到,自小学会的这一套,在和于玲芬相处时,也用上了。到了松露别墅,于玲芬使唤他,让他做的一丁点事儿,他都能干得令她露出笑容。

上海・恋   107

静坐在沙发上等待时,金力觉得于董这一次泡澡的时间实在太长了,别出啥意外啊……正担忧,犹豫着要不要推开虚掩的卫生间门看一眼时,她在浴室里叫他了:

"金力、金力,你来一下。"

金力应声而起,快步走去。进了浴室,没出啥他担心的事。她仍泡在浴缸里,水还是清澄的,她一定加了多次热水。

见他走进去,她浑身水淋淋地站了起来,眉梢一扬,笑着道:

"帮助我擦干身子。"

她滴水的手指着一摞浴巾道。

如此水光晶亮一丝不挂地站在他的面前,还是头一次。

金力眨着眼,看呆了。

她的目光挑逗地望着他,除了头发是半湿的,全身上下都是湿漉漉的,由于灯光的照射,她的裸体闪烁着平时见不到的光辉,她那不慌不忙、从容不迫的神态令金力入迷,她的身躯是结实的,丰腴的四肢显得有力而富有弹性,她的双眼睁大了,皮肤洁白鲜艳。她朝他露出鼓励的微笑,嘴唇一努一努,更显笑容可掬。她的仪态是如此迷人和令他陶醉,她坦然得毫不矫揉造作。她的目光中透出一股傲视世上万物、一切都是微不足道的自信。

是的,金力和她在淋浴间里也曾一起沐浴过,可由于挨得太近、贴得太紧,他还从来没见过她这么一副令人震颤的神态。

她催促一般瞪了他一眼,他连忙局促地哼了一声,拿起一条大浴巾,展开为她抹干身上的每一处水渍。

她转身一推他,迈出浴缸,双脚先后伸进拖鞋。

他连忙蹲下身去,帮她擦干脚背和结实的小腿肚上的水。

她的手插进他的头发,惬意地朝着天花板闭上眼睛,享受着他的服务。

他为她擦干全身,站起身来,她斜倚在他胸前,柔声道:

"把我抱到卧室里去。"

他服从地抱起她来,她的双手搂住了他的脖子。

他把她放倒在床上时,她抓住他的一只手,说:

"把比萨和奶咖啡端进来,我们在床上一起吃顿简餐。"

他把在微波炉又一次热过的比萨和奶咖啡端到床头柜上时,她已享受地倚在靠枕上,热辣辣地向他伸出手说:

"上来吧,我们一起吃,吃一顿让你永远忘不了的晚饭。"

他真的会记得这顿晚饭,一切仿佛都是她不经意地顺势而为,一切又似乎是她精心安排的。

快晚上的7点钟了,他饿了,觉得比萨和奶咖啡的味道都非同一般。

吃了晚饭,她主动熄了灯,像小姑娘似的紧紧依偎着他,既热切又恳求般对他说:

"抱紧我,抱得紧一点。"

他顺从地抱紧了她,她仍觉得不够似的,把整个身子往他的身上贴来,双手急促地抓住他的肩膀,哀求地低语着:

"金力,抱得再紧一些。脚呢?脚钩住我,贴紧我呀,我要。"

她像溺水的弱者挣扎着逮住了救生圈一样,把他抱得紧紧的。

金力清晰分明地感觉到,她的整个身子在他的环抱中颤抖,他觉得惊愕不安。

他的脑子里掠过一个念头,于玲芬怎么像惶惶不可终日一样……

七

这一不祥的念头瞬间就消失了。

一会儿工夫,就被他和于玲芬之间忘乎所以的爱的甜蜜、性的欢愉的浪涛淹没了。

今天夜里有些不同。

以往每一次,于玲芬都喜欢把卧室的灯开得通明透亮,让室内的一切一览无余地呈现在眼前,双人大床,两边的床头柜,拉得严严实实的厚厚的窗帘,窗帘淡雅素净的色彩,靠墙的一个梳妆台,梳妆台上陈列着的那一堆精致的化妆品和梳妆用具,还有口渴了随时可以打开喝的暖杯,都能看得清清楚楚。尤其是厚实的垂荡直下挨近地板的窗帘,给人一种封闭起来的安全感。

两个人做爱时的一举一动,脸上的表情,包括眼神里的兴奋感和晶亮的光,都能看得清清楚楚。

金力记得很清楚,每一次于玲芬都用惊叹的、赞赏的、欣喜的目光瞅着他。她每一次都会朝他露出满意的微笑,带着性感和激情吻他。

今晚上不同,一钻进被窝她就伸手把卧室的灯全熄了,连隔壁楼道和房间里的灯也提前关了,卧室里乌漆墨黑的一片,啥都看不见。

他只能凭感觉顺从地听凭她的指令,把赤裸裸的她紧紧地搂抱在怀里,温柔地抚摸着她。

从她的喘息中,他感觉到她的脸凑到了自己的脸上,他努起嘴在她眼角上轻轻地吻了一下。她一个跨越骑在他的身上,疯了一般热辣辣地吻在他的脸颊上、额头上、双唇上,慌乱而又猛烈。

她的身躯往床中央伸去,仰面朝天躺了下去。

金力扑倒在她的身上。

他感觉整张双人大床变成了打着旋涡的河床,那旋涡慢悠悠地转动着、转动着,一阵一阵的热浪从旋涡里冒起,一阵一阵的舒畅快意袭遍他的全身。那旋涡越转越快,越转越有节奏感,令他浑身上下所有的细胞都似跃动般惬意地有了敏锐的触觉。金力直觉得自己在飞速的旋涡中扑腾,而整个河床似燃起了火焰……又红又亮又烁人的双眼。河床颤抖着,像从悬崖跌落一般,他的全身也仿佛坠落一般,直冲而下。

"心肝……亲着我……"于玲芬的声音似从很远的地方传过来。

金力亲着她的嘴,她的两片嘴唇咬住了他,吸紧了他。

他感到她在剧烈地喘息,在贪婪地嗅着他男子的气息。

金力如释重负般轻吁了一口气,闭紧了眼睛。她的脸贴着他,他能感到她的发梢在揉搓着他的肌肤,他的身上被她揉搓得阵阵酥痒。舒服极了,欢畅极了。

这真是玄妙无比的做爱。金力不需要害羞,不需要掩饰,他和她在一起,不是第一次了。她找他、喜欢他、关照他,就是为了这个。她说过她再不想和肖宏勋有这个事了,她夸金力是最棒的男人,在这件事上是雄风不减的男人,是令她能够忘记世上一切的男人。

他也在一次一次的和于玲芬的亲热中习惯了,当她的性伴侣,满足她的同时,自己也有快感。这种快感是在和兰兰行夫妻之间的云雨时得不到的。兰兰没有于玲芬放得开,兰兰更没有于玲芬那种追逐性的欲望,兰兰甚至连许多性动作、性姿势都不懂得。他也不要她懂得,他认为兰兰当好一个贤妻良母就很好。

啪嗒一声,于玲芬打开了卧室的灯。

卧室里顿时雪亮一片。

上海·恋

太突如其来了,金力不由自主地闭紧了眼睛。于玲芬轻轻拍了他一下,由衷地道:

"真享受,是吗?"

"真的,是一种享受。"

"你也觉得享受就好。"于玲芬发自肺腑地说,"我最怕的是你在应付我。金力,闭上眼睛,歇息吧。"

"嗯。"金力闭着眼,他确实需要喘一口气。

卧室里寂静得几乎什么声音也没有。金力能听清她的呼吸声,能感到躺在他身旁一丝不挂的于玲芬的充满弹性的身子在微微起伏。他不由得把手轻轻放在她的腹部,她的发酵面般的腹部柔软滑爽,在波浪般地一鼓一缩。他的手从她腹部移到了她的胸前,她的乳房由于满足的性事挺得高高的,金力柔柔地抚摸着。

她出声地喘一口气,赞道:"真好,真让我舒服。"

她抬了一下手,说:"休息一会儿吧,金力。"

"好的。"金力答应着,紧挨着她躺下来,把掀开的被子轻轻为她盖好。

不知休息了多长时间,也许是十几分钟,也许是半个小时,金力搞不清楚。他只知道静静地躺在于玲芬身边,休息这一阵,无所思,也无所虑,是真正的静息,身心有一股难得的舒适放松,感觉好极了。

双眼茫然地望着雪白一片的天花板和天花板中央的节能灯,金力脑子里浮现一个念头:从第一次在那个雨声淅沥的夜晚到这里——松露别墅22号来,到今天一共有多少次了?他试图想清楚,计算明白,但是算着算着,就算不清了,不知有多少次了,秋天里来过,夏天里也来过,春天更不用说,如今又是冬天了,开空调调节温度的酷暑和严寒的冬季,都有好几次了,算不清了,真算不清了,去算它干什么呢?……

于玲芬的手在他光裸的肩膀上摩挲了一下,轻轻推了一把,说:

"给我把水杯拿来。"

开着空调,卧室里暖和,金力光裸着身子,下床走近梳妆台,把事先已拿进来的暖杯递给她。

于玲芬的一头乌发蓬松着散乱开来,她朝金力微笑着,伸手接过杯子,揭开杯盖,喝了一口水。

金力瞅着她,不由得在床边上愣怔了一下。他见她的眼圈有点儿红肿,下眼袋还有些隆起,收敛笑容的时候,眼角的皱纹细而密。金力不由得骇然,他始终觉得注重妆容的她年轻,至少比妈妈乔琳朗年轻好几岁。可眼前这副神态,比起妈妈来,简直要年长几岁。家里添了孙女,妈妈心态好多了,瘦削的脸上有了光泽,脸颊比郁郁寡欢的日子丰润了,显得年轻了好几岁。金力明白,这是他的工作稳定了,又有了安定的小家庭,使得始终为他忧心的妈妈减轻了压力。说到底,一切还是眼前的于玲芬给他带来的。这当儿,一个多月没仔细端详她,她怎么会变化这样大呢?原先的不安之感又从心底冒了出来。

这些念头一个一个掠过金力的脑子,稍纵即逝。定神看着于玲芬喝了几口水,他接过她手中的暖杯,放回床头柜上。她说:

"我还是不习惯喝咖啡,吃了比萨,还是喝水舒服。"

金力说:"那我再去给你加一点。"

于玲芬朝他一挥手:"你出去顺便把沙发上我的那只包拿进来。"

金力应了一声,出了卧室,来到温度略比卧室低些的大客厅里,先给暖杯续上热水,又提于玲芬进门以后随手扔在长沙发上的那只让人瞅一眼就不敢小觑的阿玛尼女包,回到床边。

于玲芬接过金力手里的包,随即打开寻找着什么。

金力把暖杯放在她身旁的床头柜上,上床以后,偎依在她身旁。

于玲芬的身体散发着雅致好闻的香水味。她把阿玛尼包往床头柜上一放,手里拿着一只从包内取出的信封,对金力道:

"抱紧我。"

金力舒展双臂,把她的身子搂抱进怀里,脸挨近她的脸。

她的脸颊在他的脸上摩擦了两下,发梢撩得他痒痒的。他已经习惯了,她喜欢这个动作。

她从信封里抽出一张支票,夹在手指间轻轻一扬,侧转脸,对他道:

"这是给你的。"

金力心里一阵喜悦。他的下巴倚在她的肩头,看着她手里的支票,支票上赫然写着两行数字,分别是阿拉伯数字的"300000.00元"和中文大写的"叁拾万元整"。

金力的眼前一阵银光闪烁,这么大的数字,她是给他的吗?没错,收款人姓名一栏里写得清清楚楚,一目了然:金力。

她这是干什么?

他现在不缺钱,他也从未开口向她要过钱和任何奖赏。他已经很满足了,除了每月从环宇公司领取一份仅比保安部经理少两百元的工资,她只要到外面去活动,收到的交通卡、超市消费卡、卡拉OK卡,回来进办公室以后就随手丢给了他,他的实际收入早已超出了保安部经理,他是知足的。

他内心的愕然和反应的迟钝肯定令她不满了,她的身子骨一顶他的胸膛,手里扬了扬支票,道:

"拿着呀!还要我塞进你衣服里啊?"

金力接过支票,用充满感激的语气道:"谢谢,谢谢于董。"

他又仔细看了一眼支票,把它小心翼翼地放在他这一边的床头柜上,用自己从手腕上脱下的手表压住。他知道,三天之内,他只要去银行过一下户,这笔对他来说近乎天文数字的巨款,就是他的了。只是他还是不明白,于董为啥会善心大发,给他这么大一笔钱。

"不要谢我,你只要记着我对你的好就行了。"她淡淡地说,"你放心地用这笔钱,这钱只有你知我知、天知地知。睡吧,好好睡一觉。"

说着,她又关闭了灯。

金力乖顺地躺下,轻搂着她,一动不敢动,心却因激动咚咚跳着,平静不下来。

卧室里乌漆墨黑,又像方才一般伸手不见五指。

静,静得能清晰地听到空调的声音。

可能是刚才翻云覆雨太过剧烈了,也可能是来松露别墅之前操劳得太累了,她很快睡着了,进入了梦乡,还很少有地响起了鼾声。

不知为啥,金力却毫无睡意。他大睁着一双眼睛,望着黝黑的卧室里的墙壁和梳妆台方向,心中的困惑大于收到金钱的快乐,不知所以的感觉大于天上掉下馅饼的喜悦。

30万元,这是多么大的一个数字!

是的,她是经常脱口而出地对他表示赞赏和惊叹,感激他给予她性事上的满足和欢乐。可他同样不也得到窃喜和酣畅淋漓的享受吗!他没多大的损失啊,在他找不到女朋友,感觉性饥渴和性压抑的青春期,他从她的身上同样获得了发泄和满足啊!

平心而论,她是不过分的。为了她的环宇公司,为了她事业的发展,为了实现她的梦想,或者如有些保安所说,她是为了实现自己的野心,不管为了啥,她太忙碌了,她没时间也不可能经常邀他来松露别墅。他和她在一起,除了掌握好绝对地顺从她、听命于她之外,他没觉得有啥为难之处。

她为啥要对他如此之好呢?

金力的心里有一点狐疑,有种种不解,是的,对于头一次给他的那一张五万元的支票,他跟妈妈说是借的,以后要还的,结果没有还。于玲芬对他说:"你就跟你妈说,已经从逐月的奖金中扣还了。"他这么对妈妈说了以后,妈妈也就不再提起了。于玲芬当初确实也说过,其实20多万的购房款她都能为他付清,只是怕他妈妈生疑,她才没有那么做。

那么,如今她为啥不顾忌妈妈会生疑呢?

金力私自决定,这30万元的事得瞒着妈妈,同样也瞒着兰兰。他得到银行另开一个户头,将这30万作为他的私房钱藏起来。

心里如此忖度的时候,金力并不是踏实的,只因他从哪一角度思索,都想不明白这是为什么。

而隐隐约约的那种不祥之感——害怕于玲芬出啥意外,环宇公司会遭逢啥不幸,却似一团阴影般,从比幽静黑暗的卧室更阴森的角落里升起并弥散开来。

金力不能往下想,不敢往深处胡乱猜测,只是这种感觉,却怎么抹也抹不去,挥也挥不去。

躺在他身旁散发着中年女人体温的于玲芬,仍在发出均匀的一声长一声短的鼾声。这鼾声不高,带着女性特有的温婉和低微的鼻音。金力闭上了眼睛。他也得睡一会儿。

后来的事实证明,松露别墅冬日暖夜里掠过金力脑际的不祥之感,不是空穴来风。

环宇公司垮了。

塌方似的垮了,雪崩似的垮了。作为董事长办公室门口的值班保安,对环宇公司内情一无所知的金力,瞠目结舌地看着眼前发生的一切。他不能相信,他不敢相信,但他又只得无可奈何地看着环宇公司一天一天地垮下去,他眼睁睁地骇然地瞅着环宇公司垮塌下去。

他会时常感觉像在做着一场梦。这种感觉往往是在他每次进出卫生间时浮现出来的。他一直对兰兰说,对妈妈乔琳朗也说过,环宇公司的卫生间装修得富丽豪华,奢侈至极,连门把手都是镀金的。最初他以为那只是镀铜的,后来保安部经理训斥他,说他"不懂经",这是真正的镀金。

于玲芬董事长就是这么牛,她要求,一切都得是一流的、上档次的。卫生间里的所有如厕设施,都是正宗进口货,价格不菲。金力走进卫生间,都觉得是种享受。每天下班回家之前,他都得上一趟卫生间。他觉得环宇公司的卫生间,比外头公共场所的厕所,比家里的卫生间,上起来舒服多了。后来他发现,不但自己有这习惯,环宇公司里很多人都有这习惯。他们上班走进公司,会急急忙忙地去上一趟卫生间;下班之前,也是在公司里上完卫生间再离开。

当金力把自己这一发现讲给于玲芬听时,于玲芬什么话也不说,只是得意忘形地哈哈大笑,还拍巴掌。

真的,装修得如此高档的卫生间、楼道、门廊,包括于玲芬的董事长办公室,当然经久耐用,不会因为环宇公司的垮台而黯然失色。每天,无所事事的金力坐在值班保安位置上,在环顾四周打量着这金碧辉煌的上班环境时,在进出卫生间时,总有一种梦游般的感觉,心里一次一次地问自己,环宇公司垮了吗?于玲芬真的一贫如洗了吗?不,不,不!比一贫如洗更糟糕,说她欠下了巨额债务,足足有几个亿!还不清,永远也还不清了。她已经被抓了,被正式逮捕了!

听到这些消息,对于金力来说,几乎是五雷轰顶。

他觉得不是环宇公司垮了,而是整个天塌下来了。

连续几天,上班时他像泥塑木雕般坐着,一动不动,不喝水,不接电话。到了午饭时间,饭菜放凉了,他都没想着吃。

于玲芬董事长,这可是对他性命攸关的人啊!

他今天的一切,全是她给他带来的,他的妻子兰兰,他的女儿金琳,他的房子,他安定的工作和收入,还有他的生活。她被抓了,他的一切不也要跟着完了吗!

金力只感到自己也遭遇了灭顶之灾。

不,不!什么迹象也没有,环宇公司本部从外表上看什么事儿都没发生,和以往相比,只是更为冷清了。

金力走进长乐路上妈妈的工艺品小店。妈妈悄声问:"外面传得沸沸扬扬,说环宇公司鸡飞狗跳,购房的业主们要闹事,要申请游行,要去人民广场市政府大门前请愿静坐,闹到区政府大堂,已经影响了正常上班秩序。玲芬的董事长办公桌也被人家掀翻了吧?"

金力一脸诧异地说:"没有啊!安安静静的,只是于玲芬很久没来了,各个部门都在正常上班,只是没啥业务,请假和早退晚到的人蛮多的。"

"你呢?"

"我还是像平时那样,正常上下班,坐在那里,没什么事。几个部门的头头都叫我别接电话,我就不接,接了也只讲一句,于董不在。一直不接,现在电话也不打进来了。"

"你是对的。"妈妈点头,随即哀叹一声,脸色也随即晦暗下来,低语般对金力道,"她对你这么好,即使几个月不领工资,你也要做到善始善终,干到环宇公司正式宣布破产再离开。"

"明白。"金力答应妈妈,他心里也是这么想的。天天上班,至少可以在保安们中间,在各个部门工作人员之间,听一点"最新消息"。天天窝在家里,他能干什么?再说,他还有个心病。于玲芬最后那一次在松露别墅给他的那30万元钱,他已经转到了自己新开的户头上,算是他的了。人家在追索于玲芬的债,一旦问到他,他还得随时交出来呢!虽然于玲芬对他明确说过"你知我知、天知地知"的话,可这么大一笔数目,从账上过,会没人知道?

金力的心里是虚的。

他不能一走了之,他没权利和资格一走了之,他也不想一走了之。

他始终觉得,这件事太蹊跷了。不是说,环宇公司的双子星座高层,一旦建好销售出去,于玲芬就要成为十亿大富婆吗?怎么一夜之间,变成资不抵债,要耍手段欺骗购房者和政府,才能填补资金缺口呢?那个十亿当初说的可是除去成本的净利润啊!

妈妈叹息着说:"玲芬这人,气数到了。她胆子太大,也太放手啊!这么大的一家公司,用的全是自己的亲属。这些亲属都是什么素质?要文化没文化,要知识没知识,全打着她的旗号在捞钱、骗钱,吃她的,拿她的,啃她的,偷她的。你在她公司里做,没听说吗?"

妈妈瞪大双眼盯住金力,眼里闪出询问的光。

金力摇头,表示没听说。

妈妈拍一下巴掌:"他们拿她的钱,都是在搬啊!"

有多少钱,经得住一捆一捆往外搬啊!

金力眼前晃过死去的驾驶员符向安从于玲芬保险箱里往外拿钱那一幕,这件事对于金力永远像一个谜,妈妈一说搬钱,他就情不自禁想起了当初的细节。

见金力仍然一副不知所以的神情,妈妈双眼掠过一丝疑惑,皱起眉头问:

"你当真不知玲芬犯了什么事?"

"真的不知,妈妈。"

妈妈从自己坐的柜台暗肚里取出一本翻开的杂志,说:

"你带回去看看吧,我就在前面不远的路口报刊亭买的,好几本杂志上都登了,这本写得最详细、最客观。"

显然妈妈已经看完了。金力扫过杂志上的标题:《五光十色的肥皂泡沫破灭了……》。

金力离开妈妈的小店时,妈妈叮嘱他:"既然你一无所知,看完杂志,你仍然装作一无所知。你是她办公室门口的值班保安,公安或者法院啥的,哪怕仅仅是走程序,也会找你调查了解玲芬情况的。你就像刚才我问的一样,说啥都不晓得就行了。"

金力答应照妈妈的吩咐做,决不乱说一个字。

从妈妈给金力的杂志上,金力读到了环宇公司垮塌倒闭的原因,也了解了于玲芬作为声名赫赫的女企业家究竟犯了什么罪。

妈妈有一句话说准了,看来于玲芬的气数是到了,这一次她逃不脱了,再也不可能像以往那样崛起了。

她犯的罪是"一房多售",其中朝向、视野、位置、房型、内部结构最好的从1201号到1801号套房,都涉嫌一房多售,而且多售到离谱的地步。其1801号套房,竟然卖给了七位购房者。

预售结束,到了正式交房的日子,骗局被揭穿了。上海房价一路看涨,从开始预售到正式交房的几个月中,每平方米已经涨了两千几百块。没有一位交了钱的业主愿意退售。更令人难以置信的是,环宇公司收进去这么多的钱,账上却无钱可退。

业主们闹翻了,售楼处从早至晚挤满了吵着要房子钥匙的业主。销售部人员逃得一个也不见踪影。售楼处的桌、椅和电脑,全被掀翻,玻璃被砸得满地,脚都踩不进去。

让人们无法相信的是,所有的售楼所得,都还了银行的贷款和利息,银行仍在说,还有缺口没有还清。

账碰不拢啊!明明是可以赚大钱的,为啥多售了还不够还贷呢?

钱都到哪里去了?

环宇公司上上下下的员工都说不知道,连于玲芬的丈夫肖宏勋和嫡亲妹子于玲芳以及她的两个亲弟弟都矢口否认,说不知道。他们像订立过攻守同盟一般,众口一词地说,房子订多少钱,怎么卖,卖给哪一个,收多少钱,一个平方米打几个折扣,钱是从账上过还是收现金,都是于玲芬一手遮天决定的,没第二个人有权力过问。

外界传得沸沸扬扬,讲得最多也最为人津津乐道的是,于玲芬这个女人可不是等闲人物,她深不可测。她的手里一定掌握着一个没第二个人知道的秘密账户。

全部的钱,无论是现金,还是通过账户划进来的钱,全都在 24 小时之内,进入了秘密账户,掌控在这个权力欲很大的女人手心里。连她的丈夫,那个和她一起在安徽乡下吃过苦、共同打拼出来的肖宏勋也不知道,更无权过问。

这女人岂止是权力欲望大啊!她的性欲也十分了得,仪表堂堂、长相堪比好莱坞明星的肖宏勋也满足不了她。自从小杰克一死,夫妻俩的关系名存实亡,搞得肖宏勋按捺不住,和她的亲妹子于玲芳搞上了。这一对不知廉耻的狗男女,同样捞了不少钱,在抓捕这两个人时,从他们掌握的保险柜中,当场搜出了几百万的现金。那是他俩利用职权,瞒着于玲芬暗自扣下的。

于玲芬的情人多啦！有官场人士、商界人士、银行界手中有权批钱批贷款的人士，还有一群"小白脸""小面首"。他们中有一个人是谁都见过的，就是曾经当过她司机的符向安，这小子的命薄，现在看来还是早早地死于非命好。要不啊，这一回他也非得给铐进去不可。其他的"小白脸"都是隐蔽的了，一来是他们吃不消于玲芬的旺盛情欲；二来嘛，这女人狡猾啊，她玩一个扔一个，玩过人家小伙子之后，丢下个一万两万现金，就打发人家"跑路"。那些小伙子拿到钱，点头哈腰、摇尾乞怜地溜掉之后，碍于面子，也不对外透露。故而谁都不知道，抓不到她的把柄。

看到后来，金力的眉头皱起来了，妈妈买来的这是啥杂志啊？

金力平时不读书，连杂志都不翻，他没那兴趣。仔细看一看，还是蛮正规的杂志社，有编辑部，有主编、社长，美其名曰法制类刊物。

这样的刊物，怎么连这种没由头的传言也刊登啊！长长的报道详尽地读完之后，金力总算是吁了一口气，悬着的一颗心也放下了。在写到花边新闻、八卦传言时，没有提到他，连一丁点影子都没有。

他内心深处清楚，白纸黑字写下的这些桃色新闻，都是编出来的。经济上的事儿，他金力一点儿不了解，男女情事上，他还能不知道吗？

全都是趁着于玲芬被批准逮捕，胡编乱造瞎写出来的。

由此，金力联想到，关于巨大的金钱缺口，关于"一房多售"，也只能是将信将疑，可信可不信了。

别说金力不相信，于玲芬的驾驶员毕菲莉同样不信。外卖送午饭来时，毕菲莉笑嘻嘻地问他：

"小金，那些小报小刊上的消息，关于于玲芬董事长的，你看过吗？"

"看了一点。"金力答的是真心话，他只读过妈妈给他的那本杂志。

两人相对坐下吃盒饭时，毕菲莉的脸往金力面前凑凑：

"你相信吗？"

金力摇了一下头，定睛望着毕菲莉咀嚼时唇角上不停跃动的黑痣，想听听她心里的想法。

"我也不信,太离谱了!"毕菲莉笑了一下,接着不屑道,"为了卖杂志,那些人想象力太丰富了,编造得令人恶心。别人不清楚,我和你还不明白?你是天天坐在董事长办公室门口,守在那里;我呢,只要出车,几乎是形影不离地和她在一起,有时候她的拎包、礼服都是我替她拿着。哪儿发生过杂志小报上写的那种事?真是的,哼!这年头,什么下流话都编得出来。"

金力看得出,毕菲莉是真正的生气。他不气愤,他没有那么大脾气,他从来性格温顺,不会气到这种程度。他只在心里说,于玲芬被抓是真实的,她的丈夫肖宏勋和亲妹妹于玲芳被抓也是真实的,他们肯定是犯了事才被抓的。以他的智力,怎么也想不明白,好端端一个楼盘,原先谁都说会赚钱、赚大钱的楼盘,怎么会亏空如此之大?在城乡接合部同样是于玲芬开发的一个楼盘,比这小得多,经营下来,不都让她从一个千万富翁变成了亿万富婆吗!就是出手大方、大手大脚,也不至于亏空到吃官司的地步啊。再说了,她一房多售,该有比原来更多的钱收进来啊,怎么会欠银行这么大数额的钱呢?

莫非,她真的像外界传的那样,有一个秘密的账户?账户都得银行才开得出来啊!她的神秘账户开在哪里?

金力越想越糊涂了。

"哎,问你话呢!"毕菲莉双眼睁得大大的,嗔笑地瞪着他。

饭菜是啥味道?他咀嚼着一点没吃出来。脑子里跑车,金力走神了。听到毕菲莉大着嗓门提醒,他才回过神来,堆起笑:"啊,对不起,我越想越犯傻,没听清。你说啥?"

毕菲莉谅解地一笑,又放低了嗓音:"我是问你,有人来找过你吗?"

"什么人?没有啊!"

"我是说,"毕菲莉的眼角向两边瞄瞄,声音压得更低了,"公安局经侦总队的,他们找过我了……"

金力心里一惊,他记得妈妈好像也提醒过,有人要找他的。他连忙问:"他们找你?问什么了?"

"还不是关于董事长的那些事？问她去过哪儿，跑过哪些单位和部门，走访了什么人，去过啥银行，对了，连外资银行也问到了，去办什么事。"毕菲莉说着说着，声音提高了，"嗨，我哪知道她拜访啥人谈啥事啊！对不对？反正我是一问三不知。董事长去过的地方、见的人多啦，我哪记得全啊！对啦，他们让我尽可能回忆，慢慢想，想得起多少说多少。我是竹筒倒豆子，能想起来的，都说了。噢，对了，我开的那辆福特小红车已经被查封了，很快要从环宇公司地下停车场拖走。我呢，从下个月起就不来上班了。我跟他们说，我得另找工作，养家糊口，反正我是不会离开上海的，他们还有什么要问的，尽可以找我，我会随叫随到。他们还没找你？你等着吧，会找你的。你要辞职，也得等他们找过你之后。我这就跟你打招呼了，小金，嘿嘿，于玲芬董事长对你的评价一直不错。拜拜！"

金力这才明白，毕菲莉坐下来和他一起吃公司里的盒饭，说这么长的一段话，有和他告别的意思。

望着毕菲莉的背影，金力坐在那儿忖度着，她离开环宇公司了，要去另找工作。她有一技之长——驾驶技术。他呢？他只是个值班保安，啥特长也没有，一旦到了离开环宇公司那天，他到哪儿去找活儿？

想到这儿，金力心头一阵怅然。

桌子上的盒饭，只吃了一半。他已没有食欲了。

市公安局经侦总队找到金力的时候，已经找过环宇公司好多人了，金力从他们熟悉情况的语气听得出来，至少环宇公司各个部门的经理都已谈过话了，好像他们也从环宇公司各部门头头那儿了解过金力，对金力有个基本认识。金力一点也没感到啥压力，对于他来说，始终牢牢地守住一条底线：除了他和于玲芬之间的情事不说，其他啥都说。其他实在也没啥可说的，因为几乎所有的部门经理甚至金力的保安部经理都说，公司里原来没有设董事长办公室门口的值班保安，大门口已经有保安和门卫访客登记了，这个岗位纯粹是因人设岗，为的是给金力开一份工资，原因呢，就是金力的妈妈和于玲芬曾经是在安徽乡下一道插队落户的知青,几十年来相交投缘,于玲芬是看在这个分上,看在金力老实本分的性格上,设的这个岗位。这是于玲芬在公司中层以上干部会上说的。再说,几年干下来,在所有人的眼里,金力也确确实实是这么个角色。你看嘛,公司出这么大事儿,几乎人人都在寻思着辞职早点儿离开这个是非之地,公司里先是停发奖金,接着是只发一半工资,现在一半工资也不发了,他还像个傻瓜一样,天天坐在那里,标标准准一个"戆大",上海人眼里没有用的"戆大"。

经办这一上海市街谈巷议的经济大案的公安人员,大约也是受了这些众口一词的反映的影响,和金力的接触十分简单,简单到金力事后都不敢相信。

公安人员最后还带着怜悯的语调特地告诉他:公司已经宣告破产,这一大案要案已由政府接管处理善后事宜,所有人员都得自谋出路,各自去寻找新的出路。金力听完,还说了一句:

"保安部经理没有通知我。"

两位公安人员相对望了一眼,又补充一句:"他会来通知你的。"

又过了三天,保安部经理正式通知金力,从下个月开始,可以不用来环宇公司上班了。连他本人,下个月起也要到其他地方去当保安的领班了。如果金力家中有什么事情,明天起就不用来了。

"明天吗?"金力又问一句。

"明天。"保安部经理肯定地答复他。

那天下班之后,金力没有直接坐地铁一号线回家,他又拐到长乐路妈妈的工艺品小店,把一切对妈妈讲了。

妈妈听完之后,定定地瞅了金力一眼,叹了一口气,垂下眼睑说:

"可惜了,玲芬这么聪明的人。真判决了,我去看看她。等我探监之后,你也去看看她,毕竟,她关照了你好几年的工作,对你不薄。"

金力点点头,嘴里应了一声。

工艺品小店有一点变化,金力察觉妈妈改装了节能灯,店堂间里光灿灿的,坐着有一股舒适温馨感。金力想起了人们对妈妈的评价,说乔琳朗是有艺术感觉的,品位不俗,眼光独到。是啊,金力心里清楚,他的生活安定了,结婚成家有了女儿金琳,妈妈的负担减轻了,工艺品小店赚了钱,妈妈才有条件来给小店做一些改变。说到底,这还得感谢于玲芬。他下岗了,心却是安定的,为啥?家里有了点儿积蓄,不愁。他呢,还接受了于玲芬最后那一次的30万元!说真的,这30万元,在于玲芬出这么大事以后,始终是梗在金力心里的一件事。现在看来,于玲芬没对他说瞎话,这是她专门奖励他、赠送他、报答他的。准备着公安找他谈话时问及,金力是想交出去的。现在看来,连这一点于玲芬都想到了,没第三个人知道这事儿。他当然愿意留下来,对他来说,这可是笔巨款,家中有没有这笔钱,大不一样啊,有了,心定得多了。

妈妈问他:"你不回家吃晚饭吗?"

金力摇摇头,在椅子上坐下:"我想静静地坐一会儿。"

妈妈定睛瞅了瞅儿子,表示理解地点头:"我明白,歇下来,你趁找新的工作之前,休息两三个月,调整一下心态。"

"好的。"金力说。平时,于玲芬经常把在交际中收到的购物卡、交通卡啥的塞给他,他都对妈妈说的。妈妈知道他这几年经济上是宽裕的。"妈妈,你有事儿可以先走。外婆不是又发病了吗?"

"这几天越来越重了,喘得凶,心脏也痛。"妈妈点头,"那我先走一步,你就吃我带来的饭,在微波炉里热一下就行了。"

妈妈走了以后,金力不忙着热饭。明天起就不用去环宇公司了,他心理上不习惯,空落落的,整个身子有一股乏力感,光想坐着发呆。

妈妈说得那么肯定,于玲芬肯定是要坐牢了,出不来了。直到这时候,金力才意识到,他是伤心的、痛心的、很难过的。天天上班,整天坐在董事长办公室门口的值班保安位置上,身前还有一张桌子、一个简易柜台,前面竖起一块弧形玻璃,他得装出于玲芬和他只是董事长和保安的关系,装出她是老板,而他只是个保安的样子。谁都不晓得他和于玲芬的关系有多么密切,谁都不知道他们在松露别墅相会时是多么亲密,谁都想不到他们之间的情人关系。只有金力内心深处明白,他对于玲芬是有感情的。这感情不同于他和兰兰之间的夫妻之情,不同于他和妈妈之间的母子之情,不同于他和金琳之间的父女之情,但那也是感情,是深切的一般人体会不到的感情。这感情里有依恋,有倚靠,有满足和安然,更有感激,还有一股贴心的亲近。总而言之,他说不清道不明。现在这所有的一切都消失了,没有了,不会再有了。判刑之后,她将在监狱里待多久呢?

金力猜不出来,也不知道。环宇公司里的人们说,她会被判得很重,多重呢?十年、十五年……无期徒刑?天哪!十年金力都觉得可怕。十年之后她出狱,必然是老太婆了。

想到这里,金力闭上了眼睛,他觉得那简直不可想象。

门铃清晰悦耳地响了一下,这也是妈妈与时俱进新增的小设备。金力睁开了眼睛,嗬,门口一下进来好几个老外呢!金力提了提神,露出了微笑的眼神。

进来了四五位金发碧眼的老外,有男有女,难得的都是中年人。为首的那位高个儿,还招手向金力打了个招呼:

"哈啰!"

"欢迎光临!"金力话音刚落,没想到几位老外身后,响起了一个惊喜的嗓音:

"金力!"

金力似曾听到过这个声音,定睛一看,陪同老外们走进来的,是凌真!就是那个住在高层豪宅23楼A室的女主人,那一回于玲芬让他坐着司机毕菲莉的车,去给她送"要件"的女人。毕菲莉给他讲了豪宅地下室的世界名车,他上了楼,呈上"要件"后,这女人还热情地邀请他进屋去坐一坐。对了,她是于玲芬的闺密,尽管她一眼看去要比于玲芬年轻十几岁。于玲芬说起她来,总是面带笑容,显示她们是无话不谈的朋友。金力真没想到会在妈妈开的工艺品小店中撞见她,他不晓得怎么称呼,只能热情地笑着摆手道：

"你好！陪外宾啊？"

他看得分明，凌真浑身上下透着一股令人眩晕的性感。

八

"你好呀!"凌真笑吟吟地像遇见老朋友般伸出手来,和金力握手。

金力心里涌起一股受宠若惊的感觉,见她主动伸出手来,连忙感激地握住了她的手。柔嫩、小巧,金力握在手中,觉得她的手仿佛没有骨节一样,稍稍用点力就能像捏糯米面团似的捏成一小团。金力唯恐把她握痛了,只用自己的指尖和她的手握了握。

凌真却把他的手抓得紧紧的,侧转身指了指几位老外说:

"这是我的几位朋友。晚餐前,他们说要逛逛宾馆附近的小店,我就陪他们来了。"

转过身,凌真操着一口流利的外语,对几个老外说了几句。那几位老外也都向金力露出欣喜的微笑,扬手点头招呼,显得十分真诚。

凌真又用英语对老外们说了几句,还指了一下店堂。她回过头来,对金力道:

"我让他们随便看看,所有的工艺品可随意挑选,说我认识你们母子。"

金力一扬眉毛:"你也认识我妈妈吗?"

"认识啊!还不是于玲芬带我来的!"说到于玲芬,她的声音放低了,"我也在这个店堂里见过你。"

"真的?"

"那一次你在后面的小厨房里守着蒸锅,于玲芬当着你妈的面夸你是个老实本分的男孩,你转过脸来的时候,我见过你一面。于玲芬觉得你靠得住,才会答应你妈,让你在她公司里当值班保安。"凌真开口闭口讲到于玲芬,金力心头的感觉怪怪的,她难道不知道于玲芬出大事了吗？讲起于玲芬来,语气仍那么亲切,让知情人听见了,会怎么想？不过,在妈妈带他去面试般见于玲芬之前,于玲芬已经见过他,而且对他的情况颇为了解,他还真不知道。这么说,早在他和于玲芬正式见面之前,于玲芬已然认识他了。这一点,无论是妈妈,还是于玲芬,都不曾明确地告诉过他。反而是凌真,没说几句话,就把这情况告诉他了。

原本他就对凌真有好感,她是何许人啊,住在那种豪宅里,不说腰缠万贯,至少在金力的眼里,都是雍容华贵的妇人。而他呢,他的身份她再清楚不过了,头一次去给她送"要件",她就客气地邀他进屋去坐；这会儿,她陪着外国朋友,一点也不嫌弃他是个小店员,对他像熟识的朋友,丝毫没架子,没那种居高临下的姿态,而且态度是那么和蔼。

金力心中由衷地感动。如果说上一次送"要件"只是打了个照面,留下了她是个秀气俏丽的女人的印象,如同叫了出租车去接于玲芬时一样,匆匆一瞥的感觉,不敢也想不到细细地端详她,这会儿,金力在妈妈装修一新灯光明灿的店堂,才暗自愕然地察觉,凌真是个让人瞅一眼就难忘的女子。瞧啊,她嫣然地笑着,那种笑容简直能引得人目不转睛。她是个双眼皮非常明显的大眼睛女人,微笑的时候,眼睛里透出股媚人的光芒。金力不敢和她的眼神交接,他觉得她的举手投足都给人一种雅致而又毫不做作的自然,她的仪态让人着迷。她说话的声音悦耳动听,那神情仿佛要向你倾诉什么,你非听不可。令金力诧异的是,她那么白皙,竟没一丝儿化妆的痕迹。金力猜不透是因为她使用的化妆品高档呢,还是她一点儿不曾化妆。

和于玲芬那么近地亲密接触过,金力知道,于玲芬每天都要花不少时间在她的妆容上,她使用的全都是世界上流行的最昂贵、最高档又不刺激皮肤的化妆品。眼前的凌真呢,金力不晓得,但凭他的眼力观察,她白净细嫩得比剥了壳的鸡蛋还细腻的皮肤,是会让别的所有女人妒忌的。

金力从未如此近距离地接触过像凌真这样的女人。

用人们习惯称呼的"美女"来形容她,简直是对她的侮辱。

他的妻子兰兰不是她那样的女人。

他熟悉的于玲芬,也不是凌真这样的女人。尽管她们俩曾经是亲若姐妹的闺密,但不同。

和凌真这么近地相对交谈,金力有点紧张,紧张得很不自然地傻笑着,他的内心又有些隐隐的不安,只巴望几个老外随意逛一圈就退出去。他没话找话地说:

"他们会选点啥呢?"

说着,用手指了指几个老外的背影。

凌真望着他的脸往老外那边侧转了一下道:"对于他们来说,中国的一切东西都是新鲜的。"

其中几位老外不约而同地选中的,是大小不一、图案颇具民族风情的蜡染,有的是一块四四方方的桌布,有的是用来铺垫在茶几上的。一位女士选中的是镶嵌在镜框里的有点变形的鱼图腾。乍一眼望去那是盘子里弯曲着的一条鱼,远远地望去,这盘中鱼竟然是鲜灵活现的,还有那盘子,色彩虽然淡弱一些,却也透出别致的图案花纹,若隐若现。那鬓角上已有一绺白发的洋女人用英语叽里呱啦指点着蜡染上的花纹,对其他几位老外一讲,几个老外纷纷凑过头来端详着并发出声声赞叹。

金力一句也听不懂,只是瞧着他们谈笑风生的样儿微微点头傻笑。

凌真在一旁善解人意地悄声道:"南希在告诉他们,你妈妈设计的这款蜡染的独创之处,她十分赞赏和喜欢。"

对妈妈的这点儿才华,金力也是从心底由衷佩服的。

工艺品小店里所有的商品,可以说都带着妈妈的创意和对传统的改良甚至反叛。金力常来小店替妈妈值班,看妈妈标出又经物价局审核的价格,金力心中暗自愕然,就这么块普普通通的面料般的蜡染,在城隍庙及一些低档货泛滥的地方,最多几十元就能买下了。妈妈的价格标那么高,会有人购买吗？事实证明,妈妈的眼光是独到的,这些经妈妈独创设计出的蜡染,特别受老外的欢迎。有时候,独一块图案花色的蜡染,老外说想买两块,妈妈都会摇头告诉对方,在她的小店里,没有一样商品是同样的,每一件都不同,每一件都有自己的特色,连一只小瓷瓶都不例外。

老外们表示遗憾的同时,不但不会沮丧,相反会更高兴。因为他们带回去的价格不菲的中国上海的工艺品,是独一无二的。

今天凌真站在他身旁,金力陡地意识到,也许像于玲芬和凌真这样的女人,之所以愿意和身份普通的妈妈交朋友,同样觉得妈妈是一位有眼光有鉴赏力的女性吧。

核了价,凌真抬起手臂阻止着正从皮包里掏钱的老外,转脸对金力说：

"我来付,算是我送他们的礼物。你从钱夹里拿吧。"

说着,一边把一只小巧优雅的宋锦钱夹递给金力,一边用英语把这点心意告诉老外们。老外们纷纷耸肩、微笑,向凌真表示感谢。一个老头儿还亲切地拍了拍凌真的肩膀以示亲昵。

金力从凌真递给他的那只色彩艳丽却又做工道地的宋锦钱夹中取出十六张百元钞,正从钱柜里取票子找零时,凌真向他摆手,小声而坚决地道：

"不用找了,金力,不用！我们就算认识了,对吗？"

金力停止了找零,把钱夹递还给她,有点不知所措地道一声：

"谢谢！"

他替妈妈在工艺品小店里值班有好几年了,从来没遇到过这样的事儿。他不晓得,妈妈碰到这种情况,会怎么处理。

凌真又露出了刚进小店时的迷人的笑容。金力俯身给每位购货的老外送上一只也是妈妈设计的购物纸袋,让他们把蜡染放进纸袋。老外们纷纷举起纸袋,欣赏着那上头印的别致图案和一行美术字,再次发出声声惊喜的赞叹。

金力把他们送出小店,久久地站在店门口,望着他们消失在华灯初上、车辆熙来攘往的长乐路夜色之中。凌真的个头儿淹没在几个比她高大的老外们中间。

金力却仍望着他们远去的方向,出神地凝视了好久。什么东西在他的心里荡漾,让他感觉怪怪的。

这是上海一年里最美好的时节,酷暑炎夏已然过去,公园和小区绿荫下,重新碰头的老人们会欢欣地笑着相互打招呼,说着从那么难熬的炎热中度过来了,又能舒舒服服地活一年了的趣话,哀叹着某位老友被救护车送进医院之后,没抢救过来,我们可得好好珍惜这日子。媒体上早已报道,今年是桂花花期中的大年,从早桂到晚桂,前后一两个月的时间,都会有诱人的桂花香味弥散在弄堂深处和小区里。话没说错,秋风一起,桂花的幽香就伴着上海城了。

这些桂花都是改革开放初期,年年的植树节,上海的绿化部门在庭院、小区、弄堂、公园里遍植市花白玉兰的同时有意识地栽种的,真是"前人栽树,后人乘凉"啊!年头不长,所有的上海人已经享受到花香、花美了。

双休日,妈妈给金力打来电话,问他有没有空。

金力瞅了一眼贾兰兰,说有空。他天天都有空,快半年了,还没找到新的工作。他对兰兰搪塞说,环宇公司遣散他的时候,给他预付了半年的工资,让他待业期间不至于没收入。其实环宇公司哪有这等好事?所有的账目都被冻结了,根本顾不上被遣散回家的员工。金力不能把私下里接受了于玲芬30万元巨款的事告诉兰兰,兰兰追问起来,他无法回答。他把这30万元单独开了一个户头,每月按照原来上班时的工资数目,略少个几百块提取出来交给兰兰,说是环宇公司预付款。兰兰从未怀疑过,还对少个几百块钱挺理解的,说毕竟不上班了嘛!

金力也不敢把30万元的事告诉妈妈,怕妈妈生疑。这事儿就像于玲芬说的,只有你知我知,其他谁都不知。但金力对这句话至今都是将信将疑的。环宇公司倒闭以后,尤其是明确说于玲芬被铐进去了之后,金力是悬着一颗心的。他相信于玲芬的话,但那是在公司正常运转的情况下,一切由于玲芬做决定,一切由她说了算。公司倒闭了,于玲芬进去了,账目全被冻结了,区里、市里组织了联合调查组,整个环宇公司双子星楼盘都由区里的相关部门接管了,于玲芬给他的30万元钱,开的是支票,从国家银行过的账,人家循着这途径追查,很可能会问到金力头上来。接收钱款的人是他呀。故而,于玲芬出事之后,金力想到这笔钱,还是提心吊胆的。他有心理准备,一旦追查到他的头上,他就老老实实、规规矩矩把钱交出去,虽然舍不得,但是也得交。问他怎么接受这么大一笔钱,他就说这是于玲芬念其忠于职守,发给他的奖金。是奖金,有啥不可收的?据说有的大公司老总、开发公司总经理、近郊大规模批地的"村干部",年终奖上百万的都有,他自然也收下了。半年多时间过去了,环宇公司的一切随着时间的流逝淡出了上海人的视线,那些付款预购了同一套房的业主,经政府部门的清算、核查,该退款的退款,该清盘的清盘,也在逐步解决之中。听说最先付了款、全额付清房款的业主,还是拿到了房子,欢欢喜喜准备装修好以后入住呢!双子星楼盘的房子质量还是好的。那几套从1201号到1801号房型最佳、朝向最好、结构最合理,也最受人青睐的房子,扯皮扯得多一点,同样解决了。金力还听说,那些拿到房子钥匙的业主,简直是欢天喜地。为啥?上海的房子遇到了新一波涨价期,买到手的房子已经升值了!而且,上涨的势头停不下来,仍在爬升之中。

　　至今没人来找金力的麻烦,金力悬着的一颗心渐渐安定了下来。连他都想得到的事,于玲芬会想不到?

　　现在金力已经完全相信,于玲芬最后那一次约他去松露别墅,其实她的内心预感到了环宇公司将要出事,出大事儿!所以她会那么狂热忘形地和他做爱,和他享受性的甜蜜、欢乐。她要给他钱,当然要他拿得安心,拿得妥帖,拿得没有后顾之忧。她说的只有你知我知……不仅仅是劝他放心接受,她也想到了他接受了这钱真能使用。她想得周到。

思忖明白了这一点,金力内心对于玲芬充满了感激。虽然她犯了事儿,他却比她没出事时对她还有感情。

故而在妈妈和他单独相处时说及,等于玲芬正式宣判服刑之后,妈妈要候准机会去看看她,问金力去不去时,金力一口答应说去的。

妈妈为此还赞许地说:"是啊!做人就该这样,要念着人家对你的好。玲芬是出了事,可她还是妈一辈子的姐妹。况且,你没工作时,我一托她,她就爽快地答应让你去她公司上班了。几年中,她对你,真是可以的。像你这样,要文凭没文凭,要特长没特长,找个工作多难啊!离开环宇公司都快半年了,新工作还没着落呢。谁有玲芬那样对你好呢?"

别说妈妈这么认为,兰兰也是这么理解的。金力给她一说,她一挥手道:

"去,和你妈妈一块去是最好的。跟着于董上班时,她总照顾你。今天我休息,金琳我来管,你天天管着她,也该走动走动。"

跟着妈妈去往监狱医院时,金力才知道,他们不是去监狱探望,于玲芬住在监狱医院,她病了。他们是随着社区帮扶者去的。

妈妈说:"玲芬是老毛病了,插队落户时,就说她有'小三阳'。她可以凭此'病退'回上海的,但她恋着肖宏勋,不愿意一个人先回上海,非要和肖宏勋一同回。唉,玲芬这一辈子,算是轰轰烈烈折腾完了,儿子死了,男人搞上了她亲妹妹于玲芳,她呢,判了无期徒刑,没有出头之日了。可惜了。"妈妈说这话时,眼里噙着泪。

也是从妈妈嘴里,金力知道了于玲芬的刑期。外面人都在瞎传,有的说她判了二十年,有的说她判的是死缓,还有的说她没判几年,一生病就可以保外就医。金力相信妈妈的话,如若真是无期,那她一辈子真的出不来了。

妈妈还告诉金力,肖宏勋和于玲芳,还有于玲芬的两个兄弟于国祥、于国安,都分别判了刑,也都判得不轻,最少的都有十几年。活该!他们一个个被抓进去之后,不约而同地,都把所有的责任推到于玲芬身上,说一切重大决定、拿捏、决策、开支、借贷,当然还有失误,全是于玲芬做出的,他们是执行者,她让怎么做,他们就照着她的吩咐去做。口风咬得很紧,好像是滴水不漏。这伙人真是没良心,沾了玲芬这么多的好处,过上了做梦也想不到的奢华生活,吃好的、穿好的,还跑世界各地去游玩,住豪华宾馆,购买各种各样普通人望而生畏的奢侈品,在游艇中过夜,一掷千金啊!等到出了事,却对百样事情一推了之,全说不知道,不晓得,去问于玲芬。他们满以为这样答就可以推卸一切责任,到头来关一阵就放出来,恢复自由了。

哪晓得这是轰动上海滩的大案、要案啊,办案人员抽调的都是公、检、法、司的精兵强将。他们顺藤摸瓜,逮住蛛丝马迹一追到底,把肖宏勋、于玲芳,还有她的两个兄弟于国祥、于国安侵吞、贪污、挪用、截留几百万的罪行都坐实了,一个个绳之以法,没让他们逃脱,没让他们钻空子。他们这是罪有应得。

"连具体办案的人员私底下都说,玲芬是真正的敢作敢为的女强人,世上少见。她的那些所谓亲人,所谓亲信,把一切往她身上推,她丝毫不否认,反而全都承认,说:'他们讲得对,全是我下命令让他们干的,让他们照着操作的,出了事我负责,和他们无关,要判要关你们尽管找我,怎么判都没关系。我是自作自受,咎由自取,你们把我严判了,把他们执行者都放了吧!'

"你想想吧,金力!肖宏勋这么不知廉耻地背叛了她,于玲芳如此对不起自己的姐姐,玲芬到了这种时候,还想着替他们说话呢!她那两个兄弟我都见过,仗着姐姐赚了大钱,过的是花天酒地的生活啊!还有他们于家的那些远亲近邻,全都沾了她的光,有的做建材、做装修、做配套的还发了不大不小的财,到她出了事都忙着和她撇清关系,她被关在里面,却还想着他们。妈妈真是从心底里佩服她了!"

于玲芬确实是个人物。

在妈妈叽叽咕咕、不厌其烦地把她听来的所有传言毫无保留地讲给金力听的时候,金力只觉得心跳加速,浑身的血液奔腾着似达到了沸点一般,眼睛瞪大了,脸涨红了,脑袋里嗡嗡响。

于玲芬是什么人啊?是他金力非同小可的情人啊。在结过婚的金力心目中,除了发妻贾兰兰,除了女儿金琳,除了自己的亲妈乔琳朗,就觉得她亲了,非同寻常地亲。

某种程度上,他和于玲芬的亲密,他和于玲芬之间的关系,甚至超过了和贾兰兰、金琳、妈妈。

他怎会不觉热血沸腾呢!

无奈的是,这一切他只能默默地承受,他不能向任何人倾诉,不能和任何人说,不能和最亲密的人沟通。只有他一个人去体验和感受。见了于玲芬的面,由于妈妈在一旁,还有监狱医院的人在一边,他还得克制自己,装作没事人一般,装出一个值班保安的身份,来见于玲芬。

故而这一次见面,对金力来讲,是非同小可的,是如同重大考验一般。他真怕自己见了于玲芬的面,控制不住自己的感情和情绪而失态,从而露出马脚。

监狱医院还是十分人性化的。

两边桌沿顶着墙壁的长条桌上,铺着一张白桌布。一只修长的瓷瓶里插着一把金桂花,那米粒般饱满的桂花,弥漫着幽幽的香气。秋阳从窗户里照进来,给人以温馨感。

长条桌将接待室分成前后两部分,分别摆着凳子。这里是帮扶社工和犯人对象见面的地方。

金力和妈妈坐在长条桌的一侧,静候着于玲芬从对面那扇门里出来。

金力能听见自己胸腔里心怦怦地骤跳。

对他来说,这是从来没有过的情形。

咔嗒响了一下,门开了,穿着病号服的于玲芬从门里走出来。

"玲芬。"妈妈情不自禁动情地招呼她,金力听得出,妈妈的嗓音都变了。母子俩站了起来。

于玲芬脸上露出一缕笑纹,先伸出左手,扶住了长条桌的桌沿,向妈妈点头:

"琳朗。"

天啊!这是金力记忆中的于董于玲芬吗?这是金力心目中女皇般的亿万富翁情人于玲芬吗?

金力差点叫出声来。

心中的悲恸引得金力的眼泪涌出来,他极力克制着自己,嘴张了张,一句话也说不上来。妈妈扯了一下他的衣襟,示意他坐下。

反倒是于玲芬沉着地把目光转过来,笑了笑招呼他:

"金力。"

金力似被她提醒了一样,点着头道:"于董……"

他的双眼望着她,目不转睛地凝视她。于玲芬往日的一头乌发,全染了霜,两鬓的白发触目地拢着她微显憔悴的脸,不曾化妆的脸庞上,微显毛孔的皮肤粗糙得令金力惊心。于玲芬的眼圈发乌,神色疲惫。

她的容貌简直被催老了二十岁,和她相对而坐脸庞白皙的妈妈与于玲芬恰似两代人。

眼前的这个女人就是曾和金力赤身裸体拥抱着亲昵的异性吗?是那个于玲芬吗?

金力瞠目结舌地望着她,露出一脸的傻相。

"玲芬,身体好吗?"妈妈在问她话了,声气恢复了平静。

"老毛病,'小三阳'指标高,让我住到了这里。"于玲芬用解嘲一般的语气道,"感觉还好。"

"那你就在医院安心治疗……"

"都这样了,还治啥呀!"于玲芬打断了妈妈的话,她又笑了,目光从妈妈脸上转到金力的脸上来。

金力以一副惶惑之态望着她,嘴张了张,不知说啥好。他的心中,却是翻江倒海,百感交集。望着于玲芬,他吃惊地发现,她的那双目光炯炯、有时凶巴巴的眼睛失却了神采,似被蛛网般的皱纹团团包围着。天哪,一不化妆,她的眼角边就会冒出这么多的鱼尾纹。

她指了一下金力,对妈妈哀叹着说:"还是你好啊,琳朗!守着金力这么一个听话的儿子,又有了媳妇、孙女,过上了太平日子。"

"那还不是多亏了你,托你的福!"妈妈放低了嗓音,把手臂支在桌面上,往于玲芬面前凑了凑,感激地说,"金力在环宇公司得到你的照顾,减轻了我的负担,我才喘过气来。连金力的贾兰兰,还都是你一手介绍的……"

于玲芬挥了挥手,截住了妈妈的话,说:"我们之间,谁跟谁啊!还提这些。"

说话之间,她瞟了金力一眼。金力心头一动,于玲芬的这眼神里,含意太丰富了,有对他的怜爱、对他的欣赏、对他的情。金力心中是有感应的。他愣怔地凝视着她。

他坐的凳子,离妈妈有一尺多的距离。这会儿,望着长条桌两侧相对而坐的妈妈和于玲芬,金力陡然感到,两人之间的反差和对比太强烈了。于玲芬浑身上下套着蓝色条纹已经洗得淡了的监狱医院的病号服,袖口泛着白毛,脸色憔悴苍白,满脑袋花白蓬乱的头发杂草般披散着。而妈妈呢,白皙的脸上泛着健康明朗的光泽,一双眼睛乌光闪闪、水波盈盈,全身衣着光鲜,端庄中透着上海女子的时尚。说她俩曾经是插队落户同一知青点的姐妹,没人会相信。

监狱这地方,真不是人待的啊。

不过金力心中清楚,妈妈表白的,也是她的真情。只不过妈妈不知道他和于玲芬之间说不出口的关系罢了。

"外面传的一些话,是真的吗?"妈妈岔开了话题。

"什么话?"于玲芬眉梢一扬。

"今年大热天,你让同牢房的两个女犯,一左一右给你扇扇子……"

"哈哈哈!"妈的话没说完,于玲芬就放声大笑起来,笑得花白头发乱颤,她前仰后合地双手捂着肚子,"哈哈哈哈,连这种事,都会传到社会上去吗？哈哈,那我真成了新闻人物啦！每天吃什么饭,怎么吃,有没有传播？"笑毕,于玲芬睁大双眼,抹了抹眼角笑出的泪,定睛望着妈妈问。

"那倒没有传。"妈妈不笑,一脸正色地答,"不但是嘴上传呢！玲芬,那些无聊的小报小刊上还登,说你判了刑,坐在牢里,还梦想着当女皇。"

于玲芬不笑了,收敛了满脸笑容,倾身向前,侧耳听着妈妈的话,点了点头道："那些无聊的记者,愿怎么写就让他们怎么写吧！说心里话,琳朗,现在,直到现在,回想我这一生、我这一辈子,我才恍然大悟地清醒过来,我该怎么过日子。"

"怎么过日子？"

"可惜,悔之晚矣！"于玲芬答非所问地顾自往下道,"我真羡慕你,琳朗……"

"羡慕我？"

"是啊！羡慕你,能守着金力这么一个儿子,过着平静安然的生活。"于玲芬说到这儿,脸转过来,含情脉脉地定睛瞅了金力一眼,又把脸转向妈妈,叹息地埋怨道,"你看看我,曾经把局面混得那么大,搅得上海滩风生水起,走到哪儿身边都簇拥着一大堆人,可自从被关进来,你们母子,你和金力,是唯一来探望我的人。"

金力看得分明,说到这儿,于玲芬的眼里泪光闪烁。这不是她方才狂笑时溢出的泪,这是她不由自主淌出的眼泪。

金力暗忖,反正已经随妈妈来过一次了,下一次,他自个儿还得来探望于玲芬,也不枉他们俩曾经相好一场,相爱一场！

说他们俩是不伦之恋也好,说他们之间的关系是讲不出口的也好,反正一切已经发生过了,至今无旁人知道。他就照着自己的心愿做吧。

没等到金力第二次去探视于玲芬,于玲芬又出事了。

那是刚过完春节不久,莘庄银都路上一个小区保安,因要赶回安徽六安霍山的老家去照顾病危的父亲,想请至今仍没找到工作的金力顶班。他通过老乡找到贾兰兰,话说得很活,说先顶一至两个月,如若父亲的病情需要他长期照顾,他就不回上海来了,这个岗位呢,顺理成章由金力接替下去,金力呢,也借这一两个月,适应一下;如果他两个月之内回上海来继续打工,那么只麻烦金力顶班两个月时间。反正金力闲在家中快一年了,闲着也是闲着,权当帮老乡一个忙。金力可以考虑一下,给个回话。行的话过了情人节就去顶班。

贾兰兰把老乡拜托的意思给金力讲了。金力从兰兰的语气中听得出,她觉得这个忙是可以帮的。一来,从环宇公司破产解散,金力被辞退回到家中,快一年了,金力仍没找着一个固定的工作,前半年有辞退的安置费拿,后半年没工资补贴家用了;二来,银都路离家近,又是金力干过几年熟门熟路的活儿,金力能胜任,赋闲在家一年,金力只到小区的音像店里干过二十天的营业员,也是替人顶班,和到市区长乐路妈妈的工艺品小店值班一样;三来,唯一缺憾的是,银都路小区保安的顶班工资,比环宇公司开给金力的董事长办公室值班保安的钱差一半,兰兰虽然觉得金力可以去干,但她申明了,让他听听妈妈的意见,最后的决定权还在他自己。她不好替金力做决定。

金力也是听到工资太低,才犹豫着没一口答应。一个身强力壮的大男子汉,总是待在家中,以接送金琳上幼儿园为主业,闲下来只是为老婆煮煮饭,靠在家中的沙发上看碟,那总不是个事儿。小区里的保安已经在调侃他了:"金力,你福气好啊,老婆辛辛苦苦赚钱养活你。"虽是开玩笑,金力听来脸上也是火辣辣的,感觉别扭。他是有男子汉自尊的,虽然他脾气好。

幸好于玲芬给了他30万元垫底的钱,使他有底气儿,心中不慌。要不,甩着双手吃干饭,他心头不知会焦虑成啥模样了。

他还没给妈妈打电话,妈妈的电话先打来了,说她要去城隍庙小商品市场选购一些民族织品,请金力去她的工艺品小店值半天班。

临近情人节了,就是坐地铁一号线到市中心去,金力都能在地铁站上、车厢内、喧闹的淮海路街头,感受到情人节的氛围。

改革开放以来,西方的节日传进中国来,就数圣诞节和情人节在年轻一代的人中有影响。那也不过是生活和工作安稳的白领和无忧无虑的少男少女认为是过节,像金力和兰兰,从交朋友到谈婚论嫁,都不曾去赶这类时尚。

金力走进店堂,看到妈妈已经换好出行的衣裳,就把兰兰让他顶班的事儿说了。金力满以为妈妈会像兰兰一样,鼓动他去干,工资再低,毕竟多少有点收入啊!没想到,妈妈听完,就摆摆手否定了。

"不要去,工资太低了,我的儿子又不是廉价劳动力。你跟兰兰说,家里真有困难,我会帮助你们。"妈妈说得十分肯定,她眼波一闪道,"你看不出吗?妈妈这几年干得不错。"

金力的目光落在妈妈裁剪合体的一身服饰上,点头道:

"我明白。"

"告诉你啊,玲芬又出大事了!"妈妈提高了一点嗓音道。

金力暗自愕然,心怦怦跳起来,但他又得装作若无其事:

"出了什么事?"

"她呀,从监狱医院三楼的厕所窗口里跳下来,想逃跑,跌断了腰,这下惨了,彻底完了……"

"彻底完了?"金力大吃一惊,说话的声音再也掩饰不了啦。

"走不得路了呀!"幸好妈妈没在乎他的语气,手指了一下柜台,"《法苑》杂志上都登了,你自己一会儿细看吧!我得走了。"

妈妈拎上提包离去之后,金力迫不及待地取出她放在柜台里侧的一本《法苑》杂志。

杂志是打开的,翻到报道判刑之后的于玲芬那篇文章一页上,金力一眼看到于玲芬的两张照片。

一张照片是于玲芬穿着一袭中西合璧的旗袍长裙,珠光宝气地站在豪华宾馆的长廊里,手捧着一大堆五颜六色的鲜花,笑逐颜开地面向镜头。长廊里的吊灯,摄影师的聚光点,把她拍成了一个神采奕奕的模特样。

金力不由得盯着这张照片凝视了良久,照片虽说有些美化、修饰,但金力对于玲芬昔日的形象太熟悉了!她是不化妆不走出董事长办公室的。天天上午走进办公室,她也总是打扮得像这张照片上一样,出现在提前到达的金力跟前。

也正因此,金力在和她前往松露别墅一次次幽会、亲密时,从没感觉到年龄上的差异和别扭。

另一张照片,和刚才那一张简直判若两人。只见她满头花白头发稀疏地耷拉在额前,目光呆滞、脸色憔悴地斜倚在病床上,可能是伤着了腰椎,整个身躯僵硬得像一张门板,身上是金力随妈妈在金桂飘香时节去探视她时她穿的那件长条纹的病号服。

照片下方的说明文字是:跳楼伤腰后在治疗中的于玲芬。

这是于玲芬董事长吗?尽管几个月前去探视过她,见过她的形象,金力仍感觉到,于玲芬更老,更似一个形容枯槁的老妪了。说病床上的于玲芬,是上面那张照片中的女人的母亲,没人会不相信。

杂志上的文章把于玲芬在监狱医院意图越狱逃跑的情节写得很细,还配上了监狱医院女厕所的一张照片,特地把于玲芬爬上去往下跳的那扇窄长的窗户,拍摄了一个特写。金力一眼就看明白了,窗框太窄了,侧着身子钻出去再往下跳,势必掌握不好重心,于玲芬摔在地上那是免不了的。

三层楼高啊!也只有于玲芬这种敢作敢为横行霸道惯了的女人才会往下跳。

想到妈妈刚才说话的语气,想到于玲芬和他特殊的关系,金力心头一阵一阵地痛。

她要伤了脊椎,一辈子躺倒在床,受尽病伤的折磨服无期徒刑,今后的每一日每一小时都会是度日如年的呀!

泪水不知不觉地糊满了金力的眼眶,直到此时,金力才察觉到,自己对于玲芬,是有一份感情的,一份说不清道不明的感情。

她那么要强的一个女人,以后的日子可怎么过啊!

金力心里说，他得去看她，无论她如今处于啥境地，他一定得抽空去探望她，自己一个人去。

金力平时不读书，也不看任何杂志，连保安们喜欢翻阅的那种净登大美女的时尚杂志他都不看。

于玲芬出事之后，各式各样小报小刊上都有狂轰滥炸般的详细报道，他一概不看。一来他从小不喜欢阅读，读书成绩差；二来世界上还有第二个人像他一样熟悉、了解于玲芬吗？何必去读那些笔下生花、添油加醋写出来的东西？

今天他破天荒地读起了妈妈买来的这本新崭崭的杂志。从照片看起，然后他注意到了醒目的标题：

狱中"女皇"于玲芬的今昔

文章为了增强视觉冲击力，还在于玲芬另一页的照片头像上，给她加了一只硕大的光闪闪的皇冠，是特意画上去的。

哦，这本杂志在于玲芬越狱的新闻点上大做文章了，从于玲芬小时候写起，写到她的苦出身，写到她为了帮家里赚钱小小年纪在菜场鱼摊边上替人刮鱼鳞，写到她上初中时，就有一个男生想跟她谈情说爱，约她去复兴公园，她赏了那个男生一记响亮的耳光，说他是"癞蛤蟆想吃天鹅肉"，多少年之后这个男生还遭人嘲笑。于玲芬成了亿万富婆，风光八面时，又碰到了那个年纪相仿的男生，主动向当年情窦初开时对她表白的男生道歉，说："对不起，我那个时候还是小姑娘，啥也不懂，把这种事看得很脏，粗暴地打了你，害你被人讥诮，又被老师批评。"谁知这位男生宽容地笑道："事实证明，我当年没看错呀！"这句恭维话说得高明，令于玲芬心花怒放，过春节时，她专门让人给他送去了一只装满咖啡、曲奇饼、巧克力、可可粉、华夫饼干的彩带花篮。环宇公司办事的工作人员回来给保安们透露，这只花篮价格不菲，花去了1180元！

读到这件事,金力有点记忆。他听保安们在吹牛聊天时讲起过,保安们眉飞色舞地讲到这种事情时,那种语气完全是羡慕的、炫耀的,对于董是充满崇拜的。

这么说,记者肯定找到了在环宇公司干过的保安,才会写得如此详细。

这篇报道中还有一个说法,令金力感兴趣。记者专门用一个小标题《钱到哪儿去了》来突出自己采写报道之后的疑问。

记者算了一笔账。

环宇公司开发的双子星座楼盘,总投资 5 亿多,不到 6 亿人民币。造好之后全部销售完毕,总计销售收入应有 16 亿多。记者申明,现在来算,应该更多。因为上海房价又涨了,往少里说,这两幢楼盘也要超过 20 亿。

于玲芬的环宇公司管理混乱,各级管理人员中饱私囊、贪污、挪用、克扣、胡乱用各种发票报账,花销得再多,也不该有 10 亿的巨亏啊!于玲芬的老公肖宏勋,判决书上写得清清楚楚,以各种名目贪污了 600 多万元,判了二十年。于玲芬的亲妹妹于玲芳,落实下来的贪污挪用款是 500 多万元,判了十七年。于玲芬的两个兄弟,一个判了十一年,一个十年,分别是 300 多万和 200 多万。所有这些乌七八糟的钱加一块儿,都到不了 1 个亿!

于玲芬是躺着不动都能赚大钱的,她为啥还要干出一套房卖给多名购房者这样的蠢事来呢?大笔大笔的钱到哪儿去了呢?

记者在详尽的报道之后提出的这一疑问,同样也困扰着金力。

金力怎么也想不通,他问过妈妈,妈妈让他相信法院的判决是公正的,政府不愿意惹起多位业主的群体上访,银行不愿意贷出的款收不回来,业主们不愿意付了钱拿不到房子,环宇公司的员工们不愿意公司垮台破产……怪来怪去,只能怪玲芬的资金链断了,她的气数到了,一切责任都推到了她头上,所以她被判了让她永无出头之日的无期徒刑,从堂堂正正、风光无限的女强人变成了阶下囚。

在犯困惑的同时,金力时常后怕地想到于玲芬赠送给他的 30 万元。这 30 万元,除了他心里清楚,至今为止不是没一个人晓得吗!不是从没有人问过他吗!这说明啥呢?说明钱这东西,还是有办法藏匿得神不知鬼不觉的。

　　金力想到这儿的时候,整个后背都凉了,一颗心在悬乎乎地往下掉。难道、难道使用相同的方法,于玲芬还偷藏了很多很多的钱?难道、难道她还有好几个像他这样的情人或者……金力不敢往下想,他也没有如此丰富的想象力。他摇着头,拼命想把这些七七八八冒出来的念头摒除掉。

　　不可能啊!她都被判处无期徒刑了,真能说清那么多钱的去处,她早该讲出来,恳求法官追索这些钱,减轻对她的惩罚啊。

　　越往深处想,金力越觉得晕头转向,无从自圆其说。但有一点是肯定的,他始终在为她忧心,为她担心,为她伤心,她不该遭受这样的不公待遇,她不该身败名裂,她不该这么苦……

　　门铃响了,打断了金力的思绪,有顾客上门来了。金力调整了一下情绪,把目光投向门口。

　　门被推开了,映入金力眼帘的不是顾客的脸,而是一大束红玫瑰,红得浓烈,红得艳丽,红得诱人。

　　金力诧异地望着来人。会是什么人给工艺品小店送这么漂亮的玫瑰花?

　　原来是一个笑吟吟的快递小哥,他移开挡住脸的玫瑰,露出一张圆滚滚的脸,朗声叫道:"乔琳朗,请来接收你的玫瑰。"

　　金力迎上前去:"是我妈妈……"

　　"你妈妈?"快递小哥显然有些疑惑。

　　"是啊!"

　　"她人呢?"圆滚滚的脸上一对灵活的眼睛在小店里扫来掠去。

　　"我妈妈出去了,我代她签收吧!"金力从快递小哥手中接过玫瑰花,捧到身前。这一束玫瑰显得娇艳欲滴,愈加引人瞩目。

　　"你清点一下,六十六朵。"快递小哥指点了一下玫瑰花束。

　　金力扫了一眼,签下了字。快递小哥转身走出小店。

金力在店堂里寻找着,他记得,墙角的花架上置放着一只花瓶。妈妈爱花,时不时会买回一两枝花儿插在瓶子里,点缀店堂,闲暇时欣赏一番。

情人节要到了,是什么人给妈妈送来如此寓意明确的六十六朵红玫瑰呢?

金力细细端详着花束,从中央抽出一张名片大小的红卡片,卡片上烫金的字很醒目:

谷羽

名字好记,是个男人无疑。

金力平时反应迟钝,这会儿看到夺人眼球的红玫瑰,又见了男人的名字,陡地联想到,自从他和贾兰兰成婚以后,离开永加路上那间小小的亭子间住到莘庄,妈妈一个人住已经有几年了。她虽然有这间赖以维生的工艺品小店,她创意新颖的各种各样的旅游工艺纪念品,尤其是她近年来用少数民族手工织品裁制的服饰,很受外国游客欢迎,卖得比工艺品还好,但她回到家中,除了服侍越来越不能自理的外公、外婆,夜深人静躺下来,妈妈还是会感觉孤独的呀!况且妈妈的相貌又不差,去探视于玲芬时,妈妈比落难的于玲芬年轻多了!作为一个中年女性,妈妈也需要爱,需要人抚慰的呀!

这个叫谷羽的,是个什么样的男子呢?

金力把玫瑰花束插进花瓶里,把那张小卡片取出来,竖着搁在花瓶前,让妈妈一进店堂就能看到。

柜台上的电话铃响了,金力猜会不会是妈妈打来的。话筒里传来似曾相识的女子嗓音:

"乔琳朗吗?"

"妈妈不在……"

"哈,你是金力。"对方的声音透着惊喜,金力的眼前掠过凌真秀气的脸,他听出来了,她是于玲芬的闺密,"你记一下我的手机号,让你妈妈回来以后,给我来个电话。"

"好的。"金力答应着,移过妈妈放在电话旁的小记事簿和圆珠笔,"你说吧。"

记下了号码,金力随手写上:给凌真去个电话。

凌真又在电话里问:"金力,你好吗?"

"好。"

"又找到新的工作了?"

"没有,给人顶顶班。"

"啊,是这样。"凌真的语气似乎有些遗憾,"要不要我替你介绍一个?"

"那当然好咯!"金力的声音顿时提高了,"我歇下来有一年多了。"

"那好,我替你留心着。"凌真沉吟着说,"你有手机吗?"

金力把自己的手机号码报给了她。凌真诚挚地道:

"我试试,有了消息,我联系你。"

"谢谢!"金力挂断了电话,把抄在记事簿上的号码,存储在自己手机里。他心中思忖着,凌真这么有身份的人,开口介绍的工作,肯定不会差,而且十有八九能成。看来,今天来妈妈店里值班,收获还不少。

九

金力是跟着妈妈挤回上海来的。他从小尝尽了人世的冷漠、自私和势利。

对自己的亲生父亲金航,金力可以说是毫无印象。他太小了,记不得亲生父亲的模样。

倒是对安徽石台小县城里的宋叔叔,他有点儿模糊的印象。这个人对妈妈特别客气,特别好,从外面开会回来,总给妈妈买衣料,买好吃的东西,还跟着妈妈费劲地学上海话。挺好笑。

对于妈妈第三个嫁的姜叔叔姜承兴,金力有比较鲜明的记忆。记得最清楚的是,姜叔叔出手大方,经常塞零花钱给他,而且一给不是5元就是"大团结"10元,让金力自己出去买零食。

但这记忆太短促了。自从姜承兴叔叔出了事,他和妈妈被姜叔叔的亲属赶出那套宽敞的房子以后,他就随着妈妈住进了外公、外婆顶着舅舅、阿姨们的压力让他们住的亭子间。

逼仄得让人透不过气来的亭子间,给金力的感觉就跟他随妈妈住在小县城阴暗、潮湿、低矮的小平房差不多,压抑极了!看到抬头不见低头见的邻居们,还要主动打招呼、赔笑脸,还要瞅着外公外婆、舅舅舅妈、阿姨姨父的脸色行事。寄人篱下的日子让金力从小没过上扬眉吐气、心情舒畅的生活。他郁郁寡欢。

家里穷,妈妈时常唉声叹气,做家务时脸色总是阴郁的,坐定下来后情绪都是低落的。金力在家中为防止妈妈生气得赔着小心,走到弄堂里、到了学校同样处处赔着小心。他没有父亲,在班上总是排在差生之中,同学们几乎把他忽略不计,认为他永远都不可能有啥出息。他胆小、怯弱、畏惧、反应迟钝,唯有一颗体贴妈妈的心,总觉得妈妈是为他操尽了心,去赚那些小巧的工艺品的钱,才能让他们母子得以在上海滩生存下去,妈妈也才能一天一天在艰难困顿中拉扯他长大。

金力总觉得自己无能极了,窝囊透了。他这一辈子只能在上海的社会底层混日子,依靠妈妈勉强度日,跟着妈妈相依为命地过一份苦日子,不知何时是个头。

是于玲芬改变了他的命运。于玲芬是他人生中的第一个女人,于玲芬罩着他、照应着他。是的,他当了于玲芬的小情人,但于玲芬从不对他颐指气使。她总是用叮嘱的口吻对他说话,她总是以信赖的语气吩咐他,即使让他干什么事,都是没啥难度的。是的,他陪她睡觉,她只要有这意思,他便顺从她。他没有她在玩弄他的感觉。婚前在她的松露别墅,满足她的同时,金力同样获得了释放和发泄。婚后她对他更没非分的要求,她在这方面是从不过分的。相反,金力觉得,有几次,她毕竟因为年龄,显出力不从心之感、疲惫之感,她还温存地问他是不是没有尽兴,脸上露出歉意的笑。

况且,她指点他在上海房地产开发初期,购下了莘庄的房子;她为他介绍了贾兰兰,让他成家立业,生下了女儿金琳,让他过上了普通上海人的小日子;最让金力从心底深处感动的是,她预感到环宇公司即将破产崩盘时,不动声色地替他考虑,瞒天过海地赠予他30万元的巨款,让他不因失业而陷入贫困。妈妈这些年里能有一份安定的日子,工艺品小商店有点儿起色,也有赖于玲芬给了他一份工作,妈妈减轻了负担,心思转到了生意上,才余得下这一点资金采购民族织品,从而设计出外国游客喜欢的既传统又时尚还有新意的服饰。

妈妈真是有眼力和创意的。她设计出的披肩、既像连衣裙又似旗袍的裙衫,大胆地把传统图案和洋人的雅致结合起来,一件一品,针对不同的体形、高矮、胖瘦、肤色而定制,穿在身上、披在肩头,怎么看怎么舒服,怎么披都能显示出女士的品位和风度。上门来量身定制的人络绎不绝,甚至还有专程飞来上海,请妈妈根据自己的发式、长相、形体定做服装的。那些女士可都是一瞧就知有品位的。

看到妈妈如此受欢迎,金力都为妈妈在事业上的成功而高兴。

怪不得会引得那个叫谷羽的男士向妈妈献花哩。

觉察到这一动向,金力内心的感触是极为复杂、微妙、难以言表的。他有点儿不安,有些惶惑,亢奋中夹杂着担忧。金力自己的父亲金航是不幸触电死的,妈妈后来嫁的两个男人,都很不光彩地死了。妈妈说她是迫于生计,才在无奈中嫁人的,她从来没有爱过这两个男人,而他们呢,完全是看中了她的美貌。妈妈说,她这一辈子只爱过金力的父亲金航一个男人,他是才华横溢的,他是博学多才的,他念起诗来有迷人的一面。金力听得出,妈妈和他同住在亭子间里时,悄声地断断续续给他讲的这些话,是真心话,是真实情况。那么,现在这个叫谷羽的男人,他敢于向妈妈献殷勤,送玫瑰花,一送就是六十六朵,他显然是看中了妈妈,在向妈妈表达爱意。

那么,妈妈会如何应对呢?金力猜不出来,可他脑海里掠过近来妈妈的衣着服饰,妈妈泛着青春光泽的脸颊,妈妈明亮的瞅人时闪烁波光的眼神,妈妈滋润的、不再消瘦的脸庞,尤其是去年金桂飘香时节妈妈和于玲芬在一起时,一旁的金力感觉到妈妈和于玲芬强烈的反差。在过去,她俩之间可是颠倒过来的呀:人们看到于玲芬都说她光彩照人、年轻漂亮,比实际年龄小了七八岁;而遇到妈妈则说她消瘦、憔悴、脸色不好,换一句话说,就是容颜比实际年龄要大。看样子,人的境遇和心情,真是和相貌大有关联的呀!

如若妈妈真和这个叫谷羽的好起来了,接受了他的追求,那么,妈妈是不是会结婚呢?她如果……

金力不敢往下想,也不想往深处细细忖度。妈妈无疑是出众的,她是有才华的。你看她在时尚、华丽的面料上设计出的那些图案,绘出的那些花纹,什么铜鼓纹、长尾鱼纹、鸟雀纹、旋涡纹、牛角纹、龙纹、蝴蝶纹、梅花纹、梨花纹……哦,让见多识广的上海人瞠目结舌,让那些外国游客欢喜不已,让同行们羡慕不已。模仿的工艺品经销商们刚刚说学了点去,妈妈新的创意作品又画出草图来了。连一窍不通的金力看了都觉得惊叹,拍案叫绝,感觉漂亮,感觉美。妈妈随便送贾兰兰一件衣裳,兰兰穿到厂里去,都引得她那些小姐妹纷纷打听:哪儿买的?哪儿买的?

当兰兰说,市场上没有,是她阿婆设计的时,小姐妹们都羡慕得啧啧称羡。连读书不多的兰兰都对金力说:"我要有你妈一半的本事,我都不需要这么辛苦地打工了。"

是啊,金力有时也纳闷,妈妈是富有才华的,在妈妈的嘴里,父亲金航也是绝顶聪明的,父母的聪明才智,怎么就没遗传给他呢?哪怕一丁点也好啊!

他是平庸的,解不出习题时同学们说他笨,通常聪明活络的上海人都懂的门道,他一知半解,以致一起在环宇公司打工的保安们都说他"戆"。还有人说他"戆"有"戆"福,于董事长看中的就是他的木讷、本分,不会耍小心眼,不贪小便宜,不搬弄是非,没有一般上海人都有的精明、善于算计、见风使舵。在马路上碰到昔日一起在环宇公司打工的保安们,他们都已找到了新的工作,有了就业岗位,有的做超市营业员,有的在小区物业干老本行,有的经过培训站在十字街头当辅警,有的在越建越多的地铁站口子上值班,还有干货运、做快递员的,五花八门啥都有,唯独他金力,除了给人顶班干过几天,至今没找到一个相对稳定的工作。电话里凌真随便说了一句,金力像抓住了救命稻草,记得牢牢的,嘴上不说,心里却始终惦记着,她那么有钱、有身份,还和外国人打交道,不会是信口说说而已,一定是讲了就会当回事的吧!故而,金力一直在盼着,带着点焦虑的心情盼望着凌真有一天会给他打来电话,送来福音。

金力把这事儿给贾兰兰说了,贾兰兰隔几天就会有意无意问他:

"有电话吗?"

说明兰兰天天看到身强力壮的丈夫闲在家中料理家务、煮饭炒菜,心里也急了。

电话始终没有打来,消息还是妈妈代为转告的。妈妈先给金力来了个电话,说玲芬的闺密为他留心工作岗位,最近有消息了,让金力在周二午后去离徐家汇不远的宛平南路,和东家见个面,估计没啥大问题。

妈妈从手机上发过来一个地址,让金力准时去。

这已是上海久晴不雨的春天,阳光很好,马路上的灰尘给人的感觉多起来。这些年里上海开工的基建工地多,隔不多远就设一个地铁站,扬尘就更多,马路也更为拥堵。市政府对市民们做出解释,克服这几年的困难阶段,等地铁网络建立起来,人们的出行就方便了。

这是一句大实话。从莘庄到市区的地铁一号线建成之后,大大方便了上海西南地区老百姓的出行。家在莘庄的金力就享受到了这一便利,他进市中心比刚买房那几年方便多了。

他坐一号线到了徐家汇,根据记忆沿着肇嘉浜路步行到宛平南路。

手机上的地址原来是一幢小高层。走进小区,金力发现,小区里的绿化和环境,都要比车辆不绝的宛平南路上雅致和清静,一进来就有种步入世外桃源的感觉。墙面全是淡咖啡色的。原来这是一个多层、高层和小高层混建的小区,在上海市区里也能算是高档住宅了。坐电梯上了九楼,来到905房门前,金力屏住了呼吸,他需要冷静一下。

房主人会是一个什么样的人呢?

如若能在这样的小区做一个值班保安,只要收入过得去,金力心里也愿意了。毕竟,他闲在家里的时间太长了。

适应了905房门前的光线,金力看到了牢实、坚固、美观的门上方的电铃,他伸出手去按了两下。

他能听清门铃在室内的响声。

金力侧耳倾听,室内寂静无声。金力往两边望了望,走廊很长,一头还拐了个弯,显然这幢楼里有很多套房,但长长的走廊里很清静,没见啥人。他寻思现在是周二的午后,没错,正想抬手再按一次门铃,他听见室内的脚步声。

房门打开,金力一眼看到了秀气的笑容可掬的凌真,不觉一怔。她不是住在那幢每位房主人都保密的豪宅23层里吗?怎么成了这里的房东?

"你好!"金力微笑着招呼,他不知怎么称呼凌真。她显然比他要大些,但又比于玲芬年轻得多,他怕唐突地叫人家,反而引起误解。

"金力,"她笑着向他招手,"进屋吧!"

金力走进房门,迟疑地站定在走廊里。一尘不染的地板光亮可鉴,他怕把人家地板踩脏了。照讲究人家的规矩,是不是要换一双拖鞋?

凌真一眼看出了他的心思,向他摆手:"没关系,进屋吧,进屋在沙发上坐。"说着领先走进屋去。

金力跟在她身后,他嗅到了从她身上拂过来的一阵一阵袭人的雅香。根据和于玲芬有过的无数次的肌肤相亲,他猜得到凌真使用的也是名贵别致的香水。

他打量着这套装修得十分考究又不事奢华的房子。

这是上海人喜欢的朝南的横套,客厅宽敞明亮,双层窗帘里面厚实的那层拉开在两边,外面那层镂花的白纱窗帘没有敞开,使得客厅里的光线既透亮又柔和。一组布艺沙发上的花饰透出女主人的温馨典雅。三尺大小的茶几上的玻璃板下,铺的是朴拙别致的花纹纸,金力猜不出那是印第安人的图案还是非洲特色的花饰。面对三人沙发的是一只大大的足有50英寸的平板电视机,电视机柜下还备有音响。最吸引金力目光的,是三人沙发上方的墙面,悬挂着一张彩色大照片,照片上是一位戴着俏皮的红帽子、穿着红色风衣、蹬着红皮靴的中年女子,长着一张大大的娃娃脸,一双眼睛睁得大大的,若有所思地凝视着金力,像要倾诉什么,又像要听你说些啥。金力猜不透她的这一神情是要表达啥意思,但显然看得出,女主人很欣赏自己的这一形象,才会把照片放得如此之大。

凌真的食指点了一下相片,给金力介绍说:"她叫卫飞燕,像于玲芬一样,是我的闺密,无话不谈的朋友,也是这套房子的主人。你坐,金力,我们慢慢聊。"

她已是第二次让金力坐了,而且还指了指三人沙发。

金力拘谨地在三人沙发沿上坐下。

"你稍等。"凌真转身走进厨房。金力瞅了她笔挺的背影一眼。和照片上的女主人大红的服饰相比,凌真穿得普通极了,走在马路上,谁也猜不出她是个贵妇人。

金力的目光时不时朝通内室的门口张望,他想女主人很快要出来见客了。

凌真端着一只托盘从厨房走出来,金力连忙惶恐地站起身来迎候。她亲自为他斟茶,金力觉得好过意不去。这种事儿,过去于玲芬都是吩咐他干的。

凌真端来的是两杯咖啡、两杯柠檬水,两片薄薄的柠檬漂在晶莹清澈的水面上,混着咖啡香味拂来。

金力伸手要接托盘,凌真对他一点头道:"没关系,我来吧。你坐,金力!不要拘束。"

金力应了一声,在三人沙发上坐下。

凌真把托盘往金力面前的大茶几上一放,在单人沙发上坐下。见金力的眼睛又往室内望,她莞尔一笑道:

"没旁人了。女主人卫飞燕是只飞来飞去的燕子,她在纽约、上海、香港、澳大利亚等国家和地区都有房子,一年四季随着气候变化轮流住。上海恼人的黄梅天快要来了,她住不惯,加上澳洲的葡萄庄园有些事务要处理,她飞墨尔本去了。"凌真说着,身子往沙发背上一靠,手往墙上的照片又一指,笑眯眯道,"一年中,她在上海只住两三个月,最多三个月,有时候春天住一个多月,有时候秋天住一个月,主要是上海没多少业务上的事。她葡萄酒庄里产的酒,销售的渠道很畅通,没啥烦心事。你喝咖啡呀!尝尝,这是哥伦比亚产的拉卡西娜咖啡豆,我从家中带过来的。来,你尝尝。"

说着,凌真把金力面前的咖啡盘轻推一下,自己端起咖啡,品尝着。

那一定不会错。金力想说,但话没吐出口。在凌真这么一位美丽优雅的贵妇人面前,他还很拘谨,生怕一句话不慎,砸了自己好不容易等来的饭碗。

他小心翼翼地端起韩国产的花瓣形的咖啡杯盘,品了一口。他在咖啡馆打过工,懂一点咖啡。虽然是第一次品尝拉卡西娜咖啡豆现磨咖啡,但果汁般的酸度,融合了牛奶、巧克力、焦糖和黄糖般的风味,尝一口顿有种亢奋感。

"怎么样?"凌真扬起眉,睁大双眼问他。

"很好,喝起来有股热烘烘的小刺激。"金力搁下咖啡杯,手掌做扇状形容了一下。

"哈哈,金力,看不出你还很有品位呢,不愧是乔琳朗的儿子。"凌真乐了,满脸笑成了一朵花,"告诉你,我往咖啡中添了点百利甜酒。这可是上海人的创造。"

"怪不得。"金力的情绪逐渐松弛下来,他也笑了。

"这种咖啡是小批量产的,由维尔达·拉卡西娜地区的一群妇女专门种植在久负盛名的北安第斯山咖啡产区。妇女们在高海拔地区种出了这种品位独特的咖啡,同时传播了当地的文化和环境,给卫飞燕经营她的葡萄酒庄很大的启发。"凌真兴致很好,侃侃而谈地讲起了故事。金力正在困惑,她的话题怎么净缠在咖啡上,没想到,话题一转,她就回到了卫飞燕身上。

金力的眼神表现出了浓厚的兴趣,他第一次觉得,听一个女人讲话是那么舒服,那么赏心悦目。在她面前,他有种莫名的亢奋。

"卫飞燕在墨尔本附近买下的葡萄酒庄,雇的也是女性,遵循生态和传统种植葡萄的技术,对土壤、气候、环境、空气都有严格的监测。哎呀,她说起来可多了,我都记不全。"凌真挥了挥手,好像决定简略一点,"总之,用种种方法,种出好葡萄,酿出高档次的葡萄酒,销往世界各地,生意做得风生水起,可好啦!她呢,也像候鸟般,来回飞。话得说回来了,这套房子,她一年中只住两三个月,平时就把钥匙丢给我,让我找一个人帮忙,在像今天这样风和日丽的天气,来开个窗,通风透透气,地板上积起灰尘了,清扫一下,打开水龙头,放一点水,一个星期,至多十天里来一次,总之,只需保持905室内的干净利落,如同没人离开过一样。只要保证卫飞燕每次回上海这个家,就像只离开了一两天那样。活是不重的,比你在于玲芬那儿当值班保安还轻松些,你愿意干吗?"凌真双眼坦诚地露出询问之色。

这算什么工作啊?金力几乎要脱口而出了,但话到嘴边,他没说出口,只把嘴张了张,似在犹豫。

凌真轻声问:"你有啥问题?"

"这只是举手之劳,"金力照实道,"一个礼拜只干一天……"

"也要跑动的。"

"呃……"

"还有一个附加的活。"凌真向他竖起了食指。

"你说。"

"莘庄出去,靠近松江地方,有一个别墅小区,很幽静的,你知道吗?叫松露别墅。"

这还用问吗?金力太熟悉了!但他没显露出来,只是点了点头,说:"知道。"

"听于玲芬讲的吧?"凌真莞尔一笑,每当她这么笑的时候,她的脸上就显出一股迷人的神情,"对了,于玲芬在那里有一幢22号别墅,可惜,环宇公司出事情之后,这套别墅也给托管方作价收去了,不属于她了。真不可想象啊!金力,曾经风光一时的环宇公司,曾经那样光彩照人的女企业家于玲芬,我们这拨姐妹都佩服她,都是她自己一手干出来的,不像我和其他一些人,依赖的是男人。谁能想象,说倒就倒了,轰隆隆就像大厦倾覆,倒成了一片废墟,啥都没了!哦,对了,金力,你去探望过于玲芬吗?"

金力全神贯注地倾听着凌真的每一句话,他听她讲了这么多,开始觉察到,凌真说话的声音、语调、手势、肢体语言和眼神、眉毛同于玲芬不一样,她要显得更温柔一点,更善解人意一些,更有女性的清朗和目光交流。但有一点是相同的,她们可能无拘无束惯了,说话总是想到哪儿讲到哪儿,完全是凭自己的兴之所至。听话的人必须聚精会神,跟着她的思绪走,追随她的兴致揣摩她的心思。

凌真目光凝定询问般瞅着他时,金力陡地回过神来一般,往沙发扶手上靠了靠说:

"跟妈妈去过一次。"

"多久了?"

"有……有半年了吧。去年去的时候,我记得自己住的小区里桂花开得很香。"

"那是有半年了。听说她近来的情况了吗?"

"听妈妈说她不好。"金力心头深藏着于玲芬,旁人和他提到她,他总是感觉有些不自在。

"可惜我不能去看她,以后你会知道的,金力,我们这种人,目标大。"

金力颔首,他理解她的话。

凌真淡淡一笑,不自然地搓一下她的手,说:

"再随你妈妈去看她,你代我问她好,我很怀念和她在一起的欢乐日子。随你怎么说,把这层意思带到就行。"

金力郑重地点头。

凌真轻而长地叹了一口气,金力听出她的叹息中含着些无奈。

"还是你妈妈好,她是个自食其力的女人,想去哪儿就能去哪儿。"凌真道出一句。

金力心里说,妈妈的收入和境况哪能同她比?只是,他听出来了,尽管富贵如她,她也有自己的心事。

金力双手合掌,身子前倾,两眼睁得大大的,期待地望着她,等她讲出

上海·恋　　157

来,还有一个附加的活是什么。

"哦,"凌真醒过神来,轻轻拍了一下自己洁白的额头,又端起咖啡喝了一口,说,"你看我,一说话就信马由缰。松露小区,41号别墅你知道吗?"

金力没进去过,他在心里忖度,离22号肯定不远,肯定能找到。他点头道:"有号,就找得到。"

"那好,那是我的别墅,和于玲芬那幢差不多时间买下的,不常去住,"凌真一说正事就简单明了,"也有个和卫飞燕这套房子一样的活,不需要去那么勤,两个星期去一次就行了。找个好天气,开开窗,通风透个气,打开水、电、气、冷暖水龙头试一下,保证管、线的畅通,待个大半天,带一本书或是看看碟,你能答应下来吗?你看我,最主要的我忘说了。"

凌真自个儿笑起来,她见金力愣怔地瞪着她的脸,双手在沙发上一拍:"你在环宇公司,每个月多少工资?"

金力据实报了一个数目。

"噢,于玲芬一定是念你妈的关系,对你不错。这样吧,"凌真抿了一下嘴,小小的巴掌朝金力摊开,露出细腻白皙的掌心,"我们也照这个数,每月打到你的卡上。一会儿你留个卡号给我,这个月的先给你。环宇公司每月哪一天开支?"

"是……是8号吧。"金力凝神一想,如实答复。

凌真两手一拍:"你真是个老实人,怪不得于玲芬说你老实得近乎木讷呢!8号过去半个月了。不过老实好,我喜欢。这个月的工资我照常给你。下个月8号,同样也会把工资打进你的卡里。你记得及时把卡号给我。要不,你现在就写下来。"

说着,凌真左右环顾着,似在寻找便笺和笔。

金力愣住了,都说社会上的老板抠门,精打细算,一板一眼,"亲兄弟明算账",自己的运气怎么如此之好?碰到于玲芬,对他是好得不用说了。眼前这个大美人级别的贵妇人,才打交道多久啊,还没开始上班正式干过活,就要把当月的工资开给他。他的双眼睁得大大的,不认识一般凝视着笑容可掬的凌真。

凌真见他这副神情,目光在客厅里扫了一遍,没见到纸笔,不由得抿一下嘴问他:"怎么啦?你记不得自己的卡号?"

"记得,记得。"金力给她的一句话问得醒过神来,"我发给你。上次你给我妈妈打电话,我已经把你的手机号记下来了,我发给你。"

金力从兜里掏出自己的手机,翻找着凌真的号码。

"你还是记下了呀!"凌真听了这话,显得很高兴,脸上的笑容越发迷人了,"我和你妈通话,她说是看到你写在纸上的留言,才给我打的电话。我还以为你只把号码写在纸上,没留下呢!"

哪会啊!金力想说,但他没说出口,在他眼里高入云端的贵妇人凌真主动把手机号报给他,他能不存在手机里吗?他只是淡淡地说:

"我留下了。"

"那就方便了,一收到你的卡号,"凌真扬了扬自己手中的手机爽快地道,"两三天之内,我就把工资打过来。"

"谢谢!"金力发自肺腑地道出一声感激。为了表示他的诚意,他郑重地点了点头。

不知从哪间窗户里传来钢琴练习声,翻来覆去地弹奏着一支简易的练习曲。金力往窗户那儿望望,这才留神到有一扇窗子,打开了巴掌宽的一小点儿透气,时弹时停的钢琴声,就是从那儿传进九楼的。

宛平南路上车流的喧嚣,也从窗户里嘤嘤嗡嗡地传来,不绝于耳。

凌真离座站了起来,微笑着道:"来,我陪你看一下这套房子,你也可以熟悉一下,看一看水、电、煤气的总开关在啥地方。"

"好的。"金力随她站了起来。

这是一套两室一厅的横套住房,一间卧室,另一间布置成书房模样。书橱不大,橱里的书也不多,放得零零落落的。和书橱并列着一只酒柜,灯一开,天花板上的射灯照在酒柜上,一瓶瓶名贵的洋酒和国内的名酒茅台、

上海·恋 159

五粮液、泸州老窖,琳琅满目地呈现在金力眼前,看得金力眼花缭乱。

"你喝酒吗?"凌真转脸问了他一声。

金力急忙摇头又摆手:"噢,我不会喝酒,喝一点啤酒脸都要红。"

"哦?"听了这话,凌真转过脸,凝神在金力的脸庞上重重瞅了一眼,拖长了语气慢悠悠道,"这一点倒是看不出哩!"

为表示说的是真话,金力又语气清晰地道:"是真的。"

他觉得,千万别让老板感到自己是个酒鬼。

转了一圈回到门前的走廊里,凌真向他伸出手来:

"那就这样,金力,我们一言为定。刚才你也看见了,卫飞燕临走之前把房子打扫得干干净净,你可以在一周之后开始来工作,能胜任吗?"

金力握住她绵软细腻的小手,生怕握痛了她一般,轻轻摇了一下道:

"能胜任的。"

凌真左手递给金力一张折叠起来的小方纸条,说:

"纸条上写着两个密码。上面一个是这套房子的门锁密码,下面一个是松露别墅41号我那套别墅的密码。你会使用密码锁吗?"

凌真的小手握住他的手晃了一下问。

在环宇公司当保安时,金力听伙伴们说起过这种最新式的指纹、密码、钥匙三用锁,但他没操作过。他摇了摇头。

"没关系,"凌真从他的巴掌里抽出自己的小手,双手一拉金力的衣袖,道,"我现在就教你,一学就会。"

从卫飞燕的905室告辞出来,已经转弯走到肇嘉浜路上了,金力的掌心里还留着凌真小手的余温。他不由得举起手来,把掌心送到自己的鼻子前嗅了嗅,怪了,凌真小手上温馨雅致的芬芳仍余香不绝哩!

是于玲芬让他认识这个叫凌真的女子的,她的素质和品位是不用说的,她给金力介绍了一个轻巧、舒适、简捷、极易胜任的工作,况且工资不低。金力在心中已经有了盘算,每周两个整天,就能把一个星期的活全干完了。不过她是有条件的,首要条件,就是吩咐金力去探望于玲芬时,替她捎去问候。金力当时就点头答应了。可当他坐电梯下楼时,他往细里一寻思,觉得答应得太贸然了。半年之前的金桂飘香时节,他是跟着妈妈去监狱医院探视的,妈妈好像说是正好有个机会,啥机会,要准备什么,如何申请,他一概不晓得!他只知道跟着妈妈走,而且觉得整个探视过程都很顺利,平平常常,方便易行。他在监狱医院时甚至还产生一个欲望,隔段时间独自再去看看她。

现在真正要去探视,而且受凌真拜托,该怎么去,寻找啥途径,他还真不知道呢!

于玲芬住的不是一般的医院啊,那可是监狱里的医院,她又是一个被判处无期徒刑的犯人,不久之前还趁机逃跑过,岂是说要去探视就能成行的?

金力觉得自己答应凌真,太草率了!他的心头顿时没了底,刚刚和她打交道,怎么可以说了话不做呢!

时间还早,金力决定走到前面东安路口的地铁站,坐七号线换一号线,直接到妈妈在长乐路上的工艺品小店里去,向妈妈讨教。事前妈妈不是在电话上说了吗?让他见过新的东家之后,把结果告诉她一下。

妈妈听说金力在宛平南路小高层里见到的是凌真时,明显地一怔,眼里闪烁出狐疑的目光,双唇抿紧望着儿子。

耐心地听完金力的详细叙述,妈妈做了个赞成的手势:

"你的担忧是有道理的。玲芬是犯人,而且是上海滩近年来大名鼎鼎的重刑犯人,哪能随随便便探视啊!"

"那我们上一次……"金力不解地瞪大了眼睛。

"嗨,上一次不同,恰好监狱医院和社区间有帮扶关系,社工们对生了病的犯人有心理辅导活动,我和你是作为社工去对玲芬进行疏导的。"妈妈放低了嗓音对金力道出了真相,"再说,还有同样认识妈妈和玲芬的安徽回沪知青帮托才好不容易和玲芬见上那么一面。现在,玲芬又摊上了企图越狱逃跑的事儿,人瘫在床上,对她的监管更严了。很可能,近几年里我们是见不上她了。"

说到最后,妈妈声音哽咽,无奈而失望地挥了挥手,一脸的沮丧。

金力只觉得自己的心在往下沉,这么说,想要再见一面于玲芬,是比登天还难的事了。他一急,对妈妈脱口而出:

"见不着于玲芬了,那我怎么回复凌真?她托我了呀!"

不知不觉地,金力已把凌真当成了他新的东家。

妈妈转过身来,用安慰的语气道:"这倒没关系,妈这里有凌真的电话,我给她打个电话解释清就行了。别说是玲芬这样引人瞩目的犯人了,一般犯人,服刑期间,不是直系亲属,都不让见。"

"那好,"金力释然,郑重地对妈妈说,"你一定别忘给她打电话啊。"

妈妈朝金力一笑。金力放下心来,这才注意到,妈妈今天穿了一件青花对襟小袄,乍一看是传统中式的,细观领子又是开衩的鸡心领,束腰收肩;下身的齐膝裙同样是吸收了筒裙的特色,绣上的花纹古朴中透着喜气,既十分耐看,又夺人眼球。整个人显得素雅清纯又不失华丽,引得金力忍不住道:

"妈,你这身衣裳真好看,穿着,人都年轻神气了。"

"你要喜欢,什么时候让兰兰过来,"她说,"我也让她挑一种喜欢的花纹样,给她设计一件。"

"那兰兰一定欢喜得梦里也会笑出声……"

金力的话没说完,妈先笑出了声来:"金力也学得巧嘴利舌了。"

"是真的,妈。兰兰总说你的手巧,脑子灵活,有一般人都想不出来的点子。"金力正色道,"看啊,你这店堂里,展示这么多的花纹式样,随便瞄一眼,只感觉喜庆吉祥;静下心来细细观赏,每一种式样,每种花纹,都好似从传统中翻出了新意。"

金力的话让妈脸上浮起自得的笑意,她往墙上一指,说:

"你看这幅纹样,妈是从农家新婚夫妻拜堂用的彩巾图案变过来的,来店里的热恋中的少男少女,来上海旅游的热恋的异国男女,都看得懂,有的直接购买彩巾,有的要求把纹样放在披肩上……"

金力明白了,又环指一下店堂里展销般悬挂着的纹样问:

"这些全都是吗?"

"是啊!"妈说,"你看这一幅纹样,是从民间锦鸡闹春图变过来的。还有那一幅,是由苗族的数纱花纹融进了现代元素得来的。"

金力叫起来:"妈,这么多素材,你从哪儿得来的呢?我看你很少出差。"

"嗨,真是'戆大'儿子。"妈宠爱地吐出一句,"繁华的大上海,这还不容易?改革开放,全国各地所有的省份都跑到上海这个大码头上来,他们来展示民族工艺品,他们来宣传旅游,他们来办美术展、服饰展,他们来搞文化推介,妈每次去,几乎都有收获。看得多了,什么八角神母坐堂花,啥高腰围裙花纹样,南瓜花、苦荞花、蝴蝶花、枫叶花,啥湖南泸溪苗族数纱,湖北恩施苗族绣品,江南蓝印花布,云南苗族、彝族织锦,贵州布依族、苗族的蜡染,各种花纹式样,各种动物图腾,各种编织、刺绣、蜡染的特征,妈也一眼认得出来了。什么反面绣花正面看,啥子正面斜十字显现、密针铺花、踏笔凿花,妈也懂了。"

金力听得目瞪口呆,连连点着头道:"原来你不是去散心啊!妈,你是去学习、取经哪。"

妈朝他点头:"可以这么讲。允许拍照我拍下来,不允许拍照我就找一张纸来简单描几笔,回来之后根据记忆再给绘出来。"

金力过去总以为,自己和兰兰成家以后,妈妈精神上总会有孤独的时候,她爱逛工艺美术展览,爱看画展摄影展,多少可以增加点情趣、长点见识,更能散散心,真没想到,妈是在悉心地钻研和学习啊。

她向金力伸出一根食指,申明般道:"我严格地掌握一条原则……"

"什么原则?"金力不解。

"决不照搬照抄人家的花纹图案和设计。"妈妈一字一顿地说完,指了指店堂里悬挂的所有花饰、图形、纹样说,"这里展示的,全部融进了我的想法、我的创意和独特性,一句话,融进了乔琳朗的元素。"

"妈妈,"金力提高声音赞道,"你真了不起哪!"

"了不起谈不上,"妈妈淡淡一笑,"生意好多了倒是真的。这个小店,不仅周边高级宾馆里住的各国老外来得多,上海的时尚男女,连内蒙古、新疆、云南、贵州、四川、海南那些地方来上海读大学、进修的年轻人也来得很多,并且肯掏钱购买我这店中独一无二、价格不菲的饰品。他们哪里晓得,不少创意,我就是从他们那流传千百年的民族花饰中获得的灵感。"

"那……"金力又把平时没搞懂的疑问提出来了,"你手下又没有加工厂,连个加工作坊也没有,这些件件都不同的衣裳、裙子、小袄、桌布台布,都是什么人给你做的呢?"

这些情形,金力以往熟视无睹了,从来不往深处去想,这会儿,忍不住一并问了出来。

妈定睛瞅了金力一眼:"我那些知青姐妹,她们回到了上海,有的在里弄生产组,有的在街道工厂,现在都随着街道工厂和生产组的解散,回到了家中。她们中不少人,家里有缝纫机、编织横机,闲在家中也没啥事儿。用她们的话来说,干点加工活,赚点小菜钱。她们都是踏缝纫机的高手呀!只要妈妈设计出来,她们照样裁剪,照样绣和编织,做得又快又好哩!"

"哦,原来如此。"金力这才恍然大悟。以往他被妈喊到工艺品小店里值个班,只知道照着妈定下的价卖东西,万万没想到,开这么一家小店,还自有一片领域,还真得有点儿人脉资源呢!

金力越发觉得妈妈能干了。怪不得会有社会上的男士给妈送六十六朵玫瑰,向妈献殷勤呢。这样的人肯定也是瞅中了妈的才华。

只是,金力至今也没见过这个叫谷羽的男子露面,也从来没听妈讲过这个男人。他长什么样儿,年龄多大,干什么工作的,母子之间的话题,从来没涉及。

妈吁了口气,接着道:"金力啊,妈想趁着生意兴旺起来的这个势头,赚一笔钱,至少在你居住的小区里或者附近,也买上一小套房,以后可以和你们一家人相依为命啊!如果人们认可妈的这些小创意,生意兴隆的时间会长一点,妈还可以为你和兰兰积攒一笔存款。你和兰兰都是打工的,小家庭没富余的钱留下来,是经不起一点折腾和风浪的呀。"

这么说,妈妈是不想再嫁人、再依赖一个男士了。

金力听了妈的这番话,又感动又似明白了妈的心思。感动的是,妈辛辛苦苦惨淡经营着这家工艺品小店,归根结底,还是为了他和兰兰、金琳这个小家。明白的是,尽管有人在向妈表达心意,妈却已经打定了主意,不想再当一回新娘了。

金力不善于表达,他只是睁大了双眼,望着母亲,那神情仿佛一点也不理解妈说这番话的意思。

"说真的,"妈的嘴角露出一缕既似欣慰又似含意深远的笑纹,"天天在行人熙熙攘攘的长乐路上接待从四面八方来的顾客,这些年里,不是没有人向妈表达过那种意思。可能是那些男人觉得我风韵犹存吧,用种种方式表达过的人还不少。有的往店里打电话,有的朝我的手机里发短信,还有人写信来,婉转地托人前来打探,或是直接送花篮、送鲜花,像你遇到的那送六十六朵玫瑰的一样。"

金力的眉毛拧起来了,他没想到妈妈会主动同自己聊及这个话题。

妈妈坦然地笑了笑说:"这个名叫谷羽的,还大着胆子邀我去咖啡馆坐坐呢!"

"你去了吗?"

妈摇了摇头:"妈的婚姻,在这一辈子中,崩溃三次了。这三次中,妈真正感觉到是爱情的,就是你的父亲金航。后来的两个男人,不能说他们对妈全是一片歹心,他们向妈献殷勤,娶了妈,并且信誓旦旦地答应妈,愿意负责把你抚养成人,也是真实的。可妈妈嫁给他们,全是出于无奈,出于生活所迫,全是为了把你给拉扯大,对得起你的父亲金航,你明白吗?"

金力看得分明,娇嗔地睇视他的眼睛里,闪着泪光。他的嘴张了张,没发出声来,只是郑重地点着头,表示心里明白。妈突如其来给他说出这一番话,是他没想到的。

"谷羽是个港商,他来店认识了我,拿来一张单子和设计的女式上衣图样,让我帮他在城乡接合部找个加工厂。"妈接着说,"女上衣保质保量在规定时间内完成了发货任务,我拿到了介绍费。谷羽又是道谢,又提出要和我联手合作,允诺一年做成几张单子,就能赚不少钱。古人道,君子爱财,取之有道。我对他说,正当的钱我愿意赚。他一见我答应了,骨头就轻了,一会儿约我上星巴克喝咖啡,一会儿请我上新锦江顶楼的旋转餐厅尝烛光晚宴,一会儿邀我去花园饭店吃自助海鲜。见我每次婉辞,他就玩这一手,送上六十六朵红玫瑰。哈哈,金力,妈一把年纪的人了,现在又能自力更生,哪会接受这种逢场作戏的感情?连市郊服装厂里的职工都知道,谷羽在香港、台湾各有一个家。他也太看轻妈妈了!"

金力看得出来,说到最后,妈的脸上都露出愠怒鄙夷之色。联想到自己乍一见到六十六朵玫瑰时心里浮起的那些念头,金力觉得自己对妈妈的了解,似乎仍是不够的。妈妈的一番话,似给金力陡地打开了一扇窗户,港商谷羽的人生,完全是金力所不了解的。就如同他曾经和于玲芬有过的那种关系,是不能为社会所容、不能诉诸任何人的一样,只能埋藏于他们两人各自的心底深处。在今天之前,金力还怀有希望,总还有一份期盼,可以去探视于玲芬。照妈的说法,看来,这一辈子,再要想见于玲芬一眼,是不可能的事了。

"金力啊,凌真找你打工这件事儿,你不是不可以去做。"妈整理了一下自己的思绪,拽回了一开始的话题,对金力道,"从表面看来,这是多么轻巧的活儿,工资开得不低,应该高兴才是。不过,也正是这一点,给人的感觉仿佛不真实……"

"不真实?"金力不解,他狐疑地望着母亲沉思的脸。怎么会不真实呢?明明是在他身上已经发生了的事。

"捡到太大的便宜了。"妈淡淡笑了一下,沉吟着道,"玲芬对你好,还有个理由,毕竟妈和她是同一知青点集体户情同姐妹的关系。这个凌真,为啥对你如此之好呢?"

妈喃喃自语着。

这也是金力想要深究和弄明白的。

"所以啊,"妈向金力竖起了食指,放缓了语气叮嘱,"你按照她的吩咐,认认真真、仔仔细细地做好她要求的每一件事,尤其是细节。社会上不是有一句话,细节决定成败吗?你在干活时,细节上不能有一点点的马虎。"

"我明白,妈。"

"在和凌真交往时,多留一个心眼。"

"留一个心眼?"金力不明白,凌真每一次都对他那么亲切、那么客气,难道还能对他一个打工的耍什么心眼?金力从和她第一次打交道起,就觉得她像是一个关心自己的姐姐。

妈笑了,她显然看出了金力的心思,做了一个让金力放松的手势:

"不过你千万别紧张,弄出个戒备森严的模样。还得像以往一样,对她尊重得自然大方些,该怎么样就怎么样。我说的多留个心眼指的是脑子里、心上。细想想嘛,她那么个优雅的、手无缚鸡之力的女子,也不至于害我的儿子。"

听了妈这几句,金力略觉放松地笑了。

"好在妈也认识她。"妈接着道,"只是不像了解玲芬的过去一样了解她。以后,真得花些工夫,深入了解一下她。"

金力点头说:"好的,妈,我都听明白了。"

妈判断般思索着说出的话,也是金力心里想要弄明白的。就像以前和于玲芬的关系,说起来天天在董事长办公室门口当值班保安,暗里还同她有一层说不出口来的情人关系,环宇公司的双子星座楼盘,于玲芬时常见诸媒体的一切,房地产事业的业绩、成就,都是公开的。人们都以为金力对于玲芬的了解是全面的,宏观的、微观的都不会遗漏,对于玲芬的一切该是了如指掌。结果呢,于玲芬出的什么事,触犯了什么法律,犯下了啥弥天大罪,金力一概不知,啥都说不清楚。他知道的一切,以及关于于玲芬刑期的来龙去脉,还是从妈妈买来的杂志上读到的。一切他都被蒙在了鼓里。

妈妈说得对。

今后在与凌真的交往接触中,对她的一切,要力求去探察、去了解。

十

梅雨季节是忽然结束的,报纸和电视里的天气预报,都说今年的梅雨季节还将延续三至五天,是一个长梅雨年,时间四十天左右。

啥预兆也没有,大太阳天陡然而至,连续的阴雨天宣告结束。当晚广播和电视就改变了原先的预报,说今年已然出梅,盛夏酷暑季节到来了。这也是常有的情况。

离上一次到宛平南路905室有六天了,按照七至十天通气透风的要求,金力可以拖上两三天再去。他看到这天气温虽高,却难得地有风,便决定趁着大太阳、干爽有风,高温仅报34度,去让已有一个月闷潮的905室吹个风,省得房间里有霉味。

金力每周来905室开窗、通风干活有两三个月了,凌真只要求他七到十天做一次,再去一次松露别墅。他认真考虑之后,给自己定为一周一次,头天来宛平南路小高层的905室,第二天坐公交然后打的到松露别墅,没有特殊情况,不破例。这么要求自己,一来是约束自己;二来呢,也形成规律,对凌真讲起来,也说得过去,表明他每周都在履行他们之间达成的口头协议。他遵守得很好。

反过来,尽管自从那次在905室谈妥之后,金力再没见过凌真,但凌真办事样样说一不二,除了他俩见面的第二天她就把当月的工资打过来之外,接下来的两个月,每当原来环宇公司发工资那天,凌真总是准时把款打进了金力的银行卡。

这让金力感到她虽是个富婆,办事却是一丝不苟的。金力心存感激。

妈妈说要对凌真做一些认真的了解,但似乎并没了解到更多的东西。只晓得她住的是那幢有点神秘的豪宅,是奢华豪富人家的贵妇人无疑,至于她具体是从事什么职业的,她丈夫是干啥的,董事长、总经理、总裁……说啥的都有,都没人说得准,挺神秘的。

妈妈只对金力说了一句:"有人言之凿凿地告诉我,她男人的钱是以千万、亿来算的,是个金融投资商人。"

"金融家?"金力眨个眼问妈妈。

"差不多吧!"妈妈没把握地说,"总而言之,说他们家的钱多得数不完,是个白手套。"

"白手套?"金力不知这个称呼是啥意思。

"刚听说,我也不懂,"妈妈说,"经打听,才知道有点像股票的操盘手,是站在前台的人物。不但他很有钱,他身后的财团更有钱、更有势力,有一双无形的手在推着他操作,他的投资无所不包,矿山、石油、金融、房产,特别是近年来社会各界瞩目、政府支持的高科技项目,资金划来划去,少说都是三亿五亿的事。"

妈妈的语气显得极没把握,一点也没讲到她小店里那些充满创意的新颖的工艺品时的自信。金力越听越不明白,他眨眨眼问:

"那她的男人一定非常有名,像那些一会儿吹到云里雾里,一会儿跌进海里坑里的风云人物……"

妈妈缓慢地摇摇头,眼里闪出困惑的表情,沉思着说:

"不,金力,妈问过几个人了,有一个还是既认识玲芬,又和凌真一起吃过饭的女士,身家不菲的,她恰好来我的店里挑选送给老外家人的小礼品,我和她聊起来,她说……"

"说了啥?"金力迫切想知道一点和自己的新东家凌真有关的信息。

"她说在太太圈里,就是指她们那种富婆的圈子里,"妈妈怕金力听不懂,瞥了他一眼,解释道,"凌真丈夫的身份,始终也是个谜,既不晓得他长什么样,也不知道他经营、投资的具体项目和方向,据说这些都是保密的。"

"还保密?"金力越发不懂了,投资房地产、金融银行,有啥可保密的呢?

"当然得保密啰!"妈对此是理解的,她接着道,"他投资的方向或项目,一旦泄露出去,被人家抢了先,他不就有损失了?妈听说,到了国外,看到人家有创意的艺术品、工艺品、设计图案、纹样,是不允许拍照和摄录的。"

"哦——"金力拖长声音应道,"怪不得!妈,你在自己小店的陈列柜上,同样放一张小卡片,上面用英文、日文、法文和中文并列写上:谢绝照相、摄录。"

"就是这个道理。"妈妈微笑着瞅了金力一眼道,"只是,妈做的小本买卖,怎么可以和凌真男人相提并论!总之,关于她的男人,一提起来,就是在她们那个太太圈子中间,都蛮神秘的,说他从未在公众场合露面,说他在学生时代就是叱咤风云的人物,行踪不定,有时滞留在北京,一留几个月;有时飞往海外,欧洲、美国、加拿大、澳大利亚;有时又去什么马耳他、斯里兰卡度假。有句话说,有钱就任性,像他们这种人,钱多到那个程度,啥样的生活不能享受?不去管他了,你知道了只当不晓得,了解这些情况,她雇你给两套房子通风保洁,以便随时可以入住,给你定这份工资,也就可以理解了。你只要遵照她的吩咐,把事儿干好,问心无愧就好。我们是依靠劳动取酬。"

妈都这么说,金力愈加心安理得地享受着这份工作给他带来的安定和平静的生活。妈还叮嘱他:不要得了便宜就卖乖,四处去炫耀;社会是复杂的,人家一听你的活这么轻闲,却能拿一份不低的收入,是会妒忌的。

金力牢记着妈的话,碰到昔日一起打工的伙伴,环宇公司曾经的保安和弄堂里的熟人,人家问他在干啥,他总是轻描淡写地答复:我这种人,要文凭没文凭,要水平没水平,连一门技术也不掌握,当保洁员,很辛苦的。人家听了,往往拍拍他的肩,安慰似的道:朋友,这年头,有份活干就不错了,能缴上"四金",就更称心了。

站在905室门口按密码的时候,金力没感到任何的异样。

当密码锁响起"验证成功"的语音时,刚一推门进屋,金力就感觉到了异样。

屋里有人。

一个念头闪过他的脑际。他随即有点儿忐忑不安,是什么人能解开密码锁进门呢?空调打开了,声音不高,金力却听得很清晰,和门外34度高温比起来,室内拂来阵阵舒爽的凉意,体感很惬意。

金力的心提了起来,这空调开得有一段时间了。

他踮起脚,心怦怦跳着,放缓了脚步,一步一步往里走去。他在心里说,会是谁呢?房主人卫飞燕还是……

沙发上坐着一位女士,正侧转脸从客厅里笑吟吟地望着他招呼:

"金力,你没想到吧!"

金力真的没想到,长沙发右侧扶手边,坐着他的新东家凌真。天气热,她穿一件短袖衬衣,略比几个月前在这里和他谈工作时清瘦了些,因而显得更富摄人魂魄的美,美得让金力内心有些惊讶。他愣怔了一下,才放声地说:

"凌姐,你好!"

这称呼还是妻子兰兰想出来的。凌真是于玲芬的闺密,于玲芬和妈妈是同辈人,客气的说法,应该叫她阿姨。当金力把这想法跟兰兰说时,兰兰一口否定了他叫她"阿姨"的称呼,兰兰说,女人都希望自己年轻,以后见了凌真,你叫她"凌姐",她准高兴。为如何称呼感到烦恼的金力,听取了兰兰的意见,今天第一次大胆地喊了出来。

兰兰的话显然是有道理的,听到这一称呼,凌真笑出了声:

"哎,快来这儿坐。今天不用你忙乎了,水、电、煤气,我都试了一遍。瞧,空调我都打开了,你干得不错。你坐呀!"

金力站在单人沙发前面,听她再次招呼,这才规规矩矩双手扶膝坐下。心里忖度着:她是冷不防抽查来了,活都干完了,稍坐一会儿就让她一个人在屋里自由自在地休息。

金力目不转睛端详着凌真,暗自惊愕着她的娴静高雅的风度和美貌。坐在她身旁,金力又感觉到了从她身上轻拂过来的体香和浓烈的女人味儿。空气中有股优雅的淡香,让人十分愉悦和亢奋。哦,她浑身洋溢着令金力眩晕的性感。

凌真的脸转向他,专注的目光扫到金力的脸上,让金力略觉不安,她拍了一下放在身前茶几上的一本彩色相册,随手翻了一页说:

"这是卫飞燕在香港自费出版的摄影册,她飞来飞去走的地方多,喜欢拍照,有的照片拍得还真不错。她给我寄来几本,让我方便时拿一本过来,放在905房间里,我今天拿了一本来。哎,金力,你别傻坐着,喝咖啡吗?那儿我煮好了,你去斟一杯喝,给我这杯加一点。"

说着,她的手点了一下茶几上的杯子。

金力不想喝咖啡,他俯身拿起她的杯子和托盘,到厨房里去。

厨房洁净的柜台上,一只小咖啡壶在微火上扑扑地响着,旁边放着方糖和红糖、一小盒打开盖子的鲜奶,金力瞅一眼就明白了,凌真喜欢加奶并放糖,喝微甜的咖啡,很多女士都喜欢这样的。金力朝卫飞燕的玻璃酒柜里望了望,看到有肉桂粉、百利红酒、威士忌,还有美国、澳大利亚的红葡萄酒。在为凌真续杯时,他照在咖啡馆打工时学的,调制了一杯加奶、糖、肉桂粉和红酒的咖啡,自己先尝了尝,遂而端出了两杯咖啡,放到凌真面前的茶几上。金力轻声道:

"凌姐,你品鉴一下。"

"嗨,真没想到,你还有一手哩,金力,"凌真没有端杯,只是嗅了嗅道,"你调出的咖啡,果真别有一番风味。哪儿学的?"

金力告诉她,自己在咖啡馆打过工,学得很用心,想有一门调煮各式咖啡的技艺,有可能就留下来,至少干得长一点。哪晓得,那些老板比他们这些打工的还要精,初进店干活时,老板让他们卖劲地干,埋头刻苦学点技艺和长些知识,择优留下,真正干好了,就给他们涨工资、提级、升领班,以后还有机会送他们出去学习、进修,激励年轻人拼命地干,使劲表现自己。尤其是那些姑娘,有些姿色的,干得更出色。可往往干到合同规定该涨工资、提级的时限了,老板随便找个理由,就把大多数男男女女的打工者都打发走了,那些个长相漂亮的姑娘也不例外……

"把打工的全都打发走了?"凌真眨动着长长的睫毛,不解地问。

"是啊!"

"那他的店不开了?"

"哪里!这你就不懂了。"

"我真不懂,他的店仍旧要开下去,为啥把好不容易熟练的人都打发了?"

"另找一批啊。"金力接着告诉凌真,"老板新招一批男女打工者,依样画葫芦,还用老一套对付他们。这样,老板就能永久地以低廉的工资付给打工者,挑选凤毛麟角的漂亮姑娘,要机灵的,懂得迎合老板的才留下来。大多数人是轮不上的。而那些得以留下来的姑娘,往往不是老板的亲戚朋友介绍来的,就是和老板有那种暧昧关系。"

"暧昧关系?"

"就是和老板有一腿……"金力胆怯地窥视了凌真一眼。凌真双眼眨动着,专注地听着他的每一句话。见金力抬起眼皮瞅她,她不由得微微一笑,凝神地鼓励他一般望着金力,轻声说:

"我明白了。"

金力心中道:她明白啥呀?说说罢了。不过,也不知是什么原因,在她面前,和她相对坐一块儿,金力的话特别多,特别愿意说,仿佛从心底里升起一股倾诉的愿望。见她闪闪放光的双眼有点莫名其妙地盯着他,金力才猛醒到自己的话是不是太多了。真的,和于玲芬,和自己的妈,他都不会如此喋喋不休地讲这么多的话。他觉得自己有点放肆了,便用结束的语气道：

"那些唯利是图的老板，几乎都一样，我算看透他们了。我在两家咖啡馆打过工，很多人都说我煮的咖啡好……"

"是不错。"

"最后还是被老板辞退了，"金力自嘲地笑了一下，"两个老板互不相识，长相、性格也不相同，可辞退我说的话，几乎是一个腔调。"

说到这儿，金力至今都能想起回到和妈妈同住的亭子间里时的沮丧和无奈。换句话说，现在凌真能对他这样，简直好得上天了一般。

凌真拿起托盘，用不锈钢小勺轻轻搅拌了一下金力调煮加工的咖啡，先凑近嗅了嗅，轻吸了一口气，赞道：

"确实有股异样的幽香。"

"谢谢凌姐。"

凌真又浅尝了一口咖啡，品咂着，提高声音道：

"金力，味道真不错。我现在明白了，于玲芬能信赖地把你留在董事长办公室门口当保安，和你有这一绝招般的本事有关系。"

金力淡淡一笑："主要是你们的咖啡和所有用来做伴侣的原料好。"

凌真点了点头，放下咖啡杯，伸出纤长、洁白、细嫩的食指，点了一下金力：

"还和你的谦逊、知书达理，噢，还有嘴巴严有关系。于玲芬不止一次在我们面前夸你口风严、老实、忠厚，给我印象深刻。"凌真解释啥似的说着，又问，"你读过不少书吧？"

金力愣住了。这一下点到他的软肋了。凌真刚夸过他知书达理，其实那都是妈的教诲和自小对他的叮嘱，还有他成长的压抑的生活环境造成的。他实在没读过什么书，他也不爱读书，什么书都没读过，连保安们喜爱的武侠小说，他都不读。不过，在凌真面前，为了给她留个好印象，他似乎应该撒一个谎，承认自己读过不少书。可……金力的脸憋红了，不好意思地耸了耸肩膀，难为情地说：

"没有,我没读过什么书,我……呃,这个,我也不喜欢读书。"

"噢——"凌真拖长声音轻叫了起来,"你也太老实了,金力,在我这个东家面前,你至少应该装出读过不少书的样子,讨我的喜欢呀。"

"可……"金力吞吞吐吐地说,"我要是骗你说读过不少书,你随口问我,读了哪本书,或是说书里写了点啥,我不是会出更大的洋相吗?"

"那倒是的。"凌真做了个息事宁人的手势,"不过我不会追问你的,我只要求你,从今天开始,读一点书,可以吗?"

"可以。"金力一口答应,读书不是难事,他现在一周只干两天的活,余下来的五天,权当拿了凌姐的工资读书,照她的吩咐读书,他也得读啊!硬着头皮读。

凌真从卫飞燕在香港出版的摄影画册下面取出一本书来,递给金力,说:

"就从这本书开始读。"

金力接过书来,封面上写着粗体的书名:《马雅可夫斯基传》。

金力费劲地默诵了一遍书名,倒抽了一口凉气,他不由得轻叹一声:

"外国书啊?"

"是一本传记。知道这个人吗?"

金力双手捧着书,两眼窘迫地望着凌真,背脊上简直紧张得快出汗了,他知道能出传记的人,一定是个名人,可他真不知道这个外国人是干什么的。他狼狈地照直说:

"对不起,我……我不知道……"

"没关系。读了书,你就明白这个人是干什么的,他为什么有名。"凌真用理解的口气道,"一上来就读外国人的书,你读起来觉得费劲的话,可以先读我夹着书签的那一章。那是写爱情的,好读。"

"好的,"金力双手捧着这本传记,只觉得书本在他的手里越来越重。天哪,这么厚的一本,沉甸甸的,该读到哪年哪月才能读完啊!凌真说了,他硬着头皮也要读完它,读懂它,读过之后,下次就有可能和凌姐交流这本书的内容和读书心得了。金力像表决心似的,一字一顿地对凌真说:"回去以后,我一定照你说的,认真地读这本书,从你夹书签的地方读起,坚持把它读完。"

"你能读完的,"凌真朝他点点头,莞尔一笑道,"我信。"

说着,她又端起咖啡杯,喝了一口,低下头,翻看起卫飞燕那本画册来。

客厅里非常安静。金力耳朵里灌满了空调的声音。奇怪,以往感觉不到905室空调的噪音,这当儿,怎么会觉得这声响有些烦心?双手捧着本《马雅可夫斯基传》,金力第一次领悟到为凌真打工的压力。宛平南路上市井的喧嚣隐隐地传来,金力的心里也在增加鸣响。他默然忖度着,干坐一阵,把一杯咖啡喝完,就向凌真告辞。继而一想又不妥,他匆匆告辞,会让她以为,平时他来通风透气,也是草草了事,坐一两小时就撤。得坐下去,陪着她坐下去。奇怪,这个女子,既没训斥他,也没给他脸色看,只是给他提了一下读书,他怎么会觉得尴尬万分,坐立不安呢?难道她的身上有股无形的魔力不成?是什么在震慑着他?

正在心神不宁地胡思乱想时,金力听到埋首翻阅画册的凌真笑出声来,金力把目光转到她的身上,凌真目不转睛地盯着画册上的照片,一只手臂微微抬起,在向金力招手:

"你来看呀,金力,这张照片卫飞燕拍得真叫绝了!不了解的人,会以为飞燕是个专业摄影家,怪不得她要出画册。你看呀,过来,坐我这儿看。"

凌真一边朗声招呼着,一边把身子往长沙发中央移动着,腾出一个位置,让金力坐过去和她并肩欣赏。

金力迟疑了一下,把身子移动到她的旁边,一屁股坐了下去,随着她纤手的指点,看着卫飞燕这画册上的照片。哎呀,那是什么呀?对于一辈子几乎不曾旅游过的金力来说,完全是一幅陌生的画面。

画面上是一幅气势壮美的瀑布,临空飞降而下,雪白的浪花水沫冲击着河谷里的危岩巨石,金力仿佛能听到透过照片传来的雷鸣轰响。照片占了两页,瀑布背临碧波粼粼的湖水和前方烟水苍茫的河流,都被拍下来了。

金力很少见到拉得这么长的照片,而且如此清晰,如此一目了然。

他双眼盯着照片,不由得问:"这是哪里的风景名胜?"

凌真洁白得几近透明的纤指点着下面的一行小字:

魔鬼谷巨瀑

"这么怕人的地方,"金力瞪大了双眼道,"在哪个国家呀?"

他浑然不知。

"在南美的巴西、巴拉圭、阿根廷三个国家的交界处,属于巴西南部巴拉那州的一个小镇。"凌真的脸朝金力转过来,沉思地回忆说,"就像美国和加拿大交界处的小镇尼亚加拉一样,由于有了闻名世界的大瀑布,游人云集,热闹得不得了。现在中国的经济发展了,中国人去得很多。我在那儿观光时,身边就听见过山西话、四川话、北京话,还有我们上海话。"

凌真微笑着给金力介绍,金力却觉得自己像在听她讲天书,她说的南美那些国家,具体方位他都记不大清了。至于旅游,他只和兰兰去过上海附近的苏州、杭州,中国近邻的那些亚洲国家,一个也没去过,更别提遥远的南美洲了。他只能不懂装懂地舔舔嘴唇,干巴巴地说:

"那一定很美。"

"是啊!世界有名的几大瀑布之一啊。"凌真正色道,"去过巴西的人,也不一定能专程去那儿游。这地方离像上海一样的巴西大城市圣保罗有1200公里呢。"

金力伸了伸舌头:"那么远,我这一辈子,也不可能去的。"

"所以我让你坐过来看呀。"凌真亲昵地拉了一下金力的手臂,指着画册道,"卫飞燕一定是去了巴西,又从阿根廷那边,沿着石板小路穿过又狭又长的一座九曲桥,专程深入地去观赏的,要不,她拍不到这么美的照片。这家伙,怪不得非得出这本画册呢!确实花去她不少的心血。"

"也得有时间。"金力接嘴说。他的目光同样被画面久久地吸引住了。现在他总算看明白了,照片左上侧注明了:气势雄伟的伊瓜苏大瀑布。原来,魔鬼谷巨瀑只是伊瓜苏瀑布中的一景。

　　金力尽力在自己的记忆里搜索,在他有限的知识视野里,他依稀记得,在什么时候听说过这样的大瀑布。金力边欣赏着画册中央这一幅两页连接在一起的长照片,边啧啧有声地赞道:

　　"真的美丽,真的壮观!"

　　"看见真的景色,身临其境,那才真叫美呢。"凌真发挥道,"金力,我们国内也有可以与伊瓜苏、尼亚加拉、非洲的维多利亚大瀑布相媲美的瀑布的,你去过吗?"

　　"哪里?"

　　"黄果树瀑布,你去过吗?"

　　金力自嘲地一笑:"凌姐,我一个穷保安,哪有条件去老远的地方旅游啊!你别开我的玩笑了。"

　　"不是开玩笑,"凌真认真地拉起金力的手腕道,"你现在一周只干两天,不是有时间了嘛!"

　　"可……"金力的手腕敏锐地感觉到凌真手上的温婉和她浑身上下无形中拂过来的醉人的气息。他望一眼凌真,凌真正温情脉脉地凝视着他。他想说,他有妻子,他还有女儿需要抚养,他的经济条件,不可能去黄果树那种旅游胜地玩。但看到凌真欲言又止的神情,闻到她身上迷人的幽香,他一个字都吐不出来了。他惶惶然地回望着她。

　　凌真微侧了一下脸,羞涩地一笑,低声柔气地道:

　　"是真的,金力,你的妻子女儿有空了,你可以带她们去黄果树游一次。我不是开你玩笑,旅费我替你们承担。"

　　凌真说话间,把他的手腕抓着摇了摇,仿佛在显示和重申她的真诚。

　　一团火向着金力燃烧过来。金力只觉得全身一阵一阵燥热,眼前升起一股迷雾,迷雾中只见凌真娇嫩洁白的脸颊上绯红一片,女人的深深吸引

上海·恋　　179

他的温存柔婉的喘息,朝他身前挨过来。是的,凌真像坐不稳似的倾倒过来。

金力的心狂跳着,似乎烧灼起来一般。他张开了双臂,以一股莽撞的不可克制的力量紧紧地抱住了凌真。

凌真的脸颊贴住了他的脸,他感觉到她娇柔的皮肤在摩挲着他的脸,他还听见她在耳畔轻吟般地表白:

"真的,我……我不是说瞎话……"

"我相信,凌姐!"

"不要叫我凌姐。"她突然坚决地说。

"那……那叫啥?"

"凌真,就叫凌真。"

"凌真,你、你真好。"

凌真双肩似怕冷般收缩了一下,柔顺地更紧地偎依在金力的怀里。

金力不是木头,他有过和于玲芬之间的赤裸裸的性,他有了妻子兰兰和女儿金琳,他早就是过来人了。他只是胆怯,只是害怕,只是有一种莫名的恐惧。在他心目中,凌真太高、太富有了。她住在那幢堪称神秘的豪宅之中,她的丈夫又是富商,她要什么没有啊?如果说于玲芬挑中他当情人,是因为于玲芬对背叛她的丈夫肖宏勋的绝望和厌恶,是于玲芬带有对肖宏勋背叛的报复,是信赖他金力只是她手下一个卑微的保安,口风紧,不会泄露出去他们之间的私情,那么,凌真又是出于啥原因呢?

这对金力来说,至今仍是一个谜。但他在这当儿,已经啥都顾不上了,他俯下脸去,先是轻轻地在凌真额头上吻了一下,继而又在凌真粉嫩绯红得发烫的脸颊上吻了一下。哦,这是令他满足的吻,令他销魂的吻。他瞅了凌真一眼,凌真闭上了她的那双双眼皮非常明显的眼睛,柔情满溢的眼睛,魅力四射的眼睛,但她显然没把眼睛闭紧,她的眼睑蝶翼般地颤动着。金力的整张脸贴紧了她,他能闻到从她的脸上散发出来的令人迷醉的气息。他全然不顾地亲住了她红艳艳的微微张开的嘴唇。

噢,她的双唇似在期待着他到来,他一亲住她,她的两片粉嫩的嘴唇就牢牢地吸附般吻住了他,还鸟儿梦呓般哼了一声。

两人忘乎所以地亲在一起。

金力觉得自己好似被凌真情切切的浪花淹没了。

说不清过了多久,只听她发出了一声气吁吁的耳语:

"我们到里面去吧。"

金力服从地答应了一声,小心翼翼地扶起她来。

凌真微翕眼睑,两条柔滑的手臂不依不饶地环抱着金力的脖子,随着他走进卧室。

和只拉上了一层薄纱镂花白窗帘的客厅相比,卧室里的光线晦暗一些。双层窗帘都拉上了,内层厚实的蝴蝶印花窗帘留出了巴掌宽的一条缝,凝神片刻,就能把卧室里的一切看清楚。卧室布置得雅静素朴,色调柔淡。

凌真把湖绿色的床罩轻轻扯了一把,说:"把它撤了。"说着她主动解开了衬衣的扣子。

金力掀开了床罩,两人拥抱在一起,迫不及待地再次吻在一起,不满足地热吻着,享受着亲吻的甜蜜。金力双手忙乱地脱着衣裳。

在迷醉的拥吻之中,凌真的两手轻柔地抚摸着金力的肩膀,抚摸着他的背脊和大腿,当她抚摸到他的宝贝时,她吃惊而狂喜地赞叹着:

"哇,多么坚挺,多么强壮,金力,真像金刚似的。哦,我要,快点,金力,快。"

金力扑到她的身上,几乎不费吹灰之力地给她了,酣畅舒滑得无与伦比。

天哪,凌真赐给他的是啥呀! 那是他毫无准备的、突如其来的狂喜和欢悦。她在床上和生活中迥然不同,生活中的她温柔可爱、彬彬有礼,举手投足不慌不忙、从容不迫,处处显示着她的温婉可爱、小鸟依人。没想到了

上海·恋　　181

床上,她活跃得像一头小豹子。在金力身子下她会颤动,当金力以为她已然累得气喘吁吁大汗淋漓时,她会像只受了轻伤的小豹子一般,翻身腾跃而起,趴在他的身上紧紧地贴着,碾压他,磨盘般地旋转,把金力送上喝醉了酒一般的幻异和眩晕状态,如同在云里雾中飘浮般的欢情愉悦,金力不由得闭紧了眼睛,享受起这一难得的时刻。

那真是从未有过的爽快,柔柔的压得紧紧的浓雾包围着他,令他积蓄起力量,令他浑身的血液奔涌着沸腾。金力感觉得到凌真活力充沛地在动,一前一后地动着,他还能听到她的呼吸和一声细一声长的喘息,那是从她音腔里发出的柔亮的声音,真比天堂里的音乐还要美妙动人。他伸出双臂搂着她的腰肢。

金力睁开了眼睛,只见凌真一览无余地坐在他的身上,一绺乌黑的秀发黏着放光发亮、微微出汗的额头,双眼皮明显的一对眸子,宝石般地放射出光芒,她的鼻翼在翕动,两片艳唇张开着稍稍歪斜,一对小巧的乳房挺立着,殷红殷红的乳头上水晶般闪烁着钻石似的光,随着身子的跃动,小小的乳巅在颤动。

金力忽然大睁的眼睛令她陡地一惊,汗涔涔的脸颊上掠过一丝羞涩,顿时涨得通红通红。眼里透出没处躲避似的羞涩。

她伸过手来,扒拉了一下他的两边眼皮,莺声燕语般说:

"不要看,丑死了!"

说着两只巴掌一起捂在金力的眼睛上,躺倒在他的胸膛上。

金力扭动了一下脖子,凑近她耳畔,低低地说:

"美极了!"

凌真捂住金力双眼的两只巴掌按压了一下:"献丑了,以后不好意思面对你了。"

金力重复着:"我是由衷之言,是真的,你在我的眼里,是最美的,像女神一样。"

"真的?"凌真捂住金力的双手又在他眼眶上按了一下,"从你心里说出来的?"

"我都害怕这一切不是真的,"迟疑片刻,金力又说出了一个自己心中的感觉,"是梦。"

凌真笑了,笑声清脆悦耳:"嗨,金力,你读书不多,说话还真有趣呢。"

金力申明般表白:"我不会花言巧语。"

"这我看得出来。"她在金力肩膀上轻轻拍了一下,翻身躺在金力身旁,一只手还放在他胸前。两人肩并肩地面向着天花板,凌真说:"这下我明白了,于玲芬为啥这么喜欢你。"

金力的神经顿时绷紧了,全身都因紧张而僵硬了。他敛神屏息,不敢答话,静候着她的下一句话。和她陡然亲密地相好起来,下意识里,他最怕的就是她会怀疑自己,是不是和于玲芬也……

她的肩头触碰了他一下,催促着:"怎么不说话?"

金力的一只手伸过去,轻轻地放在她因平躺而更不起眼的乳房上,他还不习惯向她表示亲昵,更不敢造次,见她没有拒绝的表示,他又用手指轻轻摸一下她的乳头,没想到她转一下脸,在他身边说:

"舒服。我喜欢你轻轻地摸。"

从这句话里,金力听出她没有狐疑,于是吁了口气说:

"于董确实对我很好……"

"怎么个好法?"她陡地一个转身侧躺,始终没离开他身体的一只手迅疾抓住了他的宝贝,"是像这样?"

她的语气里包含着妒忌之意。

金力无辜地摇头,极力以平静的语气道:"她是我妈妈的好朋友,情同姐妹,我甚至觉得,她们比姐妹还亲。"

"真是这样?"

"你想啊,"金力的语调平缓,不让人觉得他是在掩饰啥隐私,说得不慌不忙,"于董连她男人和于玲芳之间的事都跟我妈说。"

"不是这一点让我产生联想啊!"凌真直截了当地道出了她的猜忌,

"环宇公司都曾传出,说于玲芬有'面首',像武则天一样。"

金力已然懂得啥叫"面首",但他故意装糊涂:"什么叫'面首'?"

"就是小情人。"

"噢,那是讲她和原来那个司机符向安,环宇公司里有人传,我不怎么相信。"

"你怎敢这么肯定地为于玲芬打'包票'①?"

"我天天在董事长办公室门口值班啊,要用车了,都由我用BP机通知司机;后来BP机淘汰了,就用手机讲。"

"那是上班时间,在公司里。"凌真仍未消除怀疑,"不在公司呢?下班之后呢?"

"反正我是不信的,不管外界怎么传,我都不信。"金力本着对于玲芬的绝对忠诚说,"我妈也叫我不要信谣传,她说人出名了,事业做大了,总有人讲些不三不四的脏话,像脏水一样泼在她身上。"

"你这样忠心耿耿地对待于玲芬,"凌真揪了金力的耳垂一下,道,"怪不得于玲芬信任你、夸你,还给你介绍女人成亲呢。"

金力听她的这句话,感觉她的疑心消除些了。但是不是彻底消除,金力不敢说。他的社会经验虽然不多,只是从本能上觉得,现在和凌真已经睡在一起了,成了新的情人关系,绝对不能让她察觉原先和于玲芬之间的事儿。

凌真移开了放在金力身上的手,四仰八叉地伸展着双臂和腿脚说:

"金力,我和你好成了这样,你原先随便有过什么事儿,和几个女人谈过恋爱,我都无法管,也管不上。我要的是今后,我们俩悄悄地、不让任何人觉察蛛丝马迹地好下去,你懂吗,金力?"

这不是又让他扮演和于玲芬的关系一样的角色嘛!金力心头有一股别样的滋味。是的,于玲芬是他人生中第一个女人,他和于玲芬曾经亲密

---

① 包票:沪语,绝对信任的意思。

到难分难解的地步。但他俩的不伦不类的情人关系隐蔽得十分成功,从没让第三个人察觉。这是做得到的,而现在……金力的思绪有些混乱,他沉浸在思绪之中,走神了。

"我在问你呢,金力!"凌真没听见金力回话,放大了声音,响亮地追问道,"你不愿意吗?是感到屈辱吗?"

"啊,噢,这个……"金力从纷乱的思绪中回过神来,极力回想着凌真刚才说的话,他是听见的,只是,他联想到别处去了,他定了定神,道歉道,"对不起,我……我这一辈子,只、只……"

看见凌真的脸转向他,双眼愤愤地带着怒意盯着他,金力整个儿慌了,慌得语无伦次,手脚都凉了。他有些不知所措。

凌真问:"只什么?你说呀!"

金力认识凌真至今,还没见过她如此严肃的恼怒之态,他吞咽了一口唾沫,支起点身子,脸向着她,露出诚恳之色:

"凌姐……"

"凌真。"她咬字清晰地纠正他。

"凌真……姐……""姐"字几乎没发出声来,金力辩白般道,"我长这么大,只和兰兰谈过朋友,后来就结婚了。说不上是谈恋爱,和贾兰兰见第一次面之前,于董,还有我妈就告诉、告诉我,这是为我介绍女朋友,相互看着合适,谈妥了就准备结婚,为了结婚去谈的,不晓得啥爱不爱的感觉。可……可我见了你,和你相识之后,你、你、你又对我这么好,不知怎么搞的,我就不自量力地有一种欲望……"

"啥欲望?"金力看见凌真笑了,笑容灿烂得迷人。

"和你说话的欲望,接近你的欲望,听从你、服从你的欲望……"

"说下去。"她鼓励地催促他。

金力觉得越说越费力,越说越难以启口,他吞咽着口水,说:

"不知道怎么搞的,胸口像有啥燃烧着似的,真的、真的,我不骗你……"

金力急得汗水都从额头上冒出来了,脸憋得通红通红,喘着粗气,像疾速地跑骤停下来一般喘着粗气。

凌真嫣然一笑,双臂支撑着把脸凑到他跟前,清亮而又快活地提醒道:"我替你说了吧,那是爱,那是爱的感觉,傻瓜。"

说完,她在金力哆嗦着的嘴唇上投下一个响亮的吻。

"是的、是的,"金力连声回应着,点头道,"是爱的感觉,强烈的全身心都感到烧灼起来一般的感觉,不顾一切似的。"

说着,他这才稍觉安心地紧挨着凌真躺下来,贪婪地吮吸着她的体香和迷人的气息。

凌真转了一下脸,面向着他,语调轻快明晰地问:

"是从来没有过的感觉吗?"

"是的,我爱你!虽然不该。"

"怎么不该呢?"

"不该有这非分之想……"

"该的,已经发生了,怎么还说不该呢?"凌真像是在对他说,脸上的神情却又似在自言自语,"我不要你这么想,我要你把这想法像根一样扎下来。"

"好的。"金力答应着。

"还要你不跟别人讲。"她整个身子转过来扑向他,双眼皮眨动着,严峻地对他道,"不能和那些乱七八糟的人吹嘘,说我们之间的事儿。"

"怎么会呢?"看她如此严肃,金力的心又骤跳起来,"我只把你放在心里。"

"我喜欢,金力。"她又笑吟吟地贴近他,伸过手来爱怜地抚摸他,"你刚才说,于玲芬介绍女朋友给你时,你妈和于玲芬都说,看着合适,就要谈婚论嫁的,对吗?"

"是这样。"

"那么,谈朋友的时间长吗?"

"不长,前前后后不过一年。"

"你有对比吗? 婚前婚后,兰兰,你妻子是叫兰兰吗?"

"贾兰兰。"

"结婚前和结婚后,兰兰对你的感情,有变化吗?"

金力听不懂凌真问这番话的意思,茫然地眨了一下眼:

"没啥变化。"

"我是说,她对你,婚前好还是婚后好?"

金力凝神想了一下,沉吟道:"当然是婚后更好啰,两口子嘛!"

"你知道是什么原因吗?"

"没想过,我觉得是两口子都这样。结了婚感情稳固了,关系稳定了,比婚前好是很正常的。"

"不,也有结了婚的夫妻,感情迅速恶化的。"凌真摇头道。

"这是少数,很少的。"金力肯定道。绕来绕去,他始终猜不出凌真问这番话是什么意思。不过,既然她提起了这一话题,他回想起来,和兰兰结婚之后,兰兰更依恋他、顺从他,愿意掏出心来服侍他,连环宇公司破产之后,他一年多没个着落,闲在家中,无所事事,兰兰仍然一如既往地爱着他,从来没在他面前显露出不满和责备,更不像有的保安,两三个月没找到工作,老婆就丢勺子砸筷子,给男人脸色看了。对于这一点,连妈妈都夸兰兰善解人意,是个贤妻良母。

金力的手把凌真放在自己身上的手抓在掌心里,轻轻摩挲着,犹犹豫豫地问:

"你是想跟我说什么呢?"

一缕羞涩的红晕掠过凌真的脸颊,她把脸贴紧了金力的脸,耳语般说:

"金力,你有男人最为难得的东西。"

"我吗?"金力和于玲芬肌肤相亲到这种程度,两人之间几乎可以说每一次都达到了水乳交融的美满和欢悦,于玲芬都没这么夸过他。他不由得问:"是什么?"

"你不知道就更可贵,不能对你说。"

金力伸出双臂,整个儿把凌真紧搂在怀中,央求般说:

"讲给我听。"

"不能告诉你。"凌真咯咯咯笑着,露出一嘴洁白的牙齿,整个身子紧偎在金力怀里,享受着他的抚慰说,"今天我们可以在这里多待一会儿,充分体验二人世界的清静和美好。你什么时候去松露别墅41号?"

"今天到宛平路,明天我就去别墅。"金力照实道,"每次我都这样,连续两天,把事儿做完。"

"不急的,这一次你改变一下,下周的今天你再去吧。"凌真说。

"明天别墅里有客人?"

"没有,下周我也去。"凌真的脸在金力怀里转了一下,说,"我是怕你累着。"

这就等于跟金力约定了,下周的今天,他们约在松露别墅见面。金力俯下脸去,第一次主动地亲吻着凌真的小巧的乳房,悄声问:

"亲爱的,几点到?"

他的动作和称呼,令凌真陡然提起了兴致,她支起身子,歪倚在枕头上,拢起自己的另一边乳房,往金力的嘴前送:

"亲亲这边。"

金力的一只巴掌捂住刚亲过的左乳,又转而亲着凌真的右乳。凌真仰着脸,眼里闪射出陶醉和享受的神情,舒服地哼哼着说:

"金力,真好,噢,噢,真让人销魂。你稍轻一点。下周,你只管去吧,10点到就行,我会把一切安排好的。"

十一

这一周里,金力空下来就读凌真给他的那一本《马雅可夫斯基传》,照凌真吩咐的,他先读她用书签夹着的那一章。

读过几页,金力便笑起来。原来这一章写的是诗人马雅可夫斯基和一位叫伊丽莎白的俄侨,在纽约相识、相知、相恋的故事。那不是正当的恋爱,1925 年 7 月,作为苏联的杰出诗人,马雅可夫斯基访问美国,在大都会纽约的招贴画展上举办诗歌晚会,激情澎湃的诗人认识了俄侨女子伊丽莎白,崇敬诗人的伊丽莎白在三个月的相伴旅行中,和诗人产生了炽热的恋情。10 月,马雅可夫斯基从纽约回到了苏联。这一段处于地下状态的恋情始终不为人知。第二年,秘密恋情产生了结晶,马雅可夫斯基和俄侨女子伊丽莎白的女儿出生了。

女孩取名帕特里夏·汤普森。

她还有一个俄文名字:叶莲娜·弗拉基米罗夫娜·马雅可夫斯卡娅。她的长相也酷似诗人。1926 年,马雅可夫斯基是苏联闻名于世的革命诗人,他的诗写成楼梯形,形式上新颖独特,政治鼓动性极强,感情充沛,节奏明快,语言生动而便于朗诵。长诗《列宁》和《好》都是歌颂十月革命和领袖列宁的,且把一首首楼梯形式的诗配在招贴画上,极富感染力。

而在 1926 年的美国,把苏联、十月革命、列宁视为洪水猛兽,伊丽莎白只能对外界隐瞒她与马雅可夫斯基的恋情和关系,隐瞒帕特里夏·汤普森的真实身份。但是在家中,帕特里夏年幼时就知道自己是诗人的女儿。

1928年10月,三岁的帕特里夏随母亲伊丽莎白到法国尼斯处理事务,还在路经巴黎时和父亲马雅可夫斯基见了一面,多少年之后,她都记得,父亲有长到天上的长腿和一双有力的大手。他们仨一起在尼斯待了两天。临别之时,女儿将一支派克钢笔送给了父亲。

1930年4月,马雅可夫斯基自杀离世。伊丽莎白是从美国报纸上得知这一消息的,几年后她带着女儿出嫁。直到1985年,伊丽莎白离开人世之前,才在留给帕特里夏的录音磁带中,详细讲述了她和马雅可夫斯基刻骨铭心终生难忘的感情经历。到了1991年,六十五岁的帕特里夏到莫斯科去为只见过一次的父亲扫墓,把母亲伊丽莎白的骨灰和父亲葬在一起,在新圣母公墓了却了母亲的夙愿,让他们永远相伴相守。

这真是一个浪漫得让人唏嘘的故事。

金力把这本传记从头至尾读完了,大致了解了诗人三十七岁的短暂人生和他写下的那些形似楼梯的诗。传记里引用了一些诗人的著名诗作,金力感到这确是一位性格鲜明、才华横溢的诗人。

只是,金力不明白,世上的书多得数不完,凌真为什么单单挑了一本这样的传记,专门带来让他读?而且特意关照他,可以先读访问美国这一段。

七八十年过去了,马雅可夫斯基的诗和人生,对于金力这么一个不读书的男子来说,并没啥特殊的吸引力。编得离奇的电视剧这么多,音像碟片店里几乎可以买到和租来全世界所有的名片、获奖片、曾经的禁演片和色情片,和碟片店的小店主关系好,花不了几个钱,还能借来闻所未闻、光怪陆离的片子。金力和环宇公司的保安们相处时,听听保安们的闲聊,金力就晓得,在他们这个群体中,大多数人都已看过。倒是金力,在他们面前显得孤陋寡闻,小巫见大巫。保安群体属于社会的基层,也非敏感阶层,其敏锐性和住处的灵通程度,远远不能和其他阶层相比。现在这时代,真正应了一句:普天之下,已没啥新鲜的故事。

只在金力找不到工作,无所事事地闲在家中时,他才会去挑选一点从名字看可能精彩的,或是带刺激性的片子来看。

凌真为啥那么认真地要他读《马雅可夫斯基传》？还指定他先读诗人的风流韵事这一章？

当代的风流艳事还少吗？社会上传播的那些贪官和情妇、富商和小三的故事，哪一个比诗人和俄侨偷偷摸摸、躲躲闪闪的恋情差了？

金力百思不得其解，把这故事翻来覆去在脑子里过了几遍，突然像屁股底下着了火一般从沙发上跳了起来。他的念头转到了帕特里夏身上。难道……莫非……凌真让他读这个故事，是想和他金力生一个孩子？

金力全身的汗毛都在这一瞬间凛凛然竖了起来。

他越想一颗心越往下沉。脑子里掠过几次和凌真见面及后来三次交谈的情形。前几次是去贵都、希尔顿、华亭、锦伦文华、波特曼大宾馆门口接于玲芬时，凌真都陪伴在于玲芬身旁，他们几乎没怎么对话。后来一次，金力奉命去为于董给凌真送"要件"，听说了她居住的那幢公寓的神秘性，和公寓楼下堪称世界豪车展销会的地下停车场，她对待他甚为客气和礼貌，也没什么实质性的对话。近年来的三次，一次是她陪伴外国朋友走进妈妈的工艺品小店，两次是在卫飞燕的房间里，所有的谈话中她的身边环境里，从来没有涉及她的子女！唯一的那次，站在她23楼的家门口，她邀请他进屋去坐，他没进去，眼睛却是往房间里扫了的，也没见着她家有孩子。她会不会是……

她是贵妇人，丈夫又是一个实力雄厚的神秘人物，难道没小孩？或者，读了名冠世界的马雅可夫斯基的传记，想入非非的凌真，也想浪漫一番，神不知鬼不觉地和他金力生下一个非婚生子女，制造一个大绯闻？

金力自小胆怯畏惧，身处底层令他郁郁寡欢，性格中滋生着猜疑和恐惧的成分，遇事时往往各种各样的念头纷飞，胡思乱想。凌真是身处豪门的贵妇人，他一个小小的保安、保洁、打杂的汉子，可玩不起这样掀动社会的桃色新闻啊！

泥塑木雕般地捧着一本《马雅可夫斯基传》，与其说他是在认真阅读，不如说他在沉思默想，在噤若寒蝉地发呆。

正是上海进入最热的酷暑盛夏时节,气温已越过35度。女儿金琳在小区的幼儿园里,兰兰上班去了。金力一个人待在家中,舍不得开空调。树枝上的蝉声一片,不绝于耳地送进窗户大开的家中。有风,歇着不干家务,还是蛮凉爽的。可金力心乱如麻,烦躁不安的怪念头一个接一个,不知不觉之间,竟惊出了一身的汗。

他搓了一把冷毛巾,擦洗着脸上、脖颈里、身上的汗,呆痴痴地换坐在凉快一点的凳子上,双眼瞪得直直的,细细地清理着思绪,回顾着他和凌真非同寻常的交往。蛮怪的,和凌真有了肌肤相亲的亲昵关系,这位秀气迷人的贵妇人的笑貌,总是不期然地晃晃悠悠地闪现在他的眼前。

那一天他俩在宛平南路905室,缠缠绵绵亲亲密密地一直待到傍晚时分。

凌真说,今天这事儿,连我俩事前都没想到,旁人是不会知晓的,连猜也猜不到,尽可以放心大胆地多待一会儿。

金力全听她的。原来他和于玲芬相处,就是这样。她如何吩咐,他怎么照办。他决定在与凌真相好、相亲中,也照此规矩办理。他不想违拗她,他也不敢。

他们吃了点东西,是她配着咖啡带进来的蛋糕,是微甜爽口涂着奶油的蛋糕,凌真说了个名字,金力一听就晓得这种蛋糕贵得惊人,他平时是绝对不可能去买的。觉得好吃极了,他胃口甚好地吃了她带来的三分之二,她见他喜欢,余下的三分之一只吃了半边,留下半边让他吃。他不好意思了,让那半边蛋糕留在桌上。

时近午后4点,他俩起床了。拉开里层的厚窗帘,掀开空调薄被,床上的垫单清晰地留下了一摊痕迹。

凌真一见,连忙双手慌张麻利地把垫单揉成一团,低垂着头说:

"时间还早,我们把它处理了吧。"

这是金力的事儿。他说:"我来吧,我会操作洗衣机。"

说着,他从她的手上接过垫单,走进了盥洗间。见凌真没有跟进来,金力轻轻地展开垫单,寻找到那摊痕迹,端详了一会儿。

和于玲芬狂热地做爱时,和兰兰夫妻之间云雨时,床单上有时也会不小心留下点痕迹的。兰兰为省事儿,经常在行夫妻之欢前,垫上一条毛巾。于玲芬没那么细致,在松露别墅备了一摞床单,每次亲热过后,她会挥挥手、摆动手指说:

"丢进洗衣机,洗一洗晾在大客厅里。下次来时收起来。"

事儿都是金力做的。无论是他和兰兰,还是与于玲芬,床单上的痕迹都不多。今天这张床单上,痕迹太明显、太多了,手摸上去,还有点儿厚实,渍痕的颜色让外人一见就能猜着是怎么回事儿。金力想起来,保安们聚在一起讲荤段子时,会用一个词"画地图",原先他只认为这未免太夸张了。今天看到他和凌真寻欢以后的床单,才猛醒到这词儿十分形象。

把床单放进洗衣机,打开水龙头放水时,金力眼前不由得掠过凌真在床上时的种种情态,她的秀气的笑颜,她晶亮晶亮的眼神,她脸颊上的红潮和烫得热辣辣的脸庞,还有他感觉她潮湿得沼泽地似的体态,和她凑在他耳畔羞涩的低语:

"爱液都涌出来了……"

这让金力由衷地感觉到凌真对他的一片出自身心的真情。她如若是逢场作戏,如若只是玩一玩而已,如若也像保安们时常说的那些女大款一样,赚够了钱钻进洗脚屋、按摩房,找来那些长相白净、皮肤细嫩的"小白脸"或是外表粗犷的"鸭子"服务,让这种人为她按脚、做泰式按摩,陪着她唱歌、跳舞,在朦胧暧昧的暗淡灯光下用嘴喂她名酒,不是XO,就是昂贵的年份茅台,劲儿上来了就去开房间,寻找生理上的满足和变态的报复……哦,凌真要这么干完全有条件,她有的是钱,有的是寻欢作乐的方式,她如若曾经沧海难为水地经历过那一切,不可能和他在相亲相爱时那么投入,涌出那么多情不自禁的爱液。要知道,兰兰是崇拜似的倾心于他的妻子,和他做爱,也不会淌出这么多的爱液。

忖度到这一点的时候,金力不由自主地对凌真涌起一股感情来。这个女子是喜欢他、钟情于他的……

"放个水洗床单,怎么这么长的时间啊!"凌真在客厅里叫起来,嗲声嗲气中透出些许的不悦。

金力回过神来,是的,他暗自忖度得太久了,连忙答应一声,忙慌慌地转身从盥洗间里出来,支支吾吾解释着:

"头、头一回使用这种洗衣机,我要凑近机盖,读一下使用说明。"

凌真已经穿戴整齐,完全恢复了端庄秀雅的装束,她脸上露出秀气文静的微笑,朝着金力亲切地招手:

"坐这儿来,金力。"

她的另一只手拍了拍长沙发的中央。

金力顺从地走过去,在她身旁坐下。

"坐近点。"她轻声吩咐。

金力挨近她坐,她的头一歪,往他肩膀上温顺地一倚,金力又闻到了从她身上、脸上弥漫过来的醉人的香味。他像汇报般说:

"一会儿就能洗好,这个洗衣机性能很好,带烘干功能。"

"我知道,卫飞燕使用的,都是最好、最时尚便捷的东西。"凌真举起她滑嫩细洁的手,在他的下巴上柔柔地摸了一把,"以后你会知道,她富裕到什么程度。"

"嗯。"

"金力,你觉得好吗?"

金力一怔,他明白凌真这是在讲他们之间的做爱,他老老实实地答:

"好。"

"和你的兰兰,你们有过这样淋漓尽致的性吗?"

金力只觉得脸上烘热起来,这种事也能如此地交流吗?他和兰兰、于玲芬,都不曾这么坦然地探讨过。于玲芬在这方面算放得开了,她是他的启蒙者,是他人生中的第一个女人,她只向他表示过满意,对他的性能力表示赞赏,有一次在床上两人达到水乳交融般的高潮之后,她甚至夸过他的"床上功夫"。但她从来不会问他和妻子贾兰兰间的这类事儿。

她的手从他下巴摸到他脸上来了,她顿时察觉到了,直起身子望着他,提高了声气,惊讶地发现新大陆般叫起来:

"嗨,金力,你的脸怎么涨得这么红?还不好意思哩,你不是已经结婚了嘛!还感觉羞呢!哈哈,哈哈!"

她乐得笑个不停。

金力的确不习惯,他不好意思地笑着,忍不住摸了一下自己的脸,真是喝多了酒一样热烘烘烫乎乎的,他抿了一下嘴道:

"兰兰是从石台乡下,我妈和于董插队落户的山区村庄里出来的,我们在一起时,她连开灯都不习惯。"

"她从乡下出来不假,"凌真说,"可我听于玲芬说,她来上海打工也有几年了。开放的上海难道对她没影响?"

话是这么说,金力从她的语调中,听得出她是相信他说的话的。于是他只是摇头,表示就是么回事。

她一把抓住了他的手,两眼闪动着幽幽的光,问他:

"那你告诉我,你和我在一起,开心吗?快活吗?"

"开心,快活。"金力是由衷的。

凌真的脸上又露出了秀气而迷人的微笑。

洗衣机在盥洗间里发出一点响动,蜂鸣器有节奏地提醒主人了。金力举起手,指着盥洗室说:

"烘干了,我去收拾一下。"

"行。"凌真双手捧起他的脸,在他的嘴角两边,各自响亮地吻了一下,说,"一会儿你晾起床单,检查一遍,歇息一阵再走。我先离开了。"

说着,她看了一眼手腕上的表。

他明白,两个人分别离开小区,没有一起走出去招眼。

狐疑重重地猜测着凌真和他相爱的意图,奇思怪想地疑惑她是不是想和他怀上一个孩子,下周去往既熟悉又陌生的松露别墅时,金力的心情是忐忑不安的。

熟悉的是松露别墅22号,每一次和于玲芬过来,都是打车直接从市区进来,由出租车司机送到22号门前。

陌生的是松露别墅究竟是个什么格局、规模,进来过多次的金力都搞不明白。凌真所有的41号别墅,金力不是第一次来了。近三个月的时间里,七八天来一次,他进去过十来次了。对于别墅里面,他可谓看熟了。只是,41号别墅在松露别墅的哪个位置,和22号之间有多少距离,他始终没搞明白。每次给41号通风透气,测试水、电、煤的使用之后,离开别墅回莘庄的家时,金力总浮起要在这个小区里逛一逛的念头。但走出41号别墅时,他往往又会打消这个念头。再去瞅一眼22号别墅,又有啥意思呢?

怀旧,怀念和于玲芬之间的情和爱?一点意义也没有了,于玲芬已经是个被判处无期徒刑的罪犯,22号别墅早已不在她的名下,现在的主人和他风马牛不相及了,去看一眼只会伤感、难受。

于玲芬被判了这么重的刑,始终没交代出他金力来,没说出她与他之间那种不伦不类的关系来,金力是从心底深处感激她的。不管她犯了多大的罪,判了多重的刑,金力却始终觉得,她是个敢作敢为、有情有义的女人。只不过,金力对她的这份复杂的、微妙的、说不出口的感情,只能深深地埋在心里,对任何人都不能讲。不能给兰兰讲,不能给妈妈讲,也不能像马雅可夫斯基的情人伊丽莎白在五六十年之后给世人说。他只能让这份情烂在肚子里,在世界上永远消失。

妈妈买来的那本杂志上写过一句话,别人读过之后都忘了,唯独金力却牢牢地记住了。那是一句肯定于玲芬的话,说于玲芬案件给上海乃至全中国的房地产业敲响了警钟,有警示作用!说于玲芬案件之后,有关部门重视了房产的预售,把每一套结构封顶的房子,都挂上了网,一旦售出,就不能再重复买卖,杜绝了上海的一房多售现象。

金力觉得，这就是于玲芬的积极作用。他甚至觉得，法官如果也能像他一样想，于玲芬就能减轻刑期，放出来了。不是吗？放她出来，她又不会杀人放火、偷盗投毒，她会有啥危害？人们闲聊时讲起于玲芬案件，不都是在诅咒她的可恨以后，还说她可惜了，这么有才干的一位女强人。还说她可怜，曾经创造过辉煌的女子，只能老死在病床上了。

金力对她是有着一份说不清、道不明的感情的。

他不想去看已经不在于玲芬名下的22号别墅，不想在松露别墅里兜圈子闲逛。

现在他到41号别墅来，每次也都是照着凌真嘱咐的，先坐公交，然后换出租车，让车直接开到41号门口。这么走比直接从小区打的过来，要节省三分之二的费用。

这一天他也是这样，打的来到41号别墅时，按密码进屋，凌真已经先他而到了。

这幢别墅明显地比22号大，装修得也比22号更为富丽奢华。头一次来的时候，金力打开了所有的灯，被室内金碧辉煌的风格所震慑。他一个一个屋子走过来，偌大的客厅，通透的大堂简直可以办舞会和品位高档的"派对"，那盏吊灯顺着旋转楼梯从顶上悬垂下来，一盏盏灯竟给金力五彩缤纷、目不暇接之感。还有楼上楼下风格迥异的卧室、书房，私密氛围极浓的小会客间、茶厅。让金力想不到的是，那间书房也装修得漂亮非凡，从地板直达天花板的书橱显得坚固牢实，一色的红木书橱。甚为难得的是，为便于阅读，书房的窗户设计得比其他房间都大，以便让光线能照亮整个房间。专供阅读的圈手椅前面，还搁置了一只用来架起双脚的脚凳。金力看得出，这间书房不是装饰给客人看的，一个人前来保洁通风时，他仔细地端详过，书橱里的那些有厚有薄、有精装有平装、有新有旧的书籍，主人是经常翻阅的。他由凌真介绍自己读《马雅可夫斯基传》这本书，猜测平时喜欢读书的该是女主人。

今天走进底楼大堂,只见楼上、楼下所有的灯全打开了,唯独不见凌真的人影。金力侧耳倾听,似听见那间宽敞的盥洗室里,传来流水的响声。

正在疑惑,凌真的声音从盥洗室里清朗朗地传来:

"是金力来了吗?"

金力应了一声。

"快进来,我正在放水调试,你进来冲淋一下,天太热了。"

天气确实热。广播里说,有气象记录以来,上海的盛暑酷夏,每年超过35度以上的高温天,总在十五天至二十天之间。进入21世纪,这一记录几乎年年都被打破。不过金力是打的来的,车子直接送到41号门口,并不觉得很热,身上也没出多少汗。既然凌真吩咐了,他就走进盥洗室去。

一进盥洗室,金力的双眼不由得惊讶地瞪大了。

那一个设计在地上的爱心形的浴池上方,哗哗啦啦地泻下一道水帘,水势如同小小的瀑布般直捣地面,飞溅起雪白的水珠、水沫、水花。闪闪烁烁的光影之中,凌真柔软的乌发被一只粉红色的浴帽遮盖得严严实实,只露出一张清俊的脸庞。她浑身上下一丝不挂,站在晶亮的水帘中向他微笑着招手:

"来呀!冲淋一下。"

金力的双脚像僵在了地面上,一动不动憨乎乎、傻呵呵、呆痴痴地望着凌真,像不认识她一般。

天哪!她太美了,美得让金力的灵魂受到震动。

水花水帘中的她,脸上挂着喜盈盈的笑容,秀丽微扬的眉梢上,一颗亮晶晶的水珠悬在那儿,双眼皮眨动着,使她那双大而略显深沉的眼睛,比往常更透出几分秀气和妩媚,美丽笔挺的鼻子似也有表情般风韵独特,有一股异样的魅力。她一览无余、毫无羞涩地招呼着金力,金力惊叹着她浑身上下同时散发出柔和匀称的光彩,这种光彩几乎有股神奇的力量。金力凝视着她漂亮的颈项和优美的线条,小而圆润、生气勃勃的乳房,浸透了水花的皮肤光滑润泽,富有诱人的弹性。所有这光华熠熠的形象,瞅得金力全身的血液沸腾,两眼都发直了。

凌真又朝他招了招手,几滴水珠向金力飞过来:

"怎么啦?瞧你这副样子,呆住了,快来洗一下吧。"

金力似从酣梦中醒过来一般,忙乱地答应一声,急急地脱着自己的衣裳。

当他一步一步走近爱心形水池,伸出手去试探水温时,不由得说:

"原来这不锈钢水槽,是瀑布形的水帘设备啊!"

"你不知道吗?"凌真挨近了他,在他身边大声问。

金力指了一下浴池边的那组莲蓬头调节按钮,说:

"我每次来,只打开那一组水龙头,把浴池冲刷一遍。看见这亮晶晶的水槽,我不知是啥东西,不敢贸然动它。"

凌真一只手搂住了他的腰,脸贴到他跟前来,说:"一会儿我指给你看,开关在哪儿。"

不等金力回话,她主动吻住了他。金力感动地把她紧紧地抱在怀里,这么娇美富有、这么可爱的女人竟然和他如此亲密,竟然在这一时刻属于他,他真是发自肺腑地对她涌起一股炽热的感情。

凌真呵呵地笑起来,她一把抓住了他的宝贝,道:

"金力,你的身子已经暴露了你的心思。瞧,快瞧你呀!哇。"

她的手稍稍一揉搓,金力垂下脸去,只见自己的宝贝雄赳赳地翘得高高的,想要掩饰都掩饰不住。

"简直是怒发冲冠!"凌真赞叹地说了一句,清脆地笑了起来,双臂一展,主动扑进他的怀里。

浴槽里的水哗啦啦地倾泻而下,水珠水花溅到地上发出阵阵嘈杂的喧响。金力把浑身上下水淋淋、滑爽爽的凌真紧紧地抱在怀里,他能感到,凌真的双手也紧搂着他湿漉漉的身子,贴得他紧紧的。水温调节得恰到好处,金力只觉得从未有过的舒爽、惬意和酣畅。他和兰兰没有这样的感受,和于玲芬也没有过这样别出心裁的体验。他不由得享受地闭上了双眼,任凭那倾泻不尽的水帘挥洒在身上,任凭那晶亮透明清澈的水花包围着他俩。

启程前来松露别墅时的忐忑不安、猜忌担心早已置之脑后,他现在唯一向往的,是要和她更亲近一些、贴得更紧一点。

凌真的手在他的宝贝上轻轻抚摸着、揉搓着,带给他一阵一阵欢畅不绝的感觉,他不禁把脸和她的面颊贴在了一起。

金力发出一声出自心田的欢叫:"噢,我的魂灵要飞起来了⋯⋯"

一股欲仙欲醉的喜悦袭遍了他的全身。

当他俩离开盥洗室,相搂相抱亲密无间地躺倒在床上时,金力想起了他的疑惑。他告诉凌真,他把那本书读完了,像她说的那样,他先读的是诗人的美国之恋。

她很高兴:"那你说说,读过之后,想些什么?"

想什么?

想得最多的,当然是猜测,她为什么让他读这本书,她是不是也想像诗人一样,怀一个孩子?但直截了当地问,似乎又⋯⋯

"没关系,你怎么想就怎么说。"

"诗人嘛,当然是很浪漫的,况且他又那么有名。"金力吞吞吐吐地说得很慢,"我是说,浪漫的爱情有了结晶,有了那个叫帕、帕特⋯⋯"

"帕特里夏·汤普森。"

"对,有了那个女儿,你要我读这一段,是不是、是不是⋯⋯"金力在斟酌着该怎么吐出口,"也想要这么个小孩?"

"哈哈哈!"凌真爆发出一阵清亮的畅笑声,她在金力的肩膀上拍了两下,"金力,亏你想得出来,哈哈,笑死我了,笑死人了。"

金力诧异地望着她眼角笑出的泪水,喃喃地问:

"我、我猜得不对?"

"哈哈,金力,告诉你,我和你相好,和你肆无忌惮地做爱,绝不是为了要个小孩,男孩女孩都不要。"她一句话打消了金力连续多日的狐疑和猜测,她说得那么干脆,那么肯定,也不像是假话。好像为了重申这意思,她收敛了笑容,正色道:"不能要,也不敢要。"金力虽然心安了,但他似乎仍不明白:"那么……"

"你别紧张,金力。"凌真在床上坐起来,双腿盘在一起,伸出手来在金力疑虑重重的脸上轻柔地抹了一把,似在安慰他,又像是看穿了他的心思:"每次我都避了孕的。跟你说,虽然跟我那男人没有和你这么欢,可我们有孩子,我生育过。我也不能和你有孩子。"她这一说,金力是彻底放心了。只是,那她为啥要郑重其事地让他读这本书呢?和她交往至今,她第一次主动跟金力提起丈夫,这男人究竟是干啥职业的呢?都如此亲密了,金力觉得,今天可能有机会听听她讲一下自己,讲一下她的那个有点神秘的丈夫。

金力随着她坐了起来,她随手抓过床上一只四四方方的绣花靠垫,垫在他的身后,让他倚坐得更为舒适。

金力刚坐得合适,她转个身,亲昵地往他肩头上一靠,说:

"我问你,对诗人和那俄侨女人在旅途中的秘密恋情,对他们爱情的结晶那个女儿,你怎么看?"

"风流艳事呗,很多的。过去在外国人中间多,现在嘛,国内也多起来了。就像……像我们俩这会儿……"

凌真把金力的手拉过来,无意识地数着他的一个一个指头,扑哧笑了一声说:

"我们可不是名人,也不像他们俩,一个在俄国,是苏维埃社会主义国家,一个是美国俄侨。当时,他们这种关系,可以说是大逆不道,很危险的。"

"是的。"

"你恨他们吗?"

"不恨啊!为什么要恨他们?"

"嫌弃他们吗?"

金力使劲摇头:"干吗要嫌弃他们?都是七八十年前的事了。"

"历史,风流艳事也成为历史的一部分了。"凌真的双眼睁得大大的,摩挲着金力的手背,深思般说,"后人都会冷静地看待这类事儿。1991年,作为女儿的帕特里夏去往莫斯科新圣母公墓,为亲生父亲扫墓,把母亲的骨灰和诗人父亲葬在一起,还说,他们生前一起度过了幸福的三个月。死后,让他们永远相守。俄罗斯国家博物馆中,幼小的女儿在法国海滨城市尼斯送给诗人的派克钢笔,仍保存在那里,成为他们当年浪漫恋情的信物。"

"中国的博物馆,不会存放这种东西吧?"

"前人、古人的,也会存放的。"凌真的手指在金力的手背上无目的地画着圈,"中国现在也开放了。不过当年,无论是马雅可夫斯基,还是作为俄侨的女子伊丽莎白,都不可能言及这段恋情。"

"那是当然,书上不是写了嘛!为安全计,伊丽莎白几年之后嫁人了。"金力说。

有小鸟的叽喳啁啾声传进卧室中来。金力受惊抬起头来,卧室的窗帘没拉上,窗户外的一片树枝绿荫中,一声长一声短的蝉鸣,伴随着小鸟的轻鸣传进屋来。

凌真感觉到了金力的惊骇,安抚般双手托抚着金力的巴掌说:

"窗户外的树荫密,另一幢别墅还远着呢,没人看见。"她抿了一下嘴说,"我让你读这本书,是想告诉你,我们俩的这份情,不但不能像书上写的,有秘密恋情的结晶,还必须处于秘密状态,永远、永远。"

金力缓缓地点头:"这是当然,我也有妻子、女儿。"

凌真竖起了一根食指,脸转向金力,眼皮一闪一亮地说:

"只有你知我知,不能给任何第三个人晓得,哪怕是察觉一丁点儿。"

"这是一定的。"金力答应。于玲芬同样叮咛过他。凌真带点愤然的语气说:"我最厌恶有的男人得了便宜还四处炫耀,四处去吹,我玩过什么什么女人,我和谁谁谁睡过觉。这种人,没一个是有好下场的。"

金力看她说得如此顶真,坦然地望着她道:"你放心,我不是那种人。我去过你住的地方,知道你是什么身份的人物。"

"我是什么身份啊!你别看我住那种地方,我也不是你想象的那种富婆。"凌真在金力的手背上拍了两下,主动给他讲了起来,讲起了她的身世,讲起了她的人生。

金力坐在她身旁,背倚着大靠枕,凝神屏息地听着她讲述。

金力万万没想到,在他心目中、在他想象里高入云端、遥不可及的凌真的人生,是这样子的。

凌真说她父亲是个宗教人士,不是著名的宗教界人士,只是上海城乡接合部一个小教堂的主教。要命的是她父亲还是个虔诚的教徒,不和主教会多来往的教徒,一心信奉上帝,只相信《圣经》。到了"文化大革命"中,这样一个人不受整反而成怪事了。批倒、批臭还被踏上千百只脚踩是她父母在十年中的唯一待遇。凌真就出生在这个倒霉透顶的岁月中,自小受尽了屈辱、欺负、冷眼、讥诮、嘲弄。就这样,父母亲还给她起了个凌真的名字,要她真心面对社会,真诚对待每一个男女老幼,真切地关心和她同时代的伙伴。幸好"文革"结束了,她得以作为一个正常的姑娘读完了小学、中学和大学。今天凌真得以养尊处优,过上荣华富贵的生活,都是她男人供给的。她男人有很多钱,追求她时就出手不凡。大学毕业她应聘在一家杂志社,满以为专业对口能干上编辑、记者,组稿、约稿、编稿之余还能写写诗、写一点散文。哪知道全不是那么回事,这是一家自负盈亏的杂志,要拿上每个月的那份工资,还得完成编辑部规定的定额。凌真相貌秀丽,有一定的写作能力、判断水平,唯独干不来拉赞助、拉广告这档子事。当她去一家企业采写稿子,并提出希望对方在她供职的杂志封底打广告时,企业主一口答应的同时,和她握手道别时竟然色眯眯地拉着她的手直摸,还使出莽劲儿把她往怀里带,并且恬不知耻地道,"只要你愿意陪我出去玩,打一年的广告都没问题",吓得她使劲儿挣脱了对方的搂抱,逃走了。

她能在杂志社干得长吗?

她丈夫就是在那时候出现的,他出现的时候已经被誉为青年才俊,十大优秀人才的提名人选,他能朗诵诗,会写散文,当今上海和中国文坛上的名人、名作,他都能给出恰如其分的评价,充分肯定人家的长处,某些作品他也能讲出不是之处,一、二、三、四……还颇有见地。最让凌真佩服的是,那些人他大多认识,有的同桌吃过饭,有的在场面上见过,有的还不时联系。

是不时联系,不是经常联系,因为他不是文艺界人士,不需要和这些人经常联系。更主要的是,他能为凌真解决实实在在的困难。"定额完不成吗?我来想想办法。"他不大包大揽,也不拍胸脯打包票,只说想想办法。

隔不了几天,他的电话来了,让凌真去采访,写一篇小稿子,什么时候登都可以,人家愿意赞助她们杂志一点费用,她按他们的要求把广告发票开过去就好了。

凌真如释重负地舒了一口气,这最为艰难的事情他给解决了。

她对他心存感激。

一次、两次、三次,只要凌真有了难处,他都给她解决得妥妥帖帖。这样一个人,逢年过节了,碰到凌真的生日,他送她点无伤大雅的小礼物,她能不接受吗?

他约她去看一场戏,去海伦宾馆、和平饭店吃个饭,过个圣诞,她能婉辞吗?她自然而然地成了他的女朋友,顺理成章地成了他的恋人。用上海通常的、世俗的挑选男朋友的标准来衡量,他处处合格,他个子高挑,相貌端正,过早地稍显微胖,只要不发福,肚子不腆起来,胖一点更增添男子风度。他是一家公司的经理,不是董事长,不是总经理,就是经理,收入不菲,只要听见他的公司在陆家嘴那幢大厦的 19 层办公,就能猜出他的身价。凌真嫁给他以后才知道,运筹起资金来,几百万、几千万只是小数目,从他的只言片语中,几亿、十几亿的单子,也是时能听见的。要不他怎么可能住进那幢签约保密的大楼2301号房?

直到嫁给他之后,凌真才知道,他是结过婚的。不过他不是重婚,明媒正娶凌真时,他已办妥了一切离婚手续,一刀切断了和他前妻、他儿子的所有关系。

凌真还有什么话说呢?和他举办婚礼时,她也不知道他是第二次步入婚姻的殿堂。每每想到这,她都如同吞食了一只苍蝇般懊恼后悔,但他已是她的丈夫,给她提供了多少女人梦寐以求的生活,她还能说什么呢?

她辞去了工作,这工作还有任何意义吗?

"我们太太圈里的所有人,都和我差不多,靠着男人,过着吃、喝、穿、玩、游都不用费心的生活,可也无所事事啊!"凌真把脸贴在金力裸露的肩上,眨动着双眼皮说,"都有几分姿色,都极尽所有的手段化妆打扮,保持身段的苗条,维护着容颜的年轻漂亮,为的是拴住男人的心。所以,我们这些人,认识了于玲芬于董之后,都从心底里佩服她,当面和背后,我们都说于玲芬是能干的女强人,我们都不及她。哪里知道啊,独此一个,落到了今天这个下场。"

金力像在听一个云里雾里的故事,故事里的人仿佛离他十分遥远,可又真真切切地就和他贴得那么近地同躺在一张床上。这故事里没有谋杀,没有惊险悬疑,没有格斗,可在他听来,却觉得惊心动魄,亦真亦幻,心扑通扑通跳得那么剧烈。凌真的男人叫啥名字,他具体究竟是干什么的,他开的是什么公司,凌真不说,他也习惯地不问。这是他和于玲芬亲密交往中已经养成的习惯和秉性。问了又有什么用呢?他不会去找人家办任何事情。

"你怎么不说话?"沉默了片刻,凌真的手抚摸着他的下巴,轻声问。

"哦,"他匆忙地答复道,"我在想……"

她的笑声听起来特别和善:"想啥?嗯,想什么?"

他望着她,神情有些茫然。

她一定看他模样有些傻,这模样把她吓着了,她有些惊讶地问:

"你怎么啦?"

他笑了,为了宽慰她而笑,紧急关头,关键时刻,他的反应总是比常人慢一拍,他看出她害怕了,以为他神经不正常,他用微笑告诉她自己没事儿,他想得可多了。从她给他讲的话里,他一点也听不出她的生活有什么幸福和欢乐,她一点也不觉得嫁了那么个男人有什么可炫耀之处。换了别的女人,嫁给了这么一个家财万贯、无所不能的男人,不知该得意成一个什么样子了,成天会"我老公、我老公"地挂在嘴上,生怕人家忘了她是个贵妇人。而她呢,不仅不是这样,说起和老公有关的事儿,说起她自个儿的现状,好像还有点儿不舒畅似的。这种想法,他能给她说吗?当然不能,可她这会儿两眼睁大地盯着他,就想知道他在想什么,他只能临时凑一句说:

"想,我在想,你……你嫁得那么好,生活得那样美满,怎么会想到要来关照我这样一个无名小卒,一个、一个保安出身的……"

金力觉得这几句话讲得特别费劲。他舔着嘴唇,说不下去了。他看见凌真的脸色变了。

就像一道光在她脸上掠过,她的脸上明亮了一瞬间随即暗淡下去,遂而现出忖度之色。她显然听明白了他的意思,她把目光从他脸上移开,抿紧了嘴不说话。

这下引得金力不安了,他的心剧烈地跳动起来,自忖着是不是把话说错了?卧室里静谧安宁。金力四肢有些僵直地倚躺着,感觉身子很不自然。他环顾着这间宽敞气派的卧室,墙壁、窗框、护墙装饰板、门套、吸顶灯,都配备得分外考究。窗户外蝉声一片,争相鸣唱着。

凌真的身子动了一下,像下定了决心似的说:"我还是跟你说吧!"

金力把脸转过来。

凌真更紧地往他身边挨了挨,伸出手去,在床头柜上摸了两下,拿起了她的手机,轻轻点了几下,举到了金力面前说:

"你看吧!"

手机屏上显示的是一张清晰的彩色照片,金力定睛望去,不由得惊惧地瞪大了眼睛。

十二

照片上是八九个身着比基尼泳装的女子,簇拥着一位身披浴袍的中年男子,有的姑娘把手搭在他肩上,有的人从身后拦腰抱住他,让在侧边的一位身材高挑的女子,把脸凑到男子的脸颊前,噘起了猩红的双唇,背后还有一位从人缝中挤出脸来,贴着男人的脸。所有衣着暴露的性感女郎,都目不转睛地盯在男子的脸上,几近赤裸的身子在大白天里闪闪发光。

面对这一群身材苗条挺拔的窈窕淑女,中年男子左手搭一个,右手搂一个,略显丰腴的脸庞上露出享受和满足的微笑。活脱脱一张灿烂阳光下的艳照。

照片背景建筑让人猜测是豪华宾馆的水上休憩地。

金力顺着秩序一个一个看过来,照片上的如云佳丽和那男子,他一个也不认识。不过,他忖度着这位男子的身份,心中怦然一动。

凌真的手指点了点小小的屏面,头一歪道:"这下你明白了吧?"

金力摇头:"不认识。"

"还不明白,他就是我男人!"

果然,金力心头的猜疑证实了,不过他还是不明白:

"这是他发给你的?"

"哪里!这还不是太太圈里的一位密友,到香港去恰好撞见了,"凌真轻描淡写地说,"站在二楼的露台上,随手拍下来,传给我的。她们总说我,不要当淑女,不要循规蹈矩,该玩玩,该耍耍,该乐乐,千万不要痴心一片对待男人,他们只是在面上装出冠冕堂皇的样子,背着你,早找上红颜知己乐着呢。有什么卿卿我我、一往情深啊,有什么忠贞不贰、钟情浪漫?没见就连在上海大宾馆的酒桌上觥筹交错之间都会演出暧昧的戏文嘛!"

"看到这张照片,你信了?"

"哪里!金力,你真是个乡巴佬,"凌真干笑了一声,"岂止是这一张照片啊!我听说的,风闻的,类似还有更多不堪入目的照片,是不能放手机里的。这只是前几天人家发给我的一张,你问了,我才让你看一眼。"

金力听得出,凌真表面上虽然表现得平静如水,语调里透出的,却是咬牙切齿的恼恨之意。于玲芬是因为知道了肖宏勋和她亲妹妹之间的丑事,对她曾经奉为神圣的爱情绝望了,才找上了金力寻找慰藉的。那么,眼前的凌真,不用说也是看见了自己丈夫花天酒地、醉生梦死的一面,对爱、对家庭绝望了,才蓄意和他金力好上的。

金力小心试探地问:"他……你男人,回来吗?"

"哪里回来啊,总说忙,总说要开拓新的领域。"凌真皱着眉道,"突然难得地到家里几天,从不挨我的身子。你想他天天有那么多风骚年轻的女人投怀送抱,心里还会有我吗?到了家不是打不完的电话,就是赶来赶去地应酬。"

"他做的是啥生意呢?"

一句话提醒了凌真,她一扭肩膀,在金力肩上轻轻拍了一下,金力一把抓住了她的手,她并不挣脱抽回来,只是拧着秀气的长眉对他道:

"金力,你最好不知道,以后也不要再提这个话题,明白吗?"

金力的嘴巴动了动,没发出声来,只是凝神瞅着她。他想问为什么,看见凌真的目光严肃,没发出声音来。可这是他最想知道的,和于玲芬亲密成这个样子,最终她究竟干了些啥,犯了什么罪,他都蒙在鼓里,讲不清楚,完全如同一个普通保安。上周在和凌真相好起来之后,他就在心里说,这一次非得要把她搞个清清楚楚,弄弄明白,她是怎么个人,她嫁的是个什么大人物,为啥会有这么多的钱。没想到,凌真不要他问,还说他最好不晓得。这更激起了他的好奇心。

凌真把手从金力的手掌中抽了回去,似能洞悉他心思般,说:

"你妈给我打过电话。"

"呵,是吗?"金力知道这事。

凌真浅浅地一笑:"其实这事你直接给我说也可以,我原来以为,你们既然能去探望于玲芬,隔开一段时间,也能再去看她一次的。"

"不行。"金力无可奈何地摇头。

"你妈解释了,我就明白了,也完全理解。"凌真说,"不过接了你妈电话,我还是高兴。"

"不是没给你捎上话嘛!"金力说,"怎么还高兴呢?"

"说明你把我托的事儿放在心上。"凌真瞥了金力一眼道,"于玲芬出了这么大事儿,你作为董事长办公室门口的保安,人家找过你麻烦吗?"

"没有。"金力不解地回望了她一眼,这话他好像对她说过。

"你知道为什么吗?"

金力疑惑地瞪着她。

凌真用食指朝他点了点,又晃了晃,笑着道:

"就是你真的啥也不知道,你只是个保安,哪怕天天在董事长门口值班,于玲芬啥都不给你讲。所以你到今天啥事儿都没有,我们俩也才可能相好。懂了吗?"

嗬,原来她还是在解释为什么不要他问她男人的事啊。她是在为他着想,还是在为男人保密?金力似乎明白了。不过,新的疑问又出来了,她如此大费口舌地说给他听,难道、难道她的男人,那个泡在女人堆里、她至今连名字都不向他吐露的男人干的也是像于玲芬一样的勾当?不是说他赚的钱莫佬佬①,是个投资公司大经理,叱咤风云的人物吗?

金力的心不安分地怦怦跳了起来。他的眼睛里闪射出思索的、疑虑重

---

① 莫佬佬:沪语,多得数不清、堆积如山之意。

重的光。

凌真笑了笑,那笑容仍然十分秀气,可金力却看出她的笑容里有几分无奈:

"你会懂的,金力,慢慢会懂的。同在这片松露小区的22号别墅,不是已经易主了嘛!你别看41号别墅装修得这么漂亮,对于我们俩来说,这儿不是个安全的地方……"

金力惊慌地瞪起自己的双眼。

凌真笑出声来了,她安慰般隔着薄薄的空调被拍了拍他的膝盖:

"我不是说今天,今天是绝对安全的。"

"你是说……"

"我是说从长远来讲,我们俩之间还是在宛平路卫飞燕的905室最为安全。"

"这儿的别墅不是你的吗?"

"不,是他的。"

"你男人?"

"对,我们结婚之前他就买下了,业主自然就是他,据说现在增值不少。"凌真道,"他回上海来,从来不事先给我打招呼,说来就来了。有时候带上个女人,直接就上这儿来。你别紧张,这会儿不可能那么巧。"

金力仍觉不安,他环顾着卧室,眼睛盯着能看见树荫的窗户:"你不是讲,他会突然袭击,说来就来吗?"

"你呀!"凌真嗔声道,"胆子真的小,于玲芬说你规规矩矩,她说一你不会说二,一点都没错。告诉你吧,前两天他来过电话,说上海太热,恰好昆明那里有矿山,他飞那儿考察游玩去了,顺便还要去玩个叫普者黑的新景点。"

说着,她又朝金力靠过来,假依在他的怀里。

金力觉得她小鸟依人一般,不由得环搂着她,在她额头上投下一个吻。和于玲芬相好时,她虽然也同他亲热,可她总习惯于颐指气使,吩咐他做这个和那个,指点他抚摸她身上的哪一个部位,亲吻得激烈一些还是轻柔点儿。久而久之,他逐渐地从顺从中寻找到了乐趣。与兰兰行夫妻的云雨之欢时,兰兰又一切都听从他的摆布,他想她怎么样她就怎么样,而且每一回都觉得满意和快活,她很少有主动的示意和热烈的表示,只在他转过身闭上眼睛时,才从一边挨紧他贴近他。凌真和她俩都不同,她有热情、毫不掩饰她的情欲,从她的身上散发出芳香的气味和甜美的体味,几乎使得金力沉醉。和他做爱时她放得开,会做出一个又一个令他惊喜的动作。她温柔而又体贴,双手轻柔地和风般抚摸他时,总能令他感到心荡神驰。她的妙不可言和不同寻常之处,远不止于此。每当他进入她的身体时,他的全身就会涌起一股激情,这使得他愈加有力和热烈,她让他觉得轻柔和紧凑,她会发出欢乐急切的轻吟低咏,她的身体里会散发诱他深入的气息,让他迸发出浑身的热量和雄壮的气势。而最美妙的时刻是她的颤抖和承受之后露出的喜悦,她的双手要他更紧地贴住她、压着她,她的体态和喘息向他发出需要爱、渴求欢悦的强烈信息,她会笑眯眯地给他耳畔送来一句:

"塞得满满的……"

这一句耳语令他由衷地升起股豪情,觉得自己更剧烈地沸腾起来,蓄聚在体内的力量似在奔涌和燃烧,更显雄赳赳的气势。

他看到她的头在晃,脸颊、额头上浮出晶亮的光,额颅边沁出汗珠,双眼皮的眸子钻石样闪亮,似乎要射穿他的眼睛。她灼热的呼吸毫无顾忌地朝他拂来,他贪婪地吮吸着。陡地,他看到她的两边眼角沁出泪来,透明的、晶晶亮的泪珠,沁出了一颗,接着又一颗,他着慌了,忍不住悄声地问:

"你怎么啦?痛吗?"

"哦不,"她喘息得很凶,像疾跑以后一般,"是、是兴奋的泪,幸福的泪,极……极乐的泪……"

金力涌起一股浓浓的爱意,不由自主张开嘴,主动地热切地去吻她。

两个人的嘴裹吻在一起。

两个人的躯体粘在一起。

涌动的热流以一股排山倒海般凶猛的势头冲去。金力在竭尽全身之力感受着她的勃动。

凌真在他身下哼唱般叫出声来:"嗨,金力,我要昏过去了。"

金力只觉得自己躺在了一片稀湿潮润的沼泽里,远处的一片水潭映着湛蓝的天空,空中飘浮着朵朵白云……

当激奋的身体趋于平静,金力仍然感觉到自己的心不平静地怦怦跳着,脸颊上一片热潮。他太投入了。

凌真轻柔娇嫩的巴掌爱意绵绵地抚摸着他的脸,在他身边道:

"我从没像今天这样享受。"

金力眨眨眼,目光定定地望着她。凌真把他的手移到自己胸前,按在她的乳房上,说:

"你摸摸。"

她的双手拢起自己的一对乳房,不无骄傲地晃了晃,她嗯了一声,向金力推过来。

金力把脸凑上去,亲着她的乳头。她在金力的发丛里爱抚地摩挲了几下,金力仰起脸来,露出微笑:

"真香。"

凌真双手伸过来,拥抱着金力躺得更舒服些,说:

"跟你讲,那天从宛平南路905室回到家,我睡得特别香,晚饭后躺下去,一觉睡到大天亮。从来没睡得这么踏实,这么舒心满意。"

"休息好了,体力上恢复得快。"金力应付着她的话头,"精神也更好。"

"你不知道,我失眠,"她觉得金力没理解自己的话,"我总是睡不好,半夜醒过来,杂七杂八的念头很多,东想西想,越想越睡不着,越睡不着越想,胡乱地猜忌、愤怒、失落,被甩在一边的绝望,莫名的恐惧、伤心。唉,旁人以为我过的是锦衣玉食的生活,其实哪知道,我这活脱脱是被关在金丝鸟笼里的麻雀,饱食终日地守着活寡啊!"

金力睁大双眼盯住她,他开始理解她的心境了。

"和你好起来,我感觉到了释放,仿佛精神找到了出路,有一种幸福感,虽然是短暂的。"凌真说得很快,有点前言不搭后语,金力听得认真起来,尽力要去理解她话里的意思。她关切地问:"你呢?和我在一起感觉好吗?"

"好。"

"怎么个好法,告诉我。"

"我说不上来,"她问得这么急促,他只能老实答复,"就觉得确实好。"

"那我问你,和你的兰兰相比,你感觉到别样的快活吗?"

"是的。"她使他找到了话头,"和兰兰要简单些,和你的感觉,要丰富多了,全身从头到脚都有种飘飘然浮起来的快乐。"

其实,岂止和兰兰比是这样,就是和每次都放得很开、尽兴纵欲的于玲芬比,金力都觉得更欢快些。只不过他不能说。

凌真的双手扒着金力的肩膀,放慢了语速道:

"我们俩都感到美好,觉得满意,又很舒服和愉悦,那我们就应该珍惜,对吗?"

"对的。"

"也就是说,金力,我和你都愿意这样相爱下去?"

金力的心动了一下:"愿意。"他承认自己同样爱凌真,只不过这样的爱和对兰兰、对金琳的爱不一样。话说到这个地步,他听出来了,凌真是有话要叮嘱。

沉默了一会儿,凌真的手在金力肩上来来回回地摸了两把,说:

"我们的这种关系,必须保密。保密到一般人都看不出来的地步。你明白吗?"

"我懂。"金力同样愿意保密,他这会儿完全明白了,凌真绕了一个圈子,说这么一番话,就是想要让他谨慎小心,千万不能让旁人觉察到他们之间的情人关系。

他记得上周在宛平路卫飞燕的那套房子里,她已经讲过类似的话。说明她把这一点,视为维持两人之间感情至关重要的前提。这和于玲芬说过的话一样。

此起彼伏的蝉声好像永远不会停歇下来似的鸣唱着,一样的节奏,一样的旋律,持续着单调的频率,乏味而又枯燥。

金力感觉凌真像是完成了预想中的计划需要歇息一般,微翕着眼想要入睡,整个身子都放松下来。

"嘭、嘭、嘭!"别墅的房门被敲得咚咚响,金力的神经瞬间抽紧了,他的双手不由得扶住床垫,想要支身坐起来。刚才还在说保密,这会儿竟然有人找上门来了!怎么办?

凌真的手有力地按住金力的身子,低沉有力地道:

"你别动,我去看看。"

敲门的余响还未消失,门铃又随之响了起来,肯定是许久未使用了,铃声有点嘶哑。

凌真的脸探出床头,朝着楼梯口方向,朗声问道:

"是谁啊?稍等一下,我马上来开门。"

金力从认识她以来,还没听她如此大声地讲过话。声音震得41号别墅楼上楼下都有回响。

"小区保安,"门上又轻敲了两下,"41号别墅有人吗?请开门。"

凌真以同她的年龄不相称的敏捷动作下了床,几步冲到卧室的壁橱门前,一边开门一边答话:

"来了来了!我下楼来了。"

凌真从壁橱里抽出一件丝绸睡裙,利索地穿上身,转脸朝坐到床沿的金力做了个不用紧张的手势,嘴巴无声地张了张,三步并作两步趿着拖鞋往楼梯口走去。

金力的心怦怦跳着,找到自己的短裤和短袖衬衣,麻利地穿上,双手颤抖地扣着纽扣。

凌真的脚步声下到了客厅,转到门口,重重地一开房门,没好气地问:"什么人啊,把门敲这么响,地动山摇似的。"

"太太,对不起,打扰你休息了。我是松露别墅小区的保安,我是来送几把进出小区门禁钥匙的。你们41号不常有人,今天听人说来人了,我连忙给你们送来。"保安带着歉意的声音传进金力耳里,金力这才安下心来。他扣好衬衣扣子,轻手轻脚地走到楼梯口,侧耳细听着。保安的声音更清晰地传上来:"松露别墅换门禁钥匙了,41号总是没人来领,我们头让大家留神着,主动把钥匙送到每户业主手中。嘿嘿,你签个字,我这就完成任务了。"

凌真道了谢,保安客气地告辞,金力听到门砰地关上了,轻轻地吁了一口气。

凌真的脚步慢腾腾地往上走来,金力这下真正放了心。

这一插曲把他唤回到了现实生活之中。松露别墅很少见到人影,进出一幢幢建筑风格独特、式样迥异的别墅里的男女,很少在静谧安宁的小区里散步。他们大多依靠小车进出,相邻的别墅业主几乎碰不到,偶尔远远地见到庭院或门口有人,互相之间也有意无意地回避着。

就连保安巡逻,听说采取的也是不干扰业主们的"无人巡视"方式。

但这里并非世外桃源。

保安的突然造访虽然只是一场虚惊,却也影响了金力和凌真浓情蜜意的亲热。尤其是金力,顿感浓烈的兴致减弱了。

"你坐我的车走,"凌真原想整点吃的,简单吃完午饭休息一阵再离去,金力说他不饿,不如回去自己解决吧,省得再把碗啊、盘子、筷子摊开来。凌真觉得也行,于是两人清洗了床单,稍作整理,换上衣服,凌真小声提议道:"我带了车来,让司机先回去了。出去你就坐我的车,我把你送到地铁站。"

"谢谢!"金力心里说,这样就方便多了。

站在地铁莘庄站附近的水清路沪闵路口,望着凌真驾驶的奔驰车往市区方向驰去,金力顿时强烈地感到他与凌真之间的差别之大、地位之悬殊、距离之遥远。

盛夏的烘热瞬间使他觉得有些眩晕,正午的太阳热辣辣地晒在马路上,他的身上一会儿就有了股汗津津的腻味感。好热好热啊!

而凌真呢,奔驰车厢里是体感舒适的22℃,凉爽惬意,悠然自得,边驾车边欣赏着舒缓的《小夜曲》。她轻松自在地把奔驰一直开到那幢有点儿神秘的公寓地下停车场——号称世界名车博览会的停车场。

而他呢,还得在高温时节的大太阳底下,搭公交坐上两站,下车后步行一段路,才能回到自家的小窝。上午离开家时,他对兰兰说,要在别墅里待到下午回来,所以他还不能回家去吃午饭,得在莘庄地铁站南广场的小饮食店中对付一顿午饭,多坐上一阵,慢腾腾拖到下午回家。

在一家小饮食店点了碗冷面,就着番茄蛋皮汤细嚼慢咽磨时间的时候,金力的眼前清晰地掠过凌真的形象,回到家里的她,一定是吃完了保姆给她准备的午饭,在床上舒舒服服地睡午觉了。刚才驾车出小区时,她已经给保姆打了电话,说要回去吃饭。

天太热,小店里的食客不多,店堂里的空调使劲地在发功,声音嘈杂喧响,坐着吃面条让人心烦意乱。

金力决定吃完了以后沿着树荫磨磨蹭蹭地步行回家,兰兰和金琳问起来,他就找个说辞搪塞过去。金琳放暑假了,幼儿园不办暑托班,当爸爸的早点回去陪陪她,母女俩没啥话。

金力居住的小区里同样是蝉声一片,这蝉声和高档别墅鳞次栉比的松露小区没啥两样。金力掏出钥匙,开门进屋的时候,金琳没像他以往回家时那样迎出来,亲热地喊他。

两室一厅的屋里静悄悄的,兰兰一定是上班去了,他一张望,只见女儿金琳睡在凉席上,身旁有一摊汗水渍痕。家里没开空调,连电扇都没打开,

上海·恋　　217

一定是兰兰怕把金琳吹感冒了。

金力退到客厅里，在宛平南路卫飞燕的家里待过，去过松露别墅41号，金力家的一切就显得简陋、零乱、将就了。但他很珍惜这个家，珍惜于玲芬介绍嫁给他的安徽石台女子兰兰，更珍惜他和兰兰的女儿金琳。都说金力的相貌没啥出众之处，没从年轻时美得引人眼热的母亲乔琳朗那儿遗传到啥，金琳越长越酷似外婆的样貌。也许，这就是隔代遗传吧。

从这一意义上来说，金力从心底里赞同凌真的说法，更愿意照着她叮嘱的话办，处处都得留心，尽可能别露出破绽来，别让人看出蹊跷，看出他和凌真之间非同一般的关系。他愿意规规矩矩、老老实实地扮演一个保洁护工的角色，让他和凌真的关系永远处于保密状态，就像那些年里和于玲芬一样。

金力倒了一杯凉开水，一饮而尽。小店里的凉面酱油放多了，有点咸；而蛋皮汤里，又放多了味精，上口时觉得鲜，吃完了喉咙发干。

金琳躺在他和兰兰的双人床上，金力便走进孩子睡的小房间，在金琳的单人床上躺下，他有些疲倦了。毕竟，他在松露别墅和凌真寻欢作乐，累了。他心安下来，想好好歇息。

躺在金琳的床上，枕着女儿的枕头，金力打开手机，浏览着手机屏幕上的信息，妈妈半个小时前发给他一条短信，读得他惊心动魄，瞪直了眼睛，半天没回过神来：

金力：玲芬死了！方便时和妈通个话。

金力的心作怪般突、突、突地跳荡起来，他试图抑制自己情绪的波动，却怎么也做不到。

大半年前去监狱医院探视她时，她还是鲜灵活泼的一个人。尽管外表看上去比妈妈老得多，但她的言谈举止，她的音容笑貌，她的精、气、神，还是个正常人啊！即便因为跳楼逃跑，跌断了脊椎骨，躺倒在床，无法行走，但她既然能爬窗跃下三层楼,说明她身体是很健康的呀!

怎么说走就走了呢?说没就没了呢?

汗水顺着金力的额头淌下来,脖颈里、身上全沁出了汗。不知是咸味的汗水进了眼眶,还是金力内心情不能抑的悲伤,他的眼泪流出来了,伴着汗水一起淌得满脸。顷刻工夫便双眼模糊一片,看不清了。他哭了,他是真的伤心。这是真的吗?妈妈是亲眼看到于玲芬离开了人世,还是从监狱医院或牢房里传出来的谣言?

围绕在她身上的流言蜚语、谣言,可是太多太多了呀!

金力不愿相信妈妈听来的消息是真的,是确切的事实。

于玲芬和他金力之间的关系,可是太密切太休戚相关了。

他的工作,他的收入,他今天的妻子兰兰,以及他认识的今天的情人凌真,都是由于于玲芬的关系。

她不能说没就没了啊!

可妈怎么会对他信口传谣呢?妈妈也是一把年纪的人了呀!金力强烈地感觉到于玲芬的体味和气息笼罩了他,他愣怔了片刻,怕给妈妈打电话吵醒了金琳,支身而起,离开房间来到走廊里,给妈妈拨去电话。

妈妈一接电话就问:"金力,你听说了吗?"

"没有。"金力极力保持语气的平静,问,"真的吗?"

"真的,狱方通知了玲芬姨妈,玲芬的父母去世了,兄弟姐妹包括肖宏勋在坐牢,她姨妈去监狱,代表家属签字确认,后事都办完了。"妈的语气有些失落,对金力道,"起先听到知青姐妹们传,我也不信。有一天我找到嘉善路玲芬的姨妈家,玲芬发达时也帮助过姨妈家几个表姐妹,像她曾经帮助过我家一样。我向她姨妈确认了,是肝病暴亡。你想,金力,玲芬如此性格刚烈直爽的人,怎么受得了二十四小时白天黑夜躺在病床上腰椎断裂、疼痛难忍的折磨?听说她老是用双手捶击床板、乱叫乱喊,既不好好吃药配合治疗,又不好好吃饭,肝病急剧恶化,临死之前那样子惨得人都不忍看。唉,她姨妈跟我说时,都抹眼泪了。"

妈在电话中虽然说得简洁,金力的眼前却随着妈妈的叙述,幻化出一幅一幅画面,那么真切,那么活灵活现。于玲芬于董这个女人,和金力的关系,只有他自个儿去感受、梳理、体味和承受了。

"金力、金力。"久久没听金力发声,妈急了。"哎。"金力勉强应了一声,"妈,我在听。"

"人生一世,草木一秋,这话是你亲爸金航触电身亡之后,老乡安慰我时说的。"妈在电话里以悲叹的语气道,"妈这一辈子,经历得多了。妈把消息告诉你,也是因为你在玲芬公司干过活,不管她后来犯多大事儿,她待你不薄,你应该记住她的好。人走了,也是流水落花、无奈的事,你也不要多想了!"

妈哪里知道,儿子金力和于玲芬之间,那更深更密切更亲的一层关系啊。

于玲芬之死,对于社会来说,不过是一个社会新闻,引发一阵议论而已。

于玲芬之死,对于纷纷扰扰、信息量充足得只嫌太多的上海滩来说,只是人们茶余饭后的一个谈资。

于玲芬之死,对于和她同时代的曾经上山下乡的百万知识青年一代来说,最多也是感慨不尽地发几句不负责任的牢骚怪话而已。

可对于金力来说,却有着非同一般的震撼和惊骇。他愕然,他剜心割肉般地痛惜,他有难言的无奈和无助。

这是爱吗?还是……他答复不上来。他只是一个一无所有的上海市民,一个淹没在茫茫人海中毫不起眼的普通男子,一个小保安。

他有一股想要大喊大叫的冲动,他有一种非得发泄一番的欲望,可他在自家居住的楼道上,什么都不能做,啥都不能表示,他只能用自己的一颗心去忍受,默默地承受。

小区里仍然静寂一片。午后时光,大多数人都上班去了,家中的老人小孩大多在午睡。酷暑的阳光明亮地闪烁着金力的眼睛。金力觉得双眼有点发黏,不由得伸手揉了揉。

妈的电话是何时挂断的,他记不起了。从楼道上望出去,他看见小区的一棵槐树遮下一大片绿荫,心头突然涌起一股欲望,想把这个消息告诉凌真。他觉得,午间和他分开的凌真一定还不晓得这个消息,她要知道了,上午在松露别墅41号里,一定会告诉他的。这个消息对她也是要紧的,她讲话时经常提到于玲芬,今天上午还讲到了于玲芬。她对于玲芬有好感,多少有几分佩服于玲芬,这是她和金力的共同点,她至少不嫌弃于玲芬,不鄙视于玲芬,她甚至觉得于玲芬比她们那一帮"太太"还强。再说,她和金力的相识,不也是缘于于玲芬嘛!

当然,金力想让凌真尽快得到这个消息,缘于他想听到她对此的感觉,缘于他想听到她的声音,缘于他们之间已经萌生的这一份难以言表却存在于双方心中的感情。

真的,类似的感情金力还不曾有过。和妻子兰兰,从认识的那天起他就清楚,他们是要结婚的。婚后他履行着一个丈夫的职责,而兰兰呢,同样忠实地履行着作为贤妻良母之责。他们之间是有小两口的那种夫妻情分的,而且金力还能感到,婚后兰兰对他的依恋和关心,比婚前愈加自觉和细微了。但也仅此而已,兰兰有一份打工的活,他和兰兰过的是昨天和今天一样、今天和明天一样的那份天天如此的普通三口之家的小日子。

至于过去和于玲芬的关系,无论是婚前和婚后,他都是被动的。被动地应她之约去松露别墅,被动地为她订好出租车。日子定在哪一天,去了之后待多久,事前他都不知道。尽管两人之间的性生活双方都是相对满意的,不无愉悦和欢乐。但金力心里清楚,他们之间再亲密,享受床第之欢时再难解难分,于玲芬再赞赏他、夸奖他,她永远都不可能属于他,她连一点点小事情都不会听从于他。相反,他却得服从她、服务于她。同样不能说他们之间没有感情,但这感情是有悖于伦理的,是处于地下状态的,是他完全无力把控的。

现在不知不觉和凌真萌生的这份感情,虽然和于玲芬之间的感情有相似的地方,可金力的内心感受不一样。他觉得其中更带爱的浓情成分,凌真比于玲芬年轻得多,从她自述的出生和家庭,金力虽然不便问她的具体年龄,怕触犯大忌,但他知道她出生在"文化大革命"初期,那么和出生于20世纪70年代、妈妈和金航插队落户结婚之后生下的金力,年龄上差不了几岁。估摸得出她比金力大也大不到几岁。凌真温柔体贴,善解人意,更显女人的秀雅,更有吸引金力的女人味。他们之间相好的过程,虽有凌真处心积虑的安排成分,似显突兀,但其间不无情感的交流和渲染。凌真对他的关切、关照、关爱和细心,金力是感受得到的。而金力呢,一开始也曾像对待于玲芬那样,成为她的驯服对象,服从她、尊崇她、服务于她完事。他最该做好的,应该是本分地一心一意对待兰兰和金琳。只是感情这东西,就是不服从于理智和经验,分手时金力会有恋恋不舍之感,分手之后金力会想她、思念她。夜深人静时还会想象她一个人居住在那幢神秘豪宅的2301室里,此时此刻正在干什么,她有没有睡着,住得这么高,俯视上海的车流、人流和远远近近如树林般的高楼大厦,会是啥感觉。

金力走到家门口时,放慢脚步,耳朵贴近门板倾听了片刻,房间里没啥动静,金琳一定还在熟睡中呢!

离开自家的402室,金力下楼来到槐树绿荫里,给凌真拨去了电话。

铃声响了三下,她接了:"喂。"

金力一听就是她的声音,睡意蒙眬的,她肯定是在午睡。声音里有几分警觉,停顿片刻,她又问:

"是谁?"

"是我,凌真。"金力放低了声音,眼睛向周围扫视了一遍,"我有事儿告诉你。"

"说吧。"她说话简单极了,一点不像和他亲昵时有股可人的亲近感。

"听我妈说,于玲芬死了。我……"

不等金力把话说完,她打断了他的话:"这样吧,一会儿我打给你。现在不说了,半个小时之后,我打给你。你在哪儿?"

"在自家小区里……"

"那好……"

她话没说完,就把电话掐断了。

怎么会是这样?一阵一阵疑云升上来,电话那头的凌真,像换了一个人,冷漠、高傲,还有些不耐烦、不客气,和金力跟她相识以来,完全不一样了。他没坏心啊,他只是想把从妈妈那儿得到的消息在第一时间告诉她,听听她的想法,她不是对于玲芬也有好感嘛!回到豪宅中,难道脾气也变回贵妇人了?

金力满腹的疑惑、不解,还有点儿不悦。初相识时,她每次都对他很客气呀!怎么亲热到了目前这种程度,她反而摆起了架子?怪了,要不是她说了半小时之后打电话来,金力的内心深处,还要翻江倒海,想不通了。

既然她说了半小时之后,可能她这会儿真的不方便。不是在午睡,而是在会客,谈要紧的事儿,或是……

一个一个猜测浮上金力心头,直到这时候,金力才猛醒过来,他虽然和凌真亲热到这个程度,他对她的了解还是不多的,她虽说跟他讲了家庭,讲了她的经历,但那最多只能像填写冷冰冰的表格一样,是简历啊!她具体的生活形态,她交往的那个所谓的"太太圈",除了于玲芬,还有哪些人,他是一概不晓得的。她接待那些朋友,这些人是男是女,经常干些啥,有些什么娱乐,他更是一无所知。她和人谈些啥,有些什么个人的嗜好与雅趣?她追求的不是雅致的,所谓有尊严、有档次、有品位的生活吗?

这种生活到底是个啥样子?

金力脑子里是一片茫然。她说了半小时之后来电话,金力决定在小区的甬道上消磨这半个钟头。他怕回家后电话铃声吵醒金琳,如若金琳醒过来了,和凌真通电话也不合适,万一她要说几句紧要的、带感情的、隐私的话呢?再说了,他还想问问,刚才她是怎么回事,为什么陡地就对他冷若冰霜起来。

金力环顾了一下四周,又抬头望了望自家402室的方向,反正兰兰早已叮嘱了金琳,午睡醒来后,如何完成幼儿园的作业,自己乖乖地在家中玩,千万不要开门擅自到小区里玩,在家玩玩跳棋、搭搭积木、看看电视,安心等待爸爸回家,到傍晚凉快一点了,爸爸会带她在小区里逛。

正是下午小区里最安静的时光,天气太热,金力避开太阳,挑拣阴凉地儿慢悠悠地走着。

即便如此,身上还是不住地冒汗。上海的盛夏时节,实在是太热了,让人难熬。更主要的是,他心中有了股莫名的烦躁,有了股等待凌真电话的焦急,他身上出汗更多了。

半小时到了,凌真没及时来电。金力的心头如同也有咸津津的汗水淌过,更急了。他一次一次低头看手机,这分分秒秒怎么走得这样慢啊!

忙着给妈打电话,离家匆忙,金力毛巾也顾不上拿,这会儿,他的额头上简直像有热气催着般,不住地冒出汗珠。他只能一次一次用手掌把痒痒的汗水挥洒在地上。

四十分钟以后,手机铃声响了。金力连忙俯前瞅一眼,小屏显示,是个陌生电话。金力迟疑了一下,还是接了。噢,他真怕接陌生电话时,凌真恰好打电话进来。

幸好他接了,是凌真的来电!

"你好,是金力吗?"她的声音又恢复了柔和温婉的语气,一点不像接刚才电话时的淡漠、孤傲。

金力舒了一口气:"是的。"

"我告诉你,我妈妈带着孩子来家了。"她解释般说,"放暑假了,孩子要到淮海路,我妈带着她逛过马路,吃了冰淇淋,就到家里来了。关于于玲芬的消息,太突然了!是真的吗?"

金力听她这么一说,情绪全缓过来了,原来她是当着妈和孩子面接的电话,她并没像他想象中,舒舒服服吃了保姆做的午饭,安安逸逸地躺在床上睡午觉,也许,正和母亲交谈,正和孩子交流,没有通话的心情呢!他对她的了解和知晓真是不多,以为她是一个人孤单、寂寞地生活在豪宅中,以

为她只是和圈里的太太们打交道。她还有孩子！这会儿顾不上深思,金力迟疑了片刻,忙说:

"是真的,我打电话给我妈核实过了。"

"那太可惜了。"凌真在电话那头说,"金力,这是我借我妈的电话给你打的……"

"你的电话没电了?"

"不是。这正是我要给你讲的,以后我会另外给你一个号码,你有事儿,打那个电话。"凌真不厌其烦地说,"别打我现在这个电话。"

"这……"金力想问为什么,却又觉得有些追问的意思,就没再问出口。

"至于原因嘛,"凌真主动说了,"我们下次见面时,我会给你讲的。懂了吗?"

"懂了。"

"那好,以后再联系吧。"凌真在那头先挂断了电话。

其实金力没有懂,他只是听懂了凌真电话中的意思。不懂的是,她为啥要求他这么做。显然她不想他打原来的那个电话,那个电话,过去不也是她主动告诉他的吗?让他记下来,让他妈妈和她联系。那时候他们之间还是生疏的、不熟悉的,她都可以把手机号码告诉他。现在,他们之间的关系已经亲成了这样,尽管地位悬殊,双方心里却完全清楚,他们是一对情人,水乳交融的情人,无话不可交流的情人。她为什么非得让他拨另外一个手机号码联系她?

那一定是有原因的。什么原因呢?凭金力眼下的猜测和想象,他很不理解。她说见面时会告诉他的,那就只有等再一次和她见面解开这个谜团了。

上海·恋　　225

十三

  等待是难熬和让人焦虑的,尤其是带着期盼、怀着渴望、希冀解开心中之谜的等待,更令人无时无刻都有一股焦灼感。

  每周去一次宛平南路的905室、每个礼拜去一趟松露别墅时,金力总是抱着能见到凌真的希望,怀着隐隐的喜悦。

  她是那么美,美得有情调和风韵,美得有尊严和风度;她是那么秀雅,秀雅得令人神往,让人想去亲近她。他们在一起时,又是如此地和谐与水乳交融,如此地满足和陶醉。

  金力的日常生活中不缺性。

  自从在松露别墅22号和于玲芬有过人生的第一次后,金力青春期的性压制就获得了释放,释放得欢快和满足。故而他没有嫌弃于玲芬的年长,没有对年龄可以当他母亲的于玲芬的讨厌。在于玲芬得到他的同时,他也同样有获得感和胜利感。婚后,他更和贾兰兰有着夫妇之间正常的、有节奏的、双方满足的性生活。兰兰对他的依恋,兰兰对小家庭的满意和精心照顾,是他们小两口幸福稳固的基础。在兰兰打工的厂里,有打工的少妇时常抱怨丈夫的种种不是,抱怨丈夫抽烟酗酒,抱怨丈夫生活不检点、与其他女人打情骂俏,抱怨丈夫收入少还要往老家寄钱,也有私底下抱怨丈夫性能力差的;有议论丈夫没有情趣的,有讲丈夫品位不高,看过电视剧都发不出评价之语,除了干活挣钱,没啥兴趣爱好的;有的干脆眼泪汪汪地悄悄说丈夫一月两月也不要她一次,在外头肯定有"花头"了……兰兰总是带着宽容和满足的心情倾听姐妹们这些叽叽喳喳、喋喋不休的私房话,时而插上一句两句安慰的话,回来还讲给金力听,并且说,和她们相比,她真是幸运的。只因为她对金力的一切都是满意和充分信赖的,她还会摩挲着金力的脸颊亲昵地说:

"和这些小姐妹比,我还贪求啥呢?你说是吗,金力?"

每当这时候,金力总对兰兰说:"别跟旁人比,过好我们的日子就行了。"

可自从和凌真好上之后,这种平静如水的心境被打破了。

金力变得有了盼望,有了渴念,有了默默的期待。

盼望着周二、周三或周四的到来,渴念着一周两次去干保洁,期待着能在宛平南路或者松露别墅碰到凌真。她比他先到会给自己惊喜,像以往两次一样;哪怕她比他晚到,他也会高兴的。

可惜的是,一次又一次,金力盼来的总是失望。

他慢腾腾地、细心地、有条不紊地干着每一件保洁的活儿,等待着她,她都不曾出现。每一次金力出门离家时,是满怀着希望的;而每次离开干活的两处房子,他总有些失落。

酷暑过后入秋,"秋老虎"①的余威发挥过后,进入了秋高气爽的日子。

这天是周日的下午三四点钟,金力的女儿金琳正好在小区玩耍,金琳骑着一辆童车,追逐着邻居家的一条小狗,乐得金琳边飞快蹬着小车轮,边哈哈大笑。小狗不时汪汪吠两声。

金力远远地瞅着女儿的身影,手机响了,是一个陌生的号码。

金力接听:"你好!"

"你好!金力。"是凌真的声音,金力竟然有一种喜出望外之感,快两个月了,没听到她那熟悉的、他急切盼望的嗓音了。金力连忙答:"你也好!

---

① 秋老虎:上海、江南地区立秋以后的高温日,俗称"秋老虎"。沪谚:立秋之后,还有"十八只秋老虎"。

凌真……姐。"

"凌真,就叫凌真。"她又一次纠正他。

"好的。"金力心中一阵释然,说明她是认可他们之间非同一般的关系的,"你有什么吩咐?"

"这一周里,你准备哪天去卫飞燕家?"凌真的声气清朗朗地响着。

"这一周都是晴好天气,"金力昂头望了望天蓝云白的晴空,说,"没有特殊情况,我仍想周二去宛平南路。你说呢?"

"我说啊!我听了天气预报,说明天有风,比今天和后天的微风都大一级,你周一、明天去吧。"凌真说,"秋爽干燥,又有风,卫飞燕来电话,让我去她家,帮她把橱柜里捂了好久的衣服拿出来透透气儿,晒晒太阳。明天去你有困难吗?"

"没、没困难。"金力一口答应,"那我就遵照你的吩咐,改成明天去,一早就去。"

"也不用太早,"凌真在电话那头说,"听说早高峰时段,地铁一号线人贴人像沙丁鱼罐头似的挤破头,很难受的。你待早高峰过去了再出发就行。"

金力的心头涌起一股暖流,她是关心他的,拿他当一回事儿的。他恭顺地道:"好的,我照你吩咐的做。"

"真乖。"她轻轻地吐出两个字,继而又提高了声音,"这个电话,就是我的新手机号。以后有事,你就打我这个号码。"

"好的,好的。"金力连声答应着,心里顿觉喜滋滋的。

"爸爸,快看呀!我过来了。"前头传来女儿金琳的一声喊,金力循声望去,只见刚才和金琳一块儿追逐戏耍的邻家小狗,这会儿蹲在童车前头的塑料筐中,扬扬得意地东张西望着。

金力不由得一扬手叮嘱:"骑得慢点,小心摔倒了。"

秋阳明丽中带着喜色,空气中弥散着桂花的香气。离开莘庄自家居住的小区时,小区里的桂花正开得艳;走进宛平南路卫飞燕住处的小区,小区里竟然也飘散着幽幽的桂花香。

金力轻按905室的密码,随着一声"验证成功",他顺手推开了门。

凌真快速地向他逼过来,张开双臂,浑身散发着芬芳,紧紧拥抱住他,在他耳畔低语着:

"想死我了……"

话语未落,两人的嘴亲在了一起。接受着她突如其来的、旋风般的热吻的同时,金力的两片嘴唇也贪婪地、热辣辣地、久久地吻着凌真。哦,她的秀发、她肌肤的感觉真好。

他瞅着凌真的脸,凌真眯着双眼,享受般慢慢轻移着她的脸庞,两片鲜红的嘴唇不时有力地回吻他一下。他的心也如沉浸在蜜糖罐里一般涌起阵阵狂喜,狂放地吻她的脸颊,吻她光洁如玉的额头,吻她不时娇喘吁吁的嘴。哦,她热切的吻,她情不自禁的颤抖和激动,她抑制不住的喘息和胸脯的起伏,她的眼神、手势,她整个的肢体语言,都在告诉他,她是爱他的!

不仅仅是他在想她、渴念她、热恋她。

她同样是想他、思念他、热烈地爱着他的。

金力记不得他们在门廊里亲吻了多久,紧紧相拥了多久,只记得凌真昂着头长喘了一声道:

"快透不过气来了。"

继而赧然一笑,拉着他走进卧室里去。她的动作轻捷温柔,目光温存,金力惊讶地发现,她的脸因为激动而变得容光焕发。尽管卧室里的双层窗帘都拉上了,只依赖客厅和隔壁盥洗室的灯光,相互之间才能看得清楚,可她闪烁的目光,她优雅的体态,金力都一一看在眼里。

他们似有默契悄无声息地脱光了衣裳,一丝不挂地躺在了床上,双双赤身裸体地拥抱在一起。

"终于又在一起了。"她似是叹息,又像如愿以偿般,脸上露出满意和享受的神情。

金力不由得嘀咕一句:"那你为啥不来呢?"

"你盼吗?"

"盼。"

"我也盼,有时候盼得都快绝望了。"她由衷地道,"可不行啊!记得我一再叮嘱你的吗?我们必须小心谨慎啊!只有在万无一失的前提下,我们才能像现在这样享受一次爱的盛宴。"

金力听得出,她的每一句话,都是发自肺腑的真情之语。但他还是有些不理解,他们之间已经做得非常隐蔽了,难道还能让人看出破绽和蹊跷来?故而他只是淡淡地哦了一声。

她似乎从他的这一声"哦"中仍然听出了他的不解。她爱抚地在他下巴上摸了摸说:

"时间长了,你慢慢会明白的。"

说着,她转过脸来,贴紧了他的胸膛,在他脸上性感而出声地吻了一下。

金力浑身灼热起来,他伸出有力的双臂把她拉到自己身上来,仿佛唯有让她的全身都紧紧地贴在他的胸怀里,他才觉得合适和踏实,觉得她和他是合为一体的,他们是相爱的。

凌真的双手充满柔情地抚慰着他,似和煦的微风,像潺潺的流水。金力感觉到从未有过的舒服和酣畅,而浑身的血液也好像随着她的抚慰在沸腾。

他不觉有一种腾云驾雾之感,情不自禁惬意地闭上了双眼。

淙淙的流水似音乐般轻吟着淌去,金力的灵魂如获得升华般在飘荡,什么东西如同磨盘般碾压着他,在一圈一圈水波旋涡似的转动着,有轻风徐徐拂来,有花香阵阵沁入金力的心扉,金力身上的一团火游动般燃烧着,热辣辣的、旺旺的,轰的一声,陡然像一股蓝莹莹的火焰般,燃旺了,越烧越旺、越烧越热烈,燃遍了濡湿一片的沼泽地⋯⋯

沐浴之后,金力和凌真穿好衣裳,端坐在沙发上品尝两人一起烹煮的咖啡时,凌真欣喜而满足地望着金力道:

"我们休息一会。你累吗,金力?"

语气里充满了关切和赞赏。

金力摇头:"不累。"

"那你给我说实话,觉得好吗?"说着,她的双眼秀气地一眨。

金力沉吟了一下,舔了舔嘴唇道:"好极了!"

"真心话?"她秀雅的眼睛灵光一闪。

"真的。"金力说。

"那是最为理想的状态了,"她仰着脸说,"我也一样,心情美得多了,不但是一种释放、一种放松和发泄,还是愉悦、快活、从未有过的体贴和幸福。金力,不瞒你说,和你之间,虽然只有三次,可我每次都自然而然享受到了性高潮。在此之前,哪怕我已生下了女儿洁洁,我都没有过这么好的感觉。"

金力不觉有些自得,他看到说这话时凌真透着光泽的脸颊上掠过一丝暗影,他不由得眉毛一展,问:

"和洁洁的父亲也没有过?"

"他呀!"凌真不屑地哼了一声,"天天混迹于年轻的风尘女子中间,花天酒地,醉生梦死,早把身体搞垮了,哪里有你的雄壮和豪气?"

"我是说,在生下洁洁之前呢?"相识这么久,还是头一次讲到她的男人,金力不想轻易丧失这个机会,在这个话题上滑过去,盯住了问。

难得凌真没有岔开话题的意思,她秀气的脸沉郁下来,眼皮也耷拉下来,说话间不住地颤抖:

"勉强应付吧!我们太太圈里有过来人给我分析过,越是在这方面不行的男人,越是会沉湎于脂粉堆里,想出种种刁钻龌龊的花样手段玩女性。"

原来是这样啊!金力满怀同情地望着凌真,他没讲出口来,怪不得,这男人会将凌真如此秀雅娴静的女人丢在神秘的豪宅公寓之中,让她空有婚姻之名,守着无望的活寡。

上海·恋　231

"那么,"金力又提出了一个不解的问题,"你一个人住在2301室的高楼上,多孤单啊! 为啥不让洁洁和你生活在一起呢?"

"是啊!不止一个人提过这问题,好像我是要享受自由,好像我要向孩子隐瞒啥不可告人的私情。"凌真苦笑了一下道,"金力,你也是这么猜的吧?"

金力连忙摇头,他没这个意思,他纯粹是不理解她的行为。

凌真说:"天地良心,金力,除了你,我的私生活中,没有任何第二个男人。这么说,不是想向你表示我的清白,没这个必要。也不是没有男人向我表达过那层意思,有的,我可以告诉你,还不止一个……"

金力点头:"这我信。"她长得有多美,多有男人很看重的妩媚和温情脉脉之态啊。

凌真果断地一劈手:"我要愿意这么做,早就变得放荡不羁,私生活也不知糜烂成一个什么程度了。况且我有理由啊!既然你搞得,为什么我搞不得?就像太太圈里的过来人劝我的一样,看开点嘛!只要不过分就行了。确实,也有男人专门委托太太圈里的闺密,来做这方面的说客呢!"

金力的眉毛皱起来了:"你也有欲望和感情啊,为啥没这么做?"

"我不屑,我也不想做一个那样的女人。"凌真既像回答金力,又似在喃喃自语,"我告诉过你,我自小出生在宗教之家,教会的清规戒律,对我有很深的影响。在我得到洁洁的父亲钱翔背叛我的真凭实据之前,我不想首先撕毁婚姻的契约。况且、况且你真不知钱翔这个人的神通广大……"

两次提到从来不在金力面前讲过的丈夫的名字,凌真似乎下了最大的决心,费了很大的力气。

她大口喘着气,就像刚刚翻越了一座大山那样,不住地喘息着。

现在金力听清楚了,她的丈夫叫钱翔。一个颇好记住的名字。金力从她的停顿和喘息中,从她垂下的眼睑不断闪耀的目光中,看出了她的不安和惶恐。

客厅里的气氛凝滞了一般。金力提醒她似的道:

"你的女儿叫钱洁吗?"

"不,"她抬起眼皮瞥了金力一眼,"她叫钱意洁。是我妈取的名,是要让孩子从小懂得做一个洁白无瑕的人,做一个从灵魂、精神到身体都纯洁的人。就像我的名字,父母要我始终用一颗真心对人,以一股真情为人,真切、真诚地对待世间万物。也是因为这样,妈妈坚持要我把女儿带在身边……"

"她在郊区啊!"金力道,"读书的环境,生活的条件……"

凌真向金力摇摇手:"正是因为我们家的条件太优越了,钱太多了,一切来得太容易了,妈妈才把洁洁带去抚养。她怕洁洁从小生活在我这样一个环境中,成为一个只知虚荣、一无所用的人。"

"一无所用?"金力重复了一遍,咀嚼着这四个字。

"是啊,社会上太多了呀,我接触的太太圈里听到的也太多了呀。"凌真端起杯子,品了一小口咖啡,重又放回到小盘中,说,"你为于玲芬服务也不是一年两年了,多少风闻点吧!金钱和权势不仅仅在诱惑、撕裂着掌控者本身,同时也在不知不觉间改变他的亲属,特别是子女的世界啊!于玲芬干得那么成功,为啥说垮就垮了?"

金力赞同:"我都没想通。"

"就是被她重用的那些亲人,老公、亲妹妹、兄弟,还有数不过来的他们于家那些七大姑八大姨以及亲戚朋友,她身旁的人傍着她这棵大树,谁都觉得有资格捞一把、咬一口、得些好处,听说就连她原先那个小白脸司机,花钱都如流水,下了班就钻进夜总会花天酒地,最后连怎么死的都没弄明白。是吗?听说公安查了很久。"凌真秀美的大眼眨了两下,盯着金力。

金力点头:"最后不了了之。"

凌真轻轻一拍巴掌:"就是嘛!身边人尚且如此,别说儿子女儿了。这些人从小就被众多的阿谀奉承之徒神一样捧着,一眼望去,尽是讨好的、恭顺的、服从的笑脸,哪里有一点儿真情啊!一个小孩,是不可能懂的,这些人期待和指望的,是通过他们便捷地接近他们的父辈,获得种种方便和好

上海·恋　233

处,得到权贵的提携或者哪怕是一丁点儿的护佑啊！金力,权势大了、金钱多了,受到的诱惑是你这样的人难以想象的。我能让洁洁从小生活在这么个氛围里吗?"

金力的两眼瞪大了,他似乎从凌真的讲述中领会了一点她话中的意思。但他还是有不理解之处,毕竟,他没见过钱翔,难道这样一个至今不曾露面的人,会对他的女儿有那么大的影响? 他忍不住地问:

"那他……我是说洁洁的父亲,到底是干什么活的?"

凌真端起茶几上的咖啡杯,说:"你喝点咖啡,我们边干活边聊。"

金力嗯了一声,喝了一口咖啡,随着凌真离座站起来。他记起来了,凌真昨天在电话里说了,今天到905室来,是要替卫飞燕办点事的。

所谓干活,其实就是把卫飞燕悬挂在橱柜中的衣物,一件一件取出来,晾晒在床上、椅子上、沙发上、窗台边。

凌真把这视作一件体力活儿,对于金力来说,这只是举手之劳。

窗帘全拉开来束紧,所有的窗户也都敞开了,凌真说得对,天气晴好,天蓝得几乎是透明的,在这九层楼上,还有阵阵舒爽的风儿吹来。

确是个晾晒衣物的好天气。

卫飞燕的衣裳一摞一摞、一件一件都被搬了出来。其数量之多、花样之繁、式样之奇令人咋舌。

摸着一件一件质地考究、手感舒适、色彩各异、厚厚薄薄的衣服,按照凌真的吩咐,有的摊开,有的悬挂,有的随意地摆放开来,金力不由得感叹道:

"这么多的衣裳,卫飞燕一年只回上海两趟,每趟也就住一两个月,天天换一件衣服,她也穿不过来吧?"

"是啊!"凌真端详着手中一件飘逸的短袖衬衫说:"时装时装,就是讲究个时尚。飞燕的很多衣服,大多只穿个一次两次。有的,一次也没见她穿过。"

"那多浪费啊!"

"女人嘛！就是图的这个、衣服、鞋子、拎包、化妆品,越多越讲究,越精致典雅越好。"凌真把手中瓷白的衬衫随手一放,又从橱里取出一件既轻且薄又软的深色晚礼服,举得高高的,细细端详着,似在思索着什么,嘴里却在说,"好在,飞燕有的是钱,她也不在乎这个。"

"你不是说,"金力望着凌真,"她在外头有个葡萄酒庄园吗?卖葡萄酒这么好赚钱?"

"哪里呀！葡萄酒庄,对卫飞燕来说,只是玩玩的,她哪里仅靠卖点葡萄酒赚那么几个钱呀！"凌真道,"酒庄是飞燕的私产。在墨尔本那个太太圈里……"

"墨尔本还有'太太圈'?"

"你少见多怪了吧！岂止墨尔本有,美国洛杉矶也有啊！"

"也像上海你们的太太圈一样?"

"不,不一样,洛杉矶的太太圈,又被人私下叫作'二奶村',外国'二奶村'。"

"外国也有'二奶村'?"

"听说过吗?"

"只听说前些年,深圳、广州这些地方有过'二奶村',听讲报刊上都报道过。"

"传到外国去啦！"

"真稀奇！"

"你别大惊小怪,和改革开放初期不同的是,深圳、广州出现的'二奶村',往往是香港、台湾老板,到大陆来投资,背着台湾、香港的太太,另组家庭。而现在美国、加拿大、澳大利亚出现的二奶群落,则往往是中国发起来的那批亿万富翁、千万富翁包下来的太太。你没听说过吧?"

金力认真摇头:"没听说过。"

"不是亲眼所见,连我都不信。"凌真垂下了眼睑,摆了一下手说,"那都是些漂漂亮亮的女人啊,带着孩子,一年到头就盼着老公来那么两回三回,短暂地住上几天,又像候鸟似的飞走了。孩子上幼儿园、学校去了,太太们没事干啊,于是就相聚在一起,搓搓麻将,喝喝茶和咖啡,相约着去逛逛市场……"

"优哉游哉。"

"那是你说的。多乏味啊!整天的无所事事……"

"她们为什么不去干点活呢?"

"有的不屑去干,有的也不能去干,学识不高,语言能力差,最主要的是,老公给足了钱,不需要她们去干活挣钱。"凌真向金力伸出了一只巴掌,晃动了一下道,"这是好的,太平的。"

"差的,不太平的呢?"

"那就情况各异,千差万别了。"凌真仿佛很了解这些海外"二奶村"的现状,"太太们最怕的情况是老公不来了,断绝经济上的供给了……"

"有吗?"

"当然有。商场亦如战场,哪里有包赚不赔的生意啊!赚钱不多了,国内的反腐把商人的后台老板抓了,资金链断了……"

"后台老板?"

"就是贪官。赚大钱的,哪个背后没有当官的支撑啊!"

"噢。"金力脸上露出恍然大悟之色。

"你的大老板于玲芬,吃的就是这个亏,身后没靠山。"

"靠山?"

"她要有大靠山,也不会落个身败名裂最后死在监狱的下场了。"凌真往床沿上一坐,接着道,"还是她太自信、她太不懂中国呀!我就听她在饭桌上自信满满地说过,我不去巴结那些当官的,我靠自己本事吃饭。既然你有本事,出了事就没人来帮你啊!于玲芬要有靠山,资金链紧张了,求到那些个权贵,稍稍示意一下,是易如反掌的事啊!事实证明,她经营的楼盘,现在几倍的价格都翻上去了呀。"

原来是这样啊!金力心里真替于玲芬惋惜哪。他心里这么忖度,脸上的表情也显露出来了。

"金力,你生活在社会底层,干的是保安、保洁的活,许多事你是不懂,也不知道的。你看到的,于玲芬家族企业是一个层面。"凌真抿了一下嘴,用推心置腹的语气道,"我跟你讲的,完全是另一个层面的社会生活,你做梦也想象不到的。"

"确实,从来没听说过。"金力承认道,又将话题拽了回来,"那些断绝了金钱来源的'二奶'们,像断了线的风筝,又带着小孩……"

"有的还不止一个。"

"那怎么活下去呢?"

"八仙过海,各显神通地施展种种谋生手段啊!"凌真好像知道金力必然会这么问,道,"最简单的方法,是凭着自己的姿色,找个外国老头嫁了。"

"又有依靠了。"

"是啊,表面上看去是这样,真嫁了之后,种种难言之隐又出来了。我听到的一个个故事多了去啦!"凌真挥挥手说,"也有些女人,有点想法的,有点预防的,或者说不甘心于仅仅靠男人养活的,趁着钱多的时候,买下地,建房子,或统一租一幢老楼,转手把房子租出去……"

"租给外国人?"金力不解。

"哪里,仍然赚中国人的钱。"凌真以精通此道的语气说,"这些年里,国内去外国读大学、读研究生,甚至读中学的都多啊!他们觉得,租中国女性出租的房子,价格合适,还能得到照应。万一联系不上孩子,还可以找房东帮忙,了解情况,打探消息,问到孩子学习的具体表现,在生活上叮嘱孩子有关注意事项。给孩子提供求学经费的家长,都有这一类共同的心态。"

金力坚决地摇摇脑袋:"我的女儿金琳长大了,我可不想让她去外国留学。"

"女孩最好别去。"凌真也赞同。

"那你女儿洁洁呢?"

"她在我妈身边长大,如果她也像我们两代人那样信奉宗教的话,去外国的教会学校读书,我会赞同的。"

"为啥呢?"金力不理解她为什么一会儿说女孩最好别去,一会儿又赞成自己的女儿去。

凌真莞尔一笑,露出了她脸上常有的秀气、娴静的神情,离得近了,金力看得愈加分明。金力感到,她的笑容中还蕴含着一股柔柔的、媚人的韵味。第一眼看到她的人会忍不住多瞅她几眼,正是因为此吧。金力心中不明白的是,如此有魅力、有无穷韵味的女人,她的男人钱翔为啥视而不见?为啥忽略不计,把她扔在豪宅之中,自己满世界乱跑乱飞,在外头过醉生梦死的日子?

凌真说:"外国的教会学校,管理严格,清规戒律多,女儿在那样的环境里读书,我是放心的。再说,她若笃信宗教,还能继承我们家的传统,那就更好了。"

原来是这样,金力端详着凌真的脸,极力想从她的神情中读懂她的心思和内心世界,理解她表面上活得滋润、内心十分孤寂无奈的生活状态。金力举起了手中的一件格纹大衣领外套,说:

"这件衣裳,看上去还是新的,可式样已经明显过时了。要找到心灵手巧的裁缝改一改,也许又是另一番面貌,还能穿的。"

凌真抬起头来定睛瞅了一眼,先是点头,又是摇头,淡淡地一笑道:

"是啊,流行的时候,我见飞燕穿过一回。亏你替她着想,改一改再穿,对她来说是不可能的。"

"那么,"金力一边把外套披在椅背上,一边说,"丢掉了可惜,几乎是九成半新的,不穿了,只能挂在衣橱里,年年季节好的天气,拿进拿出地晾晒,不是自己给自己添事嘛!"

"是啊,就是这么回事儿。"凌真就势往床上一靠,拿过一只枕头,垫在自己的腰背部,长长地叹了口气说,"留着它,明知是可有可无之物,聊以自慰吧。想一想唯一的那次穿着它出席某个场合,引起众人的关注,也算是一种满足呗。"

这有啥满足的？金力不可能理解女人的这种心态，但他没说出口来，只是微微点头，表示在倾听凌真的话。凌真没往下讲，他不由得转过脸去，望着她。

凌真脸上显出一股惆怅之色，似遇上了啥烦心事儿，眼神暗淡无光，愁眉苦脸的。

金力双手撑着床沿，隔着床关切地望着她，轻声问：

"凌真，你怎么啦？哪里不舒服吗？"

风从窗户里吹进屋来，拂起她额头上的一绺柔发。凌真的双眼皮蝉羽般颤动地眨了几下，睁大了双眼，凝眸瞅了金力一眼。

金力骇然地看到，她的两眼里盈满了泪水。他的心怦怦怦地骤跳起来，连忙绕过床沿，走到她身旁，俯身低声问：

"你……哪里……哦，我……"

金力实在想象不出是因为啥使得正在闲聊的凌真，变成这么一副伤心模样。刚才还有一句没一句地聊得挺正常的，尤其是在床上时，他们之间还是融洽而又满足的，时间虽然不长，金力却看得很清楚，她的眼里满是欣悦欢愉的喜色。怎么说说话，触景生情一般，惹出了这么一副愁容满面、伤心欲绝的脸相？别……千万别是她的身体，特别是心脏有什么不舒服啊！

金力真急了。

凌真的手伸过来，拉着金力的手，朝他苦涩地微微一笑：

"没啥……金力，别怕，我没啥病。"

"那你……怎么……"金力还能清晰地听到自己不安的心跳声。

凌真眨了眨眼，双眼里分别溢出了两颗大大的泪珠，顺着她的脸颊淌下来，金力从床头柜上抽了两张纸巾，笨拙地替她轻轻地把泪拭去。凌真从他手中接过纸巾，又在自己脸上抹拭了几下，说：

"你不觉得，我今天的现状，也同那一件格纹外套相同吗？"

"什么？"金力一时没回过神来，不由得回头瞅了瞅那件被自己晾在椅背上的米色格纹外套。

凌真用食指点了一下外套："你看,乍一眼望去,这件外套又是清纯的米色,又是鲜红出挑的大方格纹,炫目闪眼,荣耀至极,可一过流行季,它就过了时,只能被主人冷落地丢弃在橱柜角落里。我今天的境遇,我的命运,不也是这样的吗?"

"噢。"反应迟钝的金力,这才明白过来,为啥一瞬间,凌真的情绪会陡然跌落,伤心得让他害怕。面对凌真的坦然相告,金力能说些啥呢?他又如何安慰她呢?除了泥塑木雕般站在她面前,他一句话也说不出来。他不得不承认,她的比喻,她的形容,她的联想,是贴切的,是有一定道理的。他能做的,就是让自己的手,留在她的掌心里,不敢贸然抽回,也不敢离开她的身边。

"岂止是我?"凌真接着晃晃金力的手道,"太太圈里,好几个都和我有一样的苦衷。就是卫飞燕,一年四季飞来飞去到处住、到处玩,表面是潇洒、休闲、无拘无束、自由自在,其实,她这样子忙碌,也是为了排遣内心的苦闷和无聊啊!"

"她男人是干啥的?"

"离了,女光棍一个。"凌真答得简洁明了,"但这并不代表她的生活中没男人。喝多了聊到兴奋处,她自己都会承认,在澳大利亚、在美国,她都有相好的。就看她的心情如何,才决定找不找他们。用她的话说,生活中怎能没有性,女人要没有性,那不枯萎了?"

金力站在她的跟前,专注地倾听着她的每一句话。她说话时的表情丰富多变,一会儿秀气甜美地笑着,一会儿坦然地睁大眼望你一眼;一会儿嘴角的笑纹中含着缕缕讽刺,一会儿双眼茫然地瞅着某处,思绪似乎又转移了。

"哦,她是独身女人。"金力按照自己的理解道,"但也会寻欢作乐。"

"她是无奈才离婚的。"凌真脸上显出若有所思的神情,好像在犹豫要不要把真相全告诉金力,"据说,她男人似惹上了事,永远也不敢回中国了。"

"贪污?"金力想当然地猜测。

"不是,贿赂,是贿赂。为了生意,她男人给掌握实权的官儿送了相当可观的一笔钱。这官儿被查了,示意她男人赶紧离开,跑得远远的,越远越好,永远不要回来。她男人就这样定居在墨尔本,帮着她打点葡萄酒庄。"

"那为啥非得和卫飞燕离婚呢?"金力感觉莫名其妙,在他看来,夫妇俩共同经营酒庄,不是很好的一件事嘛。

凌真以沉吟的口吻道:"这只是卫飞燕的一面之词,她怎么说,我们怎么听。生意上的事儿,官场上的事儿,哪有像她说的这么简单? 也许还有说不出口的内幕呢! 在海外的'太太圈'里,这种人多了。"

"我还以为卫飞燕这种人,是'太太圈'里的个案、特例呢!"

"哪里啊! 多啦。"凌真的声音提高了,"跟你说,金力,你生活的那个圈子里会认为这是'天方夜谭'。在香港四季酒店里,就住了一批这样的人物,那里被媒体称为内地富豪的'避风港',进进出出的人,一报出名字来,都似曾听到过。"

"这么说,卫飞燕原来的丈夫,钱也多得数不过来啰?"

"没钱,他能那么安心躲在葡萄庄园里过日子?"凌真扑哧一笑,"离了婚,卫飞燕回到国内来,碰到有关部门追问她,她答复离婚了,前夫所做的一切,她都不知道,有事儿你们问他去。我经营进口葡萄酒,都有合法手续,一丝一毫偷税漏税、假冒伪劣都没有。弄得有关部门也没办法,只好让她带话给前夫,回来配合协助有关部门调查。"

"她带话了吗?"

"她说带了,人家怕,不敢回来,她也无能为力。况且她说,男人躲到什么地方,连她都不知道。"

"你不是说,男人在帮她经营酒庄吗?"

"那是闺密之间的私房话。"

"你和卫飞燕是无话不谈的闺密,不怕人家找你的麻烦吗?"

上海・恋　241

"我怕啥?"凌真斜了金力一眼,"是你怕了吧?"

金力点头承认:"听你讲的,我都觉得汗毛凛凛,吓丝丝①的。"

"和你半点儿关系都没有,你怕啥呀!"凌真笑起来了,"你放心,要问到你,我自会有话说。你想啊,于玲芬这么大的事儿,被判了无期徒刑,你和她没啥利害关系,不也没找你嘛!"

金力心里忖度,这倒也是的,没必要瞎担心。

"现在是法治社会,讲的是一人做事一人当,不搞株连的。"凌真以息事宁人的语气道,"给你多讲几句,你还害怕起来了。"

金力惊讶地察觉到,说话间,凌真竟把他的手拉到嘴唇边,轻吻了一下,还把他的巴掌贴到了她的脸颊上,轻轻地摩挲着。

她脸上的皮肤洁白柔嫩,几乎能掐出水来。金力的心田涌上一股涓涓的细流,由衷地感动,仿佛窗外吹来的轻风,觉得惬意、舒爽、温暖。这让他顿时感觉到,凌真对他,不仅仅只是性,还带着一股女人的柔情、温情。

"怪不得,"凌真又像想起了什么似的说,"于玲芬说你,老实得一片树叶子掉下来,都怕砸破头。哈哈!"

金力嘀咕着:"她的话,你记得这么清楚啊!"

"没她时不时地说你两句,"凌真坦率地道,"我怎么会注意到你啊!"

想想确实也这样。不过,他和于玲芬真实的关系,不管凌真和他亲热到什么程度,他都不会向凌真吐露丝毫的,这是他必须牢牢守住的底线。他不能让凌真瞧不起、鄙视他。

"说真的,金力,有时候,我还真不想要这种养尊处优、有足够多的钱花的日子。"凌真似是发自肺腑地道。

金力觉得她这话多少带一点矫情了:"那你想过什么样的日子呢?"

"平民老百姓的日子啊!"凌真的语调顶真极了,"你不会相信,住在那套23层的房子里,望着远远近近的上海楼层,我真羡慕老老实实平民百姓

---

① 汗毛凛凛,吓丝丝:沪语,害怕得不寒而栗。

的生活,他们过的是围绕柴、米、油、盐的普通人的日子,上班挣钱,有的是常人的喜怒哀乐,安全、踏实、心定,想说啥说啥,有了节假日根据自身条件去旅游。而我呢,事前没说,你给我打个电话讲于玲芬死了的事,我都紧张得要命……"

"那是为啥?"金力仍记得那天的情景,她阻止了他的电话,说随后打给他。

"为啥?你真不明白?"她一脸狐疑。

金力却同样是一脸的认真,摇了摇头道:"真不明白啊!这有啥不可说的?于玲芬的事,社会上传得沸沸扬扬……"

"哎呀,不是这么回事。"凌真一挥手道,"我用的手机,是受到钱翔监视的!"

"啊!"金力不觉一怔,"有这等事?"

"你不懂了吧?"凌真撇了撇嘴说,"你想象不到的情形,还多着哪。"

转念一想,金力也理解了。这个常年在外奔波出差的男人,尽管自己在外头混迹于风月场、夜总会的如云佳丽中,对于独身一个人为他守着上海这个家的女人凌真,仍是看得很严的。金力忍不住地问:

"那他到底是干什么的呢?"

"我也问过他,"凌真的脸仰起来,秀气的双眼透出迷茫的神情,"究竟在忙些啥。"

"是啊,是大老板,CEO,开矿、办银行,总有个职业吧!"金力说着,想起了妈妈当初告诉他的,凌真男人是个"白手套"的话,如果"白手套"像妈妈说的是代理人的角色,那代理的是啥,也该说得清楚啊。

凌真苦笑了一下说:"他讲啦,说他搞兼并、收购、增持股份,促进一些欣欣向荣的企业上市,并购一些出现困难的实业,干的尽是有利可图的事儿。有时候扮演中间人的角色,有时候又做出蛇吞象的决策……"

金力的眼睛吃惊地瞪大了:"蛇吞象?真有这种事?"

"听不懂了吧!告诉你,他说了半天,我也没听懂。"凌真在金力的手背上轻轻爱抚地拍了两下,"还记得,你第一次问,我对你说的,你最好别问,最好不知道的话吗?"

"记得。"

"其实这话不是出自我的口,而是在我问钱翔时,他对我说的话。"

"他说的?"

"是啊!几乎就是他说的原话。跟你说,金力,亲爱的金力,我们好到这个程度了,我可以这么叫你一声了。从那以后,我就睡不好了,提心吊胆了,多长了一个心眼了。有时候他回上海,听他在隔壁或是客厅通电话,我凝神屏息地听,听听都吓死人啊……"

"吓死人?"金力眼前迅速地掠过电影、电视碟片里那些刀光剑影、血淋淋的画面,整个身子都僵直了。

凌真又笑一声,手在金力的腰肢上安抚般摸了一下道,"不是你想象的阴谋诡计啥的,是他嘴里随随便便轻描淡写吐出来的金钱数字,你猜猜是多少?"

"几十万?几百万?"

"动辄就是千万、几亿、几十亿啊!"凌真叹为观止般道,"他说这点钱,就像我和你在讲十块、几百、几千这样随意啊。"

金力有点儿不以为然:"那都是公司、企业、银行的钱,你不用怕的。"

凌真又笑起来了,那笑声让金力听起来有点怪怪的。他不由得定睛望着凌真,凌真笑毕,对他道:

"你这叫无知者无畏,你不晓得其中的真相,你自然不担心。告诉你,正因为这都是属于他们的钱,我才害怕啊!要不,我怎会说'蛇吞象'呢!"

金力的脑袋上似被重重地拍了一下,呆痴痴地站着,一动不动了。社会上有句话浮现在他脑海里:数钱数到手抽筋。钱多到像凌真说的数目,那是用手数也数不清了。

"告诉你吧,金力,你看到的那些所谓富豪、大老板、企业家、银行家什么的,都是在电视上晃来晃去、抛头露面的人物,充其量只能算是前台角色。"凌真嗓音清晰地道,"那些真正的巨贾、富翁全是待在幕后的、隐形的、你不可能知道的人物。他们掌握这富可敌国(我指的是小国家)的财富,神通广大到你想也不敢想的地步。"

"真的吗?"金力只感到毛骨悚然。

"得罪了这种人,"凌真似是为了说明这类人的能量,放低了声音说,"你连死了都不知道是怎么死的。"

"怪不得,"金力是相信的,"你的丈夫钱翔会神秘到这种程度呢!"

"你想,"凌真的一双眼睛睁得大大的,望着金力的脸,"我们的这种关系能让他察觉吗?哪怕是一丁点儿蛛丝马迹,都不能让他看出来,或感觉到。"凌真加重了语气道,"我是他妻子,是他女儿的母亲,他不可能对我耍什么手段。我是为你着想,从一开始就为你着想。懂了吗?最初你问及他的情况,我之所以不要你知道,就是这个原因。"

金力的脸色严峻起来,眼里露出惶惶不安之色。凌真显然一眼看出来了,她扯了扯金力的衬衣道:

"有句俗话说,'色'胆包天。我早想到了,维持我们两人之间这层关系,我就像拽着你的手,在刀刃上行走。钱多到像钱翔这种程度,他只要一生疑心,什么真相都隐瞒不住,他都会有办法挖掘出来。"

金力听了这一番话,胸膛里的那颗心,怦、怦、怦擂鼓似的剧烈跳动起来。他以为凌真赐福似的给了他一个轻轻松松的工作,实际干活不多,却能拿到一份体面的薪酬,还收获了和凌真之间的爱情。谁知道他稀里糊涂之间,以为在享受桃花运和情色,却不知不觉间在滚沸的油锅沿上跳舞,随时有可能一脚踩空,落进炸骨蚀肉的锅底,消融得无影无踪。

他顿觉自己浑身上下似被浇了冰水般寒冽冽的,脸色泛了青。

十四

妈妈乔琳朗给金力打来了电话,金力这才陡然意识到,好久没给妈妈通电话了。他现在空闲多了,妈妈却不常招呼他去帮忙了。一来是外公、外婆虽然年事已高,近两年来健康状况却相对稳定,而妈妈的兄弟姐妹,也就是金力的舅舅、舅妈、阿姨、姨父们,近年来先后退休了,他们也有时间来照顾外公、外婆,不把所有照料老人的琐事推给妈妈了。二来呢,是妈妈的工艺品小店做出了品牌,生意不但做得稳定,而且业务量仍在增加,产、供、销渠道畅通,不需要像开拓业务初期那么忙忙碌碌了。更主要的是,金力、贾兰兰、金琳三口之家的生活也步入了正轨,不需要她为儿子多操心了。费心、担心的事儿少了,母子俩通话反而少了。

接到妈妈的电话,金力才感到,确有一段时间没和妈妈联系了。来电显示是妈妈的电话,金力觉得妈妈一定有什么事儿。

"有空吗?"妈妈问金力。

"你说啊,妈妈,"金力连忙热情地答道,"我有空。"

"那好,有空你到我小店里来一趟吧。"妈妈道,"妈妈有话对你说。"

"好的,你电话上说也可以,"金力想知道妈妈为什么事儿要他去,"我现在就空着。"

"是这样,是……呃……"妈妈在电话里不好意思地笑了笑,笑声有点儿自我解嘲,有点儿尴尬,"是一件大事,哦不,不是出了什么事,你别想到岔处去了。但对妈妈来说,确实又是一件重要的人生大事。妈妈想和你当面讲。"

妈妈这么一说,金力更想知道她要说的是什么事儿了。金力道:"妈妈,我明天就到长乐路小店去,当面听你说。不过,到底是什么事儿,你在电话里给我提一下,要不,我心里痒痒的,夜里会睡不着。我是你儿子啊,你尽管说吧。"

"是……是关于……"妈妈仍然吞吞吐吐的,"妈妈感情上的事,想听听你的意见。"

"好的好的,"金力这下明白妈妈要给他讲的是什么事儿了,他连忙回答,"是好事啊!妈妈,明天我一定去,一定去当面听你讲。"

挂断电话的时候,金力眼前闪现出那摆放成"心"字形的六十六朵红玫瑰送进店堂里来时的情景。那还是他代妈妈签字收下的。至今金力都记得那位送花的男子名字叫谷羽。

事后妈妈好像在金力面前提过一句,这是个追求她的商人,语气甚为不屑的。会是这个男人吗?还是另外一个人?当然不可能是这个叫谷羽的男人,金力懂得妈妈,也理解妈妈,妈妈虽然嫁过三个男人,但都是明媒正娶,妈妈绝不会去当人家第二房老婆的。在妈妈以不屑的语气提到谷羽时,妈妈的表情是充满了嫌弃和鄙视的。

不是那个叫谷羽的商人,那么,这一会儿妈妈撞见的是个什么样的男人呢?

和妈妈通过话之后,金力脑海里始终在盘旋着这么个念头。夜里躺在床上,他几次启口想和妻子贾兰兰探讨一下这个话题。兰兰读书虽然不多,但还是善解人意的,只是碍于妈妈的隐私,况且八字还没一撇呢!话到了嘴边,金力最终还是没有吐出口。

金力心里是藏得住事儿的,和于玲芬那种关系,在于玲芬春风得意,事业兴旺发达、蒸蒸日上时,他从未在任何人面前显露过自己非同一般的特殊性,扮演的始终是一位中规中矩值班保安的角色,没越过雷池半步。于玲芬猝然而亡,在茫茫人世间消失了,事后几年,没任何人来找过金力的麻烦,金力也就让自己同于玲芬的关系,永远烂在自己的肚子里,留在意识深处的记忆之中,作为冥冥中的一场幻梦,不跟任何人提及。

现在和另一个身份特殊的女子凌真的关系,金力仍准备这样。不给最亲的母亲讲,不向妻子兰兰流露半分,在亲生女儿金琳面前,金力同样不在无意之中表现出半分。尤其是在凌真有意无意地透露出她丈夫钱翔的神秘和神通广大之后,金力在和凌真的交往中,愈加小心翼翼、谨慎留神,恨不得背脊上也长一双眼睛。

既然情况发展成这样,金力又从心底里涌出几分对凌真的爱和真情,他不想回避,不想躲闪和退缩,正像凌真跟他提过的,尽管他历来胆小怕事、畏怯退缩,却也"色"胆包天。可他还是掌握一个原则和分寸,一切都听从凌真的,毕竟每个月的那一份薪酬是她开给他、打进他卡里的;毕竟她是钱翔名义上的妻子,她终归要比他更了解、更熟悉、更洞察关于钱翔的一切。她把事情看得如此分明,一定会处处留心、事事提防的。他绝不主动约她做任何事情,哪怕有一段时间没在一块儿亲热了,心中忍不住涌出思念之情。他在克制着自己,不做非分之想。

况且,他有自己的妻子贾兰兰,有正常的夫妻生活,有一份不咸不淡、太太平平的小日子过着。

正因为遵循着这样的处事原则和分寸,金力和凌真之间始终维持着相安无事的亲密关系,没让人看出破绽来。难得的是,凌真会出其不意地来到松露别墅41号,和金力度过半天、一天尽情纵乐的时光。而几乎每个月,他们都会在宛平南路的905室幽会一次,但从没有固定过具体在哪一天。快过年了,心不在焉地和兰兰、金琳一起看着除夕夜的春晚,面对着喧闹不息、欢腾雀跃的荧屏,金力的思绪转到他和凌真的关系上,盘点一下在这一整年里,他和凌真亲亲热热地享受过多少次床笫之欢。噢,他只在松露别墅遇见过凌真两次,一次是在春季,小区里的玉兰花盛开的那天;另外一次则是秋天了,是晚桂飘香的日子。而这两次,恰恰是卫飞燕来到上海小住的时节。

去年他们在松露别墅有过三次,除了春秋两次之外,还有一次是寒冬腊月。而在前年,凌真只去过松露别墅一次。去得少的原因也简单,那年钱翔回来过多次,有时只在上海待个一两天;有时一住就是半个月,其中十来天就住在松露别墅。但是迄今为止,金力都没见到过钱翔一面。他的"庐山真面目"是什么样,金力没看见过。

905 室的女主人卫飞燕,金力有幸见过一面。不是他在干保洁的活时撞见的,而是凌真特意打电话通知他去见的。

金力周二刚在 905 室干过保洁,周三傍晚凌真就通知他,卫飞燕回来了,她们几位太太约在一起小酌,谈起他,卫飞燕表示要见他一面,约他周四专程再去一趟见一面。

周四那天有阵雨,金力在约定的时间到了 905 室,一脸的拘谨。他见到了照片上看熟了的卫飞燕。这位女主人没照片上的俏丽漂亮,穿得普普通通,没一股雍容华贵的气质。可她的皮肤出奇地白,一张大嘴性感地噘起着,她对金力的保洁工作表示满意,送给金琳一双从美国带回来的小皮鞋,式样新颖别致,很时髦,说是墨西哥产的,希望金力父女会喜欢。金力向她表示了感谢。凌真在一旁作陪,让他不要那么拘束,当面给卫飞燕介绍说金力是环宇公司,也就是原来于玲芬公司的保安,老实本分的一个男子,上海人。

卫飞燕脸上开始带着居高临下的微笑,眼神却在从头至脚打量金力,随着凌真的介绍点着头。面对卫飞燕审视的目光,金力如坐针毡,喝过一杯咖啡,他客气地表示,如果没有其他要做的事,他就不打扰了。

卫飞燕也没留他多坐一会儿的意思,转脸瞧了一眼窗外,说:"噢,雨恰巧停了。再次谢谢你。"

走出已经相当熟悉的 905 室,金力如释重负,长长地吁了一口气。

事后和凌真讲起这一次短暂的见面,金力似对那种压抑的感觉记忆犹新,生疏、难堪。

凌真却告诉他道,太太圈里传,别看卫飞燕其貌不扬,可她的性欲比任何女人都强。说着,凌真还凑近金力耳朵,讲了卫飞燕私底下被人起的一个不雅的绰号,很脏的,叫"公共厕所"。惊得金力睁大了双眼,不相信一般瞪着凌真。

凌真看出了他的心思,说:"你别不信,她飞来飞去,每个城市都有情人,就和她的生理需要有关系。反正太太们都信。"

金力仍然讶异地望着凌真,几乎不敢相信,这些话出自优雅、娴静、秀气的凌真之口。

凌真显然没有察觉金力的疑惑,嘻嘻一笑说:

"金力,卫飞燕懂什么呀!她还不知道你作为一个男人的金贵奇妙之处哩。"

这话,等于是在夸奖金力了。他记得和凌真第一次亲热时,她就在他的耳畔说过类似的话。金力听起来还是蛮受用的。

快过一年一度的春节了,长乐路上妈妈开的工艺品小店,进入了一年之中生意最为清淡的时节。

天气阴冷,马路上行人稀少。附近的星际大宾馆里,客流明显地减少了。每年的圣诞节之前,外商和旅游团队都纷纷赶回去过节,喧嚣热闹过十来天之后,妈妈的工艺品小店很少有客人光顾。

金力和妈妈坐在小店的桌子两侧,喝着这几年兴起来的菊普,倾心交谈着。

人的境遇真是会改变相貌的,从小留在记忆中的,妈妈消瘦的脸上总有一股疲惫憔悴之态,现在已荡然无存。金力凝视着妈妈的脸,心中暗自惊叹,妈妈真是美丽,妈妈浑身上下透出的那股美,恰好散发着诱人的光彩。怪不得于玲芬羡慕妈妈的相貌,怪不得自己的父亲金航会在插队落户时谁都认为不能成家时娶母亲,怪不得父亲不幸身亡后宋向彪、姜承兴那些个男人会一个一个爱上妈妈。妈妈身上无时无刻不透出的秀丽温婉、楚楚动人,确实是别有一番风韵。

这么思忖时,金力心头还会不由自主地浮起一种遗憾之情。

都说儿子的形象最似母亲。他这个妈妈唯一的儿子,在妈妈悉心照料之下长大的儿子,怎么一点儿也不像妈妈呢？自己的形象样貌哪怕继承一点儿妈妈身上的美,不知会迷倒多少女人呢！曾经的于玲芬,现在的凌真,不知会如何加倍地倾心于自己呢！

可惜的是,他相貌平平。金力见到过父亲金航的照片,在相貌上,只能承认他酷似父亲。但是,父亲年轻的时候非常有才华,他是以才华、博学和炽热的诗情打动和吸引当年的母亲的。

而他呢,不但没遗传妈妈的相貌,也不像父亲多才多艺,他一点儿不喜欢读书,他只是一个平庸的、没啥特长的男人。故而作为一个上海人,他只能娶外来妹贾兰兰为妻;即便是贾兰兰,还是于玲芬和妈妈相中了才介绍给他的啊。让他去追求,只怕还追不着。

从这个意义上来说,他作为一个男人,真有点儿窝囊。

可又有啥办法呢？生成的眉毛长成的相,他的命运、经历注定了性格,很难改变了。

妈妈喝了口茶,抿了抿嘴说,和她最近擦出感情火花的,是一位目前独身的男人。他有过婚姻,也曾经有过插队落户的经历。他的第一场婚姻带着浓重的知青的痕迹。由于表现出了文化上的特长和才华,他被安排在远离县城的公社小学教书。小学校不是大队里办的耕读小学,属于公办性质,每月有24元的工资和小学教员的口粮。也就是说,国家和政府已经根据他的表现,给他安排了出路和工作,他吃上了"皇粮",有了一份赖以养家糊口的收入,他的知识青年身份消失了。

妈妈苦笑了一下解释说,对于他们这一代上山下乡的知青来说,这些情况都是过来人的亲身经历和常识。现在对金力他们这些下一代人来说,非要费些口舌才能讲得清楚。时代变化得太快了！

邓春一,就是这个男子,一度也安下心来,准备在偏僻山乡的公社小学校教书度过漫长的一生了。为啥呢？只因和一同下乡的男女青年相比,他的人生境遇已经改变了,而他的伙伴们还都散在公社下面各个大队的村寨里,天天和农民老乡出工干活,挣着微薄的工分过着苦日子呢。每当赶场的男女知青来他的小学校坐一坐,讨一口水喝,聊聊天休息时,知青们都还十分羡慕他呢,觉得他安定下来了。

小学校天天上课,有一大帮学生,还有一同教书的老师们。这是白天,正常上班时的光景;到了晚上、星期天、放农忙假,村寨上的学生们不来上课的日子,整个学校就清静得只剩下三个人。一个是校工,清匪反霸的年头被打瘸了腿后被照顾来给这所古老却又破旧的小学校看门、敲钟的小老头;一个是比邓春一年纪大五岁的女教师马小禾,因为家庭成分高而从地区示范学校被贬到偏僻山乡的小学校来的;还有一个就是从知青中抽调上来的邓春一了。姓高的小老头校工,生活在门房后面搭建起来的平房里,闲下来种点菜,还喂了两只鹅、几只鸭子、一群鸡,过着闲静的、与世无争的人世间的日子。他种的菜吃不完,还时常让邓春一和马小禾过去采来吃。

马小禾长得高、白、胖,一张脸圆圆的,面相很差,尚未嫁人,也不见她有男朋友,属于当年的大龄姑娘。在山乡里的小镇上,二十来岁的姑娘们都嫁人了。超过二十二岁,就属高龄了。像她这样过了二十五岁,连个男友也没有,不管是出于什么原因,都被世人瞧不起。小学校调皮的学生们,给她起一个绰号,就叫"高白胖",还有人有意无意在她背后叫"高老师",而不叫她那个很有女性色彩的名字马小禾。

马小禾脸相善,人也善良,整天微微笑着,话不多。但邓春一看得出,她表面上的笑容背后,掩饰着她的压抑和不悦。根本原因,就是她没个对象,举目望去,公社所在地的这么个乡镇上,除了个个都已成家的公社干部之外,供销社、卫生所、邮电所、粮店、百货店、食品店、畜牧站、税务所、农推站那些数得过来的小单位里,扳着指头数过来数过去,都是些中老年职工,哪里有年龄相当的未婚男子?而让马小禾找个农民,那是不可能的。故而邓春一的出现,自然成了小学校和乡镇社会窃窃私语的对象。

有女知青赶场天来探望邓春一,连平时沉默寡言、说话不多的老校工,

都会在事后拉着邓春一问:

"是不是你的对象啊?"

弄得邓春一哭笑不得。

学校里就他和马小禾两个单身教师。邓春一来了之后,学校就让他住在马小禾老师隔壁的一间房里,美其名曰校工宿舍。

说是隔壁,其实就是一板之隔。这是乡镇小学的单身教师宿舍,甚为简陋。上厕所都得走到操场围墙那头的菜园旁边,下雨天还得撑伞。邓春一是男子,图方便时,晚上就走出操场,直接在学校旁的农田里解决。马小禾是女性,夜深人静时,就在自己的房间里坐在痰盂上小便。板壁不隔音,她的一举一动,甚至轻咳一声,什么物件掉地板上了,邓春一都听得清清楚楚,如同看见了一般。反之亦然。虽然两个人之间说话不多,马小禾教数学,邓春一教语文,教学上甚少交流,但是住在鸡犬之声相闻的两间房里,两个人之间可谓是心照不宣地熟悉的。熟悉声音比熟悉性情更甚。

有时候相对走过时,两个人都会相视一笑。

临近寒假,学生们进入了紧张的考试阶段,考完之后,先交卷的学生背着书包往村寨上赶。

天阴着,山野里一片凋零。天空时不时飘下几滴雨。不到黄昏时分,学校里已经清静下来。校园里空荡荡的,什么声音也没有。

邓春一着了点凉,感觉自己身上微微发热,似乎是感冒了。不想吃晚饭,他找出两片阿司匹林,就着温开水吃下肚去,只脱下外衣裤,掀开被子躺在床上。

望着张开的帐子顶上那片泛了黄的水渍,他脑海里忧郁地盘旋着,这无尽的死水一般天天如此的教书生涯,何日是个头?插队落户当知青,孤身生活着,一切都得自己小心谨慎,偶有不适,哪怕仅仅只是咳嗽感冒,都得自己应付。小小的乡镇太偏僻了,一天一班的过路客车,颠颠摇摇地在盘山公路上开往县城,都得四个多小时。遇到雨天塌方,路一断,这地方就如同与世隔绝一般啊。校园里静极了,啥声音都听得见。校门口离得那么远,老校工养的那两只鹅的叫声,还能依稀听见哩!

唉,这个矮矮小小的校工,为小学看门,一看竟然看了大半辈子,他这二十多年,是怎么熬过来的啊……

东一个念头?西一个念头浮现在脑海中,逐渐混沌起来,迷糊起来。帐顶上的那片泛黄的水渍怎么化开了,看不见了?是药片的作用,还是累了?邓春一睡着了。

咚的一声骤响,把躺在床上的他震醒了,隔壁传来马小禾的一声惊问:

"怎么回事儿?"

邓春一睁开眼,屋子里漆黑一片。他进屋时没关严的门被山里的风吹开,又重重地关上而发出来的响声。

邓春一伸手到床头,摸着电灯开关,按了一下,啪嗒一声,电灯没亮。停电了,这是常事,邓春一喘了口气,想定定神,再起来搞点儿吃的。

吼啸的山风又一阵吹来,没上闩的门再次被吹开,"嘭嘭嘭"的一阵阵响。

不能拖延了,邓春一从床上坐了起来,想穿上衣服、裤子,点亮煤油灯。

"嘭嘭嘭",板壁上敲击了几下,传来马小禾的声音:

"邓老师,邓老师!邓……"

"哎,我在。"

"停电了,你有蜡烛吗?"

"我……我点煤油灯。"

"那你咋不点?"板壁之间有缝隙,开没开灯、有没有亮隔壁都有感觉。

"我……有点不舒服,躺、躺着……"

"那你别起来,我替你拿蜡烛来。"马小禾利索地说着,嘴里在嘀咕,"我说咋没听到你煮晚饭吃呢!病了,你哼一声啊!"

说话间,只一会儿工夫,她已经绕到门前,推开门,走进了邓春一屋里。

劲吹的风拂来阵阵凉意,仍然使邓春一的屋里有了一股女性的气息,邓春一嗅了嗅,那是她身上抹的雪花膏的香味儿。

马小禾定了一下神,似在适应邓春一屋里的黑暗。继而她返转身,重重地把板门关上,又闩了门闩,遂而探索般往前走了两步,把手里一支蜡烛重重地放在邓春一的三抽桌上,摸出火柴,擦燃了火,点亮了蜡烛。

蜡烛的火焰跃动了几下,马小禾把火柴丢在桌面上,拿着蜡烛,朝着邓春一的床边走过来。

邓春一只见蜡烛的光焰中,马小禾白皙的圆圆的脸庞上挂着淡淡的笑容,朝他一步一步走近。

"哪里不舒服?"她关切地问。

"好像、好像有点寒热。"邓春一清醒了。匆匆忙忙赶过来,马小禾肩上披了件棉袄,里面穿了一件贴身的黑毛衣,紧紧地裹住了她丰满的身子。毛线衣把她隆得高高的胸脯,显眼地勾勒出了一条曲线。"吃了药,现在好多了。"

邓春一连忙移开了目光。

"我看看,"马小禾把蜡烛往两只木箱叠起来权当床头柜的桌面上一放,不由分说地伸手过来,摸了摸邓春一的额头,"好像是有几分热度的。你吃了什么药?"

"阿司匹林。"

"身体的感觉呢?"

"比黄昏时分好多了,那一阵迷迷糊糊的,这会儿清醒多了。"

"吃过东西吗?"

"没……还没有。"

"饿了吗?"

"这会儿感到有点饿了。"邓春一察觉到,马小禾的手一直留在他的额头上,轻轻地来回摩挲着。他觉得挺舒服的。

马小禾移开了她的手,把手放到他肩膀上,对他道:

"你别动,我弄给你吃。刚才我煮了点鸡蛋面条,将就吃一点,行吗?"

邓春一客气道:"那多不好意思……"

"有啥嘛……你等着。"她转身出了屋子。

当她端着两碗面条,走进他屋里的时候,邓春一顿觉整间小屋弥散着面条、鸡蛋和芝麻油的香味。好香啊!他饿了。

面条煮久了,放在锅里有点糊烂了。有些轻度感冒的邓春一吃得热乎乎的,感觉特别爽口和鲜美。而坐在他床沿上,含情脉脉地注视着他的马小禾,在烛光里也显示着平时从未有过的亲切、白皙和温柔。

收了碗,马小禾轻声问他:"还需要什么吗?"

邓春一猜测,她是不是要离开,不由得有点儿遗憾,他的目光移到三抽桌的竹壳热水瓶上,说:

"我想喝口水。"

马小禾给他倒了半杯水,走近他床头,递到他面前。

他接过了杯子,并没马上喝,而是抓住了她拿杯子的手,感动地道了一声:

"谢谢你,马老师。"

"叫我小禾姐。"她听出了他的这声道谢是发自肺腑的,挨近了他的身子,娇声要求道。

她身上那股青春的异性气息,一阵一阵地向邓春一拂来。邓春一拉住了她的手,把脸埋在她隆起的裹得紧紧的黑毛衣胸前,叫了一声:

"小禾姐。"

"成了你小禾姐,我就不走了。"她的另一只手拂灭了床边的蜡烛,俯下整个上半身,把脸贴到了他的脸上,"陪陪你,一晚上陪着你。"

邓春一双手一张,把她搂在怀里……

半年之后,邓春一和马小禾举行了婚礼。

一年多以后,他们的女儿出生了。

由于有了家庭,有了正常的工作,结束了知青生涯,故而到了1978、1979大返城的年头,丧失了知青身份的邓春一,已经不能按照知青政策回到上海。

但他不甘心和马小禾及独生女儿一辈子待在偏远的山乡,改革开放初期,只身去了澳门打工。在澳门孑然一身打拼了一年,辛辛苦苦积攒下1万美元,他又去了澳大利亚闯荡。进饭店洗碗,当大货车司机,开小铺子卖拖鞋、雪地鞋,开面馆,开咖啡馆……整整在澳洲拼搏了十年,他成了一个有点本钱的华人企业主,于是投资开设了一家1200平方米的酒店和娱乐场所。那地方在悉尼的闹市地段,生意好得让人羡慕。而既卖饭菜又有玩耍的地方,和悉尼社会的三教九流都会接触,大大拓展了他在澳大利亚社会各界的知名度。正当人们眼红他从事的既受人尊重又赚钱的行业时,他把那地方整体出让了。不但华人界不理解他的举动,澳大利亚上流社会的商界人士都觉得他的行为出人意料。原来他看到了更好的商机,带着一大笔钱回到了上海。那几年上海的房地产市场刚刚起步,他既不炒地皮,也不盖房子,只凭自己的实力购买房子,在市中心买,郊区的别墅也买,稍显偏一点的地段也买。事实证明,他的这一招不但高明而且英明,花费的精力和心血比在澳大利亚辛辛苦苦地应付社会的方方面面都少得多。

在这时间段里,他处理了自己的婚姻。当他和马小禾分离十来年之后,在回到马小禾与长成十多岁姑娘的女儿面前时,连马小禾本人也觉得这婚姻名存实亡了。他坦然向马小禾承认,他的身边有女人;马小禾同样向他承认,他一去就杳无音信,是死是活都不知道,她和县城里一位丧妻的英语老师同居着,只是住在一起,不可能结婚。当邓春一向她提出离婚时,马小禾出乎意料地表示,既不要他的钱,也不要女儿的抚养费,他们之间谈不上谁对不起谁,马小禾只提出,他得利用在澳大利亚多年的资源,帮她和女儿移民到澳大利亚去。这对他来说不是难事儿,他把马小禾和女儿移民到了澳大利亚,顺顺利利办妥了离婚手续。让他想不到的是,马小禾与女儿到了澳大利亚没两年,又把县城中学里的英语老师办到了澳大利亚。很简单,定居澳大利亚的马小禾回来和英语老师结了婚,没费多大周折就办成了丈夫的移民。马小禾对邓春一说，七八年了，是英语老师伴她抚养大了女儿，还教会了她一口英语，况且他与马小禾年龄相当，不像她和邓春一，她整整比他大了五岁。双双走出去，她永远只能是他的小禾姐。

他的婚姻就是这样以各得其所的方式画上了句号。

他在上海经营房产买卖时，偶尔应邀参加知青团体的聚会活动。尤其是在一次和安徽石台知青联欢时，听说了乔琳朗坎坷的人生经历和不幸的婚姻，说她是著名的"克夫星"的同时，对她的花容月貌、绝色之美，使用了夸张和过分的语言形容，引得邓春一忍不住偷偷地来到工艺品小店一睹她的风姿。

邓春一对乔琳朗一见之下，觉得她风韵不减的美貌比男女知青们所说的还要出众，见过她之后，他就忘不了啦！这是他一辈子从来不曾有过的感觉。想到她的恋爱和三次婚姻，他经常会在夜里睡不着。

糟糕的是，和他讲过话之前，乔琳朗对他也有印象。

这个男人，一次又一次走进长乐路上她的工艺品小店，装作在看小商品，实际上却一样东西也不买，只在偷偷地斜过眼来瞅她，连续三次都是这样。

乔琳朗怎能不关注到他呢！三次，不晓得是他刻意打扮，还是他想让她认不出来，一次穿的是休闲装，一次则是西装革履，从头到脚都是名牌，最后一次是唐装。不论他穿了什么服装，在懂得点儿裁剪和服饰的乔琳朗眼里，衣服料子都是上档次的。

穿得如此讲究，他当然不会是小偷。那么他想干啥呢？

乔琳朗心头存了一个疑问。

石台知青联谊会的伙伴们不失时机地出现了，几位会长一起到乔琳朗的小店来参观，邀请乔琳朗赴宴。

"不费事的，就在锦江饭店北楼的宝瓶口，离你的小店很近，步行不到十分钟就到了。"杨会长还神秘地凑近她耳畔，说有一个知青经历颇为特别，很想认识她，希望她不要推托。正在商量筹备中的上海知识青年历史文化研究会的几位头面人物,还有我们知青作家叶辛,都说请她给个面子,和人家见一面。

"是谁呀?"说得这么隆重,乔琳朗忍不住问了一声。

"去了你就晓得。"杨会长的笑容诚恳得让乔琳朗不能婉辞,她因为"克夫星"的名声和三场引得人传播甚广的婚姻,基本上是不参加众多知青参与的活动的。杨会长还开了一句玩笑:"也让我们这些人上锦江北楼开开眼嘛!"

乔琳朗哪里能拒绝?

到了锦江北楼宝瓶口的包房里,一眼看到他,那个来过她小店三次的男子,乔琳朗就猜到了事情的大半。

金力也已猜到了后面的情形。他惊疑地看着母亲,他亲爱的妈妈。妈妈喝了两小杯菊普,把和那个叫邓春一的男子相识之前的事,说得这么详尽和细致,而且看呀,叙述期间,妈妈的脸色白净红润,面颊上绯红绯红的一片,一双眼睛,明亮得几乎可以容纳下整个天空。连她说话的语气,都带着从未有过的清脆悦耳。金力明白了,妈妈动情了。在他的记忆里,他从来没见过妈妈的脸如此神采焕发,从来没见过妈妈的眼睛里带着如此浓烈的感情。是啊,妈妈也需要感情的滋润和慰藉了。还有谁比金力更了解自己的妈妈呢?妈妈虽然嫁过三个男人,可她究竟得到过多少爱呢?除了遭到世人在背后"克夫星"的指责、受到后两个丈夫的影响之外,她真的没有得到过多少爱。金力没有对自己父亲金航的记忆,可对妈妈后来嫁的两个男人宋向彪、姜承兴,金力是有一点残存的记忆的,实事求是地说,他们对妈妈是客气的,对金力也从未有凶声恶气的表示,不像社会上经常说及的那些后妈、继父动不动就打骂、虐待孩子。但他们骨子里不是好人,他们用表面的假象欺骗了妈妈,一个是用手中掌握的权力,一个是用贩毒赚来的金钱。而妈妈呢,并不是看中权力和金钱,妈妈要养活他,要把他拉扯大,出于无奈,才受了这两个男人的骗。要说妈妈有错,那就错在妈妈过于轻信了。作为儿子,金力是理解妈妈、体谅妈妈的。这次遇上的名为邓春一的男人,听妈妈的介绍,那是放得到台面上的。可这只是人家的介绍和妈妈初次接触的印象啊,还得细致地打听和调查了解一下,千万别再受骗、上当了。金力觉得身为已然成年的儿子,自己有责任提醒妈妈。只是得候机会,金力不想马上就对妈妈讲。妈妈这会儿已经坠入了情网,从妈妈说话的语调、肢体语言、手势、眼神,都能看出妈妈对那个才接触了没几次的男人,已是一往情深地爱上了。

作为已经成年并有家室的子女,对待自己父母重新燃起的感情,多少都会有一点这样那样的想法的。

可金力不一样,他太了解自己的妈妈了。更主要的是,金力有过和于玲芬、凌真的感情及性的经历。他对女性的洞察和理解,因为这样两个非同一般的女人的影响,要深入和深刻得多。在妈妈喋喋不休、滔滔不绝又局促又激动不已地讲完之后,金力只是对眼巴巴望着他、等待他表态的妈妈淡淡地微笑了一下,抿了抿嘴,说:

"你接触了几次,觉得他怎么样?"妈妈使劲地点了点头,取过一张餐巾纸,轻轻拭了一下嘴角,说:

"好的。我对他讲了,关于我的过去,知青们中间有着种种不好的议论的。"

"这个你也说了?"

"说了,我说我嫁过三次人……"

"他怎么讲?"

"他说了,名义上,他只同马小禾有过一次婚姻。但在澳大利亚生活的十多年,他身边也有女人,只是没办过正式手续,还不止三个……"

金力的身子往前倒了一下,关心地问:"那他现在……"

"现在他当然是单身男子。"妈妈截住金力的话头说,"并且他明确地,几乎是诅咒发誓地表示,无论从年龄、社会地位和阅历,从他和马小禾的女儿已经长大成人种种方面来说,都不允许,也不可能再像过去一样潇洒、风流和荒唐了,他在对待和我的关系上,是慎重地、认真地,经过深思熟虑的。

而且,那天晚上在锦江北楼宝瓶口吃饭,一桌的知青名人都是我们相识的见证人,应该不会是轻率之举。"

听妈妈这么讲,金力还能说啥呢?金力双手放在桌面上,点着头说:

"妈妈,我是不会有啥想法的。我从心底里盼望,你能过上更安定幸福的日子……"

"谢谢!还有兰兰那儿……"

"我会给她讲的。"金力明确表示,"她的心善,不至于……"

"她从石台农村出来,观念更传统,你得想好再说。"

"我明白的。"

"妈妈专门单独找你来,还因为这个。"妈妈说话的语气庄重起来,她的双手也一起抬到了桌面上,放慢了语调说,"邓春一征求我的意见,婚后,他有两个关于我们未来生活方案的设想。"

金力扭动了一下身子,这关系发展得真是神速,这是出乎金力意料的。他们不但已经谈婚论嫁,而且还为婚后做了设想。这也许就是妈妈这个年龄段男女恋情的特点吧?

金力拿起茶壶,先给妈妈的杯中斟水,再给自己面前的杯中续水。

妈妈端起杯子,喝了一小口茶,接着道:"邓春一说,他在悉尼城里有公寓房子,在离悉尼几十公里的卧龙岗还买下了一套意大利设计师建造的别墅,奋斗多年,他不想拓展生意了,只想收拢业务,在城里和海滨两头住住,过几天安定享受的日子。如果我愿意去,作为妻子移民是很方便的。"

"你怎么回答?"金力问妈妈。

妈妈摇摇头:"我说去澳大利亚走一走,游玩一下,我当然愿意。要定居下来,我都这么一把年纪了,人生地不熟的,肯定难以适应。"

"换了别人,求之不得呢!"金力笑道,"上海多少人想到外国去啊。澳大利亚也是一个热门选项。"

"他听了我的话,表示可以理解。"妈妈自顾自说下去,"提出了第二个

上海·恋 261

想法,说他在青浦那里买过一套别墅,几年工夫价格翻了一倍。他说既然我舍不得离开儿子,总是挤住在永加路的亭子间里,太委屈了。不如把青浦的别墅卖掉,干脆就在莘庄离你近一点的小区里,买一套大点的房子。这样,上海、悉尼两头住住,逐渐步入晚年的门槛,行不行?"

金力一怔:"那他青浦的别墅就不要了哦?"

妈妈把手一挥:"我也问了他,他说反正也没住几次,毕竟离市区远了些,不方便。主要是为了我能改善条件。"

从妈妈讲的情况来看,邓春一这人不但通情达理,还挺能替妈妈着想的,金力本身没多大的能力,妈妈能遇上这么一个爱上她的男人,算是妈妈的造化了!

"能这样,"金力说,"当然是很理想的了。"

妈妈垂下了眼睑,指尖在桌面上轻轻叩了两下,以推心置腹拉家常的语气对金力道:

"我也愿意接受他的这一考虑。在你居住的小区或是附近买下一套房子,双方随时叫得应,无论对金琳、兰兰和我们母子,都是好事儿。永加路陈旧的亭子间,我都住厌了。"

金力仿佛仍能嗅到外公家亭子间的气息,那股压抑的气氛,阴雨天晦暗的光线,几乎无法挪步的逼仄,白天也得打开电灯上下的楼梯,让他一想起来就感到窒息。回上海这么多年了,妈妈始终苦恼地住在这种环境里,金力往深处思忖一下都是内疚的。

"近年来,"妈妈淡然一笑,接着说,"外公、外婆年事日高,我的那些兄弟姐妹主动来表示:退休了,也应该照顾父母。这当然是好事儿,但在这些尽孝行为的背后,也隐含着对外公外婆现在居住着的客堂、厢房的考虑,他们怕把服侍的事情都推给我,将来二老走了之后,会把房子全留给我。现在,永加路地段这样宽敞的两间房子,连带厨卫,折算成人民币,可是一笔巨款啊!我爽快地答应和邓春一组成新的家庭,也是想告诉自己的兄弟姐妹,尽心尽力照顾父母,我并不是想独吞父母的房产。"

哦,妈妈这样的想法,是凡事从不往深处思考的金力想不到的。金力愣怔地望着妈妈,愈加由衷地感到妈妈生活的不易。

十五

金力做梦都没有想到,他会在这么一种情况下撞见凌真的丈夫钱翔。

更准确的说法是,钱翔会出现在他的面前,令他连回避的机会都没有。没有,一点没有。

金力在松露别墅41号的二楼上擦窗户,活是凌真前几天叮嘱他干的。凌真在电话里对金力说,这一周金力若到松露别墅去做保洁,带上擦拭窗玻璃的工具,除了给房间通风透气调试设备,再把窗户擦一下。

接到这个电话金力才醒悟,连续几年来,他疏忽了。最初凌真安排他干活的时候,只让他一一调试日用水、电、气及空调,开窗通风透气,没提到擦玻璃。按道理,擦拭窗户,保持门窗的整洁,是包含在保洁员的工作中的。而他呢,毕竟不是受过培训的专业保洁人士,把这一细节给遗漏了,搞得凌真还得专门打来电话让他干。他有点歉疚。

今天来到41号别墅,细细地一观察,还真是不看想不到,细看吓一跳。别墅上下三层楼的窗玻璃都脏了,特别是靠近窗框的部分,积起的灰尘、污垢已发了黑,擦拭器一抹下来,如同涂抹上了一层煤灰,擦起来还有点儿费事。

清洁剂、擦拭器、抹布"三"管齐下,金力忙乎了一上午,一幢三层别墅的窗户玻璃才擦一半。看样子得干到黄昏时分才能歇息。

把兰兰给他准备的饭菜在微波炉里热了热,自己做了个简单的番茄鸡蛋汤,吃过午饭,只休息了半小时,金力又继续擦拭玻璃窗户。看着一扇扇窗子被擦得明光铮亮,一间间屋子也随之敞亮起来,金力心里说,下回凌真到别墅里来,看见通明透亮的房间,一定会满意的。要让她眼睛一亮,感到喜悦。

毕竟,他及时把活儿干了。

正擦拭二楼上的一扇窗户,上方的那块大玻璃上有拳头大小的污痕,擦拭器抹过不起作用,金力换了一块湿布,用了点力气才有效果。这时楼下响起一声小轿车的喇叭声,鸣声有点沉闷。

金力循声望去,一辆车头上有个小飞人的轿车开到了41号别墅门前,停的位置恰是凌真平时习惯停靠的位置。

金力心中一喜,是凌真来了!

他目不转睛地盯着车子。这是一辆高级轿车,价格不菲的,光看车型和光可鉴人的亮度就感觉得出来。金力叫不出这是什么名牌车,在这点上,他还不如兰兰。别看兰兰从乡下来,在上海打工几年,她都叫得出什么"别克""奥迪"之类的名称,只瞅一眼就能报出名字。在金力眼里,所有的小轿车都一样,能坐上已经蛮不错的了,管它是啥牌子。他唯一记得的轿车名字,是初进环宇公司时于玲芬坐的那辆车子的。首先,它是供女士专用的红颜色,在街上跑起来格外醒目。其次,当时开车的司机符向安向金力吹嘘,这是于董通过关系买来的美国原装高级轿车,红色福特。还有个原因,"小白脸"符向安开着一辆红色轿车,保安们背后嘲笑他,说这娘娘腔小白脸自以为是,人家都骂他是于玲芬的"面首",开红色小车蛮配的。

金力宁肯不相信符向安和于玲芬有那层关系,但他由此懂得了"面首"是什么意思,他也记住了红色福特这个名字。

望着开到41号别墅门口的轿车,金力转念一想,凌真历来低调,一贯不喜欢在人前炫耀。他猛地想到,车里坐着的不是凌真。那会是谁呢?

车子从他眼前一闪而过的时候,他看见了车上坐着两个人,一男一女!女的二十来岁。

金力正满腹狐疑地张望着,车前门打开了,一个男人下了车,往41号别墅门前走来。车里坐着的女人也把车门打开,伸出了一只脚。男子转脸对她说了一句什么,她又把脚收回去,砰一声关上了车门。

看清楚下车的男人走到了41号别墅门前,金力的血直往头顶上涌。从来遇事反应迟钝的他,这会儿像被人在肩上拍了一下似的想起来,还有谁会径直走进41号别墅来呢?

这男人是凌真的丈夫钱翔无疑。明白了这一点,金力只愣了一瞬,连忙跳下窗台,定了定神,往楼下走去。他紧张得血往脸上涌。

凌真对他说起过,钱翔时不时会出其不意地到上海来,来的时候还经常不告诉她。看来,他今天是碰上了。

真倒霉!

金力刚在弧形楼梯上走到半截,门打开了,一个身穿西式浅灰色休闲装的中年男子走进了门厅,神态自如地环视了一下窗户四开的客厅。他一眼见到了放慢脚步走下楼来的金力,眯眯含笑地朝金力点了点头,语速慢腾腾地招呼:

"你是……"

虽然他举止斯文,声音有点沙,金力仍然看出来,在他的目光刚和自己的眼神接触的一瞬间,他那双虽然小小的却亮得晶晶放光的眼睛里,掠过一丝疑惑。

金力连忙快走几步下了楼,谦恭地笑着道:"我是来房间里做保洁的服务人员,我叫金力。先生,你……嘿嘿,我、我……"

他不好意思地搓着自己的双手。他不是谦逊,心中确实慌张得有点不知所措。

"啊,好,你是来做保洁的,很好,好啊!"中年男子往侧边踱了两步,从头到脚打量了金力两眼,语气平和地说,"是我妻子凌真让你来的吗?"

"啊,"金力听出他是在盘问自己,"是她让我妈通知的。"

"哦,你妈。"他的手往楼上指了一下,"凌真和你妈在楼上吗?"

"没、没有,她们没来。"

"你一个人来的？"

"一个人。说是玻璃上都是灰，让我来把楼上楼下的窗户全擦拭一遍，通风透气，同时调试一下空调煤卫什么的。"金力心中有数了，他到松露别墅来，带着个女人，果然事前没跟凌真说。

"那好啊！"他双手背在身后，一脸主人的神色，歪了一下脑袋问，"活干得差不多了吧？"

"还、还有点儿。"金力双眼诚恳地望着他，"玻璃好久没擦了，脏，我一早过来，还有一半的活没干哩。你看楼下这一层的窗子上，全是灰尘……"

他顺着金力手指的方向瞅了一眼，手一挥道：

"这样吧，你一早过来干到现在，也累了，今天的活就别再干下去了，改天通知你什么时候来，你再把活干完。"

"好的，好的。"金力弓了一下腰，"那我上楼把工具收拾一下，马上告辞，马上告辞。"

说完金力转身快步跑上楼去，把擦拭器、清洁剂、抹布、手套等工具，全部利索地塞进帆布袋，随手关上了几扇窗户，疾速地走下楼来。他的脑海里不时地闪过门口那辆高级轿车里伸出的那只女人的脚，心里忖度着，人家巴不得他赶紧滚蛋呢。

金力向男主人告辞时，他像想起了什么似的，对金力招招手，从休闲装口袋里取出一只绛色皮夹子，抽出两张一百元钞票，往金力面前一递：

"这是一点小意思。"

金力望了望钞票，没有伸手，摇头道："我有工钱的。"

他有些不耐烦地晃了一下钞票，崭新的钞票发出哗哗声："收下。"

金力接过钱，轻声说："谢谢！"转身出了别墅门。

过门口的时候，金力特意朝轿车瞅了一眼，原先坐在车上的女郎不见了。她会待在哪儿呢？

走出松露别墅，金力长长地舒了一口气，全身上下绷紧了的神经，到了这时才放松下来。

步行了三四百米才打到车,身子倚靠在出租车后座上,金力感到从未有过的疲惫和乏力。和平时到宛平南路905室及松露别墅做保洁相比,擦拭窗户的活儿是要累一些,但那终究不是像送水工、装卸工们干的重体力活啊!况且吃过午饭还休息过一阵,重新登上二楼窗台,眺望松露别墅那些远远近近、风格各异的房子和露台时,金力的心情还是轻松愉悦的,这阵儿怎么会感觉如此疲乏呢?疲乏的同时,还有股莫名的不悦。这是啥原因呢?

不用说,全是由无意之中撞见了钱翔引起的。

走出41号别墅门时,金力有一种立即就给凌真打电话告诉她实情的冲动。

可才转了一个小弯,眼睛看不见41号别墅了,他又改变了主意。跟凌真通话,告诉她自己刚才遭遇的一切,又有什么意思呢?她不是都知道吗?以往她不是早就告诉过他,有这种情况吗?现在特意打电话跟她说,是让她赶过来,还是表示他对她的忠实?她听说了这件事,除了会不高兴,还能怎么样?

金力和凌真维持这么一种亲昵的、双方都愉悦和放松的隐秘关系,转眼已经四五年了,自己的女儿金琳都已进小学读书了,妈妈和邓春一已经历了相识、相恋、结婚成家,都去过澳大利亚的悉尼畅游并小住一段日子回来了!那么长的时间里,金力还是第一次撞见钱翔,应该说是庆幸之事。

由于凌真的警觉和提醒,金力对这个没见过面的人物,同样是戒备和提防的。凌真强调了他的无所不能、他的神通广大,早令金力对他有一种天然的望而生畏之感。是的,他对凌真是不忠实的,他在外面的世界里纵情声色、荒淫无度,他还被拍下了近乎赤裸裸的、被如云佳丽包围着的照片,凌真说过还有更不堪入目的相片,可他名义上仍是凌真的丈夫。他至今没有和凌真解除婚约,法律意义上他们还是夫妇。金力想过,既然他们的夫妻关系已经名存实亡,在钱翔不提离婚的情况下,凌真为何不提出离婚呢?

金力苦苦地思索过这一问题。

是凌真不能提？是凌真不想提？是凌真不敢提？

她想过的，婚姻糟糕成这样，可以说他们之间几乎已经没有了夫妻生活，她能不想这个问题吗？

肯定想过的，情感上也是接受不了的。虽然想过却不能提。当然凌真会想到她和钱翔生下的女儿，做妈妈的一碰到这类事儿，首先想到的必定是亲生骨肉，是子女，是生活在市郊教堂氛围里的女儿。婚姻存续期间，她都那么注重女儿的成长环境，考虑到不要让女儿受到家庭奢华、富甲一方的影响，遇到了这类事儿，她还能不考虑女儿的感受？还有，凌真个人的具体情况，同样使得她不能提啊！她没有工作，没个职业，没有任何自力更生的收入来源。她住在豪宅里，雇用着保姆，要吃要喝要消费，过着养尊处优、随意挥霍的日子，不全是钱翔为她提供的吗！她要一离婚，这一切就全没了，她到哪儿去才能享受这样的生活？现在这样，除了没有夫妻之间的感情生活、性生活，其余的一切她全有。至少在表面上，她过的是人人羡慕、上海人称为"福气好"的雅致而有尊严的生活。

更主要的原因，更深层次的原因，恐怕是她不敢提。

既然钱翔是一个像她深知的那么厉害的角色，一个神通广大，无所不能，把你害死了都会做得不露痕迹，被害者连自己是怎么死的都猜不到的人物，一个妈妈提过的"白手套"，凌真若敢于向他提出离婚，流露出和他一刀两断的意思，她会有好结果吗？

凌真是聪明人，她一定把这一切来来回回、彻彻底底、详尽细微地想了个透。故而她要参与"太太圈"的吃喝玩乐，故而她要消磨时间，故而她非常清晰地明了自己的处境，想就这么既来之则安之地一天一天消磨过去算了。甚至在男女之间的感情上，也仅止于像"太太圈"里那些女人那样打情骂俏、逢场作戏、半真半假地混混罢了。

可她终究是个有血有肉、情感炽热的美丽女子，她心理上同样需要慰藉，感情上同样需要宣泄，生理上同样需要满足、愉悦和发泄啊！金力再明白不过了,自己就是凌真在这么一种情境之下相中的。

在表面上,在世人的心目中,在她参与的说话放肆的"太太圈"中,鉴于她居住在那么一幢神秘大楼中的身份,她都得维持一种端庄贤淑的女士形象,不能有任何让人抓到话柄的言谈举止。她只能采取更为隐蔽,更加如履薄冰、小心翼翼的方式,来达到自己的身心需求和满足,故而才会有金力从一开始就得到的印象,她温婉可人,她秀气娴静,她笑容可掬,她腰缠万贯却平易近人,她给人以亲近感和待人善良和蔼、随和自然的印象,上海人所说的"好说话、好商量"……

出租车停下了,司机回了一下头,问半眯着眼靠在后座上的金力:

"要进去吗,先生?"

金力睁大双眼,定了定神,这才看到,车子已经停在了他家所在的小区门口。他一边从衣兜里掏交通卡,一边说:

"不要进去了,我走不了几步路。"

司机打了卡,把发票和交通卡一起递还给金力。金力拎着擦拭保洁的用具推门下了车。

一只眼睛有点"斜白"的苏北保安迎面朝金力点头:

"难得啊,金力,坐出租车回来。"

"斜白眼"保安四十出头了,金力刚住进小区就认识他了,他脸上浮着笑,那笑容却是颇有含意的,话里也有话。金力原来在环宇公司当保安,现在干保洁,地位和他这个当保安的差不多,"脚碰脚",今天坐着出租车回家,所以他会这么来上一句,既酸溜溜的,又有点儿羡慕、嘲讽。

金力平时从松露别墅回家,打的只坐到莘庄地铁站,再换乘两站公交回去。今天思绪跑远了,上车报了个小区路名,出租车把他直接送过来了,怪不得让"斜白眼"保安稀奇。

金力的反应再迟钝,也听出了他话里有话,于是一边重重地关上出租车门,一边举起手里的帆布工具袋,说了一句:

"今天做累了,腰酸腿痛,潇洒一回。"

"斜白眼"保安一只正常的眼睛牢牢盯在金力脸庞上：

"我晓得的，金力，你现在是替高档豪华小区的上流社会当保洁，坐得起出租。放心吧，我不问你借钱。"

这个家伙，在上海打工多年，学得多精怪啊，什么都瞒不过他的眼睛！我从未给他讲过在什么地方打工，他怎么猜出来的？

走进小区，金力放慢了脚步，一步一步往自家楼房走过去。

上海正是早春返暖的天气，小区的绿化带中，几朵鲜红鲜红的茶花还没凋零，玉兰花洁白的花蕾却已爆开了苞，看上去很可爱很诱人的。

午后的 2 点多钟，小区里十分清静。午睡过后的老人还没出来散步，幼儿园、小学里的孩子还没回家，也没到下午 4 点惯常的遛狗时分，金力一路走过来，躁乱不安的心情平静下来了。

他居住的小区里都这么安宁，松露别墅小区，该是更为静谧吧。

金力的脑海里不知怎的闪过一幅画面，刚才和他面面相对讲过话的钱翔和那个他带来的女郎在床上颠鸾倒凤的情景，活灵活现出现在他的眼前。

金力惊愕地收住了脚步，揉了揉自己的眼睛，定睛往前看去，不错，自家的楼道就在前方了，这是走在小区里。

可是脑海里、眼前，怎么会产生这样的幻觉，出现如此逼真的图景呢？如若这幅画面栩栩如生地掠过凌真的眼前，她会怎么想呢？

开门进屋，房间里同样寂静一片，安安宁宁的。兰兰喜欢干净，虽然只是普普通通的两室一厅，她把一切收拾得井井有条、规规整整。连金琳都自小就懂得了"东西要放在一定的地方"，为此，常受到奶奶乔琳朗的表扬。

生活安定了，条件好了，经济上宽裕了，三口之家的氛围，都是平静祥和的。

金力给自己沏了一杯茶，坐在客厅电视机前面的单人沙发上，摸出手机，给凌真打电话，一五一十地把在松露别墅撞见钱翔的情形说了一遍。

凌真接听他的电话,没啥意外的表示,只在金力说话停顿的时候,嗯了一声。

金力讲完以后,耐心地倾听着,想要知道她的反应。

凌真那边静静的,一点声音也没有。

金力喝了一口茶,盖上杯子以后,仍没听到凌真的表态,忍不住喂了一声。

凌真回答:"我在听着。"

金力有些诧异,连忙申明:"事情经过就是这样,我讲完了。"

"噢,我以为你喝完水还要讲呢。"凌真说,"你慌张吗?"

"不慌张,在他面前我就是个保洁工。"金力照实说,"但心还是怦怦跳。"

"怕吗?"

"说不怕是假的。你平时讲那么多,我印象太深刻了。"金力吐着心里话,说是第一次见他后,心里总是感觉到这个人的存在。

"是啊!"看来凌真有同感,她在电话里道,"你收下他给的200元,是对的。"

"为啥?"

"坚持不收,他就会怀疑了,弄不好以后还会问我怎么找到你的,给多少工钱,等等。"凌真向金力道出自己的担心,并解释说,"他在海外久了,给小费成了习惯。回到中国来,到饭馆、进酒店,给小费也是他显示派头的一种方式。"

金力道:"只要你觉得我没做错啥,我就安心了。"

"没啥错。"凌真在电话里停顿了一下,金力还能听清她的喘息声,他对她的喘息声太熟悉了。在他听来,她的喘息声都带着秀气。凌真问:"车上那个女的,你看清了吗?多大年纪?"

"二十出头,"金力极力回忆着,"发型做得很时髦,我只看到大半边脸,没怎么看清楚,车子一晃就过去了。"

"我知道了。"凌真讲话的语气平静得令金力生疑,她仿佛听到的是与己无关的事情一样,"你回到家了,好好歇息。"

"什么时候再去擦窗户?"

"我会通知你的。在我给你电话之前,你暂时别去松露别墅。"凌真沉吟了片刻,答复金力,"宛平南路你照常去吧。"

金力恭顺地答应一声,挂断了电话。

凌真出乎意料的心平气和仍然让金力吃惊。她没有愤怒,没有妒忌,没有气恼得失态,如同处理一件日常事务般,看待丈夫的出轨和无耻。

杯子里的茶水喝到底了,金力给自己的杯子续了水,泥塑木雕般坐在沙发上发呆,思绪却如同奔马般活跃。

这些年中,有了凌真煞费苦心地为他安排的保洁工作,他维持住了一个男人立足上海滩生活起码的那点儿尊严。他有一份轻松自在的工作,有同普通打工者相比中等偏上一点的收入,有同样打工的妻子兰兰和女儿金琳,妈妈的工艺品小店生意发展得正常有序,发不了大财,却也无须金力赡养。他的生活是安宁祥和的,他的心态是知足的。

毕竟他没有起码的大学本科文凭,且一无所长,能够过上这么一份日子,已经是上上大吉了。

他算啥?他是个什么样的男人?他从未往深处想过,也不去想,不敢想。想起来就会心烦意乱,六神无主,自惭得无地自容。

可今天无意中撞见了凌真的丈夫钱翔,这个家伙打发叫花子一样给他200块钱的小费。钱翔不耐烦地给他两张新崭崭的钞票时的那副神情,完全是居高临下的,是把他视为仆人般的。

金力不愿想的问题,却固执而顽强地浮现在脑海中,逼着他非得去想,去梳理一番。

为了维持眼前这么一种生活状态,维持起码的生存条件,他不得不委曲求全地扮演一个说不出口、摆不上台面的情人角色。

他是凌真的情人,隐蔽的万万不可让人洞察的情人。这一角色是不光彩的,并且是充满风险的,一旦泄露就很可能大祸临头甚至丧命的。

最可怕的还是他摆脱不了的。

他能摆脱吗?他敢摆脱吗?

凌真到宛平南路,或是和他在松露别墅,他能拒绝她吗?

他婉辞了,他拒绝了,很快就会没有保洁工的活干,一切待遇也就离他而去。没了工作,恐怕连妻子兰兰、女儿金琳都会瞧不起他。他都经历过了,环宇公司倒了之后,他不是在家中待了一年之久吗!他投过无数次简历,找过多少次工作,不是那种活太低下,就是开出的工资连他在环宇公司的一半都不到,他能去应聘吗?能去干那种普通上海人瞧不起,甚至嗤之以鼻的活吗?

简直是不可想象的。

他只能恭顺地听从凌真的吩咐,无条件地接受她的安排,照着她所说的去做。好几年了,他在这过程中感受到了她的情、她的爱,他也在服从她、服务她的过程中倾注了感情,以至于熟悉了她的从心灵到肉体的一切。他逐渐地习惯了、麻木了,还从和她的亲热中寻觅到了喜悦和欢乐。就像相隔时间稍长一些,重新和他在一起巫山云雨时,她会忍不住说出:"需要,金力,我也需要啊!哦,金力,我的……"

我的什么,她从来没说出口过。但每当这时候,金力都会发现她眼角忍不住溢出的泪,这是委屈的泪,还是发泄的泪,抑或是欢悦的泪,金力始终没想明白。

他也不想费神去想明白,他只晓得,就如同他对凌真有了一份说不清、道不明的感情,凌真对他也是有一份感情的。

正因有感情在,他俩在一起时,能体验到爱的甜蜜,能享受到性的欢乐。

金力不是非得有凌真的性,他不像凌真那样有一种强烈的获得感和需要。他有自己的结发妻子兰兰,他和兰兰之间的性生活像千千万万普通的、正常的夫妇一样是相互满足的,兰兰对他还是满意得有几分自豪的。

只因他和于玲芬、凌真之间的关系,作为丈夫,他懂得怎样才能令兰兰快乐和幸福,幸福得如痴如醉、欲仙欲死。

兰兰是个打工女子,她在言语和交流时表达不出来,不过金力从每次他们纵情性事之后,兰兰埋着头直往他怀里钻,不停地一次又一次吻他,反复地挨上他的脸颊摩挲,在达到至欢极乐的高潮时,用压抑的生怕吵醒金琳的声音欢叫并拍打他肩膀,金力都能感觉得出来,她是快活和满足的,尤其是她摇着头一脸陶醉时。金力从来不对凌真挑明了说是受到了她的诱惑才坠入情网沉湎于和她的性事的,可他实际扮演的,就是听命于她、服从于她、受她摆布的秘密情郎的角色。

几年里金力已习惯成自然地觉得,凌真是他的主宰。

可今天撞见了钱翔之后,金力这一根深蒂固的观念颠覆了。他如梦初醒般惊愕地察觉到,她和他是一样的。

她被婚姻的面纱温柔地不动声色地牢牢地捆绑在笼子里,只要钱翔不和她离婚,他在外头再为所欲为,她仍是他法定意义上的妻子,她是没有自由的。她待的是无形、暴虐的囚笼,无处呐喊,无法反抗,无力挣扎。她深知自己的这一处境,只是为了紧随内心的欲望,为了人所共有的饥渴,在他的身上寻找一点可怜的慰藉和满足。

从这一点上来说,他和凌真是同病相怜的一对,他们俩在茫茫无助的尘世之中寻得一隅欢愉之所。

他和凌真只能是一对永远处于地下状态的情侣,和当初他与于玲芬的关系一样,从双方各自切身的利益和名誉出发,永远都不能示人。随着于玲芬的离开人世,她已经把这一秘密带进了坟墓。而他呢,也只能埋葬这段难忘的记忆。

正因有过和于玲芬那段刻骨铭心的、改变他人生命运的关系,而且竟然神鬼不知地瞒过了世人的眼睛,在金力和凌真如胶似漆的相恋过程中,金力始终怀有一种侥幸心理:只要他们处处谨慎小心,把每一次相见安排得天衣无缝,他和凌真的爱情是能长长久久地延续下去的。

毫无征兆地撞见了钱翔之后,他的这一想法被颠覆了。

直到此时此刻,金力坐在自家客厅的沙发上,木呆呆地沉思默想时,他才陡然明白过来,他的不知所措、他的六神不安、他的疲乏感和喉咙里的火焰般的干渴,从何而来。他一会儿想马上给凌真打电话,一会儿又改变主意拖延到了家中之后和她通话,他这会儿在家中坐定喝了茶之后仍无所适从,这全都是因为恐惧,来自钱翔的恐惧,怕给他看破了自己与凌真之间关系的恐惧。

钱翔身上有股什么魔力。他在笑啊,可他的微笑后面带着盘算和狐疑。他的一双炯炯放光的小眼睛露出的是友善的神情啊,可他的和善目光里含着凛凛的寒意。他不是还同金力寒暄了几句吗?可金力感到他的寒暄完全是虚情假意的。他在金力临走时不是还给了金力200元吗?可金力拿在手里觉得这钱像团火一样烫着,烫着金力的自尊心,烫得金力浑身不自在,似爬满了蚂蚁。

这会儿离开钱翔很远很远了,金力仍觉得他炯利的目光在什么地方盯着自己。钱翔竟有如此大的气场,带着神秘的气息笼罩着金力。

金力在不知不觉间,喝了一口水,又喝一口水。他从未这样渴过,从未如此魂不守舍坐着都觉得沮丧乏力过。

确实没有过,金力和于玲芬同样有过亲密无间的情人关系,在环宇公司里同样见过于玲芬的丈夫肖宏勋,那个仪表堂堂,是人都称他为帅哥的男人,有时候是知道他要来,有时候是不期而遇,金力从来没有过今天这种慌乱无措、不知所以的感觉。从外表上看,肖宏勋比钱翔强壮有力得多,举手投足都有股力度。保安们说,发财之后肖宏勋时常去健身房,言谈举止之间,颇有大将风度。

金力见他,从来没有今天撞见钱翔之后的诚惶诚恐,内心忐忑。

金力一点也没怕过他。

今天这是怎么啦?钱翔这个男人,穿着一身名牌,可站在那里的神情,还给人一种外强中干的感觉,真打起架来,他肯定不是金力的对手,金力一拳就能把他打趴在地上。

金力怕他的是什么呢？不安的是啥呢？惊慌啥呢？

这会儿不是回家了，一切安然无恙了吗？怎么还是浑身瘙痒般不自在呢？

金力搞不懂了，他又习惯性地拿起杯子。第二杯茶也喝到底了，金力站起身来想往杯中斟水，房门上有了响动。金力转脸望去，房门打开了，女儿金琳背着书包进了屋，一见金力，就喜出望外欢叫着跑进来：

"爸爸爸爸，你回来了吗？上午离家时，你不是说今天会回来得很晚吗？"

是啊，今天上午带着擦拭窗户的用具出门时，他对一同离家的兰兰和金琳都说了，要把大大的41号别墅从三楼到底楼的全部窗户擦完，可能要干到天黑才能回来，可爱的女儿金琳记住了。

金力迎着金琳走了两步，笑道："窗户太多了，东家让我分两次擦完，爸爸就干大半天，早回来了。"

"真好。"金琳站定在她那间小屋的门前，仰脸望着他说，"爸爸，你累了吗？"

金力眨眨眼："没有啊……"

"你累了，脸色像被人打过一顿那样，好难看啊！"金琳自以为是地点着头固执地道，"你休息吧，我进去做作业了。"

看着金琳一扬手，走进她的小屋，金力机械地答了一声："金琳乖。"不禁愣怔地站在那里发呆。

邻居们都夸女儿金琳长相漂亮可爱，妈妈更是疼爱这个相貌同她童年时代很像的孙女，老师都说金琳成绩好、爱帮助同学，尤其聪明机灵。连女儿都看出了他的神情异样，说明今天在松露别墅撞见钱翔，对他的影响多大。

金力不由得伸出巴掌，擦脸一般在自己脸庞上抹拭了两把，心里说，不行，我得尽快地摆脱这种颓丧的情绪，要不，兰兰回家来也会看得出的。

上海·恋　　277

连续几年了,幸好始终没出啥事儿,也没让人看出啥破绽,没引起任何人的怀疑。暗暗庆幸之余,第一次,金力的心里产生了结束和凌真之间关系的念头。

金琳那么纯洁美丽,兰兰勤劳贤淑善良,三口之家的生活温馨而又平静,妈妈在长乐路上的工艺品小店越做越好,时常还要请人来帮忙,他为什么还要贪图凌真给安排的那份高薪酬的活儿呢?小区里的苏北保安"斜白眼"拿着一份低工资,不也把人世间的这份日子,在上海安安稳稳地过了好几年了吗!

随之而来的问题是,摆脱和凌真之间的瓜葛纠缠,如何向妈妈说、向兰兰解释?最难的是怎么对凌真说?开不开得了这个口?说出口来之后,凌真会怎么样?

妈妈和兰兰会问啊,干得好好的,这么轻巧的一份工作,薪酬开得不低,到哪儿找去?出啥事了?是那有钱的太太嫌你干得不好,还是你惹出了啥麻烦,遭人家讨厌了?总得有个原因啊!

还有凌真,金力心中更吃不准了。他们幽会的机会不多,她也没个准备。她从不提前约金力,说不定哪天哪个时辰去宛平南路,或是突然出现在松露别墅。每一次,她说来就来了,到宛平南路的机会多,到松露别墅的次数是数得过来的。几年过去了,短则三个星期,间隔时间长的,有一个多月的,还有一回几乎相隔了两个月,她才在他干保洁活的时候突如其来地来了。几年时间过去了,累积起来,次数还真不少哩!

平心而论,难得地有一次相聚,享受无人打搅的鱼水之欢,享受只有他们一男一女赤裸裸的陶醉和性的甜美,凌真都是满足和尽兴的。她不像于玲芬那样夸奖他的性能力,凌真要含蓄得多了。只是她明亮的双眼,她对金力的亲昵和无微不至的抚摩,有时候在金力肩膀上轻轻地、喷爱无限地拍一掌,或是干脆一声不吭,大睁着一对秀气的眼睛,时不时眨动着沉浸在思索之中,而当金力察觉到她不声不响而产生疑问俯身过去窥视她的脸庞时,她会羞涩地掩饰不住喜悦地背过脸去——这一切都显示,她对金力是有一份情,有一份爱的。哪怕这份爱仅仅是怜爱,金力也是心中有数的。

实事求是地说,如果结束和凌真的这层关系、这份有限的爱,金力感情上也是不舍,会不习惯的。但只要克制一下,熬一熬,他相信自己是熬得过去,会慢慢习惯的。尽管收入上会有很大损失,再找一份工作做,也会比一周里只干两天的保洁活要累得多,但是同精神上背个大包袱,每一回都做贼般地偷情,更骇人的是一旦败露要惹出大麻烦,甚至还要遭受报复、危及性命相比,金力宁愿像千千万万个打工过日子的普通人一样,正常地上下班,挣一份能维持生计的工资,太太平平地打发每一天。

眼前横亘在金力面前的最大的问题,最没有把握的事,是凌真能不能答应和他"拜拜",一刀两断,彻底结束他们之间这层心照不宣的关系。

这是金力觉得最为悬乎、最没有底的事儿。从凌真几年里都不把他们相聚幽会事先讲定,或者明确说定在星期几,在一个月里的哪一天,这一系列的举措表现出的谨慎小心看,凌真更怕他们之间的真实关系被人看出来,哪怕是遭人怀疑,她都不希望。

从这一点,金力觉察得出来,凌真的精神负担也是很重的。她会看在这一点上,同意和他分手吗?

她要愿意的话,金力会感到如释重负地长长地呼一口气。从此以后,他内心深处时不时浮起来的对不起兰兰、对不起宝贝女儿金琳、对不起妈妈的负疚感就会彻底地放下来。

而如若她不愿意、不答应呢?她舍不得他呢?

他该怎么办?

金力心中一点儿底都没有。如若她仍要把这层关系保持下去,金力是没法把握的,他一点儿抵抗凌真的能力也没有,他就只能乖乖从了,继续像以往那样维持这么一种充满危险的、每一次都有可能被撞破和败露的关系。

金力痴呆呆地坐在沙发上,一动也不动,唯有双眼里透出绝望的、恐怖的、害怕大祸临头的光。

"爸爸,爸爸!"金琳在她的小屋里撒娇般喊着,"你快来呀,来帮我看看这道题。"

金力浑身一个激灵,似被从梦中唤醒过来,答应着往金琳屋里走去。

十六

小区里的居民和保安都说,白玉兰是上海的市花,一年一度白玉兰恣情怒放之时,是上海最美的时节。白玉兰不但看着让人喜欢,而且那弥散在庭院里的幽香,都是很好闻的。清晨,夜间收紧的蓓蕾会微启嫩唇展开来。到了午后,花瓣充分地展示着玉白色的容颜,形成一片小小的花海。

金力每次走在盛开的白玉兰树下,都会放慢脚步,或者干脆驻足凝望着它,饱饱眼福。人们都说,这么好看的花儿,真能体现上海人的情怀。可惜的是,白玉兰的花期太短暂了,连头搭尾,不过十天左右的时间。

故而,在白玉兰盛开那几天,金力天天都会在白玉兰树周围徘徊几圈,或走近花朵,或离开几十步远,近看远望,尽情地将白玉兰的美丽姿容看个够。反正他有时间。

今年,到了白玉兰盛开的第五天,一场不期而至的狂风暴雨吹落了白玉兰树枝上所有的花朵。金力从花圃前走过时,不由自主地涌起一股黯然神伤之情。这些前几天缀满枝头的白玉兰花,给小区里每一位老少送去馥郁的幽香,让不少人情不自禁掏出手机拍摄下它的形象来,多么讨人喜爱,可这会儿凋落在地,让污泥浊水沾得惨不忍睹,引得金力的心不住地往下坠落。

金力不是多愁善感的汉子,他读书不多,想得也不多。不知为啥,今年春天目睹了被一夜风雨吹落在地的白玉兰的花朵,他会如此忧郁、伤感、情绪低落。

他联想到了和凌真的关系。

天有不测风云。大自然的风雨会突如其来地降临,他和凌真之间,一朝不慎,同样会遭受棒打鸳鸯般的命运啊。那种打击,唉……

故而看着散落一地的白玉兰花瓣,金力会产生兔死狐悲的伤心之情。

春天的脚步仍然依着季节的规律走来了。白玉兰花谢了,李花开了,桃花也不知不觉地探脸了。

日子无波无澜地过去。金力照着老规矩,还是每个星期去一次宛平南路。

转眼六个星期,整整一个半月过去了。凌真都没有像以往那样不打招呼前来同金力亲热一番,给金力一个意外的惊喜。

她的倩影始终没有出现。

一个半月,从金力在松露别墅41号擦拭玻璃撞见钱翔至今,有四十多天了。若再算上这之前有两周没见凌真,整整有两个月了,他和凌真都没享受情人之间的欢情了。

要在以前,金力一定会浮起思念凌真的念头:她怎么不来了?难道……

但这一回相隔如此之久,凌真都没在金力干保洁时出现,金力心里反而会有种窃喜:可能我在毫无征兆的情况下碰见了钱翔,连凌真也警觉了。毕竟,她更怕这种关系败露啊。

金力抱着侥幸的心理,如若就这样一天一天过去,她慢慢地逐渐逐渐放弃了,凌真和他之间,变成纯粹的东家和保洁员的关系,那就好了。哪怕她的薪酬给少一点,他也愿意干下去。

都说上海的春天是短暂的,一点都不错,冷暖空气在上海剧烈交汇,温度一会儿急剧升高到二十三四度,一会儿又骤降至八九度。暴冷暴热了几天之后,东南风终于赶跑了西北风,温暖的气候站稳了脚跟,阳光明媚喜人了,迎面拂来的风温馨了,真正让人感觉到了大地回春的活力,春天真的来了。

金力光着脚在走路,这路怎么这样难行? 脚底下为何雪亮雪亮地闪着寒凛凛的光波? 金力不由得低头望去,天哪,他怎会走到这样的路径上来?

噢,这哪里是路啊! 这明明是刀刃,不,不对不对,刀刃怎会是弯曲的呢?

金力吁了口气,刀刃般的路径上平坦一些,金力顺着路疾步走去。还是不对啊,他的脚步愈走愈快,愈走愈慌张局促,不能停下来,不敢停下来,路上发烫,烫得简直如同有火在烧灼,稍走得慢一些,他就觉得烫痛难忍,走得如此之快,裤裆之间仍感到像有一团火球在滚动……这究竟是怎么搞的呀? 金力又一次俯首望去,他惊恐地瞪大了双眼,他怎会走到这巨大的滚沸的油锅沿上来了呢? 世上哪里有如此之大的油锅呢? 可金力眼睛里看到的,就是烧得吱吱吱发响的油锅啊! 心中一慌,脚板底下一滑,金力连人带身子朝着沸腾的油锅里倒去……

惊吓得浑身腾空的金力惨叫一声,从噩梦中醒了过来。兰兰的一只手安抚地搭在他的肩上,轻声问他:

"怎么啦,金力? 梦见啥了? 叫得好吓人啊,你一定是做噩梦了。哎哟,看你,满身满脸的汗……我去给你拿毛巾来,你定定神,定定神。"

兰兰下床走出去了。金力眨动着眼睛,适应了屋里的幽暗,眼角感觉到了小区里路灯的微光。他伸手一摸,当真的,额头上沁出了汗水,身上都潮乎乎的。

兰兰拿了一块白毛巾进来了,顺手打开了床头柜上的小灯,边给金力脸上抹拭边道:"真出一身大汗哩,看你啊,脸上亮晶晶的,汗衫都湿了一片。脱下来,脱下来换一件。来,身上你擦,我另外给你拿一件汗衫。"

兰兰真贴心,白毛巾是湿热的,她一定是倒温水搓过的。金力坐起身子,脱下湿了半片的汗衫,把脸上、身上擦拭了一遍,倚靠在床头上发呆。

兰兰轻手轻脚取来了汗衫,又把白毛巾拿出去。金力听她在盆里搓洗毛巾,然后挂起来,脑子里空空的,一片麻木。夜真静。

做梦是常有的事。以往的梦,都是零散的、杂乱无序的,几乎是无意识的。可刚才的梦境,一会儿在长长的没有尽头的刀刃上走路,一会儿在巨大的弧形的油锅沿上疾行,画面怎么看得那样清晰呢?

兰兰悄无声息地坐回到了他的身旁,紧紧挨着他,手怜爱地在他脸上摸了摸,说:

"擦一擦,滑爽多了,刚才脸上、额头上都潮滋滋的,这会儿好多了吧?"

"嗯。"

"梦到啥了?"

"乱做梦……"金力自嘲般故作轻松地一笑。

"不要紧的,"兰兰的手搭在他肩上,"春天了,就是梦多。给我说说,梦中见到啥骇人的事?"

"我坐在一条小船上,在惊涛骇浪中穿行,哎哟,那个浪头,雪白的大浪头朝我迎面打过来,把小船掀翻了,我吓醒了。"金力说的是前几天的一个梦境,他也惊醒了,只是没叫出声,也没出汗,他把手搭在兰兰的手背上,"全是瞎梦。你想嘛,我这一辈子,从来没坐过那种像一片树叶样的小船。"

"那是你在家时间多,电视看多了。"兰兰安慰他道,"那也不是啥小船,是外国人在冲浪。我也在电视上见过。"

说着,兰兰又在他胸口轻轻拍了两下,躺下睡觉了。

金力知道,她每天得上足足八小时的班,必须保证充足的睡眠,打工才有精神。金力关了灯,仍在幽暗中倚靠着,脑子里却仍在翻江倒海。

兰兰的话是有道理的。前不久他看到一个电视新闻报道,一对情侣去正在喷发的火山旅游地度假,好奇心大,非要走近恰在无规律地喷发的火山去看个究竟。那女郎的高跟鞋底下一滑,惊喊着倒向爆发中的火山坑,男友伸手去救她,双双被无情的火焰吞噬了。

看得金力直感到魂飞魄散,心怦怦怦地一阵乱跳,半天都没回过神来。

电视画面给他精神的刺激太大了,不知怎么的,这电视画面上惨绝人寰的一幕,总是会顽固地一次又一次重复地掠过他的眼前,久久挥之不去。

他没对兰兰讲,他也产生了联想,被喷发中的火山吞噬的是一对情侣,这一身份同样令他产生了对与凌真之间关系的胡思乱想,是情侣才会去旅游,是亲密的情侣才会不顾危险跑到火山还在喷发的地方去。情侣是忘乎所以的,情侣是不顾一切的。类似的联想多了,促使金力心中一而再,再而三地浮起要同凌真分手的念头。也正是胡思乱想得多了,睡梦之中才会一次又一次出现不可思议的画面吧。

这一系列的暗自忖度,这些联想和零乱的骇人的噩梦,让金力心中的一个念头逐渐生了根:他得下决心离开凌真,下决心斩断和凌真这一段情缘,下决心摆脱凌真。不管凌真是多么令人不舍,多么具有女子的魅力,多么令他感觉其诱人和秀气。

与以往无数次在905室和松露别墅的相遇时间不同,这一次凌真是在金力觉得不可能碰到她的午后2点钟过来的。

金力在上半天把905室一切保洁的活都干完了,通风,透气,试用水、电、煤和卫浴设备,所有该做的事儿都例行公事般操作完毕,吃了兰兰给他准备的午饭,靠在长沙发上打了一会儿瞌睡,醒过来后喝了一杯自煮自配的咖啡,金力的精神出奇地好。时令已进入上海的晚春季节,天气不仅温暖得让人懒洋洋的,还有点热。

候鸟一样的卫飞燕前些天来过上海一次,这是每周来做保洁的金力从房间里凌乱的随意摆放的女性用品和桌面上的茶杯、咖啡杯看出来的,这些名贵的衣衫裙裾,不是凌真使用的。卫飞燕和凌真虽然都很有钱,在服饰和化妆品的购买上都不惜一掷千金,但金力现在已看得出来,凌真和卫飞燕的风格和喜好是不同的。卫飞燕是追求每一个世界名牌服饰的时髦新奇,什么流行就穿戴什么,大胆地穿戴着招摇过市,时装和运动衫共穿,镏金点睛的唇膏,她都会搭配起来。凌真则不同,她要内敛得多,含蓄得多,更讲究品位和气质、质地和天然。哪怕是使用的香水,卫飞燕来过,房间里就有股奔放的、令人想到性冲动的浓烈的温馨味儿。而凌真带给金力的,则是更加优雅、秀气和更为舒适的气息。

金力还碰到了卫飞燕,只不过那天他来做保洁时,卫飞燕已经把整理好的拉杆箱拖到了门口走廊上,穿戴整齐,浑身香喷喷的,要去赶飞机了。

见了金力,她笑吟吟地向他摆摆手,说:"谢谢你啊,小金!我听凌真说过,你是本分和忠心的,每星期都来这里做保洁,从不偷懒的。谢谢谢谢!"

金力微笑着道过谢,主动拉起了她沉甸甸的行李箱,把她送进了电梯。他想送下楼去,一步跨进电梯的卫飞燕笑着朝他摆手:

"不必了!我订的车已经到楼门口了,你回去干活吧。"

金力在电梯关门之前,还朝她微微欠身,鞠了一躬。

至今他都没搞明白,他每周付出劳动所获得的薪酬,是卫飞燕单独付给他的,还是凌真给的,或是她俩凑在一起,由凌真付的。

凌真从未对他明确说过,他也从来没敢问过凌真。反正在他的心目中,她俩都是他的东家。

有一点风,不时拂起窗帘,吹得双层窗帘鼓起来,拍打着窗框,发出一声一声回响。金力走近窗户,把窗子关小一点,同时朝窗外瞅了一眼。宛平南路上的车流不甚密集,可仍是一辆接一辆的,疾驶而过时发出沙沙声。

恰在这时,905室的房门一声喧响,关小了的窗户里吹进的风穿堂而过,仍把垂荡下来的窗帘掀得老高。

金力回头望去,眼前顿时一亮。凌真微张双手,走进屋来,笑朗朗地道:

"金力。"

门关上了,窗帘复归原位。金力望着一身春装的凌真,几乎有点儿不知所措,头晕目眩,她的秀雅美丽,让他目瞪口呆。他轻声地答应着:

"凌真,你……来了!"

凌真快步走到他跟前,亲热地给了他一个结结实实的拥抱,毫无忸怩作态地凑到他的脸庞上,给了他一个吻:

"你怎么啦?不认识我了?"

从她轻柔自信的语调听得出,她完全明白是什么令金力手足无措。

金力只觉得她雅致秀娴的气息,整个儿笼罩了他。

他把凌真紧抱在怀里,心有余悸地凑近凌真耳畔,有些慌张地瞥了瞥身后窗户那边,说:

"窗……窗帘没拉上……"

凌真扑哧笑了一声:"怕啥呀,金力?外面那么明亮,室内暗,是看不到的。再说了,905室多高啊,马路对面的房屋,都比这里矮。"

金力这才安下心来,他俯下脸,带着感情,热烈而急切地回吻着凌真,带着少有的激动。

凌真的脸侧了侧,羞涩地微闭着眼,接受着他的吻,继而两片温热的唇有了力度,如痴如醉地回吻着金力。

金力只觉得她的吻甜润而又温存了,浑身的热血也跟着沸腾起来,双臂牢牢地贴附一般搂抱着凌真。

直到此时金力才意识到,凌真对他的诱惑有一股强大的、磁力般不可抗拒的力量。他思忖了两个月之久的念头,他脑海里盘旋了两个月的想要摆脱、离开凌真的话,几乎是无法面对她说出口来的。

她美得令他目眩和不可抗拒,她是那么富有魅力和柔媚,两人相拥在一起,他浑身就像要烧灼起来般涌起一阵阵和她肌肤相亲的欲望。

"想我了吗?"

"想……"

"怎么个想法?"

金力脑子里冒出了很多很多有关她的念头,待在家中,几乎一空闲下来,就会想到和她之间的关系,以及随之而来的惶恐不安的那些个念头。这些念头能说出来吗?

"说给我听听呀,嘿。"凌真在催促了。

"想,只要一空下来,有关……"金力支吾着,不知怎么寻找词语,他的文化实在不足以应付。

"有关啥?"

"有关你啊!"金力道,"反正,满脑子里转的尽是你。那么,你呢?你想吗?"

他终于找到了以进为退的话。

"想的。"凌真轻声说。语调很低,可金力听得出来,仍带着感情。

"那你怎么好长时间不出现?"

"你不知道啊,钱翔这一阵子总在国内,老待在上海。"凌真说明似的放缓了语气,一只手摸着金力胸前的一粒纽扣,给金力解释,"有时候也飞北京、成都、重庆、郑州、西安,不晓得他的行踪,早上说要去一趟北京,晚上九十点钟又来电话说回到上海了。"

"回到松露别墅?"

"说不准,有时也回市区的家。神出鬼没的,我哪敢轻举妄动?"凌真的语调里有些无奈,也透出她的真实想法,"他已经撞见过你一次,我看你也被吓着了,不想让你们碰到。"

金力想问钱翔到底在忙乎啥呀,话到嘴边想起凌真关照过不要问及他的事,改口问道:

"现在呢?他还在吗?"

"走了,走几天了。"凌真说,"我有种预感,他这趟飞出去,要在海外待一阵子。"

原来是这么回事儿,害得金力牵肠挂肚地胡乱猜测了好久。

说话间,两人相偎相依着走进了卧室,坐到了床沿上。

卧室里的纱窗帘已经拉上,窗子透着一条缝,风把敞到两边去的厚窗帘吹得不时啪啪作响。

凌真离座去把窗子重重地嘭的一声关上,顺手把厚窗帘拉上了。

透着柔媚春光的卧室顿时变得幽暗一片,房间里只剩下了从客厅漫泻进来的日光。凌真在金力的肩上轻拍了一下,说:

"躺下吧。"

他们之间早已不是第一次了,凌真吩咐完,两人便默默地利索迅疾地脱起了衣服。晚春了,衣裳本就穿得不多。怪异的是,金力的心又怦怦地跳动起来,那心房叩击的声音,金力听着都觉得像擂鼓一样。每一次,只要是和凌真做爱,他都会激动,激动得脸膛发红,激动得四肢情不自禁微微颤抖,仿佛有一把无形的扇子,一阵比一阵猛烈地呼呼呼地扇动着他全身的情焰,摧肝裂肺般地升上来。这和在家中与兰兰做爱完全不同。和兰兰享受床笫的欢乐,他是从容的、慢条斯理的。兰兰急切的时候,他会快如兔跑;兰兰感觉疲倦时,他会掌握着慢悠悠的节奏,像泼着温暖的水波般,慢慢地慢慢地让兰兰适应,让兰兰感觉到舒服,让兰兰全身心放松下来迎合着他,最终哼唱一般地紧紧地搂住他喘息着喊:"金力,亲爱的,你、你……"

不等把话讲完,每次兰兰都会欢吟般地用一个无可替代的"好"字叫出声来。

和凌真在一起,金力主观上也想这样。可临到头时,他不由自主地都会丧失理智般沉浸在燃烧起来的情欲里。

似两条鱼在捕获它们的网中欢跳腾跃,像两股从不同的方向飞泻而下的泉水融汇在一起淙淙潺潺畅流,如晴朗的夜空中穿行于薄云中的月亮与星星交相辉映,金力只觉得神魂飘荡。春天的温暖使他浑身上下充盈丰沛的活力,他倾听着轻轻的呻吟,更迸发出勇往直前的莽力。凌真在他的耳畔纵情地发出一声接一声激励的喘息,还有断续的、欢乐无比的只言片语:"太……太好了……金力,金力,噢、噢噢,好极了呀!金力,我、我……我爱……我真的……"

不说话时,她像啜饮爱喝的饮料般吻着他,把全身的热量和他贴附在一起。她在金力的眼里是那么迷人,那么魅力四射、光彩焕发,即使是眨动双眼时那细细柔柔的睫毛,金力都觉得是充满了灵秀之气的。

卧室里静谧极了,客厅里的光线和他们这间内室的形成强烈的反差。

有风从客厅没关上的窗户拂进来,窗帘轻微晃动的声响都能听见。

金力默不作声地躺在凌真散发着体香的温热的身子边。他能感觉到，凌真的柔滑细腻的手一直没离开他的身子，时不时爱抚地摩挲他的身子一下，一会儿是胸膛，一会儿是肩膀，一会儿是大腿，一会儿抓过他的手，按在她的柔软的、胀鼓鼓的乳房上。

如同暴风骤雨过后大自然半响的安宁，金力和凌真不约而同地享受着这难得的平静。凌真不主动讲话，金力也保持着沉默。他在思忖，该怎么开口，把自己翻来覆去想了好久的那些话，那点意思，当面对凌真讲出来。

也许，正是下意识中觉得，这是和凌真最后一次亲热地做爱了，金力显得从未有过的贪婪，还带着难言的不舍，金力觉得自己经久而出奇地雄壮。

而凌真呢，显然也获得了前所未有的满足和欢悦。她第一次在金力身边表达了发自肺腑的爱。

在难解难分的亲热之后，就跟她说分手的话，会不会显得太残酷呢？

金力犹豫着，在等待时机寻找措辞。

凌真支身而起，俯下脸来，蓬松凌乱的乌发有一束垂落在脸颊边。她伸手捋了一下自己那一束头发，眨动眼睛，凝神探究地望了望一声不吭的金力，在金力的脸颊上清晰有声地投下两个热辣辣的吻，笑道：

"怎么不跟我说话？"

金力回她一个微笑："休息一会儿。"

她摸着他，更紧地挨近他的身子，一只乳房几乎抵靠着他的胸，关切地问：

"你累了吗？"

"哦，不，只是歇息。"

"我说嘛！金力永远是最棒的。"凌真又像往常似的夸起他来，"我没找错你。真的，我的生活中有了你，有滋味得多啦！要不，多么难熬啊。"

金力看得出她说的是心里话，说话间，她的眉宇之间掠过一丝忧郁。可如此说下去，金力想要对她说的话，越发无从提起话头了。

"想什么哪？"金力沉吟的神情让她看出来了，她揪了揪金力的鼻尖，追着问。

金力掩饰着说:"我碰见过卫飞燕一次。"

"我听说了,到机场候机时她给我通话,说出门前碰到你了。"凌真接过话头说,"卫飞燕这次来上海,住的时间短,我只和她吃过一顿饭,在一座老别墅改建的会所里……"

"你不是说,她每次到上海,总要住一两个月吗?"金力问,"这一趟她为啥匆匆地就离开了呢?"

"生意上的事不顺心。"凌真的身子倚靠在床头上,"现在往国内市场销葡萄酒,竞争激烈啊!钱不像前些年那么好赚了。"

"那应该在上海多待些日子,酒是在国内销啊!"金力也跟着凌真坐起身子,和她并肩靠着,"跑出去,还能想出销酒的好办法?"

凌真在金力肩上轻拍一下:"卖酒只是一方面。那天吃完晚饭,我们又在那幢英式别墅庭院的广玉兰树下喝了阵咖啡。我看她情绪低落,总像有啥心事,问及她,她吞吞吐吐,给我的感觉……"

金力拉过凌真柔柔的小手掌,握在自己两只手的掌心中,揉摸了几下,接着问:

"是啥感觉?"

凌真有些欲言又止,又好像真不清楚。她转过脸瞅了金力一眼,往金力的肩上一靠,道:

"不知是她的丈夫,还是她的某一个情人,在国内惹上了案子,事情闹大了,还牵涉到她的头上……"

"她是怕祸落到头上,不敢久住?"

"有这可能。"凌真抿了一下嘴,又舔了舔嘴唇,慨叹道,"像卫飞燕这种人,一旦惹上啥案子,必定是大事。"

金力的双手搓揉着凌真爽净滑润又有点油感的小手,说:

"和她相比,还是你好,安安定定的,又省心又省力。"

"你知道什么呀,金力!"凌真从他的巴掌里抽出自己的手,在金力肩上轻轻一推,长长地叹息一声道,"我的生活,表面上给人的感觉,是轻闲自如、潇洒享福;实质上,和行尸走肉没啥差别……"

金力直起了腰杆,吃惊地瞪着她秀气的脸:"讲这么难听,至于吗?社会上多少女人,求也求不来呢。"

"那是她们浅薄无知。"凌真低下了头,"一只名贵的花瓶,天天还有人悉心地擦拭,呵护备至呢。我算啥?顶着一个太太的名分,枉为一个女人了!"

说着,凌真深重地叹了口气,手扳过金力的肩膀,勉强露出一点浅笑说:

"金力,你是不知道的。"

"那你讲给我听啊!"

"你真想听?"

"真想听。"

"告诉你也无妨。"凌真垂下眼睑,低下了头,无意识地扳着自己的手指,用几乎绝望的语调说,"还记得有一次,我给你看过一张手机上的照片吗?"

"哪一张?"

"钱翔被一帮风尘女郎团团簇拥在中间的那张。"

金力眼前掠过那张照片的画面,点点头:"记得。"

"近来我又听说,在洛杉矶的'二奶村'里,他还有一个家!"

"还有一个……"金力愣住了。

"那个家里不仅金丝雀般养着二奶,还有两个小孩。"

"两个?他的小孩?"

"一男一女,都是他和二奶生的。"

金力惊愕地张大了嘴,说不出话来。

"你还要听吗?"

金力好不容易喘过一口气来:"怪不得他要长期生活在国外,他还有一个完整的家啊!"

"完整的……哈哈哈!"凌真放声笑起来,只是这笑声让金力心惊肉跳,金力睁大眼盯着她,只见凌真嘴里虽发出笑声,脸上的肌肉却是僵硬的,一双秀气的眼睛里毫无笑意,"他要只有这一个完整的家,倒好了……"

"你是说……"

"在加拿大、在澳大利亚,他同样还有家。"凌真咬牙切齿地说,"在那些家里,不是有一个小孩,就是儿女成双!跟你说啊,金力,我早有预感了。"

"你早有……"

"是啊!每次他来上海,对我冷漠、冷淡、冷若冰霜,那也算了!连随我母亲生活的嫡亲女儿,是我和他婚生的女儿啊,他都从来不问及。有时候女儿在我这里遇见他了,他也不闻不问,神情淡淡的。我能不怀疑吗?"

"那你又是怎么晓得他在海外那些情况的呢?"

"这还不容易?"凌真鼻子里哼了一声,"若要人不知,除非己莫为啊!人类只有这一个小小地球村,现在中国人满世界跑,移民的、潮水一般蜂拥出去旅游的,都超过一亿人了。上海人是其中跑得最欢的。再说了,像他这样的财阀、权贵、花钱如流水的人物,属于顶级、巅峰级,到哪儿都是人们议论的话题。连他在墨尔本皇家礼炮赌场一晚上赢来二十几万的豪赌,我都听得到,他娶妻生子这类大事,还能瞒得过人?"

金力眨巴着眼睛,呆住了。在当代社会,公然娶几房太太生儿育女这类事儿,在金力的生活中,还是第一次听说。国内传过的那些二奶、三奶,不是还要避人耳目、躲着、藏着、掖着吗!钱翔却能"出奇制胜",一个国家养一房太太!

凌真见他呆坐在床上,轻轻推他一把,轻声要求:

"你能给我去斟一杯咖啡来吗?"

"好的,好的。"金力连声答应着,往身上套着衣裳说,"你稍等,我去

上海·恋　293

斟来。"

这是金力熟能生巧的活儿,过去于玲芬时常夸他煮的咖啡味道好,凌真也不止一次说他煮出的咖啡香。他煮出滚烫的咖啡,加上一小匙酒和冰牛奶,咖啡不怎么烫了,他端给凌真一杯。

凌真接过托盘,微笑着道:"还没喝,闻着就很别致。"

金力转身自己拿上一杯咖啡,品了一口,不解地问:

"钱翔既然和你已是这个样子,你为啥不离婚呢?"

凌真鼻腔里不屑地哼了一声:"他啊!还要维持表面上的那点儿体面啊!我要离,分割财产都要闹出天大的动静。按照国家的法律,他所有的财产,现金、股票、证券、存款和基金,还有全部公司资产、房地产,都该有我一份啊!那他个人拥有的天价财产,不就大白于天下了吗?"

原来是这样啊!金力这才明白了凌真所处的境地。

"不但他不会提离婚,"凌真接着道,"他都不允许我产生这样的念头。金力,我和你已亲密成这个程度,说给你听也不觉得难为情了。他回上海家中要和我做爱,我都感到像在被人强奸和蹂躏,真的,完全成了陌生人、厌恶的人。"

"是、是这样啊。"

"就是这样。他荒淫过度,作为男人,完全是不合格的。"凌真双眼闪烁着泪光,从金力脸庞上移开了目光,不无悲切地吐出一句,"根本不能同你相比。"

这当然是贬斥钱翔的话,那么,是不是在赞扬金力呢?

金力也不明白了。他双眼凝视着情绪波动的凌真,道出一句:

"我在松露别墅碰见过他一次,面对面说过话。说真的,还真看不出呢!"

"当然看不出喽!表面上看来,他从来都是风风光光的,"凌真接过话来,"衣冠楚楚,仪表堂堂。从头到脚,可以说全是世界名牌。用他自己的话说,全身上下的行头,都值好几十万。那天,他没对你盛气凌人,算是客气的了。"

"是的,"金力点头承认,"我告诉过你,他给了我200块小费。"

"那是他心虚啊!背着人带个'小蜜'钻进别墅里共度良宵,他那是要堵你的嘴。"凌真嗤之以鼻地一摆手,"事后他还问我,你告诉了我什么。"

金力紧张地问:"你怎么说?"

"我替你打马虎眼,说你只讲了没把擦玻璃窗的活干完,其他啥也没讲。他还假正经,说那是他打发你离开的,看你累了。"

金力吁了口气:"噢。"

凌真瞟了金力一眼:"你怕他了?"

"是的。"金力点头,心里说,能不怕吗?你把他的能力讲得那么大。他苦笑了一下说:"你不是说,他耍起手腕报复起来,被报复的人是怎么死的都不会晓得?"

凌真同样若有所思地点头赞同:"我们小心一点不会错。幸好,那天虽说事前没给你打招呼,你应付得蛮好的。来坐下呀。"

凌真喝完了杯中的咖啡,把手中的托盘、杯子和小汤勺放在床头柜上,拍着床沿,让站在床前的金力坐。

金力一仰头,把杯中的咖啡喝光,顺手拿起凌真的杯盘道:"我放回去再来。"

凌真朝他温婉亲切地淡淡一笑。

金力把两套杯盘放进了厨房的水池,抹净了手,回到卧室,遵照凌真的吩咐,坐在她拍过的床沿上。

他一坐下,凌真双臂一张,搂住了他的脖子,整个身子靠了过来,贴着他,在他耳畔说:

"和你在一起,真好。你说呢?"

说着,她转过脸来探视他的眼睛。

"我也感觉好。"金力低下头说,他心里在忖度,这么缠绵下去,他要向她表示的意思,说不出口来了,"每一次,都觉得时间过得很快,几个小时,眨眨眼就过去了。"

"是啊是啊,我还以为,事情一过去,你就不想我了呢!"

"怎么会呢?"

"你身边有妻子,有女儿,有个温馨的家。我呢,住的虽然是那种豪宅,身旁连个可以说话的人也没有。"

"我也心神不定的。"金力突然接着她的话,冒出一句,他觉得,再不及时讲出来,真没机会了。

凌真搂住他的手松了一下,搭住他的肩胛,不解地问:

"心神不定啥? 有困难吗?"

"自从无意中碰到过钱翔一次,我经常会做梦……"

"梦?"

"做噩梦,吓人的、恐怖的噩梦。"金力吁一口气,他觉得终于逮住了说出盘桓在脑海里的话的机会,他咽了一口口水,开始讲起那些骇人的梦境:火山爆发的岩浆般的油锅,油锅里翻滚着沸腾的油花,寒光闪闪的雪亮的刀刃,还有大海里被巨浪惊涛打翻的小船……

"别说了别说了,"凌真听得连连挥手打断他,"怕死人了,你怎么净做这种梦啊? 我们俩在一起,多好啊,你怎么梦不到?"

"过去也梦见过你的……"

"讲给我听听,在你梦中,我是个什么样子,啊?"

金力笑了:"当然是美得像从天上飘来的云朵……"

"像云朵? 我像云朵?"

"云朵上站着的仙女。"金力及时拽回了话头,他得把话说完,说明白,"可自从撞见钱翔,就净做噩梦,梦中还叫喊,惊醒过来之后,浑身都是汗。兰兰有一次还说,梦中我还发抖……"

"发抖?"

"嗯。"

"你那是害怕引起的。"凌真这回终于接上他的话了,她摇撼了一下他的身子,"也怪我,把他讲得太过头了,把你吓着了。你的胆子真小,金力,你是个老实人。"

"我不想惹祸。"金力闷闷地吐出一句。

"你还心虚,看见了他,面对着他,你觉得他是我丈夫,你就心虚了、胆怯了,是不是?"

"是……也不是……"

"怎么叫是也不是?"

"乍一撞见他,是有点心虚。"金力回想着从41号别墅楼梯上走下来时的情形,"走近了,看清了他脸上的表情和眼神,我总觉得,总有点……"

"有点啥?"

"他的表情后面,还有一副表情;一双灵活的小眼睛后头,还有一双眼睛。"

"他这人就那样。"

"比表面上凶神恶煞的人厉害多了。"金力这会儿说起来,仍心有余悸,"你看我只看见过他一次,至今记忆犹新。"

"你的直觉是对的,金力。"凌真一只手握住了金力的手,若有所思地说,"他确实厉害,这厉害不是表面上的,而是靠他的手腕,靠他的善于利用关系,靠他的运作能力,靠他游龙戏凤般地周旋于权贵之间……哦,连我都讲不全他还靠点啥。要不,他怎么会混到今天这个局面,有那么大的混迹于政界、商界、金融界、房地产界的资本?可这一切的一切,都同我们不相干啊。你只见过他一面,在他面前你是个不起眼的保洁员,他也再没有问起过你,你怕个啥,啥?"

"我想、我想……"金力搓着自己的双手,怕冷似的耸了耸肩膀,他察觉到,凌真的脸转到侧面,眨巴着双眼,盯着他,他舔了一下嘴唇道,"我想,为了不招惹来祸事,我们不该、不该……维持我们之间偷偷摸摸的、做贼一样的关系了……"

"你说什么?"凌真既尖且脆地凄声追问道。

上海·恋　297

金力舒了一口气,他转过身子,面对着一脸震惊的凌真,他觉得把话明白清楚地说出来了,凌真也听清了。他没有必要重复,他也没有勇气重复。他看见凌真惊讶地微张着嘴,气愤得弯眉都竖了起来,秀气的脸庞上闪烁出冷冷的光泽,双肩下垂,浑身像被抽去了脊梁似的,瘫软下来。蓬乱的一头乌发,半边垂落下来,遮住了她伤心的脸。

金力可怜巴巴地望着她,祈求般地叫了她一声:

"凌真……"

凌真身子剧烈地一晃,朝着金力仰起了脸。

金力骇然看到,那双他熟悉的、亲吻过无数次的秀雅迷人的眼睛里,盈满了泪水,透着凄艳的光。她脖子一昂,朝着金力嘶喊般叫着:

"不,我不答应!"

十七

　　日子流水一般过去,平静而又安然。

　　由于凌真的坚持,金力也抵挡不住她的魅力与诱惑,始终和她保持着密切的、热烈的、温柔甜蜜的却又是悄无声息的那层关系。没有第三个人知晓他们之间的秘密,也没有人看破他们之间的默契。

　　只是,他们的举止行踪愈加谨慎小心了,他们相互之间的脸色和眼神愈加心照不宣了。自从金力主动向凌真表示过一次分手的意思,凌真更以她女性的缜密细致,来考虑和金力每一次的幽会和亲热,达到了天衣无缝的地步。

　　他们之间很少通手机,万不得已非得联系了,讲话也很简短,通话中绝无暧昧的、让人听出弦外之音的言语,更少令人产生联想的话。

　　他们有的是说话的时间和合适的地点。

　　宛平南路小区里的保安时有调换,松露别墅的物业也换了一个公司。所有的保安对每周前来做保洁的金力早已司空见惯了。难得到一次松露别墅的凌真,基本上每次是坐着豪车去的。而金力呢,都是穿着保洁员的、普通的服装进出松露别墅和宛平南路小区,难得地打一次的,都是保安们一眼认得出的桑塔纳。

　　金琳快小学毕业了,已经在考虑是进莘庄中学读书,还是努力一把考上七宝中学。兰兰已经成为一个标准的新上海人,她嫁给金力多年,户口都报进了上海。去年春节,她邀金力一起带上女儿,回了一次石台老家。

家乡的巨变让她惊喜,但她私底下还是对金力说,乡下终归是乡下,麻油很香,蔬菜吃上去很爽口,比食堂里的青菜味道好多了,鸡、鸭、鹅都是自家养的,比从上海超市和菜场买来的生态多了,可生活还是不习惯,住了几天就想上海的家。金力和她开玩笑说,她这是一年土,二年洋,三年不认爹和娘。

兰兰抗议说:"我啥时候不认爹妈了?我春节回老家探亲,还常给爹妈寄钱。"

金力忙道:"这话是妈妈他们那个时代的人说的。"

陡然而至的变化是一点预兆都没显示过的,故而给金力的感觉简直是难以接受的。

怎么会是这样的呢?怎么可能发生这样的事呢?

但是悄无声息地发生了。

金力这天在宛平南路905室例行公事般地干着保洁的活。自来水龙头开过了,每间屋子的灯亮过又熄了,煤气灶上烧开了一壶水,桌椅、床头柜、沙发扶手抹拭了一遍,地板上吸过了尘,空调机鸣响正常……干过多年,金力测试过多回,慢条斯理地一一做过来,充其量只需两个小时;松露别墅大一点,每隔三四个月擦一次玻璃窗,一两个月打扫一次别墅的庭院,半天时间也足够了。耗时间的是给房间通风透气,尤其是遇上风和日丽的日子,他就在房间里多待一阵,尽量多透透气。遇到风大的日子,只需要开半小时的窗户就足够了。

这天有雨,空中阴沉沉的。金力干完了活,听到窗外的雨声小一些了,正在迟疑着,是待一会儿透透气呢,还是趁着雨要停了,关上窗户、拉上窗帘走人?他收到了一条短信,房间安静,一声短信提示,他听见了,随手拿起放在客厅茶几上的手机,按了一下,查看是谁的短信。一看,他站定在客厅中央,愣住了:

金力:

从下周起,你不必到宛平南路905室干保洁的活了,卫飞燕告诉我,她已定居海外,不会像原来那样频繁地飞来飞去经营葡萄酒生意和业务了,短时期内也不会来上海住,905室的房子不需要经常打扫保洁了。松露别墅41号也将于近期转手他人,你不要去了。

　　谢谢你多年来付出的辛勤劳动。

　　这个月的薪酬,我已打进你的卡里;另为你再找工作有个过渡,一周之内还会往你卡中打进半年的工资。通知你有点突然了,向你表示歉意!

　　再一次谢谢你!

凌真

短信不短,类似一封信了。

短信中的意思一目了然,金力仍然翻来覆去地看了一遍又一遍,数不清有多少遍了,他都快能背诵下来了。短信是凌真的语气,亲切、有礼貌、无可挑剔,可以给兰兰、金琳、妈妈,给任何人看。

发生了什么事?出了啥意外?多年来表面上的雇佣关系,实质上的情人关系,就这样一条短信,说结束就结束了?说拜拜就拜拜了?永不相见?永远如同陌路人一般了?

金力颓然坐在沙发上,手指一按就把电话拨过去了。

几乎同时,手机里就响起:"对不起,您拨打的电话已关机。"

金力如同被人劈面打了一记耳光,迎头一闷棍。他陡地意识到,问题严重了!远不是凌真短信上所说的冠冕堂皇、无可挑剔的这点理由。

卫飞燕的情况可能是真的。金力依稀记得,有一回,在他俩水乳交融地躺在床上尽情地享受过难得一次的性的甘露以后,凌真曾讲过,世界各国的葡萄酒庄园都看中了中国庞大的市场潜力,想尽办法通过各种各样的渠道把高、中、低档的葡萄酒销售到中国市场上来,竞争激烈到残酷的程度,什么花样都耍得出来,什么故事都编得出来,什么手段都用上了,营销策略经常让人听得目瞪口呆。卫飞燕感觉到累了,正在考虑把她的葡萄酒庄卖出去,或者找个精于销售的合伙人。更主要的是,她玩够了,飞够了,从自己的年龄出发,想在澳大利亚找个山清水秀、风光旖旎的地方享享清福了。金力听了以后曾经在凌真耳畔问:"卫飞燕真做出了这样的决定,那我俩怎么办?"他的意思是,他们之间亲密的幽会只剩下松露别墅一处了。而松露别墅作为相会地点,其危险系数可要比宛平南路大多了。

金力记得很清楚,凌真亲热地搂住他,坦然地说,那也无妨的,卫飞燕不来上海,905室的房子,她还是会托凌真顺路来看看的,他们仍可以到这里来。只不过,金力的薪酬改由凌真直接付给他就行了。外人是绝对不会知道这类变化的。

现在的情况完全不是这样,905室的房子仍在卫飞燕名下,凌真也不再向他支付905室的保洁费用。更令金力感觉另有隐情的,是凌真家在松露别墅41号的房子也要转手他人了。两个决定为啥会同时做出?这不完全是两家人的事情吗?

葡萄酒生意竞争激烈,凌真的丈夫钱翔不是手眼通天的人物吗?难道他代理的那么多生意、他运作的那么多项目,同样也碰到了问题,陷入了困境?

松露别墅41号,对普通老百姓来说是一幢价值数千万的房子,对钱翔动辄几亿、几十亿、上百亿投资、兼并的大公司来说,只不过是区区的九牛一毛啊!何以在没啥动静的情况之下就要像当年于玲芬那样,当环宇公司资金链断了就把22号小别墅作价赔偿出去呢?

种种不祥的猜测和念头浮现在金力的脑海里。坐在905室客厅的沙发上,金力有种灾难临头、大祸将至的感觉。他涌起过一股强烈的冲动,拨打了十几次手机,回音都是已关机,金力想直接打的到凌真居住的神秘豪宅去一探究竟。

但只是一瞬间的冲动。他仔细地想想,去了又怎么样?

他连楼的地下室都进不去,保安拦下了,还不是同样要问访问哪一家?

电话和手机打不通的话,金力连电梯口都到不了。

金力木然呆坐着,茫然不知所措。他不想煮咖啡喝,也没喝水的欲望,只是呆痴痴地干坐在沙发上。

他现在早已不是当年孤身一个小伙子,要妈妈求于玲芬给安排个岗位的时候;也不是环宇公司轰然倒闭,他闲待在家,想要找个活干的年头。如今的金力,没有了凌真给他安排的保洁活,少了这一份可观的收入,他仍能很快地自食其力。

关键是妈妈嫁给了邓春一之后,情况彻底地改观了。长乐路上的工艺品小店已经做出了业绩,有一份稳定的收入,并且在圈子里小有名气。妈妈随着邓春一去澳大利亚小住几个月的时间,小店还要另雇一个人来打理,妈妈和他对半分成。妈妈早说过了,若不是凌真付给金力的薪酬颇为丰厚,她就让金力停下保洁的活,全盘接手工艺品小店的经营了。

今天的金力,不是怕失去这份轻巧而安闲的保洁的活,他割舍不下的是亲爱的凌真;他觉得不能接受的,是凌真从他的感情生活中突然消失。

多少年了呀,凌真对他是悉心关照的,他对凌真同样是有着一份异乎寻常的情感的。他对凌真是有一份爱的,这份爱,不是他同兰兰的夫妻之爱,不同于他对母亲乔琳朗、对女儿金琳的爱,但同样是爱。这份爱里,有同情,有倾心,也有付出和收获。开始的时候,他和凌真之间,也许仅仅是"性",是相互的满足和需要,是凌真的一份宣泄。时间久了,连凌真在欢悦得忘乎所以的那一刻,都会紧搂着金力一下又一下亲吻,都会不止一次地喊出:"金力,我爱你。"

这不是假话啊,这是她动情的表达啊!

即使仅仅是"性",同样很重要啊!凌真怎会找上他的?不是因为她富裕安逸的生活中没有了性吗!不是她名义上的丈夫钱翔把她晾在一边不闻不问吗!且不要说,金力和她的性,每一次都令他们双方感觉到前所未有的快活和舒爽。凌真偎依在金力怀抱里的时候,不是在他耳边呢喃着:"金力,你发现了吗?从第一次开始,你每次都能令我达到欲仙欲醉的高潮！没有一次失望过，你是个真正的男人。"她在夸他。

金力从来都没有自傲过，他从来都觉得自己是个被淹没在人潮中默默无闻的人物，既没文凭，又无一技之长，根本没掌握啥技术，没有一点儿出人头地的资本。但他从于玲芬对自己的称赞，从兰兰对他这个丈夫的小鸟依人般的依赖，从凌真对他的夸奖，他开始意识到了，自己对亲近的女人，还是有吸引力的。这种吸引力，虽然仅限于像于玲芬、兰兰、凌真一样的特定女子，但终归是一种吸引力。就同自己的亲生父亲金航对妈妈乔琳朗的吸引力是一回事儿。

不知不觉地，随着和凌真的关系经年日久，金力对凌真的感情越来越深，他甚至想，钱翔不爱她，把她甩在一边，他要把一份对她的挚爱给她。他自然而然地以为，凌真对自己也是怀有一份深情的，是离不开他的。

现在，一条短信，说分手就分手了？说一刀两断就一刀两断了？

好像他们之间就是纯粹的雇佣关系，他们之间啥事都没发生过。从此以后，就如陌路人一样。

陌路人也不可能啊！她出门就坐豪车，金力不可能在人行道上遇见她的。

不，绝不仅仅像凌真短信上讲的这么简单，一定是出了啥情况，上海话说的，出事情了。

出了什么事情呢？有啥意外情况呢？不是金力和凌真的关系败露，那么，只有一个可能——凌真的男人钱翔出事儿了。

金力的眼前活灵活现出现了那个他只撞见过一次的男人，那个风度翩翩的、不可一世的、拿200块钱给他就像甩两张餐巾纸般的男人。这样的男人要么不出事儿，一出事情，准是大事。

金力脑海里浮现出凌真沉思默想时情不自禁会露出的忧郁神情。见到凌真发愁的脸色，金力时常会关切地问："想什么心事？"

每当这时候，凌真都会朝金力凄然一笑，或摆一摆手，或轻轻摇头，低低地不无愁惨地回他一句："没啥。"有时候是："唉，说出来你也理解不了啊!"

金力真的不理解,她住在那么高级的地方,腰包里有着用不完的钱,除了受到钱翔冷落,其他她啥都有。她还在愁什么呢?

现在仔细回想起来,这一切都不是空穴来风啊,都是有可能出事的征兆啊。

凌真和他虽然亲热到那种程度,但她也像当年的于玲芬一样,有很多事是瞒着他的。于玲芬出事之后,金力不是感觉莫名其妙,感到大为突然吗?法官、检察官找他时,他不是啥情况都讲不出来,一问三不知吗?现在和凌真之间,他不也是这样吗?

可以说他和凌真十分亲密和熟悉,熟悉她的发梢、她的眼神、她细微的神情变化和手势,以及她的肢体语言、她的诱人的体香和气味,甚至洁白皮肤上的光泽、脸颊上红潮,还有她的口味,她优雅的动作、迷人的微笑、秀气的妩媚之态。但是,往深里说,金力又知道她什么呢?

连她钟爱的女儿,金力也仅仅在凌真的手机上见过。她那主持着城乡接合部教堂事务的妈妈,金力没见过;她经常提到的"太太圈",金力只见过905室的女主人卫飞燕,两次,仅仅两次。

他还知道她什么呢?

他啥也不知道。就如同当年于玲芬在经营环宇公司的巨额资产和款项时,具体做了点什么,他一概不晓得。

想到这儿,金力的手脚都冰凉了。

上海的阴冷天,是最难受的日子。体感往往要比报出的温度还寒冷。恼人的时停时下的雨,更增添了几分潮滋滋的、湿漉漉的不适感。

呆滞地坐在沙发上的金力,只感觉自己的心在听闻"噩耗"后坠落,脑子里嘤嘤嗡嗡作响。

天晦暗下来,他不知自己是如何坐到这临近黄昏时分的。

宛平南路上刺耳的刹车声传了上来,金力才如梦初醒般惊觉到时候已近傍晚。噢,来905室做过多少次保洁了,他还从来没有滞留到这么晚才离开的呢。

　　金力离座站了起来，走近窗户去关严每一扇窗子，拉上窗帘。他要离开了，从此以后，不会再到905室来了。他慢腾腾地一间一间屋子走了一遍，每间屋子他都清扫过、整理过，屋子里的每件物品他都端详过、抹拭过。是的，这些东西都是卫飞燕的，不属于他，可毕竟多年了，他多少也是有点感情的。

　　退回到客厅里，伫立片刻，他的耳边、眼前闪现出凌真的音容笑貌，她的一颦一笑，她秀气优雅的举止神态，那么生动真切地从他脑子里掠过。

　　一切都是安然的，一切都是静悄悄的。确信两室一厅的房间里安然无恙了，金力恋恋不舍地走向门口。走到门口，他还忍不住转过身来，朝着客厅瞅了一眼。

　　是的，离开这里之后，他第一件事是把消息告诉妈妈，或者干脆把凌真的短信转发给妈妈，让妈妈及时知道他不再为凌真干保洁的活了。另外，还得把心中的狐疑对妈妈说一下。他的生活圈子很窄，接触面也小，除了兰兰和金琳，就是偶尔去长乐路小店帮妈妈干点活，守个柜台。自从凌真给他安排了保洁的活之后，过去在环宇公司当保安时的伙伴和同事，都断了联系，难得地在马路上、地铁上、公交车上碰到，只是点个头，简单交谈几句，没啥深交。反而是妈妈嫁给了邓春一之后，仍同她的一些知青姐妹保持着交往，年纪逐渐大了，很多事情看开了，更主要的是生活安定了，妈妈找回了青春年少时的自信。她们那一代人社会关系多，也许能打听到一些关于钱翔、凌真夫妇的真实情况吧。

　　下了楼，走出小区，沿着宛平南路朝肇嘉浜路方向踽踽独行，金力仍沉浸在不能自拔的烦恼之中。

　　"金力。"一个似曾熟悉的声音叫着他的名字。

　　金力转脸望去，一辆奥迪轿车停在他身旁，车窗里探出一张女人的脸。看到她嘴唇上一颗显眼的黑痣，金力一下认出她来了，是她，符向安莫名其妙地死去以后，代替他的司机毕菲莉，直到于玲芬出事儿，一直是于玲芬福特小红车的专职司机。

"你好!"金力笑了,"真巧。"

"你去哪儿?"

"莘庄,我回家。"

"快上车,顺路,我捎你过去。"毕菲莉热情地向他招手,"一路上还可以聊聊。"

金力也正是这么想的。这会儿已是华灯初上,地铁一号线内挤得像沙丁鱼罐头,毕菲莉捎上他,真是太好了。更主要的是,他也想和她聊聊,问问她和环宇公司的近况。他拉开奥迪车门,坐在毕菲莉身旁的副驾驶座位上,嘭的一声关上了车门。

奥迪车很快汇入了川流不息的车队行列中。

毕菲莉边驾车边告诉金力,离开环宇公司后,她很快找到了工作,为闵行区的另一个房地产公司老总开车。也是一位女老总,不过她可不像于玲芬,她是事事亲力亲为,这些年公司发展得很好,都是亿万富翁了。今天她是奉老总之命,送老总的一个朋友到这附近的青松城大酒店,正要回莘庄去。

"你怎么样?混得还可以吗?"

"马马虎虎,还可以的。"金力含糊其词地回答。

"于玲芬的事儿,你听说了吗?"

金力点头:"听说一些,可惜了。"

"是啊!"毕菲莉语气中充满了惋惜,"其实她人不坏,我天天为她开车,最清楚了!她帮过多少人啊,光是慈善捐款,就是六七百万。她的问题,是重用了亲戚朋友,一个公司,三分之二是她的亲属,而这些人,都是傍她这个大款,吃她的,喝她的,随随便便拿她的,占她的便宜,却不真心为环宇公司着想。管理上又没有章法,把个好端端的项目、好端端的公司毁了。连我们小打工的都看得懂,不知她为什么不明白。哎,公安、法院找过你没有?"

金力点点头又摇摇头："找过。我能提供啥情况啊？"

"就是这样，我天天为她开车服务，哪里会晓得，她资金缺口大到天文数字的 6000 万啊？"

"你还知道 6000 万，我连这都不晓得。"

毕菲莉转脸瞅了他一眼，说："最后评估，于玲芬建的两幢楼，值 5 个亿；而她的贷款总额，竟达到 10 亿，整整亏了 5 亿！我真不知道，那么多的钱去哪儿了？"

金力听得大张开嘴，舌头都吃惊得伸出来了：

"哇！"

"上海的房产价格飞涨，现在这两幢楼，少说也值个二三十亿。"毕菲莉声音大大地道，"买了她房子的都赚了钱。于玲芬是白吃了官司、白死了！我每次讲到这点，人家都说，此一时彼一时。只怪她命不好啊。"

金力一句话都说不出来，他的眼望着沪闵高架上疾驰的车流尾灯闪闪烁烁，心里说，现在的世界怎么会是这个样子？钞票，对于他来说，都是一张一张数出数进的；对于老板、大款们来说，好像都不是钱，全是一连串的数字。他想到了于玲芬不露痕迹地赠送的那张 30 万元的支票，想到了凌真的男人钱翔。如果说于玲芬的钱出在 5 亿的数字上，假如凌真家惹出祸事来，又会是什么样的令人咋舌的数字呢？

于玲芬命不好。

那么，凌真的命呢？

想到这点，金力不由得打了一个寒噤。

妈妈看了金力手机上凌真发的短信，同样颇感意外。她答应金力，打听打听看，会是个什么情况，应该是能了解一些的。

兰兰更单纯，只对金力说："哈，现在你轻松自在的幸福生活结束了。帮着妈妈看店吧，效益也不差的。"

一个多星期之后，长乐路上工艺品小店没顾客光临的时候，妈妈对金力说：

"不深入了解真不知道，相当长一段时间里雇你当保洁员的凌真，她男人钱翔是个涉水很深的'白手套'，自己身家号称数十个亿不说了，和他打交道的，全都是说出来吓得死人的'亨浪头'①。不是一个两个啊，他周旋于这帮人中间，是个缺他不可的人物。现在国内反腐败力度越来越大，他在海外避风头，行踪不定，抓也抓不住他。听说凌真惨了，市区里的豪宅、郊区的别墅，大概就是你去做保洁的松露别墅41号，都贴上了封条……"

"她人呢？"

"也是听传，说她先以协助调查为名，被查案人员约去喝了几次咖啡……"

"喝咖啡？"

"就是审判样的讯问。"妈妈解释着，她抿嘴沉吟片刻，接着道，"长久居住在家中的凌真大概也讲不清多少她丈夫干的勾当。现在回到她娘家，被监视居住，随叫随到。"

金力的脸仰起来，透过橱窗望着长乐路上掠过的车流，如梦初醒地说："是这样啊！"

"就是这样。"妈妈瞥了他一眼，"现在可以解释，她雇你，为啥干那么轻松的活，却付你蛮高的工资，就是她早从玲芬那里听说，你老实，嘴巴紧，不会说三道四。她要的就是你这样的人干活，那点儿工资对她家来说，根本就是毛毛雨。"

"可能吧。"金力只能这样对妈妈说。妈妈怎么会想到，他和凌真之间有那么一层关系呢？"妈妈，我为她干了好几年的活，从来都摸不着她和她男人的底细，你怎么认真地一打听，就知道了呢？"

妈妈笑了，坦然道："一般人也是打听不着的。我回家一给邓春一讲，他就有办法啊！"

---

① 亨浪头：沪语，比大亨还要大亨的角色。

上海·恋　309

"他能量这么大?"

"哪是啥能量啊!"妈妈轻描淡写地道,"他不是定居在澳大利亚吗?澳大利亚的华人报刊,左、中、右都有,有关国内的、华人世界的,啥消息都登。那些登过的消息,网络上全有了!他上网一搜索,还真有关于凌真男人钱翔的不少报道哩!"

金力明白了:"是从这种渠道得知的!"

"有一定的参考价值。"妈妈用叮咛的语气道,"听春一讲,海外华人都是这么认为的,各种立场、观点的消息都读,读完了一对比、分析,真相大致就出来了。"

金力相信这些消息绝非空穴来风,多少总是有点依据的。从心里来说,他并不关心钱翔的那些八卦新闻。他忧心的是,凌真受到她男人的影响,被监视居住,日子怎么过?最终的结果,又将是怎么样的?万一银铛入狱,她那么弱不禁风的一个人,经受得了吗?

妈妈往金力跟前凑凑,放低了嗓门叮嘱道:"你知道就行了,不要对任何人讲。对兰兰也没必要说,就当像原来一样,啥都不知道。春一说了,要是这案情捅开,给曝光,说不定还会调查到你身上哩。"

金力的心头一紧,点着头答应妈妈:"我明白。"

妈妈信赖地朝他点点头,还要再说什么,门铃一声脆响,有顾客来了。妈妈做了个回头再讲的手势,转向门口,对着几个老外笑脸欢迎:

"欢迎光临。"

鬼使神差地,路过宛平南路或者徐家汇附近时,金力会有意识地往905室所在的那个小区远远地眺望,有几次还站在对面马路上,看一眼临街的905室的窗户。有一天晚上,他看走了眼,以为905室亮灯了,心想一定有人在,是卫飞燕回来了,还是凌真待在里面?他忍不住走近了去细看。直到走得很近了,才察觉自己看错了,是隔壁一户人家的灯开着,不是905室。905室那几扇窗户,关得紧紧的,一点儿光亮也看不见。

还有一次是大白天,金力泰然自若、大摇大摆地走进小区,熟门熟路地来到905室门口,按着牢记在心的905室的密码,想开门进屋一探究竟。

结果,两次按同一密码,语音都清晰地提示:验证失败。

门仍然严丝合缝、纹丝不动地紧关着。

金力明白:密码已经更换,他永远也不可能再走进905室了。

这是他意料中的事,既然他已被解雇,卫飞燕和凌真怎么可能不更改密码呢?但金力就是忍不住要来尝试一下才死心。就如同他会下意识地打的进松露别墅,分别来到22号别墅和41号别墅门口看一看那样,他晓得那是进不去的,但他就是有一股欲望,有一种憋不住的冲动,要来看一看,仿佛只有这样,他才觉得合适,晚上才睡得着。

于玲芬出了事,法院、检察院对他这个董事长办公室门口的保安还约谈了两次。钱翔和凌真夫妇出了情况,连找他的人也没有。好像也没听闻啥钱翔的风传及案情。

41号别墅果然贴了封条,糨糊被风吹得干裂,有一个角已掀了起来。站在不远不近的地方望过去,一眼就看得出,这幢堪称豪华的三层楼别墅,金力清扫过无数次的豪邸,好久没有人住了。联想到来做保洁时听到松露别墅巡逻的保安说的,这里的房子,主人多半不来住,在这里守着房子的,不是老人就是房东雇来的保姆,还有少数金屋藏娇的"二奶"。金力脸上浮起一丝苦笑。

他之所以这么空闲,是因为妈妈让他出去多走走,考察考察上海滩大大小小的商场,改造中的南京路、淮海路、静安寺商圈、徐家汇、南方商场、中山公园附近商圈、大柏树、五角场,尤其是豫园商场,要进店里面看,看那些艺术品、工艺品、特色小商品,看人家经营什么,如何摆放柜台和橱窗,如何标价。上海人所谓的见多识广,就是逛马路、兜商场得来的知识,一代一代上海人都是这样。俗话说货比三家,在上海滩可以货比五家、十家、几十家。一只小小的精致的瓷碗、瓷瓶,卖不出多少钱,外面装上篾丝编织的套子,几只组装在一起,配上艺术化的盒子,就是拿得出手的豪华精美的礼品,标出几千几万的价格,还有人连连赞赏。上海人的生意经,都是在实践

上海·恋　　311

和时尚的潮流中学的。妈妈插队落户回来,又没进学校专门学过,都是做了有心人,用心看人家,用心学,用心想,举一反三,触类旁通,才把长乐路上这家小店开出特色和品位来的。

金力从妈妈的现身说法中才逐渐明白,工艺品小店中的这些有创意的商品,确实是倾注了妈妈的大量心血的。他要全盘接手工艺品小店,几乎是不可能的。金力觉得自己笨,没有妈妈与生俱来的灵气。他努力地学,也只能做到替妈妈守好这个小店。他逛得越多,看得越丰富多彩,自己越没有主意,只觉得人家确实聪明能干,自己是做不到的。

妈妈是最理解儿子的,她说这不要紧,好在自从进环宇公司当保安,后来干保洁,金力的"四金"都是缴的,能守好这个工艺品小店,正在进入壮年的金力,干到退休年龄,一份小老百姓的日子,还是能太太平平过下去的。

妈妈如此宽容,金力是看得出的,妈妈身体健朗、心境很好,她认为还能在儿子的身后撑他一把。

不是吗?和邓春一结婚以后,邓春一果然把青浦的别墅卖了,在金力家附近小区里买了一套宽敞的三室一厅大房子,双方走动起来极为方便。妈妈常说,有点什么事,一个电话,十来分钟就到了。

金力心里是明白的,自己是离不开妈妈的。而妈妈呢,心里也只有他这么一个儿子。妈妈这一辈子,历经了坎坷和艰辛,总算在步入晚年的门槛之前,和同样曾经沧海的邓春一结为夫妇,找到了她的归宿,过上了安定祥和的生活。自己没啥出息,能有眼下这一份日子过,也该满足了。他心中唯一放不下的,就是和凌真的那一份说不出道不了的情。

和于玲芬,他总算跟着妈妈,到监狱医院的会见室见过一面,至少在她离开人世之前,寻得一点良心的安慰。

和凌真呢,毫无思想准备的一条短信后,从此再没见过一面。几年时间过去了,金琳进入莘庄中学读书,眼看要准备中考了,由一个小姑娘长成一个大姑娘了,至今仍没听到一丁点儿凌真的消息。不见钱翔被从海外逮捕法办的消息,连私底下的议论都听不到了。而凌真更是杳无音信。

时间过得越久,金力心中想去见她一面的愿望越强烈。

不是说她被监视居住吗?三四年了,还会被人监视吗?

金力觉得不可能了,二十四小时看住一个人,每天至少得派三个人轮流值班吧!那是三个什么都不干,只负责监视的人啊。

金力从自身的理解和思路去解释这件事,既然放松了对凌真的监视,或者随着风头过去解除了监视,去见她一面,就有可能了。

产生这一想法之后,金力就拼命地回想和追忆,凌真曾经告诉他的,她的娘家,她出生的城乡接合部的故乡,她的父亲、母亲先后主持过的教堂,在上海近郊的什么地方。

金力记得凌真无意中给他说起过的,当时从没想过要见凌真的母亲和女儿,金力不曾用心去记。但他觉得应该回忆得起来。凌真时不时地要去见她女儿的。在他们幽会时,问及金力的女儿金琳,凌真也会漏出一句两句的。

只要那地方有个教堂,教堂建在古镇的边上。如今离教堂不远开发了一片房地产,金力相信能找到。为啥?教堂是个显眼的标志啊,不是城乡接合的水乡古镇上都有教堂的,况且那教堂是有些历史的。

一次一次,第三次去的时候,金力寻找到了古镇老街后头的教堂,而且他欣喜地打听到,主持教堂做礼拜的,确实是一位满头白发的老太太。

金力兴冲冲地朝着教堂的尖顶走去时,愈加认定了,是这个地方无疑,他一眼看到了洁净发亮的青石板街旁的一条小河。当看见小河波光粼粼的流水时,金力陡地想到了凌真曾经给他讲过的一个细节:小时候,凌真走过小河时,看见河里的小鱼儿游得可爱,想伸手去捕捉,结果摔进了小河,衣服全浸湿了。

可他走近教堂时,却见教堂的大门紧闭,油漆的大铁门上还有一把硕大的现今很少见的锁。光看这把铁锁的模样,也该有些年头了吧。

透过铁锁旁的门缝望进去,教堂不大的院子打扫得干干净净,草地上一片绿荫。望了好久,不见一个人影。

回头看看,教堂周围,也很少行人。是一个清静地儿,连个询问对象都找不着。

退回到小镇老街上找人打听,金力才听说教堂时常关着门,只有礼拜天才准定是开门的,不过,只有信教的人才去。

金力不想张扬,也不便贸然前去敲大铁门。失望地在古镇老街上逛了一圈之后,他又充满希望地决定,第四次找来,就定在礼拜天,直奔做礼拜的教堂,找准时机,向白头发老太太打听凌真在何处。

这一辈子,金力还是第一次亲眼看见做礼拜的场面。他走进小教堂的时候,牧师的布道已经结束,正在播放赞美诗。他站在随着音乐跟唱的信徒们身后,极力想要听清唱的是什么。凝神下来,他听到了:

　　……
　　我愿意降服
　　我愿意降服
　　在你爱的怀抱中
　　我愿意降服

　　你是我的主
　　你是我的主
　　永远在你怀抱中
　　你是我　你是我的主

原来这一段重复唱的赞美诗歌词,快结束了。可能正是不断地重复,旋律也极为接近。站在最后头听着的金力,不知不觉地也跟着这颇为好听的音乐,在心里默诵着:"你是我的主。"金力在心中唤着:"凌真,你也是我的主啊！无论如何，我一次一次地跑这么远的路赶过来，是要见上你一面的啊，只因这么些年来，你始终是主宰我感情的主啊！"

做礼拜的信徒们随着赞美诗旋律的结束，散开往外走来。金力避到一边，踮起脚往前头望去。刚才他已经看清了，在布道的牧师身后，高一点的位置上，站着一位满头银霜、风姿绰约的老太太，一身印花绸缎衣衫都是黑色的，显得素朴庄重。人们向教堂门口走去时，那布道的牧师回首对她说了几句什么，她微微颔首，露出了笑纹，那神态似在回应牧师，也仿佛在目送信徒们离去。

金力沿着墙壁快步地往前走去。随着信徒们走出教堂，布道的牧师转过身子，往侧边的小门走去。银发老太太跟在牧师身后，稳健而步履轻捷地走着。

金力疾走几步，走得近了，他发现老太太头上的银发竟然闪烁着光芒。牧师已经走进了小门，眼看着老太太也要跟进去了，金力大踏步走到她的身旁，喊了一声：

"凌真妈妈……"

这一出人意料的称呼使得老太太停住了脚步，在教堂这样一种氛围里，大约不会有人这么称呼她。金力不知为啥一眼认定了她是凌真妈妈。金力感觉到老太太身上似乎有一股无形的磁场，她完全转过了身子，双眼微眯地打量着他。

她是凌真的妈妈无疑，凌真长得同她太像了，只是她比凌真还要白皙，神情举止优雅得令金力心中称奇。怪不得，凌真要把女儿放在这样一位老人身边哩。

老太太说话了："你找凌真？"

走进小门里的牧师也回过身来，警惕地盯着金力，嘴里似说明又像提醒老人一般说：

"我不认识他。"

金力一听老人开口，更认定了她的身份，凌真说话的声气，也酷似母亲。他点着头说：

"是的。"

"你是……"老人的语气既礼貌又含着怀疑。

"噢,我在凌真家里当过保洁员,我叫金力。"金力坦然地说道,"听说她和你住在一起,我想见见她。"

一旁的牧师抢前两步,把手臂往金力面前一横,道：

"你找她干什么?"

语气里带着不屑。

老太太把手轻轻一摆,阻止了牧师的横加干预,白皙的脸上笑眯眯地道：

"你找凌真有事吗?"

"这……"金力不知说什么好了。他找凌真一件具体的事都没有,他只是想见她,有股强烈的想见到她的欲望,他能这么说吗?

牧师的脸色不悦了,目光冷冷地瞅着金力,脸上有一种不耐烦的神情。

"我没啥事儿,就是想见到她,"金力一着急,脱口而出,"不给她添任何麻烦。"

"没事儿,你不就是个保洁工吗?"牧师的语气愈加傲气十足了,"别在这儿……"

老太太一摆手,牧师收住了嘴。老太太和颜悦色地对金力道：

"我女儿身体不适,不方便见客。我会转告她的,你的名字很好记,我记住了。今天只能劳你白来一趟了。"

"谢谢你。"面对老太太,金力还能说啥呢?人家不方便,他还能强行去见凌真?

牧师向金力做了个"快走快走"的手势。老太太沉吟着朝金力点点头,跟着布道的牧师走进小门里。小门里面一片幽暗。

金力转身朝教堂外走去时,还听见走进小门里的牧师愤然在说：

"无理取闹!"

坐上古镇外城乡接合部的郊区公共汽车,金力只能把很不礼貌的牧师撇在一边,自我安慰地思忖着。总算是见到了凌真的妈妈,请她老人家给凌真捎去了话,比前三次茫然无绪地寻找有了收获,至少知道凌真确实和妈妈住在一起。

他还有这点自信,只要老人家把话捎给凌真,凌真是会理睬他的,他们之间毕竟曾有过非同寻常的一层关系。如若她家遇上的事不了了之,他仍是有希望和她见面的。

这么忖度着,牧师的态度带给他的不悦逐渐散去。而心底深处,却又燃起了新的希望。

公共汽车驶进地铁附近的站点,金力下车换乘开往市区的地铁,收到了一条陌生手机发来的短信:

金力:
　　谢谢你还想到来看望我。我碰到的事情没有完,我们不能见面,不能!
凌真

金力重又燃起的希望瞬间熄灭了,这就是说,他还得遥遥无期地等待下去。只有一点对他是宽慰的——凌真仍然记得他的手机号码。尽管她使用的手机不知是向谁借来的。

地铁呼啸着开进站台,停靠片刻,又轰隆隆喧响着开走了。金力大睁着一双眼睛,却视而不见茫茫然地站在那儿,丝毫没感觉到该上车了。

是他的意识消失了,还是他的魂灵丢失了?

这一天,迟至薄暮时分,金力才失魂落魄地回到家中,精疲力竭地一屁股坐在沙发上。

正在厨房里做晚饭的贾兰兰隔着玻璃偷觑了他好几眼,没有像往常那样,招呼他和做作业的金琳洗手吃晚饭,而是给他沏了一杯绿茶,手里拿一条温热的毛巾,走到他身边,一面把毛巾递给他,一面吁了口气,又抱怨又怜爱地说:"洗把脸,喝口水,歇息会,金力。你可把我急坏了,一早出的门,午饭也不回来吃,都到吃晚饭时分了,才往回走。打电话问你吧,你又总说没事没事,不会出什么事儿。你就不晓得人家心里有多急。"

正在擦脸的金力听着听着,感到兰兰的声气、语调不对了,像是在啜泣。温热的毛巾擦拭脸颊的那一瞬间,他感觉到一阵舒适和爽洁,绷紧了的皮肤顿时有股惬意。这会儿,他定睛望着兰兰,这是他的妻子,法定的妻子,为他生下了女儿金琳的妻子,对他的感情深处一无所知的妻子。她的眼角晶亮晶亮的,闪烁着泪光。她在为他忧心,为他牵挂啊!一丝愧疚和自责的情愫浮上了他的心头。他瞪着兰兰,不知说啥好,只是半张着嘴,惴惴不安地喘息着。

兰兰不好意思地转过脸去,回避着他探究的、关切的目光,把茶杯端过来,递给了他。

金力接过茶杯,呷了一口茶。茶是安徽山里的土茶,一大股清香味,苦涩中透着鲜醇,还有甘甜的回味。这是兰兰家乡的茶,金力忍不住又喝了一口。

兰兰往他跟前凑凑,用少有的劝慰语气道:"金力,咱不要这山望着那山高了。一时找不着合适的活儿,有妈开着的工艺品小店垫底,你哪,就干有基础的活,熟能生巧的。"

金力放下手中的毛巾。一阵脚步声响,长成中学生模样的金琳走到她那间小屋门口,倚着门框,远远地望着父母。金力瞥女儿一眼,女儿长成个引人瞩目的小美人了!她的目光定定的,水晶般透亮,和奶奶可像了!金力知道兰兰以为他出门四处去探门路、找工作了!他正要找词儿解释,兰兰亲昵地一拍他的膝盖,用微显兴奋的语气道:

"哎,小区里贴出了告示,要开办免费培训保安、保洁的班。我寻思,这不正是你干过的活吗?就给你报上了名。你闲着也是闲着,去学习一阵,把这活儿干成专业水平,多好的事儿。噢,对了,有句话儿是怎么说的?"兰兰说着,转脸征询地瞅了站在门边的金琳一眼。

金琳朗朗有声地道:"三百六十行,行行出状元。"金力望望身边的妻子,又瞅瞅女儿,哈,母女两人串通在一起,唱双簧哩!不过,他也从妻子和女儿郑重其事的话语中,悟出了些啥,他的心头淌过一股暖流。

兰兰的双眼定定地望着他,恳切地道:"我给妈妈也打过电话,妈妈都说我这主意好!你可是给句话呀!报名时人家工作人员说了,报了名可得去,不得缺课!"

金力感觉到妻子和女儿从不同角度投射过来的目光,他点头道:

"兰兰、金琳,我去,我去听课、去学习!"

说着,他拉过兰兰一双结实、粗糙的手,在她手背上摩挲了两下,道:

"我寻思了,不能这样浑浑噩噩地过下去了,总得过上一份有尊严的自食其力的日子,在劳动中做一个堂堂正正的人!"

"那好,吃晚饭呗!"兰兰满脸是喜地道,"人整天闲着,是要闲出病来的。"

金琳疾步走向厨房:"我来取碗筷,给爸妈盛饭。"

"瞧这孩子。"兰兰喜滋滋地离座起身。

金力陡地感到,在他的小家庭中,很久没有这样的氛围了。

这是生活的氛围,人间温馨的氛围啊!

2017年夏季于贵阳孔学堂叶辛书屋开笔
2018年春花盛开时节于上海徐家汇寓所搁笔